D1721586

Exils

Suzanne Deriex

Exils

(Un Arbre de Vie, II)

roman

BERNARD CAMPICHE EDITEUR

Cet ouvrage est publié avec l'appui
de l'Association Vaudoise des Écrivains,
de la Commission cantonale vaudoise des affaires culturelles,
et de la Société Suisse des Écrivaines et Écrivains

« Exils »,
quatre-vingt-quatrième ouvrage
publié par Bernard Campiche Éditeur,
a été réalisé avec la collaboration de René Belakovsky,
Béatrice Berton, Michel Campiche, Marie-Claude Garnier,
Line Mermoud, Christiane Schneider,
Marie-Claude Schoendorff et Daniela Spring
Couverture et mise en pages : Bernard Campiche
Couverture : « Die Fabrik der Herrn Macaire & Cie »,
couvent des Dominicains, Constance, vers. 1835,
lithographie coloriée de Friedrich Pecht,
Rosgartenmuseum Konstanz
Photographie de l'auteur : Horst Tappe, Montreux
Photogravure : Images 3, Yverdon-les-Bains
Photocomposition : Michel Freymond, Yverdon-les-Bains
Impression et reliure : Imprimerie Clausen & Bosse, Leck

Aux descendants d'Élisabeth Antoinette
et David-Emmanuel Develay-von Gonzenbach

LA CHRONOLOGIE, LE LEXIQUE, LA BIBLIOGRAPHIE,
LES REMERCIEMENTS, LES ARBRES GÉNÉALOGIQUES
ET LA TABLE DES MATIÈRES SE TROUVENT À LA FIN DU VOLUME.

Les souvenirs ne sont pas des branches mortes et pétrifiées mais de vivantes racines fouillant, buvant la terre de plus en plus profondément pour nourrir l'Arbre de Vie qui fleurit en toute saison.

UN ARBRE DE VIE, I

PREMIÈRE PARTIE

I

DAVID-EMMANUEL Develay avait quitté Genève quelques heures après avoir appris la mort de son frère et ne s'était arrêté qu'aux relais le temps de changer de chevaux. Il entra dans la ville d'Amsterdam le matin du 28 janvier 1783 avant le lever du jour et se fit conduire à la maison de Samuel sur le Herengracht, le canal des Seigneurs, où il trouva le gardien déjà debout, très ému de l'accueillir. Avant toute chose, il désirait s'entretenir avec le médecin qui avait assisté son frère dans ses derniers moments. Il put ainsi entendre de vive voix ce qu'une lettre lui avait appris : Samuel avait été saisi d'une fluxion de poitrine. Tout remède était demeuré sans effet. Son délire avait duré trois jours. Il n'avait laissé aucun message intelligible.

De retour au Herengracht, David changea de vêtements et de perruque puis se fit annoncer chez Pieter Van den Voogd. Il reconnut aussitôt l'homme de forte carrure, aux yeux clairs, à l'énergique poignée de main, que son frère lui avait décrit. Mais il ne s'attendait pas à la rudesse de son accent.

— La mort de Samuel Develay est une grande perte pour notre maison. Merci d'être venu sans tarder. Dans les circonstances que traverse notre pays, les décisions ne peuvent se différer, nous n'avons pas un jour à perdre.

Dès lors, ils ne parlèrent qu'affaires. David ne s'en offusqua pas ; Samuel aurait fait de même, lui qui s'était souvent félicité du caractère honnête et courageux des Néerlandais, de la franchise et de l'intelligence de Pieter Van den Voogd, devenu son ami autant que son associé.

— Vous saviez déjà sans doute à quel point ces deux dernières années de guerre avec l'Angleterre nous ont éprouvés, conclut Van den Voogd quelques heures plus tard. Cependant, vous constatez que les difficultés momentanées de notre maison n'ont pas eu de répercussion sur les biens immobiliers de votre frère.

David désigna les documents posés sur la table devant lui :

— Je vous saurai gré de mettre à ma disposition un comptable afin d'obtenir au fur et à mesure tous les éclaircissements nécessaires. La situation de Genève, plus que préoccupante, m'interdit de séjourner longuement dans votre ville.

— Le teneur de nos livres vous rejoindra dans quelques minutes. Je viendrai vous chercher pour le souper.

Pieter Van den Voogd franchit d'un pas alerte le canal qui séparait les bureaux de la maison Voogd & Develay du Crédit Néerlandais. La présence du frère

de Samuel Develay ranimait sa confiance et sa comba-
tivité.

Étrange concours de circonstances que celui qui
plongeait la petite République de Genève et celle des
Pays-Bas dans une suite de désastres politiques et
financiers. Destins jumelés de deux refuges de la foi
réformée, situés à trois cents lieues l'un de l'autre,
tous deux trahis par la faiblesse et l'incurie de leurs
gouvernements respectifs qui avaient cherché appui à
l'étranger. La France, Berne, la Sardaigne occupaient
Genève depuis plus de six mois. L'inimaginable était
devenu réalité. Les Pays-Bas à leur tour devraient-ils
renoncer à leur indépendance ? Le souvenir de
Guillaume d'Orange, grâce à qui ils avaient accédé à
l'autonomie trois siècles plus tôt, demeurait si vivace
que son descendant, le stathouder actuel Guillaume V,
gardait son autorité auprès d'une partie de la population mal informée. Guillaume V avait été élevé par sa
mère Anna, fille de George III d'Angleterre, et faisait
passer les intérêts de sa famille avant ceux de son pays.
De plus, timoré, il demeurait sous l'influence du
Régent qui avait gouverné les Provinces-Unies
jusqu'à sa majorité, le duc de Brunswick, un Prussien.
Pour Van den Voogd, Brunswick et Guillaume V se
conduisaient en traîtres. Il ne souhaitait pas leur destitution mais il espérait que les Patriotes limiteraient
leur pouvoir en augmentant celui des provinces et res-
taureraient l'équilibre grâce auquel elles avaient
connu un siècle d'or.

Resté seul dans l'attente du comptable, David
regardait autour de lui. C'était ici, dans ce bureau,
assis à cette table, que son frère Samuel avait travaillé
tant d'années ; ici qu'il avait annoncé à ses associés,
quelques jours avant Noël, la venue de son frère cadet

David et de sa famille décidés à quitter la République de Genève dont ils ne reconnaissaient plus le gouvernement. David voyait à sa gauche la belle porte ouvragée, à sa droite les fenêtres en ogive que Samuel faisait ouvrir au printemps avant que le feuillage des arbres ne dissimulât le canal et les maisons de l'autre rive. Il y avait plus de sept ans qu'il n'avait pas entendu la voix de son frère ; plus de sept ans qu'ils correspondaient de manière suivie, se confiant, après s'être donné des nouvelles détaillées et nécessaires de leurs affaires, un peu de leur vie intime où des souvenirs se mêlaient à leurs désirs et à leurs rêves.

Des neuf enfants de Judith Hachard et François-Louis Develay – mort subitement dans des circonstances que l'on taisait – quatre fils et trois filles avaient atteint l'âge adulte : Jean-Daniel, l'aîné, était resté en terre vaudoise ; Samuel, le puîné, s'était expatrié à seize ans ; César et David, de deux et huit ans ses cadets, demeurèrent avec leurs sœurs auprès d'une mère qui perdait la raison. Ruinés, les enfants de François-Louis Develay, déshérités par deux tantes fortunées qui désapprouvaient leur mépris pour les baillis bernois. César et David partirent à leur tour. Ils firent fortune à Genève, en acquirent la bourgeoisie et s'établirent dans une aisance inimaginable en Pays de Vaud. Après la mort de César, David se retrouva seul et aujourd'hui, à Amsterdam, en ce moment même, dans ce bureau encore tout habité par la présence de son frère Samuel, il se promet avec solennité de réhabiliter la mémoire de leur père. Il arpente la pièce à grands pas. « J'ai un fils, Samuel ! Nous ne nous résignerons jamais. Un jour, le Pays de Vaud sera libéré. Nos pasteurs n'auront plus à être les porte-parole des baillis, les paysans ne seront plus affamés sur leurs terres. » Il s'approche de la fenêtre, cherche vainement des yeux le port que Samuel mentionnait souvent et croit entendre la voix de son frère César : « David, tu rêves ! Leurs Excellences de Berne sont les maîtres tout-puissants au Pays de Vaud et elles occupent aussi Genève aujourd'hui. »

— Pardonnez-moi de vous avoir fait attendre, monsieur.

David sursauta. Il n'avait pas entendu frapper et avait oublié le comptable. Était-ce l'effet de la seule fatigue ou celui de l'âge déjà ? Était-ce l'extrême tension dans laquelle il avait vécu toute cette dernière année, avec le siège de Genève, la reddition de la ville au début de juillet, son occupation par les troupes bernoises, françaises et sardes ? Étaient-ce la mort soudaine de son frère Samuel et l'incertitude quant à son avenir le plus immédiat ? Il éprouvait une sorte d'angoisse à la seule vue de ces livres impeccablement tenus, où il aurait l'émotion de revoir l'écriture de Samuel. Angoisse ou torpeur ? Étrange sensation, nouvelle pour lui, d'avoir le sentiment d'être lucide, d'être traversé par des pensées claires, raisonnables, et d'être incapable de se concentrer sans l'assistance d'autrui sur des pages qui auraient dû retenir toute son attention.

Il s'approcha du comptable, qui rassemblait et classait des documents épars. Au Trésor, les réserves demeuraient considérables et s'évaluaient dans cet étalon-or qui circulait en Europe sous le nom de livre, florin, guinée, louis ou ducat, portant l'effigie de George III, de Guillaume V, Louis XVI, Joseph II, Frédéric II de Prusse, du prince-électeur de Bavière Charles-Théodore, de Ferdinand IV de Naples... chaque prince ayant le droit de battre monnaie.

Samuel Develay et Pieter Van den Voogd s'étaient toujours montrés prudents. Les vaisseaux marchands chargés de soie, de sucre, de café, de thé avaient rapporté un bénéfice considérable jusqu'au moment où la France et l'Espagne avaient reconnu l'indépendance d'une ancienne colonie de l'Angleterre, les États d'Amérique. Pour un petit pays, comment demeurer en dehors des conflits de ses grands voisins ? Le droit à la neutralité lui serait-il jamais acquis ? Quand enfin, en dépit des intrigues de la diplomatie anglaise, les Provinces-Unies avaient pu adhérer à la ligue des pays neutres, dont faisaient partie la Prusse, les pays scandinaves et la Russie, l'Angleterre leur avait déclaré la guerre. Depuis lors, ses corsaires arraisonnaient les navires néerlandais, s'emparaient de leurs cargaisons, contraignaient leurs équipages à servir sous pavillon ennemi. Qui mieux que David-Emmanuel Develay, Genevois du parti des Représentants, pouvait comprendre la révolte qui grondait dans le cœur de ce peuple courageux de marins ? Car les Constitutionnaires genevois, comme l'actuel stathouder Guillaume V et le duc de Brunswick, pactisant avec l'ennemi, déshonoraient le pays qu'ils gouvernaient.

Comment, à la fin du Siècle des Lumières qui avait accueilli tant d'idées généreuses et suscité tant d'espoirs, en était-on arrivé là ? Aux Pays-Bas, personne encore n'était frappé d'exil mais la population, en constante augmentation dans le reste de l'Europe, diminuait. Les jeunes gens s'expatriaient, les manufactures fermaient leurs portes, les peintres sur faïence si réputés désertaient Delft qui devenait ville morte.

— Vous n'avez que quelques jours devant vous; j'espère que vous nous reviendrez plus longuement et à une meilleure saison, dit Pieter Van den Voogd en tendant à David un verre de son meilleur genièvre. Peut-être notre cher Samuel nous a-t-il quittés en paix, certain de votre venue au Herengracht. Je ne vous ai caché aucune de nos difficultés présentes. Elles prendront fin. Nous avons gardé nos colonies, de nombreux comptoirs ; notre soutien à l'Amérique nous ouvrira de nouveaux marchés. Votre famille serait à l'aise au milieu d'une population de religion réformée.

Sensible à l'invitation de son hôte, David se taisait. La nuit apporterait sa réponse.

— La paix est peut-être moins éloignée qu'il n'y paraît, précisa Pieter Van den Voogd pour emporter son adhésion. Le ministre de Louis XVI, le comte de Vergennes, nous la promet pour le courant de l'année, accompagnée d'un traité garantissant la liberté de navigation. Mais il est temps pour vous de prendre du repos, se hâta-t-il d'ajouter devant le visage soudain altéré du visiteur.

Il ne pouvait deviner que le rôle même de Vergennes, l'homme habile et détesté qui avait obtenu la reddition de Genève, permettait difficilement à David, pour le moment du moins, d'accepter son invitation.

* * * *

David s'éveilla avec un sentiment de bien-être et de paix qu'il n'avait pas éprouvé depuis plusieurs mois. Un peu de jour filtrait entre les rideaux. Son voyage et les événements de la veille lui revenaient en mémoire. Il se trouvait à Amsterdam, dans la maison de son frère. Amsterdam, ville deux fois plus grande que Londres et plus importante dans le domaine de la haute finance ; Amsterdam, grand port des Provinces-Unies. Les États d'Amérique s'étaient-ils unis sur le même modèle ? Sa femme Élisabeth aimait l'émulation d'une grande ville. Serait-elle heureuse à Amsterdam comme elle l'avait été à Lyon ? Il s'était parfois senti guidé de l'au-delà par son père ou par son frère. Aujourd'hui, dans un état d'immobilité, de vacuité, il attendait sur place le moment où un fanal lui indiquerait la direction de l'avenir.

Il se leva, s'approcha de la fenêtre, tira les rideaux. La matinée devait être avancée car le soleil pâle de janvier éclairait une petite place traversée de passants transis. Impossible d'écarter les battants pour voir la rue qui longeait la façade arrière de la maison. Aucun bruit ne lui parvenait. À son appel, le gardien et sa femme parurent aussitôt. Ils s'exprimaient dans un français rocailleux. Le déjeuner était servi dans la salle à manger. David y trouva un billet de Pieter Van den Voogd, qui viendrait le chercher vers deux heures. Il demanda du papier, écrivit à sa femme, dont il n'avait reçu encore aucune nouvelle, puis se fit conduire sur le port. On lui demanda un laissez-passer. Les Provinces-Unies étaient en guerre, il l'avait oublié. Develay, le nom était connu. On lui permit de s'approcher d'un bassin où des bâtiments déchargés attendaient. Un ciel immense rejoignait la mer au loin. David fut traversé par un grand désir de partir vers ces États-Unis d'Amérique où il oublierait les échecs de sa famille en Pays de Vaud, l'amertume et les affronts subis après la reddition de Genève, le chagrin de n'avoir pas revu son frère aîné Samuel. Partir avec Élisabeth et les enfants, les horlogers de Genève, le pasteur Gasc qui en avait appelé à la justice de Dieu. Il se ressaisit : lui, David, ne se sentait pas le droit d'abandonner la terre de ses ancêtres avant qu'elle n'eût retrouvé la liberté. Quand les villes et les châteaux du Pays de Vaud auraient chassé leurs baillis, son fils Jean-Emmanuel, né à Genève en juillet dernier, pourrait franchir les océans.

Pieter Van den Voogd arriva un peu en avance. Il jeta un coup d'œil critique aux élégantes chaussures de David :

— N'avez-vous pas de confortables bottes de voyage ?

Puis, comme le Genevois, surpris, faisait un signe de dénégation :

— Essayez celles de votre frère, vous êtes de la même taille. Nous allions souvent à pied.

L'instant d'après, David était chaussé de solides bottes néerlandaises et Van den Voogd lui posait une pelisse sur les épaules :

— Permettez-moi. Cette maison était un peu la mienne.

— Elle le restera, dit David.

— J'espère que vous ne détestez pas la marche ?

— Je la pratique le moins possible à Genève, où les rues étroites sont terriblement encombrées. Je me suis remis à marcher dans la campagne avec ma femme.

— En général, les femmes ont peur de s'abîmer les pieds !

— Élisabeth vient d'un pays de très mauvaises routes, de jardins et de vallons ombragés.

— De Hauptwil, en Thurgovie, près du lac de Constance, précisa joyeusement Van den Voogd. Votre frère m'avait parlé de la famille de votre femme, les Gonzenbach, qui depuis votre mariage sont devenus nos correspondants.

Ils traversèrent le canal, s'engagèrent dans un quartier charmant, changeant de direction à chaque coin de rue. Le soleil, voilé, ne projetait plus d'ombre.

— Mais où donc m'emmenez-vous ? s'écria David, incapable de s'orienter.

— Tout près d'ici, annonça Van den Voogd en tournant une dernière fois à droite.

Il souleva légèrement le marteau d'une porte qui s'ouvrit aussitôt. Ils pénétrèrent dans un hall peu meublé. Le portier les invita à monter à l'étage.

— Mes amis vous renseigneront mieux que je ne pourrais le faire sur le climat politique de nos provinces, dit Van den Voogd en prenant l'escalier.

Ils trouvèrent plusieurs personnes autour d'une table, penchées sur des journaux et divers documents. Un homme dans la quarantaine, de large stature, s'avança main tendue :

— Capellen, dit-il simplement.

David s'efforça de cacher sa surprise ; il ne s'attendait pas à rencontrer le principal opposant au stathouder. Dix-huit mois plus tôt, en septembre 1781, Derk van der Capellen avait lancé un « Appel aux Pays-Bas », coup d'envoi au mouvement des Patriotes. À Overijssel, sa province, il défendait âprement les droits des paysans.

Pieter Van den Voogd présenta David discrètement en tant qu'héritier de Samuel Develay, se rendant à Bruxelles. Ce n'était pas le moment de provoquer une querelle politique à propos de Vergennes, de Genève et de la diplomatie française. La question cruciale du jour était : peut-on se dissocier des décisions prises par son gouvernement sans le renverser ? Pour le nouveau venu, qui les ignorait, et pour la plus grande satisfaction de toutes les personnes présentes qui les avaient déjà entendus et racontés plus de cent fois, on relata avec force détails l'intrépidité et l'héroïsme du contre-amiral Zootman : le duc de Brunswick et le stathouder maintenaient la marine dans un état déplorable ; les rares vaisseaux de guerre, ancrés dans les ports, n'avaient pas d'équipage ou pourrissaient dans l'inaction. Zootman, promu au commandement d'une petite escadre avec l'ordre de ne hasarder aucun combat, obtint enfin la permission d'escorter des navires marchands. Attaqué par une flotte anglaise qui le sommait de se rendre, Zootman, sans tenir compte des ordres reçus, la repoussa et la contraignit à se réfugier dans un port anglais. Lui-même ne perdit aucun vaisseau. Cette courageuse insubordination ranima la fierté du peuple néerlandais. Le contre-amiral, bien que privé désormais de commandement, reçut les honneurs d'un triomphe national. Les pasteurs engagèrent leurs ouailles à suivre son exemple et les Patriotes obtinrent qu'une flotte importante se réunisse à l'île de Texel. Elle aurait pour mission de libérer les ports bloqués par les Anglais. Vingt bâtiments, bateaux de ligne ou frégates, prennent la haute mer. À la stupeur générale, ils reçoivent de leur nouveau commandant l'ordre de regagner leurs ports d'attache quelques jours plus tard. Les Patriotes crient à la trahison. L'Angleterre s'esbaudit : les Néerlandais ont laissé passer trois cents navires marchands faiblement escortés.

C'en est trop. Dès lors, les marins s'engagent sur des corsaires affrétés par des particuliers, les villes les plus dévouées au stathouder l'accusent de trahison et les provinces ne suivent plus ses recommandations, des tracts et des journaux passent de main en main, invitant le peuple à la résistance.

— Une fois la paix signée et la liberté de navigation garantie, les Genevois exilés à Bruxelles pourraient installer leurs comptoirs dans les Provinces-
Unies, remarqua Derk van der Capellen.

Il n'était pas trop tôt pour envisager cette perspective. David en parlerait à ses compatriotes. Il prit
congé avec chaleur de la petite assemblée courageuse,
résolue, unanime, qui lui rappelait les cercles genevois, maintenant interdits, où les Représentants
avaient coutume de préparer leurs interventions au
Conseil des Deux Cents. Genève était ville occupée
aujourd'hui. Les Français parlaient d'en raser les
fortifications. Bien entendu, la petite République ne
pouvait se comparer aux Provinces-Unies, ouvertes
sur la mer, qui avaient des possessions à l'autre bout
du monde. Une phrase de sa mère hantait la mémoire
de David : « On croit que certains malheurs n'arrivent
qu'aux autres et soudain ils sont sur nous. »

Comme s'il avait suivi les pensées du Genevois,
Pieter prit son bras en arrivant au Herengracht :

— Quel sera l'avenir, mon cher David ? Il est
vraisemblable que la politique continuera à nous offrir
de surprenants changements d'alliances et de pouvoir.
Qui sait si les vaincus d'aujourd'hui ne seront pas les
vainqueurs de demain ? Tout n'est peut-être pas
définitivement perdu pour vous dans la République
de Genève.

Le vent du sud s'était mis à souffler, timidement
d'abord puis par longues rafales qui apportaient une
promesse de printemps.

— Voulez-vous vraiment partir ce soir ? La pluie
se prépare, et le dégel, avertit Van den Voogd.

David lui répondit qu'on l'attendait à Bruxelles.
Il espérait y rencontrer le pasteur Gasc, le financier

Étienne Clavière et François D'Ivernois, l'éditeur, déjà sur le chemin de la Nouvelle Genève. Il invita Pieter à partager une collation avant son départ. Tout ce qui concernait leurs affaires communes était réglé.

— Nous travaillons sur des sables mouvants, mon cher David. Qu'est-ce donc qui détermine le sens de l'Histoire, la montée et la chute des civilisations ? Ce n'est pas la seule opulence, l'argent, le commerce ; ce n'est pas la puissance d'une armée. Serait-ce la religion ? Sera-ce un jour cet idéal de liberté et d'égalité, qui se trouve dans l'Évangile et que les Parisiens s'imaginent être sorti du cerveau de leurs philosophes ?

» Étrange époque ! Ce n'est plus celle des guerres de religion, mais celle de la guerre aux fausses religions ou peut-être la guerre aux apparences de fausseté d'une religion. Savez-vous que l'empereur Joseph II s'en prend aux ordres ecclésiastiques et qu'il ferme les couvents ? Quels sont ses véritables motifs ?

» Vous voici en quête d'une terre d'accueil comme l'ont été les colons d'Amérique. La Nouvelle Genève dotera-t-elle le monde d'un nouvel esprit d'entraide et de générosité ? Connaîtrons-nous enfin la paix quand vous reviendrez ?

La malle était chargée, le cheval attelé, le cocher attendait. Ils descendirent dans la cour. Le vent hurlait par-dessus les toits. Van den Voogd s'inquiéta :

— Il aurait été plus sage de rester ici pour la nuit.

— Vous parlez en marin. Les tempêtes sont moins dangereuses sur terre que sur mer.

Plus émus qu'ils ne voulaient le laisser paraître, les deux hommes se donnèrent l'accolade.

— Que Dieu vous garde! J'attends de vos nouvelles. Soyez prudent.

* * * *

Il fallut à David plus de deux heures pour sortir
de la ville. Le vent d'ouest jetait bas les cheminées,
déracinait les plus grands arbres. «Soyez prudent»:
étaient-ce les paroles de Van den Voogd qui le déter-
minaient à poursuivre sa route dans la nuit avec
pareille obstination? Certains mots évoquent des souvenirs si douloureux qu'ils suscitent la réaction opposée à celle qu'ils auraient dû amener. Combien de fois
avait-il entendu: «Si ton père n'avait pas manqué de
prudence... Pour ta mère et pour tes sœurs, David,
souviens-toi d'être prudent.» Ces petites phrases
avaient été prononcées avec l'accent du Pays de Vaud,
au pied du Jura, à Champvent près d'Yverdon. Il avait
huit, dix ou douze ans. Était-ce par excès de prudence
que la ville de Genève avait accepté de se rendre?
Aujourd'hui, l'heure de la grande horloge du monde
n'est plus à la prudence mais à l'action, et le cœur de
David, au travers de la fatigue, de l'inconfort, des
difficultés du voyage, se libère de plusieurs mois
d'impuissance et d'attente.

La route d'Amsterdam à Bruxelles était plus fréquentée que jamais à la suite du blocus des ports.
Dans la nuit, la pluie et le dégel, des ornières se creu-
saient d'heure en heure. Les chevaux ahanaient dans la
boue, les relais débordaient de voyageurs. Il dut
s'arrêter à Utrecht pour une réparation à la solide
chaise genevoise dont une roue se voilait. Quand
il atteignit enfin les Pays-Bas du Sud, il remarqua
aussitôt un changement dans la langue et les

manières ; il ne se trouvait plus face à des hommes indépendants d'un pays appauvri par la guerre, mais face aux administrés de l'empereur Joseph II.

Il parvint à Bruxelles une fin d'après-midi et se fit conduire à la maison Bidermann, rue Ducale.

Jacques Bidermann, bourgeois de Genève, s'était spécialisé dans le transport et le dédouanement des marchandises. Dix ans plus tôt, il avait été bien inspiré d'ouvrir une succursale à Bruxelles et d'y faire construire des entrepôts. Au moment de la reddition de Genève et de son occupation par les troupes étrangères, il accueillit plusieurs familles frappées d'exil, comme celle du pasteur Anspach. Les Bruxellois étaient en majorité catholiques. L'empereur Joseph II, qui n'aimait pas Rome, espérait que les protestants l'aideraient à se débarrasser des jésuites. Il leur offrit aussitôt un lieu de culte, où chaque dimanche le pasteur Anspach parlait de la liberté et soutenait le courage de ses compatriotes avec une telle émotion que les Bruxellois se pressaient pour l'entendre.

Crotté, fourbu, mais presque joyeux, David n'avait pas fait trois pas dans l'entrée qu'il fut accueilli par une voix tonitruante :

— Develay ! Enfin ! J'ai bien fait de vous attendre.

C'était Ami Melly, l'un des quatre maîtres horlogers décidés à quitter Genève en emmenant les deux mille ouvriers qui travaillaient pour eux.

Chaleureux, confiant, invoquant le Père éternel, Le prenant à témoin et Lui demandant conseil, exigeant et généreux envers ses employés, Ami Melly créait un climat d'enthousiasme favorable à ses entreprises. Il paraissait être chez Jacques Bidermann comme chez lui. David, surpris de cette rencontre, se demanda si la fabrique genevoise projetait de s'établir à Bruxelles.

Madame Bidermann parut désolée de ne pouvoir loger le voyageur : la maison était déjà pleine à craquer. Son mari rentrerait pour le souper dans une heure. Ami Melly proposa d'emmener David à son hôtel. Tous deux prirent place tant bien que mal, en se serrant, dans la chaise genevoise.

— C'est Dieu qui vous envoie, j'ai bien fait de retarder mon départ, dit l'horloger. J'aurais laissé un mot pour vous chez nos amis, mais je n'aurais pu prendre votre avis et votre réponse aurait mis des semaines à m'atteindre.

— Qu'attendez-vous de moi ? demanda David. Quels sont vos projets ?

Ami Melly eut un moment d'hésitation. Tant de promesses et de confidences avaient été échangées, tant de lettres avaient circulé depuis six mois entre les Représentants restés à Genève et les exilés de la première heure. Comme ils arrivaient à l'hôtel, il proposa :

— Dès que vous serez installé, je vous ferai part des derniers événements.

La chambre était richement décorée, bien chauffée. David s'étira pour chasser les courbatures engendrées par les cahots de la voiture et son immobilité forcée. Un valet était à sa disposition. Il accueillit ce luxe comme un havre passager puisqu'il lui restait encore cent cinquante lieues à parcourir pour retrouver sa famille à Genève. L'horloger l'attendait dans un petit salon particulier où ils pourraient parler en tête à tête. David s'installa dans un fauteuil si confortable qu'il en sourit de bien-être :

— Je vous écoute, mon cher. Étienne Clavière m'a tenu au courant des projets de François D'Ivernois. Lettres codées, bien entendu ; il fallait lire entre les lignes. J'ai compris qu'un Anglais, Lord Stanhope, invitait la fabrique genevoise sur ses terres.

— À la réflexion, cette offre nous a paru irréalisable.

— Et pourquoi ?

— Vous n'ignorez pas que l'Angleterre est toujours en guerre contre les États d'Amérique, qui faisaient sa richesse. Les colons anglais se réfugient dans la métropole et réclament à grands cris des dédommagements. Ils ne supporteraient pas qu'on détournât au profit des Genevois les subsides qui leur sont dus. Et moi, voyez-vous, en tant que maître horloger, bijoutier, je m'inquiéterais de la concurrence anglaise. L'aide financière indispensable à notre établissement apparaîtrait comme une injustice. De plus, le titre de l'or n'est pas le même en Angleterre qu'à Genève : nous le travaillons à dix-huit carats, les Anglais à vingt. Il faudrait deux poinçons, nos bijoux seraient meilleur marché ; comment nous entendre ?

David demeura songeur. En quelques mois, les plans les plus séduisants étaient partis en fumée. Dans les cercles genevois, il avait entendu exposer des projets immenses, détaillés, dont toutes les difficultés semblaient aplanies, et qui se brisaient sur un écueil que personne n'avait vu. En face de lui, sans la moindre trace d'inquiétude, Melly poursuivait :

— Nous irons en Irlande, le pays d'Europe où l'importance de la liberté se fait le plus vivement sentir. On nous y offre un domaine, des maisons en attendant que les fabriques se construisent, les frais du voyage et notre entretien pour les premiers mois ou les premières années. Nous y aurons nos lois, notre constitution, une école de langue française et une académie, les Irlandais y tiennent. Le *Contrat social* de Jean-Jacques Rousseau sera enfin applicable, appliqué dans la Nouvelle Genève où grandiront nos enfants. D'Ivernois, en ce moment, est déjà à Dublin auprès de Lord Templeton, vice-roi et gouverneur de l'île. Avec l'avocat Jacques-Antoine Du Roveray, il rédige le projet de notre nouvelle constitution.

» Voilà ce que je désirais vous dire de vive voix en vous remettant cette brochure.

— Elle est en anglais ! s'étonna David.

— En anglais et en français. Vous y trouverez tous les détails nécessaires sur les démarches à entreprendre, les routes à suivre, les délais à tenir et la discrétion à observer. Il faut faire vite : la fabrique ne pourra démarrer qu'au moment où un nombre suffisant d'ouvriers de chacune des branches de l'horlogerie sera sur place. Vous voyez que cinquante mille livres sont mises à disposition pour l'établissement des mille premiers colons, horlogers ou négociants, ou personnes particulièrement recommandables. Parmi eux, on ne peut accepter plus de deux cents enfants ou domestiques incapables de travailler à la manufacture. Il y a également une liste des outils, des meubles, des effets personnels à emporter.

On frappa. Un jeune homme annonça que la calèche de Monsieur Bidermann était à la porte et qu'on les attendait pour le souper.

— Je suis heureux de vous présenter Monsieur Bénédict Dufour, dit Melly. C'est un de mes chefs d'atelier, plein d'initiative. Il m'accompagne. Je compte sur lui pour l'organisation de la fabrique.

Le pasteur Isaac-Salomon Anspach guettait David dans l'entrée :

— J'ai une lettre pour vous ; on ne vous oublie pas à Genève !

Reconnaissant l'écriture de sa femme, David la glissa dans son gilet. Il la lirait plus tard, dès qu'il se retrouverait seul.

Jacques Bidermann et David-Emmanuel Develay n'avaient jamais cessé de correspondre pour leurs affaires. Ils recevaient des nouvelles l'un de l'autre par des connaissances communes et par leurs associés, aussi se retrouvèrent-ils comme s'ils s'étaient quittés la veille.

On se serra à plus de vingt autour de la grande table de la salle à manger. Le pasteur fit une courte prière d'action de grâces et de bénédiction. Tous les convives étaient au courant du projet de la colonie irlandaise. David apprit qu'Ami Melly, qui n'avait pas été banni, était l'un des huit commissaires responsables de la Nouvelle Genève, aux côtés de François D'Ivernois, des avocats Du Roveray et Jacques Grenus, du financier Étienne Clavière, du pasteur Ésaïe Gasc et de deux maîtres horlogers, Ringler et Baumier.

Au dessert, Anspach sortit une lettre de sa poche :

— Permettez-moi de vous lire ce que m'écrit le comte Ely, qui nous offre ses terres de Wexford : *Le devoir de tout protestant né libre est de contribuer de toutes ses forces au bonheur futur du peuple genevois, le premier et le plus éclairé de l'univers. [...] Je n'ai nul besoin ni l'envie de m'enrichir par votre établissement, je suis déjà extrêmement riche. Mais je me sens porté par l'impulsion la plus sincère de mon cœur à vous établir, à vous protéger et à vous rendre heureux, comme mériterait de l'être la première colonie protestante de la terre.*

Melly se tourna vers David :

— Vous comprenez maintenant pourquoi nous partons pour l'Irlande.

David savait que les invitations n'avaient pas manqué aux exilés genevois. Certaines d'entre elles étaient particulièrement alléchantes : l'empereur Joseph II leur offrait de s'établir à Constance ou à Trieste ; le roi de Prusse Frédéric II, enchanté d'apprendre que nombre de Représentants et leurs familles s'étaient réfugiés dans sa principauté de Neuchâtel, les encourageait à y rester ; l'électeur palatin Charles-Théodore leur avait fait les promesses les plus séduisantes, de même que le grand-duc de Bade Charles-Frédéric, le grand-duc de Toscane et le landgrave de Hesse-Hombourg Frédéric-Louis, dont les ancêtres avaient recueilli les Français chassés par la Révocation de l'Édit de Nantes. Les avances des princes n'étaient pas désintéressées, car la fabrique genevoise de montres avait une réputation mondiale que les troubles politiques n'avaient pas entamée ; où qu'elle se transportât, elle ferait la richesse du pays d'accueil.

On fit l'éloge de François D'Ivernois. N'était-ce pas lui qui, dès la reddition de Genève, avait écrit à ses amis de Londres pour leur demander protection et conseil ? Il était le seul à pouvoir le faire, son édition courageuse des livres interdits de Jean-Jacques Rousseau lui ayant valu de hautes relations à l'étranger.

— François D'Ivernois a repris l'œuvre de son père, ami et éditeur de Rousseau, qui lui écrivait en 1768, il y a déjà quinze ans : *Vous êtes prêts à vous ensevelir sous les ruines de la patrie. Faites plus. Osez vivre pour sa gloire au moment où elle n'existera plus. Oui, Messieurs, il vous reste un dernier parti à prendre, et c'est, j'ose le dire, le seul digne de vous. C'est, au lieu de souiller vos mains dans le sang de vos compatriotes, de leur abandonner ces murs qui devraient être l'asile de la liberté et qui vont n'être plus qu'un repaire de tyrans. C'est d'en sortir tous, tous ensemble, en plein jour, vos femmes et vos enfants au milieu de vous. Et, puisqu'il faut porter des fers, d'aller porter du moins ceux de quelque grand prince, et non pas l'insupportable et odieux joug de vos égaux.*

On applaudit Melly, très satisfait de sa mémoire.

— Il n'est pas étonnant que François D'Ivernois ait compris l'influence des livres sur notre société et qu'il se soit mis à écrire très jeune pour exposer ses convictions, dit Jacques Bidermann.

— L'avez-vous lu ? demanda David en se tournant vers Bénédict Dufour. Connaissez-vous son *Tableau historique et politique de Genève dans le XVIIIe siècle* ?

— Bien sûr, dit le jeune horloger. Ce livre fut interdit à sa sortie de presse, ce qui incita les ouvriers de la fabrique à se le passer de main en main.

— Malheureusement, seul le premier tome a paru, dit David. L'imprimerie est en voie de liquidation. La mère de François D'Ivernois est admirable : elle assiste avec sérénité aux perquisitions et aux saisies des livres de son fils.

Ami Melly et David se retirèrent les premiers, chargés de messages pour ceux qu'ils rejoignaient, Melly en Irlande, David à Genève.

— Je vous attends demain. Je ne quitterai pas mon cabinet de la matinée, votre heure sera la mienne, dit Jacques Bidermann en serrant chaleureusement la main de David.

Des réverbères éclairaient l'avenue, de rares attelages avançaient avec précaution sur les pavés verglacés.

Dans la calèche qui les ramenait à l'hôtel, David, pensant à la lettre d'Élisabeth et à la chambre qui l'attendait, se sentait allégé, confiant, déjà sur le chemin du retour, impatient d'arriver.

— Vous avez retenu le nom des commissaires, n'est-ce pas ? lui demanda Ami Melly. Dites à nos compatriotes que nous les tiendrons au courant des progrès de notre installation. De leur côté, qu'ils nous fassent part de leur décision sans tarder. Voici un mot pour le chef de mes ateliers, et laissez entendre à ceux de nos amis qui sont encore dans la ville qu'ils me verront prochainement puisque je demeure libre d'entrer et sortir de Genève sans être inquiété.

» Et vous-même, envisagez-vous de nous rejoindre ? La bourgeoisie de la Nouvelle Genève vous est d'avance tout acquise, même si vos affaires vous retiennent à Amsterdam.

— J'organiserai de mon mieux la vente de vos montres et de vos bijoux, dit David. Pourtant, ne me comptez pas au nombre des mille premiers colons ; les avantages qui leur sont promis doivent être réservés aux ouvriers les plus habiles. Dans l'immédiat, j'ignore encore où nous allons nous fixer. Mais je viendrai vous trouver à la première occasion. J'ai toujours rêvé de traverser la mer.

Les charbons rougeoyaient dans la cheminée. David tira la lettre de son gilet avant même de s'asseoir. Il en fit sauter le cachet avec précaution et déplia une liasse de feuillets si minces qu'ils en étaient presque transparents. L'écriture fine d'Élisabeth y courait avec légèreté, restituant pour David la présence charnelle de sa femme et sa voix.

Elle commençait par raconter en détail les jeux et les progrès de Suzette, la percée des premières dents de Jean-Emmanuel. Ne pouvant, du fait de la censure, évoquer les amis qui venaient de quitter la ville avec leurs meubles et laissaient une maison à vendre dont le prix baissait de jour en jour ; n'osant non plus relater les indignations du docteur Odier devant l'insolence des soldats en faction dans la ville, la morgue, la fatuité des officiers, Élisabeth évoquait leur proche passé, un bonheur et une confiance sur le point de renaître. Elle lui rappelait la traversée de la Suisse après leur mariage, leur voyage à Champvent et à Yverdon l'été suivant. D'ici quelques mois, ils iraient à Villars-sous-Champvent pour que leurs enfants connaissent la maison familiale, qui dominait la plaine. Et ils n'attendraient pas longtemps pour leur montrer Hauptwil. Élisabeth avouait leur exprimer sa tendresse dans la langue du Vieux Château, cet allemand truffé de mots français, ensoleillé par l'accent de leur grand-mère, qui chantait en italien. Élisabeth écrivait : *Que de pensées me viennent en votre absence ! Quand vous êtes auprès de moi, vous prenez tant de place ; nous parlons de ce que nous avons fait dans la journée, de ce que nous ferons demain. Aujourd'hui seule, je flotte entre ciel et terre comme un petit nuage qui se condense ou se dissipe, s'arrête, cherchant abri dans un vallon caché.*

J'ai revu l'autre jour Anselme Cramer, le neveu du Trésorier, qui nous avait emmenés, mon frère et moi, visiter la collection de tableaux de son oncle il y a des siècles, c'est-à-dire exactement huit ans. Nous nous sommes rencontrés par hasard devant le Temple Neuf. Il descendait de sa chaise, je me promenais avec Suzette et notre nièce Angélique. Impossible de nous ignorer. Nous sommes restés plantés l'un en face de l'autre, interdits, avant de pouvoir nous saluer. C'était très difficile de ne pas lui en vouloir et en même temps absurde de lui en vouloir, absurde d'être ennemis parce que sa famille avait pris le parti des Négatifs, alors que nous n'avions aucun grief personnel l'un envers l'autre. Il se souvenait du petit opéra d'enfants que nous avions monté, Sarah et moi, avec Isaac. Il regardait Angélique et je compris qu'il regardait ainsi, comme autrefois, toutes les très jeunes filles qu'il ne connaissait pas. Il nous a invitées à un spectacle. Nous portons le deuil de Samuel, il était impossible d'accepter. Pourquoi n'avoir pas eu le courage de lui dire que nous n'assisterions jamais aux comédies montées pour distraire les officiers français ?

Parce qu'elle aimait écrire, parce qu'elle s'était souvent sentie solitaire au milieu des siens dans sa jeunesse au Vieux Château de Hauptwil et à la pension de Mademoiselle Guex à Lyon quand elle travaillait la musique, sans autre lien que l'écriture avec ceux qu'elle aimait, Élisabeth donnait encore des nouvelles de Bartolomeo et Jeanne de Félice à Yverdon, de Heinrich Pestalozzi en Argovie, de son amie Christina Bachmann qui s'occupait d'enfants à Zurich avec son mari, d'Ursula et Antoine à Hauptwil, de tout un univers où les événements politiques des derniers mois n'éveillaient aucune résonance et dont la vie continuerait inchangée, que Genève existât ou non.

Dans un post-scriptum, Élisabeth ajoutait que leur belle-sœur Sarah était rappelée à la Bretonnière : la maison exigeant des travaux urgents, elle se préparait à partir en dépit du froid et du mauvais temps. Sarah avait-elle ses raisons pour quitter Genève sans délai ?

David relut les passages qui parlaient des enfants et ceux qui donnaient des nouvelles de la famille Gonzenbach en Thurgovie. La fabrique genevoise d'indiennes était paralysée au moment où les teinturiers de Hauptwil cherchaient de nouveaux débouchés, si bien qu'il pourrait transmettre d'importantes commandes à sa belle-famille. Il se sentait aimé, attendu. Jugeant inutile d'écrire car il serait de retour chez lui avant le courrier de poste, il se fit réveiller de bonne heure.

Tout en se rendant chez Bidermann, David pensait qu'il aurait à voyager davantage que de coutume au cours des prochains mois. Où qu'il s'établisse, contrairement à Ami Melly et à ses ouvriers qui devaient reconstruire une fabrique d'horlogerie, ses activités ne subiraient aucune interruption. Il ne se séparait pas de ses livres. L'un était réservé aux achats et aux ventes des toiles, un commerce auquel il avait été initié dès l'adolescence par ses frères ; l'autre contenait la récapitulation de sa fortune, la liste des prêts et des placements, le paiement des intérêts. César l'avait mis en garde contre l'agiotage, si prisé à Genève ; les frères Develay ne faisaient confiance qu'à des personnes connues, d'une honnêteté éprouvée. David avait ses correspondants à Londres, Paris, Toulouse, Marseille, Pieter Van den Voogd à Amsterdam et Jacques Bidermann à Bruxelles. Au cours des quinze dernières années, les circonstances lui avaient été favorables.

Depuis l'Édit de pacification, il était décidé à quitter Genève, mais il devait taire ses projets sous peine d'être arrêté : en achetant la bourgeoisie de la ville dix ans plus tôt, il avait juré de ne jamais s'expatrier sans la permission du Petit Conseil. Aujourd'hui, il estimait avoir moralement le droit de fausser compagnie à un gouvernement qu'il désavouait.

— Comme vous le constatez et comme il le fut de tout temps, les vrais, les seuls gagnants d'une guerre sont les États qui assistent aux conflits sans y participer, dit Jacques Bidermann au moment de prendre congé. Le blocus des ports français et néerlandais par l'Angleterre, le manque de denrées de première nécessité, l'urgence de leur acheminement ont développé notre entreprise dans des proportions que je n'aurais pas osé espérer. Prospérité peut-être passagère ; où en serons-nous dans dix ans ?

» À propos, à quelle adresse dois-je vous écrire ?

David hésita : la Bretonnière, à la frontière du Pays de Vaud, ne serait pas à l'abri des perquisitions. Qu'il se rende à Amsterdam ou à Bruxelles, ou qu'il accompagne sa femme jusqu'à Hauptwil, Neuchâtel serait sur sa route. Cette principauté sous domination prussienne était depuis plusieurs mois le lieu de refuge des Représentants. Pierre Vieusseux, gendre d'Étienne Clavière, y demeurait avec sa famille ; David donna son adresse.

* * * *

Les fumées de la ville montaient, légères dans le ciel clair. Il traversa rapidement les faubourgs sous la conduite d'un employé de la maison Bidermann, qui lui servirait de cocher jusqu'au relais suivant. David était heureux de constater que, à quarante-sept ans, il voyageait nuit et jour, presque sans relâche, avec autant d'ardeur, de légèreté et de projets que dix ou vingt ans plus tôt.

À Montbéliard, il décida de se diriger sur Pontarlier et de franchir le Jura par la route du sel, que les villageois dégageaient durant l'hiver sur ordre de LL. EE. de Berne. Il parviendrait en plaine à moins d'une heure de Champvent et s'arrêterait chez son frère Jean-Daniel. Il passa une frontière de plus sans être inquiété.

Au col des Étroits, la forêt s'éclaircit. Dans l'échancrure d'une combe, par-delà la mer de brouillard qui recouvrait la plaine, le village de Sainte-Croix faisait face au rempart des Alpes étincelant de glace et de soleil. En descendant la côte escarpée entre deux amas de neige, David se sentit affranchi du temps, libéré de la tension entretenue par l'alternance d'attente et de hâte, qui avait mainmise sur sa vie d'adulte. Un flot de souvenirs lui revint : la montagne en hiver, la montagne en été, le parfum des sapinières.

La chaise entra dans le brouillard. Les vitres se givrèrent, le cheval ralentit le pas, inquiet des plaques de glace. Le voyageur appuya la nuque au coussin du fauteuil, ferma les yeux.

Il sentit ses pieds glisser sur des aiguilles de sapin et se retrouva sur une sente d'arrière-automne. Une main ferme tenait la sienne, une voix d'homme l'exhortait à grimper. Il traversait un pâturage mouillé, tout habité de sonnailles et de vaches énormes laissant pendre leur bave et leur pis, qui le considéraient avec insistance.

Mal à l'aise, David ouvrit les yeux. La route et la forêt disparaissaient dans le brouillard. Autour de lui, l'odeur de l'étable, associée aux bols de lait tiède, mousseux, un peu écœurant, persistait. Quel âge avait-il alors ? Sur la table du chalet, un livre était ouvert, dont il sautait les mots trop difficiles à déchiffrer. Il avait retrouvé sa famille à Villars-sous-Champvent dans une maison inconnue, où régnaient l'absence de son père, une volonté de calme, le silence autour de ses questions. C'était la ferme que Jean-Daniel habitait encore aujourd'hui.

Le brouillard se dissipa, la route obliquait sur la droite. David traversa un village presque dans l'ombre, puis un autre, et parvint à Villars à la tombée de la nuit, cinq jours après avoir quitté Bruxelles.

Jean-Daniel parut aussi inquiet qu'heureux de son arrivée. Il fit dételer, dissimula la chaise dans la remise, congédia le cocher avec un bon pourboire et l'ordre de ramener le cheval au relais d'où il venait.

— Que vous arrive-t-il ? demanda David à peine furent-ils assis près du poêle.

Jean-Daniel et sa famille sentaient que la ferme était surveillée. Sous la pression des Français, LL. EE. avaient donné l'ordre d'arrêter tout Genevois de passage. La sagesse serait de repartir sur l'heure.

— Dans ce cas, pourquoi avoir renvoyé mon cheval et mon cocher ? s'exclama David.

— Si cet homme est interrogé, il répondra que tu séjournes chez nous. Par le temps qu'il fait, personne ne viendra te chercher cette nuit. Je vais t'accompagner. Notre jument piaffe d'impatience et n'a pas peur du froid.

La soupe mitonnait sur un coin du fourneau. La bru de Jean-Daniel coupa le pain, des tranches de lard. Tout en se restaurant, David raconta son voyage à Amsterdam, ce qu'il avait appris de la mort de Samuel, ses conversations avec Pieter Van den Voogd. On servit du vin brûlant, très sucré. Le fils de Jean-Daniel se chargea d'atteler et revint disant qu'il gelait à pierre fendre. Sa femme avait déjà rempli les chaufferettes de braises. On alluma les lanternes. Jean-Daniel enfonça jusqu'aux yeux un bonnet en peau de lapin, endossa deux pelisses l'une par-dessus l'autre :

— On y va. Je prends les rênes pour nous sortir d'ici, je connais mieux que toi les chemins alentour.

Long voyage, sans être inquiété. On changea de cheval à un relais ; Jean-Daniel récupérerait sa jument au retour. Enfin, les fortifications de Genève furent en vue. Les occupants exigeraient-ils vraiment de les raser comme ils en formulaient publiquement le projet ? À la porte de Rive, David produisit l'acte de décès de son frère. Il était naturel que ce grand deuil l'eût incité à revoir sa famille. Le garde lui rappela le délai qui lui restait pour ratifier l'Édit de pacification. L'homme était respectueux, chaleureux presque. Lui qui, par ses fonctions, ne pouvait s'insurger contre les ordonnances des vainqueurs, espérait-il que David – comme le banquier Jacques Necker, comme la plupart des pasteurs – refuserait de le signer ? Il s'informa des séjours précédents de Jean-Daniel à Genève : un seul, un passage plutôt qu'un séjour, il y avait dix-neuf ans.

— Je croyais que tu n'avais jamais mis les pieds dans cette ville ! s'étonna David.

— Tu étais quelque part en voyage, je ne sais pas où. J'étais venu assister au baptême de mon filleul Isaac, notre neveu. César était si fier de son fils et de sa jolie femme ! Ils habitaient au-dessus de la Pharmacie Peschier.

— Il y a dix-neuf ans, j'étais à Amsterdam chez Samuel, se rappela David.

Élisabeth avait-elle eu prescience de leur arrivée ou n'avait-elle cessé de guetter leur venue ? Elle fut dans la cour à peine eurent-ils mis pied à terre. David ! David avec Jean-Daniel ! Oui, tout allait bien... enfin, le mieux possible. Elle avait reçu la lettre d'Amsterdam. Qu'ils paraissaient fatigués ! Elle avait bonne mine, disait David. C'est qu'elle sortait chaque jour avec les enfants. Elle ne trouvait rien d'important à dire ; le retour de David était un événement qui accaparait ses pensées et son cœur.

Les deux frères s'arrêtèrent à l'étage pour saluer la veuve de César. Dès les premiers mots, à sa manière de les prier d'entrer – avec inquiétude, réticence et soulagement tout à la fois –, ils comprirent que Sarah avait décidé de se taire malgré un besoin criant de se confier.

Impatient de voir les enfants, David monta chez lui. Jean-Daniel resta seul avec sa belle-sœur, qui répondait à ses questions par d'autres questions avec la froide indifférence d'un miroir.

— David m'a dit que vous désiriez retourner à la Bretonnière. Nous pourrions faire route ensemble jusque chez moi, puis organiser le reste du voyage, proposa-t-il. Nous en parlerons avec Isaac. Lui, que compte-t-il faire ?

Sarah se leva :

— Vous ne connaissez pas encore les enfants de David. Ils vous attendent.

Jean-Daniel demeurait debout auprès d'elle, sans la regarder, pour faciliter ses confidences.

— Élisabeth et les enfants vous attendent, insista Sarah.

Suzette avait grimpé sur les genoux de son père, Jean-Emmanuel jouait à leurs pieds sur le tapis. Élisabeth racontait que, après le départ de David, Isaac s'était senti écrasé par les responsabilités. Comment veiller seul sur ses sœurs et sur leur mère, sur sa tante Élisabeth et les deux jeunes enfants ? À dix-neuf ans, que répondre aux doutes, aux craintes des associés de son oncle ? Comment tolérer la suffisance des jeunes gens de son âge qui avaient pris le parti du Petit Conseil et fraternisaient avec l'occupant ? Il aurait fallu partir tout de suite après la reddition de la ville l'an dernier, au mois d'août ou de septembre, pour ne pas voir l'impuissance des pasteurs, qui parlaient pourtant haut et ferme face à la suffisance des officiers étrangers ; pour ne pas entendre les soldats avinés relever la garde dans la nuit. Une salle de l'hôpital était réservée aux femmes légères chargées de distraire la garnison. Dans une ville à la milice désarmée, patrouillait le rebut des mercenaires. Les cercles avaient été dissous, les vainqueurs donnaient des fêtes pour divertir la populace, on construisait un théâtre où se joueraient des pièces au goût du jour. Devant la défaite de la foi, de l'intégrité, du courage, Isaac restait prostré, sans même s'en rendre compte. Le docteur Odier lui avait conseillé de quitter Genève. Le jeune homme ne pouvait partir avant le retour de David.

Le déménagement de Sarah s'organisa sur-le-champ. Elle emmenait ses meubles sans permission spéciale. La Bretonnière, en Pays de Vaud, faisait partie du territoire bernois comme l'attestaient les bornes hautes de trois coudées qui délimitaient la propriété.

Le docteur Odier passa la veille du départ. Il examina Sarah aussi attentivement que les enfants :

— Laissez tomber votre inquiétude, ne vous demandez pas de quoi demain sera fait, personne ne le sait. Vivez chaque journée, chaque heure avec les forces du moment ; c'est la meilleure attitude pour préparer l'avenir. Il faut oublier l'amertume et les échecs si vous voulez que votre fils recouvre la santé. Tant d'hommes et de femmes ont dû quitter leur pays par fidélité à leurs convictions profondes.

Sarah s'était redressée : « si vous voulez que votre fils recouvre la santé » … elle le voulait, de toute son âme.

— Ne vous inquiétez pas, tant de choses peuvent encore changer, ajouta le médecin.

Tant de choses avaient déjà changé pour Sarah depuis son mariage avec César, la naissance de son fils Isaac, celle de ses trois filles, la mort de son mari.

David s'acquitta de sa mission auprès de la fabrique d'horlogerie d'Ami Melly. Il garderait le contact avec les Représentants demeurés dans la ville. Les cercles étant interdits, leurs membres se réunissaient chez l'un ou l'autre d'entre eux. On y lisait les lettres des exilés, on y échangeait des nouvelles venues de Neuchâtel, Bruxelles, Londres ou Dublin, d'Oneille près de Gênes où Jacques Vieusseux s'était établi, on y dressait la liste des futurs colons de Waterford.

L'appartement de Sarah était à louer – un de plus. D'éventuels locataires venaient le visiter. Il serait odieux à David de les croiser chaque jour dans l'escalier. Le Petit Conseil si soucieux de ses prérogatives, qui opérait encore deux ans plus tôt une telle discrimination entre les Habitants, les Natifs et les Bourgeois de Genève, délivrait aujourd'hui un permis d'établissement à n'importe quel aventurier capable de combler le vide d'une maison et de renflouer la trésorerie de l'État. Élisabeth refusait d'imaginer les nouveaux venus dans ses fauteuils ou dans son lit. Il fallait tout emporter. Elle déclarerait qu'elle retournait au Vieux Château de Hauptwil en Thurgovie, bailliage commun de Berne et de sept autres cantons suisses. On chargerait les meubles dans la journée pour sortir de la ville en fin d'après-midi et l'on voyagerait d'une traite jusqu'à la Bretonnière. La maison était assez vaste pour les accueillir, au moins pendant les mois d'été.

— Vous me manquerez, dit le docteur Odier, qui passait presque chaque jour depuis que le départ de ses amis était imminent.

— Ainsi, vous ne changerez pas d'avis, vous ne nous suivrez pas jusqu'à Waterford ? demanda Élisabeth.

— Un médecin ne quitte pas sa ville contaminée par la peste, répondit Louis Odier. N'oubliez pas d'inoculer à vos enfants la vaccine contre la variole quand ils auront trois ans et donnez-moi de vos nouvelles. J'ai d'excellents correspondants à Londres ; mes recommandations, jointes aux prières du pasteur Ésaïe Gasc, vous permettront d'obtenir toute la médecine nécessaire.

Il y avait déjà dans l'air un petit souffle de printemps. Élisabeth s'était toujours sentie jolie sous le regard du docteur Odier.

— Et le clavecin ? demanda-t-il. L'emmènerez-vous jusqu'en Irlande ?

— Si j'étais sûre que vous en jouiez un jour, je vous le donnerais, mais vous n'aurez jamais le temps d'apprendre.

Qu'elle paraissait légère et gaie !

N'ayant plus à maintenir la réputation de la maison de commerce léguée par son frère César, David semblait rajeuni. Il avait traversé une révolution, subi le siège de la ville, sa reddition, l'occupation étrangère. Aujourd'hui, comme la plupart de ses amis, il partait avec sa femme et ses enfants pour fonder New Geneva.

II

LES PRINCIPALES ROUTES du Pays de Vaud en direction de Berne étaient bien entretenues. Ils passèrent par Cossonay et Moudon, reprenant en sens inverse le chemin qu'Élisabeth avait parcouru avec son frère Antoine huit ans plus tôt. C'était alors en hiver, elle avait tout juste vingt ans et brûlait d'impatience à la perspective de découvrir Genève avant de se rendre à Lyon où elle étudierait le clavecin et le chant. Dans quelle bourgade avait-elle entendu les enfants compter, syllabe par syllabe : *Les-va-ches-de-l'Em-men-tal...* ? En cherchant dans sa mémoire, elle se souvint du bout-rimé :

> *Les vaches de l'Emmental*
> *se font traire à l'étable*
> *celles du Gros-de-Vaud*
> *n'ont que peau sur les os...*

À l'auberge où ils s'étaient restaurés, un beau chien de faïence blanche rongeait son os avec cette mise en garde :

En rongeant mon os
je prends mon repos
un temps viendra qui n'est pas venu
où je mordrai qui m'a mordu.

Viendrait-il un jour le temps où les Vaudois se débarrasseraient de leurs baillis ? Calcul, prudence ou sincérité, le respect dû à LL. EE. se manifestait avec la même ostentation que huit ans plus tôt, mais l'esprit de résistance, qui attendait son heure, demeurait vivace si l'on en croyait les nombreux ministres du Saint-Évangile qui avaient approuvé la fermeté des Représentants genevois et protégeaient les exilés. Les membres des cercles de la République avaient gardé leurs correspondants clandestins en terre vaudoise. Grâce à eux, David possédait la liste des relais où ils pouvaient s'arrêter sans danger.

Ils arrivèrent à Payerne au premier jour du printemps. Le domaine de la Bretonnière se situait à moins d'une lieue de là, sur la route de Fribourg. Isaac et ses sœurs les virent venir de loin et dévalèrent la pente à leur rencontre.

La maison, adossée à la colline et à la forêt, était admirablement située au haut d'une combe qui la protégeait. De la terrasse, la vue s'étendait sans obstacle jusqu'à la chaîne du Jura, au-delà du lac de Neuchâtel.

— Vous devez être exténués ; entrez vite, venez vous restaurer, disait Sarah.

Élisabeth regardait autour d'elle. Depuis combien d'années n'avait-elle pas assisté à la grande fête du printemps ? Des anémones blanches et fragiles, des touffes de violettes s'éparpillaient à l'abri d'une haie encore endormie. La jeune femme déposa dans l'herbe sèche son petit garçon ballotté par plusieurs jours de voyage. Il restait là, assis, silencieux, interrogateur face à tant d'espace où il n'osait encore s'aventurer. Plus hardie, sa sœur, trois ans, s'élança vers un talus constellé de primevères.

— Venez au chaud, répétait Sarah ; nous sommes encore au mois de mars, les enfants risquent de s'enrhumer.

Les chambres étaient prêtes, on fut vite installé. Angélique et Louise prirent en charge leurs petits cousins. « Plus la famille s'agrandit, plus il est aisé d'élever des enfants », disait Antoine au château de Hauptwil. Élisabeth donnait raison à son frère. Tout serait harmonieux et facile pendant son séjour chez Sarah.

La cuisine de la Bretonnière était encore plus vaste que celle de son enfance, avec d'énormes fourneaux. Un poêle tempérait la salle à manger attenante, ornée de natures mortes ou plutôt de « *still lives* », de « vies tranquilles », comme disent les Anglais. En y pénétrant, David prit conscience qu'il n'y était pas revenu depuis la mort de son frère César, neuf ans plus tôt. Il s'imagina le voir présidant la table, entouré de cousins et d'amis aujourd'hui disparus.

— Pourquoi la maison s'appelle-t-elle la Bretonnière ? demanda Élisabeth.

— Ma grand-mère racontait que des troubadours bretons y avaient été recueillis, répondit Sarah.

— J'aurais bien voulu connaître une arrière-grand-mère aussi poétique ! s'écria Isaac. D'après les parchemins que j'ai trouvés à la bibliothèque, les religieux de l'abbaye de Payerne possédaient trois fermes sur cette terre. Vraisemblablement, le bétail – vaches, chevaux, moutons – était de race bretonne ; à moins que seuls les vachers et les bergers ne le fussent.

— Ce seraient donc des moines qui auraient bâti la maison ? s'étonna Élisabeth. Mais où est la chapelle ? Et nos chambres n'ont rien d'une cellule !

— Peut-être ne venaient-ils ici qu'à la belle saison et se construisaient-ils des huttes dans la forêt ?

— Vous n'y êtes pas du tout, dit David, la maison est moins ancienne. Elle doit avoir été construite après la Réforme et le départ des moines, il y a deux siècles et demi.

— Pourquoi les moines sont-ils partis ? demanda Élisabeth, qui se référait à sa Thurgovie natale où les offices dans les couvents se célébraient en bonne harmonie avec les cultes protestants.

— Ma femme ne comprendra jamais les intolérances imposées au peuple vaudois par nos conquérants. LL. EE. de Berne, après avoir volé le trésor de la cathédrale de Lausanne, ont eu l'astuce de se faire passer pour nos bienfaiteurs en interdisant la messe partout où ils le pouvaient et en supprimant les couvents. Nous aurions été parfaitement capables, comme chez vous en Thurgovie, d'embrasser la Réforme de notre plein gré tout en laissant subsister les monastères. Qui sait si les moines eux-mêmes n'auraient pas proposé des réformes à l'instar de Martin Luther ?

« Et de Bartolomeo de Félice », pensa Élisabeth en se souvenant de son passage à Bonvillars, au pied du Jura, sur l'autre rive du lac. Elle avait alors à peine vingt et un ans. « Mademoiselle de Gonzenbach, l'avertissait l'éditeur Félice avec son accent indéfinissable, cessez de penser en termes collectifs quand il s'agit de relations et de qualités personnelles. » La leçon avait été comprise : depuis lors, Élisabeth s'efforçait de juger par elle-même, sans préjugés et sans généralisations abusives.

— Quand les hommes politiques cesseront-ils de se mêler de religion ? soupira Sarah.

— Et pourquoi nos pasteurs, comme le Pape et ses évêques, se croient-ils obligés de faire de la politique ? renchérit Isaac.

— On veut toujours expliquer le cours de l'histoire par des raisons plausibles, poursuivit David. Les circonstances du moment, qui n'ont rien de logique, qui peuvent même être le fruit d'un hasard éloigné, sont déterminantes. Si l'abbaye de Payerne n'avait pas été une prébende de la maison de Savoie soudainement amputée du Pays de Vaud, la région où nous sommes aurait été vraisemblablement rattachée au canton de Fribourg, demeuré catholique comme l'est aujourd'hui l'enclave fribourgeoise d'Estavayer avec son couvent de dominicaines. Berne ne pouvait pas laisser subsister à Payerne un foyer d'insurrection. Les moines exilés passèrent la frontière à quelques lieues de là et leur abbaye devint un grenier.

— Oncle David, n'est-ce pas pour des raisons analogues que vos amis le pasteur Anspach et le pasteur Gasc ont dû quitter Genève ? demanda Isaac.

Le visage de David, si animé pendant qu'il relatait l'histoire déjà ancienne du Pays de Vaud, s'assombrit brusquement :

— Ce qui se passe aujourd'hui me paraît plus affligeant et beaucoup plus grave. Genève avait toujours été une ville d'accueil, un refuge pour les protestants persécutés, d'où qu'ils vinssent. C'est la première fois qu'elle frappe d'exil des frères dans la foi.

Il se leva. On entendait rire et chanter dans la chambre des enfants.

— Venez, accompagnez-moi pendant qu'il fait encore jour, proposa-t-il à sa jeune femme.

Ils prirent un chemin qui montait en pente douce au nord de la maison. Derrière un bouquet d'arbres, Élisabeth découvrit un superbe bassin de pierre, rectangulaire, aux angles ouvragés, d'au moins cinq toises sur trois.

— C'est notre réservoir d'eau, dit David. Les enfants s'y baignent en été.

Le soleil allait disparaître derrière la chaîne du Jura. Un merle se mit à siffler à quelques pas d'eux.

— Vous serez très à l'écart ici, remarqua David. Personne ne passe sur ces chemins. Ne craignez-vous pas la solitude?

Il repartirait le lendemain à l'aube. Du port de Chevroux, il traverserait le lac sur Neuchâtel. Il lui tardait d'obtenir des nouvelles de Waterford et de Bruxelles. «Quelques jours seulement, disait-il, pendant que vous resterez avec les enfants sous la protection de Sarah.»

* * * *

Isaac retrouvait le bonheur de la lecture et de la solitude. La bibliothèque de la Bretonnière contenait des classiques français et allemands, des périodiques, des traités de sciences et de mathématiques. Le printemps l'incitait à herboriser dans la campagne environnante. Personne ne l'interrogeait plus sur son avenir.

— Je ne crois pas que mon fils soit fait pour le commerce, confia Sarah à sa belle-sœur le surlendemain du départ de David.

— Il est si jeune, remarqua Élisabeth, et il a beaucoup travaillé ces dernières années. Antoine, mon frère, respectable père de huit enfants, presque trop

« sérieux » au gré de la famille, en tout cas extrêmement raisonnable et attentif à ses affaires, éprouve de subits, d'impérieux besoins de délassement. Il prend son violon, ne peut plus le lâcher, invite des amis, et pendant quelques semaines on ne parle plus que musique chez lui. La première fois, pareil intermède avait inquiété sa femme. Elle sait aujourd'hui qu'il suffit d'attendre pour que son mari retrouve de l'intérêt et un certain plaisir au chassé-croisé des commandes et des livraisons.

— J'aime vous entendre parler de votre famille, dit Sarah, de ces Gonzenbach du bout du monde...

— Hauptwil, en Thurgovie, ce n'est pas le bout du monde ! protesta Élisabeth. Vous y viendrez un jour.

— Pour le moment, les migrations annuelles de la Bretonnière à Genève et de Genève à la Bretonnière m'ont rassasiée des voyages. Mais vous, petit bélier du Toggenbourg ... si, si, je sais que c'est ainsi que David vous appelle quand il oublie un peu sa politique de Représentants et de Négatifs, vous êtes prête à partir pour l'Irlande ou pour les Pays-Bas. Vous êtes de la race de ces Thurgoviens qui ont établi leurs comptoirs aux quatre coins de l'Europe, qui font venir leurs cotons de Chypre ou de Floride. Vos nombreux cousins passent la plus grande partie de leur vie à plus de cent lieues de l'endroit où ils sont nés. Vous appartenez à ces familles alliées prêtes à voler au secours les unes des autres. Est-ce une affaire de caractère ? d'hérédité ? de circonstances ? Isaac ne sera jamais comme vous.

Élisabeth regarde sa belle-sœur assise à la fenêtre avec un ouvrage au crochet. Pourquoi Sarah, d'ordinaire si accueillante, la traite-t-elle en étrangère ?

Aucun bruit ne leur parvient de la maison ou du jardin. Les enfants sont en promenade avec Angélique et Louise. Les mains oisives, Élisabeth guette leur retour comme elle attend le retour et les décisions de David.

— Isaac et mon mari, eux, sont de la même famille, dit-elle enfin. Ils possèdent les mêmes racines en Pays de Vaud. Je vous assure que David a autant d'affection pour son neveu que s'il était son fils. Il voit en lui son successeur. Je n'ai jamais perçu de désaccord entre eux; ils poursuivent les mêmes buts.

Sarah sursaute :

— Faites-vous allusion à ce projet de colonie, à la fondation d'une nouvelle Genève? demande-t-elle d'un ton agressif pour masquer son inquiétude.

— Nous soutiendrons la nouvelle Genève et nous nous établirons là où nous lui serons le plus utile, affirme Élisabeth. Cependant, pour David comme pour Isaac, c'est la libération du Pays de Vaud qui importe avant tout.

— Mais c'est absurde !

Sarah pose son ouvrage, se lève.

— C'est absurde ! C'est absurde ! répète-t-elle, allant et venant dans la chambre.

À la véhémence du ton, Élisabeth se souvient d'un discours enflammé de son cousin Hans-Jakob. C'était au Grand Château à Hauptwil, un jeudi de l'Ascension. Elle avait quinze ans, Hans-Jakob quatorze. Il déclarait à David – pour elle encore un inconnu – qu'il fallait libérer la Thurgovie. Ni l'un ni l'autre ne prenaient garde à elle. Puis David avait parlé de la liberté. Il avait dit quelque chose de très important dont elle s'était promis de se souvenir sa vie durant et qu'elle ne retrouve pas en ce moment.

— C'est absurde ! répète une nouvelle fois Sarah. Libérer le Pays de Vaud après deux siècles et demi, pour que des Natifs, des Représentants, des Négatifs le plongent dans l'anarchie ? David et Isaac ont tout à perdre en se mêlant de politique. Serions-nous plus heureux aujourd'hui si nous étions restés Savoyards ? Aurions-nous pu construire, sans les Bernois, la route qui nous conduit jusqu'ici ? Aurions-nous une Académie à Lausanne ? Sans eux, Monsieur de Félice, dont vous nous parlez si souvent, aurait-il pu éditer ses livres à Yverdon ? Les salines de Bex, n'est-ce pas un Bernois, Monsieur de Haller, qui les a mises en état ?

C'est la première fois qu'Élisabeth perçoit un désaccord entre David et Sarah. Mais aussi, c'est la première fois qu'elles se trouvent toutes deux à la Bretonnière pendant une absence de David. De la Bretonnière, Sarah contemple le monde, tandis qu'à Genève, elle le subissait.

Le vent rabattit un volet. Élisabeth ouvrit la croisée pour le fixer. Les prés de la combe verdissaient déjà, alors que les bois brandissaient encore leur ramure d'hiver.

— Les nuages galopent de Genève à Berne, dit Sarah. Nous aurons de la pluie avant la nuit.

Élisabeth se pencha, cherchant les enfants du regard. Sarah la rassura :

— Ils se sont sûrement arrêtés à la ferme pour le goûter. Venez, faisons nous aussi quelques pas.

Elles prirent par le bois pour s'abriter du vent. Un tapis d'anémones éclairait la futaie. Le chemin devint sentier. Enjambant de grosses branches abattues par l'hiver, elles atteignirent un banc qui dominait la combe. Une autre forêt leur masquait la plaine.

— Mon mari venait souvent ici, dit Sarah. Il appréhendait de retourner à Genève et rêvait de se retirer à la Bretonnière. Il se sentait comme prisonnier du succès de la maison de commerce. Il me disait : « Nous avons de quoi vivre mais nous n'avons pas le temps de jouir de ce que nous possédons. Je voudrais voir le changement des saisons et regarder grandir mes enfants. J'aimerais avoir le temps de marcher dans les bois et de m'asseoir auprès de vous. » Il ne ressentait alors aucun signe avant-coureur de sa maladie, du moins il ne se plaignait de rien. Il me disait aussi : « J'ai cru que la fortune me permettrait de voir le monde avec plus de hauteur. En ce moment, j'ai l'impression qu'elle me distrait de l'essentiel. »

Sarah s'exprimait ainsi parce qu'elle possédait une terre et pourrait vivre à la Bretonnière avec sa famille, modestement sans doute mais entourée de l'estime du voisinage. Élisabeth se taisait. Elle pensait à David. Après la mort de ses deux frères et la défection de son neveu, il se sentirait très seul pour mener ses affaires. Certes, il avait de nombreux correspondants, quelques amis. Ce n'était pas pareil. La prospérité de la maison Develay avait été comme une revanche pour toute la famille, l'équivalent des lettres de noblesse accordées à trois frères « De Velay » au moment de la guerre de Trente Ans. La considération elle aussi fait partie de la vie et vous devient par moments nécessaire. David n'avait reçu en héritage que son courage, son intelligence, son énergie, son imagination. Élevée à Hauptwil, Élisabeth avait compris très jeune que les affaires comme les maisons de commerce sont pareilles à des cours d'eau dont il faut surveiller les berges sur des centaines de lieues. Le ruisseau du Gunzo mêlait ses eaux à la Thur, la Thur se jetait dans le Rhin et le

Rhin dans la mer. Il y aurait toujours des océans mais l'eau peut manquer dans le lit des rivières et des pays entiers se transformer en déserts. Élisabeth revit par la pensée le Vieux Château, la file de mulets devant le Kaufhaus, les livres de comptes sur lesquels Ursula se penchait.

Angélique, Louise et les enfants parurent dans la combe en dessous d'elles. Angélique marchait devant, portant Jean-Emmanuel sur ses épaules. Louise aidait Suzette à escalader la pente. Les deux femmes revinrent sur leurs pas. Elles entendirent la pluie avant de recevoir les premières gouttes d'eau.

— Que mes grandes filles sont imprudentes, remarqua Sarah, les enfants vont être trempés !

Trempés, lavés, séchés, restaurés, mis au lit de bonne heure. Élisabeth s'attardait dans leur chambre, prolongeant les rites qui les introduisaient dans le sommeil. Jean-Emmanuel ni même Suzette ne se souviendraient de ce moment privilégié. À leur âge, sa mère devait lui chanter une berceuse et lui souhaiter de beaux rêves chaque soir, et voici qu'elle ne se rappelait plus sa voix qu'en imagination. Sa mère l'avait aimée comme elle aimait ses enfants aujourd'hui. Dans la chambre tout habitée de sollicitude et de tendresse, Élisabeth pensa que Dieu aussi la regardait en cet instant, qu'Il regardait chacun des hommes avec un amour infini dont personne ou presque ne se doutait. Le vieux domestique qui avait vu naître son père, Werner, le confident de toute la famille, lui avait dit un jour alors qu'elle était encore une enfant : « L'être humain a le pouvoir de bénir. De bénir ses ennemis aussi bien que ses amis. C'est sa tâche quotidienne. La plupart des gens s'en croient incapables. Ils ne s'y exercent pas, parce qu'ils n'ont pas d'exemple autour d'eux. Mais on peut commencer sans modèle, avec confiance. » Elle ne l'avait pas très bien compris alors, peut-être parce qu'elle ne se connaissait pas d'ennemis. Aujourd'hui, impuissante à rassurer Sarah et à réconcilier les Genevois entre eux, elle découvrait qu'elle pouvait bénir ceux qui ne pensaient pas comme elle, ceux qui l'inquiétaient, ceux qui la blessaient, ceux qui la menaçaient. Elle joignit les mains autour de celles de Suzette qui répétait après elle : « Mon Dieu, bénis Jean-Emmanuel, bénis Papa et ses amis de Neuchâtel, bénis tante Sarah, bénis Isaac, bénis Angélique et Louise, bénis tous ceux qui sont restés à Genève, bénis les Français, les Savoyards, les Bernois, bénis ceux qui habitent le Pays de Vaud, ceux qui sont en Thurgovie. »

La cadette de Sarah, Suzanne, dite Fanny, dix ans, venait de passer une semaine chez une amie. À peine arrivée, elle était allée à la recherche de ses petits cousins. Elle attendait sur le seuil que la prière fût finie.

— Tante Élisabeth, peut-on bénir une ville ? Peut-on bénir un pays ? Peut-on bénir toute la terre ? Et n'est-ce pas Dieu seul qui nous bénit ?

— Nous sommes de drôles de gens, dit Élisabeth en descendant l'escalier. Dieu nous bénit et nous ne parvenons pas à y croire ; enfin, pas tout à fait et pas constamment.

* * * *

Les beaux meubles qui avaient fait le charme de l'appartement de Genève attendaient dans une grange d'être acheminés vers une nouvelle destination. Élisabeth ne s'était jamais séparée de la bague et du bracelet que lui avait donnés David, d'un collier, d'une broche et d'un médaillon hérités de sa mère. Désireuse de rendre leur chambre plus accueillante pour le retour de son mari, elle fit décharger un tapis, deux de ses tableaux préférés et une table à écrire.

Les haies se couvraient de petites fleurs blanches. Elle en fit un bouquet.

— Oh! le joli bouquet de mariée! s'écria Angélique.

Élisabeth rougit de son aveu involontaire; quelle que fût la durée de leurs séparations, elle attendait le retour de David avec autant d'émotion qu'une fiancée le jour de ses noces. Il avait parlé d'une absence de quatre ou cinq jours. La semaine écoulée, elle reçut deux lettres. Elle fit sauter le cachet de celle qui portait l'écriture de son mari. Obligé de changer ses plans, il s'embarquait pour Yverdon et se rendrait directement à Genève. N'étant pas proscrit, il pouvait encore entrer et sortir librement de la République; plusieurs familles réfugiées à Neuchâtel lui avaient donné pleins pouvoirs pour y régler leurs affaires. Les nouvelles reçues d'Irlande étaient on ne peut plus satisfaisantes; les futurs colons se mettaient en route. David ajoutait qu'il partait sans souci, heureux de sentir les enfants en sécurité à la Bretonnière.

Des larmes montèrent aux yeux de la jeune femme. C'était ridicule après tant de difficultés surmontées. David n'avait pas à être heureux de s'éloigner de nouveau, ni à être rassuré! Inquiet, il aurait traversé le lac et serait venu passer une nuit auprès d'elle. Elle déchira le feuillet.

Toute à sa déception, qu'elle s'efforçait de dissimuler à sa belle-sœur, elle n'ouvrit la seconde lettre que beaucoup plus tard, en fin d'après-midi. Elle en avait pourtant reconnu l'écriture: c'était celle de la fille d'Étienne Clavière, Joséphine Vieusseux, dont le premier enfant avait quelques mois de moins que Suzette. Les angoisses et les espoirs de la révolution avaient scellé leur amitié. Quand les Pierre Vieusseux avaient quitté Genève pour Neuchâtel, Joséphine n'avait pas cessé de donner des nouvelles. Elle écrivait que David avait logé chez eux et que, avant son départ précipité, il lui avait demandé d'écrire de son côté par le même courrier – ce qu'elle aurait fait de toute façon. Elle annonçait que son père avait été naturalisé Irlandais. Il travaillait à la charte de la Nouvelle Genève avec François D'Ivernois et les avocats Grenus et Du Roveray, à Dublin, sous la présidence du gouverneur de l'île. Ami Melly et le pasteur Gasc étaient à Waterford pour reconnaître les lieux. D'un jour à l'autre on attendait des précisions, qu'elle lui communiquerait aussitôt. Le vice-roi, Lord Templeton, très attaché au projet d'ouvrir une école protestante, quitterait bientôt l'Irlande. On craignait que son successeur n'eût pas la même générosité. Il fallait que, avant son départ, la charte fût approuvée par le Parlement de Sa Majesté George III.

Joséphine demandait des nouvelles des enfants. Elle était enceinte ; le bébé était attendu pour septembre, ce qui l'obligerait à demeurer à Neuchâtel quelques mois de plus que prévu.

Au Pays de Vaud, les fermières arrosaient leurs salades, surveillaient leurs semis, repiquaient des plantons, consultaient le calendrier et les phases de la lune avant de mettre en terre les grains violets des haricots-perches qui monteraient jusqu'au haut des « berclures ». Le blé avait germé dans la plaine. Une visite à la ferme apprit à Élisabeth que dans toute la région, on ne récoltait que des pommes de terre pourries, les poules ne donnaient pas d'œufs, les truies tuaient leurs petits, les carottes avaient la maladie et l'avoine des charançons.

— Ils ne vous connaissent pas encore, dit Sarah, ils se méfient, s'imaginant que vous êtes « de Berne ».

Fanny réclama le clavecin. On ne pouvait le laisser s'empoussiérer dans la grange. Une place lui fut faite au salon en attendant de lui trouver un accordeur. Sa seule compagnie donnait envie de déchiffrer de la musique et de chanter. Il était temps pour Élisabeth d'exercer régulièrement sa voix. Ses nièces lui réclamèrent des leçons. Fanny avait beaucoup d'oreille. À condition de n'être pas seules à suivre leur mélodie, Angélique et Louise se débrouillaient. Sarah se joignait à elles de temps à autre. Toutes cinq s'étonnaient de leur plaisir et de la confiance qu'elles y puisaient.

On lisait en famille les lettres de Joséphine Vieusseux. Elle appelait l'Irlande sa « nouvelle patrie ». Le vice-roi réunissait désormais les commissaires genevois deux fois par jour. De Londres, on avait fait venir un ingénieur à Waterford. Il était chargé de tracer le plan de la nouvelle ville et de l'approvisionner suffisamment en eau pour qu'on pût établir une fabrique d'indiennes et une tannerie. On construirait d'abord cinquante maisons, un four banal, une auberge, qui pourraient être terminés au mois de septembre déjà. Joséphine recopiait des fragments des lettres de son père : *Les maisons seront tirées au cordeau. On laissera une grande place au milieu de la ville pour l'établissement de l'Académie et des autres édifices publics. Chaque propriétaire de maison aura trente pieds de terrain. [...] Ceux qui seront en état d'apporter une manufacture d'indiennes recevront des encouragements considérables; on la désire beaucoup parce qu'il y a des fabriques de toile, de coton de toutes espèces qui prospèrent et l'on voudrait augmenter la valeur de ces toiles par l'impression. [...] Les teinturiers sont également requis. On désire vivement une papeterie qui connaîtrait la manière de faire du beau papier. [...] La tannerie est sûre de prospérer parce qu'il y a d'immenses débouchés ouverts par la mer et que les peaux ne manquent pas.*

Une question délicate était celle de la situation juridique des futurs colons vis-à-vis des indigènes. Les commissaires genevois refusaient tous les privilèges qu'on leur offrait; ils espéraient ainsi ne pas susciter contre eux des jalousies et des rivalités: *Nous devons des égards aux pauvres gens qui cultivent les terres que l'on nous propose, car il ne faut pas se dissimuler le besoin de ménager le bas peuple. L'avarice, la dureté des propriétaires l'a rendu irritable et violent.*

— Ne serait-il pas préférable de tenir tous ces détails secrets? demanda Sarah.

— Oserons-nous un jour chez nous dire ce que nous pensons vraiment? explosa Isaac. Un peu de violence ne nous ferait pas de mal, l'avidité des baillis nous rend méfiants et dissimulés depuis des siècles.

Née à Genève, Joséphine ne s'embarrassait pas d'une prudence superflue. Avant même que Sarah lui eût fait part de son inquiétude, elle l'avait écartée: *Monsieur de Vergennes a sous ses ordres beaucoup plus d'espions que les Bernois en Pays de Vaud. Nous avons fait la connaissance de l'un d'eux l'automne dernier à Neuchâtel: le comte Honoré Gabriel de Mirabeau, qui est devenu un ami de mon père. Toutes les lettres que nous échangeons n'apprendront rien aux indiscrets malintentionnés qu'ils ne sachent déjà.*

Quand, de Hauptwil, arriva une lettre dont l'adresse avait été tracée de la main d'Antoine, Élisabeth s'imagina qu'il était né à son frère un enfant de plus. Une seule feuille, pliée en six : le père d'Ursula, Hans-Jakob, seigneur du Grand Château et dépositaire du fidéicommis des Gonzenbach, était mort d'un arrêt du cœur le 20 avril, à l'âge de soixante-quatre ans. Antoine n'ajoutait rien de plus, hors le chagrin de sa famille et de tout le district. Comment ne pas aimer le seigneur Hans-Jakob ? Quand il rendait la justice, sa grande voix énergique et bienveillante redonnait à tous le sens de l'humour et le désir de vivre en paix. Il avait soutenu Ursula et Antoine dans des décisions difficiles concernant le commerce, les exigences toujours nouvelles du tissage, des matériaux et des couleurs. Il fallait être les premiers, il fallait être les meilleurs en prévision des crises inévitables. Hans-Jakob, son fils aîné, lui succédait. Il héritait du fidéicommis et de la charge de juge. Ses collections et ses voyages l'intéressaient plus que le commerce au quotidien. Avait-il toujours l'intention de libérer la Thurgovie ? Élisabeth présuma que son frère n'aurait plus le même appui. Un grand désir lui vint de le revoir, et Ursula, et Sabine et les enfants.

Le lendemain, elle reçut une lettre pressante de Joséphine l'invitant à venir attendre le retour de David à Neuchâtel. Qu'elle emmène les enfants. On guetterait son arrivée.

Pourquoi David ne venait-il pas les chercher ? Était-il malade, mourant, prisonnier ?

Les pommiers étaient en fleur, les oiseaux se croyaient à l'opéra. Isaac parut avec une grande boîte remplie de plantes à identifier. Il avait couru la campagne et les bois tout le jour. À peine fut-il au courant de la situation qu'il proposa à Élisabeth de l'accompagner. La soirée lui suffirait pour trier son butin et le mettre à sécher.

Le mauvais temps arriva pendant la nuit. « Ce ne sont pourtant pas encore les saints de glace », disait Sarah. Le vent du sud soufflait sans discontinuer et d'énormes vagues accouraient d'Yverdon. Le batelier assura qu'il n'y avait pas de danger :

— C'est quand le ciel est bleu et qu'un tout petit nuage guigne par-dessus la crête que le joran se précipite sur vous, arrache la toile, casse le mât et vous envoie rejoindre les poissons !

Aujourd'hui, la force et la régularité du vent permettraient de filer à grande allure, même s'ils étaient un peu secoués.

Élisabeth observait à la dérobée son neveu, qui tenait fermement la main de Suzette. Il paraissait enchanté de ce voyage. Était-il guéri ? Serait-il désireux de travailler avec David comme auparavant ? Elle s'assit dans le carré, à portée d'un anneau de cordage où se cramponner, Jean-Emmanuel sur les genoux.

— C'est un avant-goût de la mer d'Irlande, décréta joyeusement Isaac, qui ne perdait rien du spectacle des vagues et des embruns.

» Nous arrivons ! Oncle David est sur le môle, avec Pierre Vieusseux, je crois.

— Papa ! cria Suzette.

L'abordage fut mouvementé. Isaac sauta le premier sur la jetée. La fillette passa des bras du batelier à ceux de son père. Jean-Emmanuel avait sali ses langes et sentait le vomi. Élisabeth, toute en sueur et ne parvenant pas à retrouver son équilibre, mit plusieurs minutes avant de comprendre que David et Pierre Vieusseux n'osaient plus poser le pied en terre vaudoise de crainte d'être arrêtés. De Paris, le comte de Vergennes multipliait les menaces, les invites, pressant le Résident de France à Genève, le baron de

Castelnau, d'intervenir auprès du Petit Conseil afin que les « criminels » qui encourageaient l'émigration fussent définitivement bâillonnés. Il ne se lassait pas d'écrire dans le même sens au Gouvernement bernois. On se demandait même à Neuchâtel si Jean-François, le frère d'Étienne Clavière, qui n'avait jamais été banni, ne se trouvait pas déjà sous les verrous.

Élisabeth n'écoutait qu'à demi. Hors l'amour-propre, quelle raison personnelle pouvait avoir le comte de Vergennes d'être plus royaliste que le roi ? Louis XVI était-il au courant de la véritable situation des Genevois ? En finirait-on un jour avec ces continuelles intrigues ? Elle était déçue de ne pas retrouver son mari en tête à tête. Quand aurait-il enfin le loisir, comme autrefois, de lui montrer une ville dont il lui raconterait le passé, de prolonger une conversation par des souvenirs et des projets jusqu'à cette qualité de silence et d'attente qui précède la nuit ?

Joséphine et Pierre Vieusseux leur avaient trouvé deux chambrettes chez l'habitant, à proximité de leur logement. C'était précaire, mais provisoire. Depuis la Révocation de l'Édit de Nantes, la principauté de Neuchâtel n'avait pas accueilli autant de réfugiés que cette dernière année.

Le dimanche matin, il y avait affluence à la Collégiale. À la sortie du service, un attroupement se forma autour d'un homme de belle prestance, au visage hâlé sous la perruque blanche d'ecclésiastique : le pasteur Gasc, qu'Élisabeth imaginait en train de prêcher l'Évangile aux Irlandais ! Constatant qu'il y avait suffisamment de pasteurs dans l'île et que les colons genevois n'embarqueraient qu'en septembre, Ésaïe Gasc était revenu sur un navire marchand à destination d'Ostende et avait rejoint la ville de Neuchâtel où sa femme et ses beaux-parents l'attendaient. On l'assaillait de questions : la durée du voyage, le site, le commerce, la population indigène, le climat, la future charte, les assurances financières... New Geneva était en train de se construire au bord de la mer, à six miles de Waterford et tout près de Passage, un village de pêcheurs à moins d'un mile, sur un emplacement loué jusqu'alors à des petits paysans. Le port, situé sur la côte sud de l'île, était aisément accessible. La fanfare de la Compagnie légère indépendante de Waterford, formée de volontaires irlandais, les avait accueillis. D'Ivernois en portait l'uniforme. Le maire, dans son discours, les avait salués comme les envoyés du Ciel ; grâce à eux, la région ne connaîtrait plus dissensions ni pauvreté. Ami Melly se proposait de revenir une dernière fois sur le continent pour préparer l'émigration. Il passerait par Neuchâtel.

Élisabeth regardait les toits de la ville qui s'étageaient jusqu'au lac, les jardins dans la fraîcheur du printemps. En descendant la côte, elle prit avec Joséphine des escaliers reliant une rue à l'autre, qui lui rappelèrent les traboules de Lyon. Le calcaire jaune du Jura égayait les façades des maisons. Pourquoi les exilés genevois ne s'établissaient-ils pas à Neuchâtel ? Joséphine désirait-elle vraiment passer le restant de sa vie en Irlande ? La réponse fut évasive. On avait tellement débattu de l'emplacement de la nouvelle Genève l'automne dernier ! La décision finale de son père et de François D'Ivernois ne pouvait être que la meilleure. Élisabeth n'insista pas. Elle savait que Joséphine et son mari, âgés tous deux de vingt-deux ans, suivaient, comme le reste de la famille d'ailleurs, le sillage d'Étienne Clavière avec une confiante admiration.

On reparla du choix de Waterford lors d'un dîner chez les Vieusseux. On avait évalué la durée du voyage, qui se ferait sans hâte à cause des enfants. On prévoyait la date du départ pour le printemps prochain, ce qui signifiait presque encore un an d'attente, mais il fallait laisser aux ouvriers le temps d'installer la fabrique. David rappela l'insécurité du trafic maritime en temps de guerre et Isaac demanda s'il ne subsistait pas un conflit latent entre les protestants, grands propriétaires de l'île, et leurs petits métayers, très attachés à l'Église romaine. Aucune intention de critiquer le choix de Waterford dans ces remarques, mais un simple souci d'objectivité en vue de sages préparatifs.

Élisabeth alors s'écria :

— Pourquoi ne resterions-nous pas tous ici en pays protestant ? Les fabriques auraient davantage de débouchés que dans l'ancienne Genève, étranglée par les trois grandes puissances qui prétendent la protéger.

— Et le vin d'ici est meilleur que celui de Genève ! dit en riant Pierre Vieusseux qui remplissait les verres. Savez-vous que le comte de Mirabeau pensait que le meilleur endroit pour une colonie se situait au nord de Neuchâtel, dans La Wavre ?

David s'étonna :

— Vous avez dit Mirabeau ? Le comte Honoré Gabriel de Mirabeau ? Où l'avez-vous rencontré ?

— À notre arrivée, il séjournait à Neuchâtel, dit Madame Clavière. Il venait nous trouver presque chaque jour. Mon mari lui voue une grande estime.

— Une grande estime ? On m'en avait plutôt parlé comme d'un vaurien !

— Disons un adolescent attardé, en conflit avec son père. Un passionné, un violent.

Tous se mirent à rire sans avoir besoin de souligner à quel point Étienne Clavière pouvait être lui aussi passionné et violent.

— Nous avons compris dès sa première visite que Monsieur de Mirabeau renseignait le comte de Vergennes, dit Pierre Vieusseux. Au bout d'une semaine, il acceptait de prendre notre défense auprès du Gouvernement français.

— Il a très mauvaise réputation, insista David ; quelle preuve avez-vous de sa loyauté ?

— La copie de ses lettres.

— Copie conforme ou de fantaisie ? demanda Élisabeth. C'est impossible à vérifier !

— Mes hommages, Madame, dit Pierre Vieusseux en se levant. Il est bon d'exiger des preuves. Je vous apporte les documents pour que vous en jugiez.

Une minute après, il revenait avec un petit portefeuille.

— Mais c'est l'écriture d'Étienne ! dit David en l'ouvrant.

— Il ne s'agit pas de lettres in extenso. Mirabeau venait nous lire ses rapports avant de les envoyer. Mon beau-père corrigeait certains passages, recopiait ce qui l'intéressait.

— Écoutez, c'est surprenant ! s'écria David, qui avait déjà parcouru l'un des feuillets : *Le roi de France s'est montré aux Genevois en père sévère et courroucé. Que son bras se désarme ! Rappelez les troupes françaises, Monsieur le Comte, ces troupes peu nécessaires pour contenir des artisans qui, dans l'ivresse même de l'indignation et du désespoir, n'ont pas osé frapper un seul soldat. […] Rappelez ces troupes dans lesquelles le citoyen de Genève, accoutumé à d'autres idées, à d'autres mœurs, ne voit que des instruments de tyrannie destinés à violer sa pensée jusqu'au fond de son âme.*

— C'est beau, dit pensivement Joséphine. Mon père nous avait lu ce passage. Je crois même que c'est lui qui l'a écrit.

— C'est superbe, émouvant, mais cela ne pouvait avoir aucun effet, remarqua Isaac.

David reprit sa lecture :

— *Et quelle futile occupation pour un ministre rempli d'aussi grandes vues, appelé à d'aussi grandes voies, que celle d'accorder des partis qui ne se heurtent fortement que parce que l'un des deux se croit sûr de vous intéresser à ses systèmes.*

» C'est l'exacte vérité !

— Elle est dangereuse, commenta Isaac. Tout le monde sait que la vérité blesse inutilement quand elle ne fait pas rendre gorge à l'adversaire.

— Ne soyez pas si sombre, Isaac, dit Madame Clavière en posant sur l'assiette du jeune homme un grand morceau de gâteau. Nous sommes tous sains et saufs et bien contents de l'être, n'est-ce pas ?

— Sains et saufs, qu'est-ce que cela veut dire ? protesta Isaac sans même la remercier. Au Pays de Vaud, depuis des générations sains et saufs et muselés, nous nous contentons de survivre.

— Voici qui me paraît sage, intervint David ; jamais je n'aurais imaginé tant de bon sens dans cette tête brûlée de Mirabeau : *Le canal qui joindrait la Saône à la Loire coûterait 5 millions. Je doute que ce soit la moitié des sommes que l'expédition de Genève vient d'absorber.*

— La guerre est effectivement une activité ruineuse, approuva Pierre Vieusseux.

— La ruine n'est pas le plus grand des maux, proféra Isaac.

— Il faut être reconnaissant de n'avoir pas connu la guerre ni la famine, dit Madame Clavière.

Élisabeth vit passer l'irritation et l'impatience sur le visage de son neveu, qui demanda presque aussitôt la permission de se retirer.

— Vous ne m'avez pas encore lu la page où Mirabeau parle de Neuchâtel, remarqua-t-elle pour dissiper le malaise qui s'installait à la suite du départ du jeune homme.

— *Neuchâtel, le 8 octobre 1782... Que personne ne donne au roi de Prusse l'idée de cantonner les Genevois dans cette espèce de promontoire du Pays de Neuchâtel appelé La Wavre, où la moindre colonie située sur la Thièle, navigable et susceptible de l'être bien davantage, entourée des lacs de Bienne, de Morat et de Neuchâtel, deviendrait un des plus florissants entrepôts du commerce de l'univers et ferait bientôt oublier l'ancienne Genève qui, toute favorisée qu'elle soit de la nature, ne possède pas à beaucoup près tous les avantages de cette position unique en Europe.*

— J'ai toujours dit à mon mari qu'il fallait avoir confiance, que nous étions protégés! s'exclama Madame Clavière. Une position unique en Europe! Vous ne savez peut-être pas que, en arrivant à Neuchâtel l'été dernier, Étienne a demandé le droit d'habitation et qu'il l'a obtenu aussitôt. Et maintenant, nous avons la nationalité irlandaise. C'est comme si Dieu voulait nous dire que, partout où nous irions, nous serions bien accueillis.

Élisabeth et David gardèrent le silence. Ce n'était pas leur rôle, ce n'était ni le lieu ni le moment de remettre en cause l'immense effort de diplomatie et de négociation d'Étienne Clavière et de ses amis. Ils se retirèrent peu après. Sur le chemin du retour, évitant de parler de l'attitude préoccupante de leur neveu, Élisabeth demanda pourquoi les exilés genevois n'avaient pas suivi les suggestions de Monsieur de

Mirabeau et ne s'étaient pas établis à La Wavre. David lui expliqua que les Neuchâtelois n'avaient pas les moyens des Irlandais pour leur offrir des maisons et des terres. Frédéric II, dont dépendait la principauté de Neuchâtel, aurait délié sa bourse à condition que les Genevois vinssent en Prusse. Le choix de Waterford était donc une question de financement. « La raison du plus riche est toujours la meilleure », pensait Élisabeth. Son mari gérait leur fortune et celle des autres. Elle, sa femme, n'avait pas à mettre en doute le bien-fondé de son activité.

Le lendemain, elle se sentit lasse, étrangère aux conversations des émigrés, incapable d'imaginer le rôle qu'elle pourrait jouer dans la nouvelle colonie. Isaac vint annoncer à son oncle qu'il retournait à la Bretonnière. David ne le retint pas. Élisabeth profita de son escorte ; elle resterait auprès de Sarah pendant que son mari se rendrait à Bruxelles.

Elle était en train de faire ses adieux à Joséphine avec les enfants quand Pierre Vieusseux arriva bouleversé : Ami Melly venait d'être arrêté à Genève et emprisonné !

III

De Genève à Neuchâtel, les messagers ont à franchir vingt lieues en Pays de Vaud, où les espions et la police de LL. EE. sont en alerte. Ils ne transportent pour tout bagage, en guise d'alibi, qu'un sac de blé ou un tonnelet de vin. Aucun écrit en poche mais une mémoire que l'indignation rend infaillible. On savait depuis des lustres la République de Genève inféodée de gré ou de force au Royaume de France, son puissant voisin ; on subissait depuis des mois la rage du comte de Vergennes contre ces familles protestantes qui refusaient toute compromission et lui tenaient tête au nom de l'Évangile ; on ne s'attendait tout de même pas à ce que le Petit Conseil obéît aux ordres dangereux et ridicules que l'amour-propre dictait au ministre de Louis XVI.

— Arrêter Ami Melly !

— Le lendemain même de son arrivée à Genève !

— Saisir tous ses papiers !

— Sa chambre de Carouge perquisitionnée !

— C'est impossible, Carouge est sur territoire sarde.

— Le Résident de Savoie à Genève en a donné l'autorisation.

— Le baron d'Espine ?

— C'est l'arbitraire, la dictature !

— Traiter Melly de criminel !

— Ami Melly, le plus honnête des hommes, l'un de ceux qui ont le plus contribué à la prospérité de Genève depuis quinze ans !

— J'espère qu'il se défend !

— Et que ses amis voleront à son secours !

— Savez-vous que, pendant quelques jours, le peuple genevois l'a réellement imaginé criminel, comme son arrestation le laissait supposer ?

— Quel chef d'accusation ont-ils réussi à trouver ?

— Le fait qu'il est l'un des commissaires les plus influents de l'émigration en Irlande, ainsi que le désignent les gazettes anglaises.

— Nos aristocrates feraient bien de remettre rapidement leur prisonnier en liberté. Le scandale est tel qu'il décide les plus hésitants à partir.

La belle saison facilite le voyage. De Neuchâtel, on peut gagner rapidement la ville libre de Bâle. Les émigrants descendent le Rhin, rejoignent les Pays-Bas du Sud et arrivent à Bruxelles où ils sont attendus, accueillis, orientés, avant de s'embarquer au port d'Ostende. C'est à Bruxelles qu'on est probablement le mieux renseigné sur l'incarcération du maître horloger et sur l'instruction de sa cause. Ami Melly a commencé par dénoncer les vices de procédure : de quel droit, lui, citoyen britannique, est-il jugé à

Genève comme Genevois ? Il n'a jamais signé cet Édit de pacification de 1781, si bien baptisé Code Noir, il n'est donc plus bourgeois de Genève. Il a juré fidélité au vice-roi d'Irlande et à Sa Majesté George III d'Angleterre, il n'a dès lors aucun compte à rendre au Gouvernement genevois sur ses activités à l'étranger.

Le chargé d'affaires d'Angleterre en Suisse, Monsieur Louis Braun, résidant à Berne, s'informe avec impertinence auprès du Petit Conseil genevois des crimes commis par Monsieur Ami Melly, tandis que le secrétaire d'État britannique Charles James Fox s'indigne de la détention d'un de ses compatriotes à la prison de l'Évêché.

David s'entretenait avec Jacques Bidermann quand une copie de la lettre de Lord Mahon au Premier Syndic de Genève leur parvint :

Monsieur le Premier,

C'est avec la plus grande surprise que je viens d'apprendre le procédé étonnant du Gouvernement de Genève contre Monsieur Ami Melly, ci-devant citoyen de Genève, mais maintenant sujet de Sa Majesté Britannique. Les syndics et Petit Conseil de Genève ignoraient sans doute que Monsieur Melly fût sujet du Roi d'Angleterre, mais dorénavant il faudra qu'ils se le rappellent.

Par rapport à moi, la seule grâce que j'ai à demander au Conseil c'est d'avoir mon nom rayé du rôle des Bourgeois de votre République.

J'ai l'honneur d'être, Monsieur, votre très-humble et très-obéissant serviteur.

— Voilà qui n'a pas dû plaire aux syndics, dit Jacques Bidermann. Depuis des années, la famille de Lord Mahon entretenait d'excellentes relations avec les autorités genevoises. Je crois qu'il est l'un des meilleurs amis et le protecteur de François D'Ivernois.

— François lui a écrit dès son arrivée à Neuchâtel, dit David. C'est ensemble qu'ils ont prévu tout d'abord l'émigration en Angleterre. Lord Mahon portait encore le nom de Charles Stanhope quand il reçut la bourgeoisie de Genève le 13 juin 1771.

— Quelle mémoire prodigieuse! s'écria Bidermann.

— Elle n'a rien d'extraordinaire puisque je fus moi-même « sacré » bourgeois quelques jours plus tard, le 25 juin. Il y a presque douze ans. Que de choses changent en douze ans!

— Savez-vous que, déjà en août de l'an dernier, Lord Mahon avait écrit à l'intrépide Flournoy pour le presser de venir en Irlande, « le pays actuellement le plus libre d'Europe » ? La suite des événements lui a donné raison. Vous avez visité l'hostellerie que nous avons installée pour héberger les futurs Irlandais. Nous attendons dès le mois de septembre une vingtaine de familles dans le quartier du Parc, le plus agréable de Bruxelles, à deux pas d'ici. Vous devriez demeurer avec nous, mon cher David, et vous décider sans tarder. C'est ici, à Bruxelles, que vous pourriez donner un plein essor à vos activités. La liberté du commerce, décrétée dans l'empire de Joseph II l'an dernier, nous est particulièrement favorable.

David hésite. Élisabeth ne pourrait que se plaire dans le quartier du Parc de Bruxelles, où elle se ferait de nombreux amis.

— Permettez-moi d'aller régler mes affaires à Amsterdam. Je vous donnerai réponse à mon retour.

* * * *

— Quelle soirée somptueuse ! s'émerveille Sarah.

Au-dessus de l'échine sombre et sinueuse du Jura, le ciel s'éclaire encore de vert, de rose et de pourpre. On a fauché l'herbe devant la maison. Les enfants, grisés par son parfum, s'y sont roulés tout l'après-midi comme de petits lapins sauvages, sans qu'on ait pu les en empêcher.

— Quelle tranquillité ! reprend Sarah. Il y a des années que nous n'avons pas eu un aussi beau mois de juin.

Élisabeth réprime un soupir. Impossible d'avouer à quel point cette beauté la blesse. Impossible de dire à Sarah à quel point la présence de David lui manque. Pendant quelques semaines, elle s'était fait illusion ; l'échange de lettres, lues et relues, écrites et reprises de soir en soir, mettait une sourdine à l'absence. Puis elle fut saisie par une angoisse physique, un chagrin et une envie de pleurer dont elle ne parvient pas à se défaire et qui la remplissent de confusion. Car enfin, après la mort de César, Sarah a fait face à sa solitude bravement. Elle, qui attend le retour de David d'un jour à l'autre, est incapable de chanter, elle n'a plus de bonheur à brosser les cheveux soyeux de sa fille, à tenir son fils tout contre elle sur ses genoux, à humer leur tendre senteur de petites bêtes moites quand ils sortent du lit, à leur mordiller le coin de l'oreille, à presser sa joue contre leur épaule fraîche. Comme si son corps était devenu opaque, inapte à émettre ou à capter le moindre rayonnement. Elle tente de se raisonner, elle regarde Sarah, n'osant lui demander si l'absence se creuse de plus en plus douloureuse et profonde ou si l'on se retrouve un jour enraciné dans le sol de sa vie, n'ayant souvenir que des moments heureux.

Le crépuscule s'assombrit.

— Quelle paix! remarque Sarah. À Genève, les maisons nous cachaient le scintillement des étoiles.

À Genève... quelqu'un a-t-il ouvert les fenêtres de son ancien appartement? À cette heure, le prisonnier Melly aperçoit-il un coin de ciel? Le docteur Odier monte-t-il une fois de plus les étages pour soulager un malade? Le docteur Odier... Sarah lui donne régulièrement de leurs nouvelles à tous et en particulier d'Isaac. Est-ce pour cela qu'Élisabeth ne lui a pas encore écrit? Ce soir, c'est à lui qu'elle pourrait confesser : « Les enfants ont une mine superbe et font des progrès étonnants. David doit se trouver quelque part entre Bruxelles et Amsterdam. Je me sens désœuvrée, nerveuse, impatiente. L'été dernier, à Genève, je rêvais de campagne et voici que la ville me manque, les rencontres imprévues qu'on y fait et nos conversations. Je sens bouillonner en moi une immense énergie sans emploi, qui m'épuise. »

— Les nuits sans lune sont encore plus belles que les autres, murmure Sarah.

Élisabeth ouvre les yeux, surprise de l'obscurité face aux étoiles si nombreuses. Leur silence la bouleverse. Elle se sent comme délivrée d'elle-même et des soucis d'autrui.

— Pourquoi souriez-vous? demande Sarah.

A-t-elle souri? Sans doute seul un sourire peut exprimer ce que des mots ne lui permettent pas de formuler.

— J'écrivais une lettre dans ma tête, dit-elle enfin. Au docteur Odier, pour lui demander de passer à la prison. Les médecins ont sûrement le droit d'entrer dans les prisons. Auriez-vous encore une bougie pour moi?

— Vous feriez mieux d'écrire le jour et de dormir la nuit !

Il y a plus de sollicitude que de reproche dans la voix de Sarah.

Le chien de la ferme aboie, un renard glapit. En revenant du côté de la maison, les deux femmes s'aperçoivent que l'herbe, leurs vêtements, tout est mouillé par le serein.

— C'est signe de beau temps. Les enfants pourront jouer autour du bassin, dit Sarah en posant devant sa belle-sœur suffisamment de bougies pour écrire jusqu'au matin.

* * * *

« Tout apparaît dans une lumière différente selon le mois et la saison, les événements et les circonstances personnelles », pensait David. Après son départ de Bruxelles, il avait changé sans difficulté de cocher et de cheval aux relais. La route était sèche, l'air doux, léger, la nuit de juin si brève. Il fit le voyage d'une traite : à quoi bon s'arrêter quand sur le Herengracht d'Amsterdam une maison vous attend ? Il avait annoncé son arrivée à Pieter Van den Voogd et traversa les faubourgs avec une joyeuse impatience. Mais au moment où il pénétra dans la maison, accueilli par le seul gardien, quand il se trouva dans la chambre qui lui avait été préparée, où rien ne manquait, l'absence, la mort de Samuel lui parurent plus injustes que jamais. Ils auraient eu un tel bonheur à se retrouver ! S'étant laissé tomber dans le fauteuil le plus proche, il regardait les meubles hollandais un peu lourds, le poêle, les gravures. Tout était resté en place dans une propreté parfaite. Faudrait-il vendre ? mais le moment était peu favorable. Trouver des locataires ? Quelles choses détestables que la politique et la guerre, qui lui interdisaient de venir s'installer ici avec Élisabeth et les enfants. Le gardien lui avait demandé ce qu'il pourrait lui servir ; n'ayant pas reçu de réponse, il avait posé sur une table, à portée de main, du café, du genièvre et un assortiment de ces poissons frais ou salés dont les Hollandais sont friands à toute heure.

— Il est venu un message pour vous, Monsieur, dit-il en présentant un billet sur une soucoupe en argent.

David ne faisant pas mine de le prendre, il le posa en évidence avant de se retirer.

— Nous sommes heureux de vous accueillir dans les Provinces-Unies ! Avez-vous fait bon voyage ? Il me semble que vous n'avez même pas lu mon mot de bienvenue. Est-ce que j'arrive trop tôt ?

David se leva, désorienté. S'était-il assoupi ? Le regard direct et chaleureux de Pieter Van den Voogd, son accolade lui firent retrouver ses esprits :

— Je suis content de vous revoir, Pieter. Pardonnez ma distraction, j'ai peu dormi en chemin. Asseyons-nous et partageons toutes ces choses excellentes dont vous m'apprendrez le nom. Je me coucherai de bonne heure et nous travaillerons demain.

Quelques phrases suffirent pour mettre David au courant de la situation du pays, prévisible d'ailleurs. Aucune reprise du commerce ne se faisait encore sentir. Entre Utrecht et Londres, les pourparlers de paix piétinaient. L'empereur Joseph II, dont Jacques Bidermann appréciait la sagesse et la libéralité, profitait de la faiblesse des Provinces-Unies pour revendiquer les villes frontières ou pour exiger la démolition de leurs remparts.

— Et les Patriotes ? demanda David.

— Leur cause avance. Deux écrivains la défendent. On réunit une armée de milice.

Comme lors de son passage à la fin de janvier, David ne put s'empêcher de mettre en parallèle la situation de Genève il y avait deux ou trois ans et celle des Provinces-Unies aujourd'hui. Les écrivains néerlandais ayant épousé la cause des Patriotes seraient-ils mieux traités que François D'Ivernois, dont les livres avaient été saisis et qui était désormais banni de sa ville natale ?

— Ce n'est pas la première fois que nous sommes au creux de la vague, reprit Van den Voogd. La flotte française nous a sauvés ; d'ici la fin de l'année, le commerce d'outre-mer reprendra.

— Je serai à votre bureau de très bonne heure demain, promit David.

L'eau était fraîche dans les brocs, les aiguières joliment décorées de scènes naïves et bleues. Le gardien, stylé comme un valet de grande maison, avait défait son bagage et préparé un bain dans le cabinet attenant. David ôta sa perruque, sa veste de voyage. Il reprenait avec bonheur les gestes que Samuel avait eus pendant plus de vingt ans.

« Le creux de la vague ? Une image de marin, pensa-t-il, rassurante tant que la houle est régulière. En cas de tempête, la crête des vagues déferle en tourbillons et menace de vous engloutir. Rien n'est plus démoralisant que l'attente quand elle se prolonge alors que la situation se détériore. À Genève, les Représentants auraient-ils dû faire preuve de plus de détermination ? ou de plus de diplomatie ? »

David s'en voulut de revenir sans cesse aux événements qui avaient bouleversé leur vie un an plus tôt.

D'ailleurs, pourquoi les regretter? Sans eux, il n'y aurait pas eu cet immense élan de solidarité autour des exilés et on ne se préparerait pas à bâtir une ville.

Le lendemain matin, une brise venue du large rafraîchissait le Herengracht. David fut reçu avec empressement par le personnel de la maison Voogd & Develay. Pieter avait préparé leur entrevue avec le plus grand soin. David voulait avant tout être exactement informé.

— Que désirez-vous savoir? demanda Pieter.

— Tout, répondit David.

— Par quoi préférez-vous commencer?

— À vous de choisir: ce qui vous cause le plus ou le moins de souci.

La journée passa rapidement. David sentait que Pieter Van den Voogd, de quelques années son cadet, attendait de lui des conseils et peut-être du secours. La compassion est mauvaise conseillère dans le monde des affaires. David avait besoin de la nuit et des ressources de son imagination pour réfléchir.

— Nous avons suffisamment travaillé. Que pensez-vous d'une promenade dans cette ville que je connais à peine? proposa-t-il.

Pieter donna l'ordre d'atteler. David souhaita revoir le port. C'était la fin de l'après-midi. Les quais avaient un air d'abandon avec plusieurs bassins vides, des allèges immobilisées, des charbonniers et des hourques qui attendaient des jours meilleurs. En revanche, les rues regorgeaient de badauds désœuvrés; ils n'avaient pas plus de pouvoir que les débardeurs pour faire hisser les voiles de la flotte néerlandaise. Sous le ciel immense, les arbres avaient déployé leur feuillage d'été, une profusion de fleurs jaillissait des jardins.

— Nous avons le temps d'aller au bord de la mer, dit Pieter. La lumière est si belle.

— Et l'air du large si nécessaire.

Ils n'étaient pas les seuls à suivre la route qui menait à un port de pêche d'où l'on pouvait monter sur la grande digue qui protégeait les terres. Des galiotes et des sardiniers avaient quitté la côte en direction d'une petite île. De grands oiseaux blancs tournoyaient au-dessus de leurs têtes. L'un d'eux se posa sur le môle et lança son cri, rire et braiment et cor de chasse, aux quatre vents de l'horizon. David sursauta. Pieter se mit à rire :

— Heureusement qu'il existe encore dans ce pays des goélands et des pêcheurs pour faire la nique à l'Angleterre !

— L'Angleterre, votre ennemie, auprès de qui mes amis ont trouvé secours, murmura David. Nous voici en pleine ambiguïté : étant votre associé, j'ai les mêmes intérêts commerciaux que vous, alors que nous appartenons à deux camps opposés. L'Angleterre, qui accueille les exilés genevois avec la plus grande générosité, coule vos navires. Charles James Fox, son secrétaire d'État, prend ouvertement la défense d'Ami Melly tout en mettant à la paix, pour vous si nécessaire, des conditions qui menacent de ruiner la Compagnie des Indes orientales. La France, elle, défend vos colonies et s'oppose à tout ce que nous essayons de rebâtir, à l'esprit de Genève que nous sommes résolus à sauver. Le comte de Vergennes, qui épouse votre cause, a juré notre perte. Il m'est impossible de m'installer dans cette ville où une maison m'est offerte et où je me sens à l'aise, en amitié auprès de vous.

David avait parlé le regard fixé sur l'horizon. Il se tourna vers Van den Voogd :

— Marchons un peu, voulez-vous ?

La digue s'étirait à perte de vue. David accéléra le pas :

— Par un soir comme celui-ci, on serait prêt à s'embarquer pour l'autre bout du monde.

— Ou pour l'Irlande, dit Pieter. Irez-vous à Waterford ?

— Pas avant que les fabriques soient installées. Dès sa libération, Ami Melly aura besoin d'ouvriers et d'entrepreneurs plus jeunes que moi.

Van den Voogd garda le silence. L'autre bout du monde avait été une grande aventure du peuple néerlandais. Ses colonies sur la côte de Coromandel et aux îles Moluques, qui l'avaient couvert d'or, le rendaient si vulnérable aujourd'hui. Qui aurait imaginé qu'en Amérique, une guerre éclaterait autour d'autres colonies réclamant leur indépendance et que la petite république européenne y serait entraînée bien malgré elle ?

Le vent fraîchissait. Ils firent demi-tour.

— Croyez-vous au destin ? demanda Pieter.

— Qu'entendez-vous par destin ? s'étonna David.

— Croyez-vous que l'avenir soit écrit d'avance ? Que notre histoire personnelle obéisse aux lois qui gouvernent le ciel ?

— Je ne puis vous répondre, dit David. On devient très ignorant avec l'âge et presque modeste, ce qui me surprend le tout premier !

Pieter Van den Voogd était plus soucieux qu'il ne voulait le laisser paraître ou simplement se l'avouer. Après une seconde journée passée à réviser la comptabilité des six derniers mois sous le regard averti de David, il constatait que la société qui portait leurs noms à tous deux pourrait être obligée de déposer son bilan. La trésorerie faisait défaut. Pour temporiser, Pieter cherchait des fonds. Quelques années plus tôt, il aurait été facile d'emprunter. La guerre avait vidé les caisses, celles des États comme celles des particuliers. Pieter avait-il imaginé son associé plus riche qu'il ne l'était, ou moins sage ? David ne s'autorisait pas à investir davantage dans les Provinces-Unies :

— C'est ici même que vous devez chercher de l'aide, auprès de vos compatriotes, condamnés comme vous à l'expectative jusqu'à ce que le traité de paix soit signé et que vous en connaissiez les clauses.

Ils passèrent la soirée dans la famille de Pieter. La présence de sa femme, de sa sœur et de sa belle-mère changea le cours de la conversation. Elles aussi étaient condamnées à l'attente, mais c'était une attente active, occupée à entretenir la confiance et l'espoir. De toute façon, il y aurait une issue. Qu'importaient la faillite, la perte de leur fortune, un changement d'habitudes, pourvu que la vie des leurs soit préservée. Les enfants – ils étaient trois entre neuf et treize ans – grandissaient, s'instruisaient ; n'était-ce pas pour elles l'essentiel ? Elles demandèrent comment s'était déroulée la journée. Pieter parla de stagnation en plein marais : impossible d'avancer ou de reculer.

— En ce cas, le secours vous viendra d'En-haut, affirma la belle-mère de Pieter avec un ravissant sourire.

Elle avait rencontré le comte Nicolas-Louis de Zinzendorf dans sa jeunesse et elle en avait gardé la piété des communautés moraves avec une bienveillance inaltérable. Se tournant vers David, elle voulut tout savoir de sa femme et des enfants, des exilés genevois et même de Waterford, discernant l'intervention divine dans chaque circonstance.

— Je préférerais mettre certains malheurs sur le compte de la fatalité afin d'en disculper la Providence, objecta David.

Voyant dans cette remarque une allusion à la mort récente de son frère, ses hôtes en évoquèrent une fois de plus la mémoire. La vieille dame devina que d'autres deuils avaient assombri la vie de David Develay :

— Certains malheurs, dites-vous ? La fatalité ? Comment imaginer que Dieu puisse être absent, sourd, indifférent ? Quelle que soit l'épreuve, Il vous prêtera secours pourvu que vous L'imploriez.

David la regarda avec amitié. Elle avait un si grand désir de lui venir en aide.

— Ainsi, reprit-elle, vous n'êtes pas né à Genève ? Faites-nous plaisir, parlez-nous de votre pays.

Elle avait appuyé sur le possessif, sentant bien qu'il demeurait plus attaché qu'un autre à la terre de son enfance. Inconsciemment, David avait fermé les yeux. Sur les contreforts du Jura, l'or et le cuivre de l'automne se superposaient aux pousses vertes du printemps. Son pays ! Dans les gorges de l'Orbe, profondes et fraîches, son père lui avait montré la fabuleuse érosion de l'eau dans les marmites glaciaires. À la saison des migrations, ils longeaient le marais face à la bise qui balaie d'un même souffle la terre et le ciel et la lassitude des hommes. David allait dire, raconter, quand au loin sur la route de l'été conduisant au château de Champvent, il aperçut un nuage de poussière qui grandissait, se rapprochait : le Bailli, en grand équipage aux armes de LL. EE., rentrait chez lui en traversant ses terres. Chez lui ? Le château, avec ses quatre tours d'angle et son donjon, son parc, son pont-levis, avait été construit cinq siècles plus tôt par Henri de Champvent. Ses terres ? Leurs terres à tous, dont LL. EE. s'appropriaient le profit. Rouvrant les yeux, David rencontra le regard chaleureux, attentif de ses hôtes. Il ne pouvait les blesser ; pas plus que son frère, il ne leur parlerait de la colère des Vaudois sous la férule bernoise, car il imaginait trop bien celle des indigènes asiatiques ou africains à l'arrivée des colons néerlandais.

— Il est trop tôt ou peut-être trop tard pour parler du Pays de Vaud, déclara-t-il enfin. Laissons pour ce soir la politique, les regrets, les prévisions impossibles. À Genève, que je considérais comme ma seconde patrie, je suis devenu l'un des porte-parole de ceux qui ne parvenaient pas à se faire entendre. Peut-être était-ce de la présomption…

— Non, non, certainement pas, intervint la douairière morave. Vous êtes comme Pieter, vous aimeriez agir tout de suite avec efficacité. Les hommes sont impatients.

David admira cette vieille dame intrépide, qui avançait à grands pas sur le chemin de la concorde tracé par Zinzendorf. Il lui devait une totale franchise :

— Votre gendre et moi sommes faits pour nous entendre, mais nous ne sommes pas, en ce moment du moins, au même tournant de notre vie. Pieter et ses amis les Patriotes, à La Haye, à Utrecht, à Delft, comme ici, espèrent ranimer l'esprit qui régnait dans votre pays au temps du Siècle d'Or si bien nommé. Mes amis et moi, qui n'avons pas pu obtenir la justice pour ceux que nous représentions, quittons la République de Genève déterminés à fonder une nouvelle cité affranchie des compromis trop patiemment tolérés.

* * * *

En arrivant dans le quartier du Parc à Bruxelles, David eut la surprise d'apercevoir une silhouette élancée bien connue. Il donna l'ordre à son cocher de la rattraper, sauta à terre. C'était Étienne Clavière, qu'il n'avait pas revu depuis la nuit tragique du 1er au 2 juillet 1782. Après avoir été l'un des principaux membres de la Commission de sûreté pendant trois mois, il avait finalement voté pour la reddition de Genève : « Si nous pouvons disposer de notre vie, qui nous donne le droit de disposer de celle de dix mille femmes et enfants ? »

Étienne Clavière et David-Emmanuel Develay, du même âge ou presque, étaient en relations d'affaires depuis longtemps. L'avocat Jacques-Antoine Du Roveray les avait aidés à régler la succession du frère aîné de François D'Ivernois, mort à Saint-Domingue où il cultivait la canne à sucre. Les vicissitudes communes et les mois de séparation renforcent l'amitié ; Étienne et David tombèrent dans les bras l'un de l'autre.

— On m'a dit que vous pourriez passer l'hiver à Bruxelles, dit Clavière.

— Donnez-moi tout d'abord des nouvelles de Waterford, répondit David.

Lord Templeton avait résilié son mandat de vice-roi d'Irlande. Son successeur, Robert Henley, deuxième comte de Northington, était un ami de Fox ; les Genevois pouvaient donc compter sur son appui. À Waterford même, les nouveaux arrivants étaient dispersés à la ronde en attendant la construction de leurs maisons. Coordonner les démarches et les travaux n'était pas aisé.

— Il nous faudrait un meneur d'hommes. Le pasteur Gasc, par exemple, au moins jusqu'à la libération de Melly. C'est un scandale de maintenir un homme comme lui à la prison de l'Évêché. Le peuple de Genève prend ouvertement son parti. Pour le moment, nous ne pouvons qu'attendre. Pourquoi souriez-vous, David ?

— Parce que tout le monde me parle d'attente depuis quelques semaines. Après tout, il est des attentes heureuses : nous avons passé quelques jours à Neuchâtel avec votre fille, elle va bien et se prépare à mettre au monde un magnifique petit Irlandais !

» Où pouvons-nous nous retrouver pour souper ?

— Nulle part, à mon grand regret ; je quitte Bruxelles tout à l'heure. C'est une chance que nous nous soyons rencontrés. Je dois me rendre à Neuwied, dans la communauté morave où séjourne ma mère.

— L'exquise belle-mère de mon associé néerlandais est, elle aussi, tout empreinte de la foi, du courage et de la douceur moraves. Je ne sais pas grand-chose de cette congrégation. Y a-t-il à Neuwied une règle analogue à celle des couvents ?

— Je suis mal informé au sujet des couvents. On peut venir à Neuwied en famille. On y vit selon l'Évangile. Ma mère y est heureuse.

— Et de là, prévoyez-vous de revenir à Neuchâtel ? Nous voyagerions ensemble.

— Mon gendre est à Paris, répondit Clavière. Il me demande de le rejoindre.

— Est-ce prudent ? Le comte de Vergennes est capable de vous faire embastiller.

— Pierre m'assure que je ne courrai aucun danger. J'y ai des relations d'affaires de vieille date, des amis. Je puis compter sur leur appui, j'en attends des renseignements précieux. Venez chez moi, puisque nous ne nous verrons pas ce soir. Je vous en dirai plus.

Comment Étienne Clavière, toujours en route, avait-il trouvé, en pleine ville de Bruxelles, deux chambres meublées avec autant de goût ? David n'eut pas le temps d'observer que son ami, tout représentant du peuple qu'il était, pouvait en remontrer aux plus aristocratiques des Constitutionnaires.

— Joséphine m'a écrit que vous vous rendrez prochainement à Hauptwil, dit son hôte. Les châteaux des Gonzenbach ne doivent pas être éloignés de Constance.

— Ils sont à moins de dix lieues.

— Voulez-vous vous y rendre ?

— Constance ? répéta David, songeur.

— Quand l'empereur Joseph II nous a proposé de nous y établir, D'Ivernois était à Londres, Bidermann à Bruxelles ; nous n'avons pas donné suite à son invitation. Aujourd'hui, je me dis que Waterford et Bruxelles n'excluent peut-être pas Constance. Il faudrait visiter les lieux et sonder les intentions de l'empereur en entourant vos démarches d'un secret absolu. N'en dites mot à personne, pas même à votre femme ni à votre beau-frère, du moins pour le moment. Si nous n'avions pas crié victoire trop vite, si le comte de Vergennes, Isaac Pictet et probablement Saladin n'avaient pas tant intrigué pour ruiner nos projets, nous serions déjà établis en Irlande.

— Joseph II est certainement renseigné sur les fabriques prévues à Waterford, celles précisément qu'il aurait voulu établir à Constance. Je crains de me heurter d'emblée à un refus. Croyez-vous que…

— Je ne crois rien. Je sais seulement que vous êtes le mieux placé pour vous informer. Soyez discret. On a beaucoup parlé de Constance, à Neuchâtel l'été dernier, avec des Français de passage. Je crains qu'un de mes jeunes amis…

— Honoré Gabriel de Mirabeau ?

— Lui entre autres, admit Clavière en souriant. Je devine que ma fille vous a raconté en détail notre rencontre. Ne lui rendez pas la pareille. Dites-lui simplement que nous nous sommes croisés à Bruxelles, sur le chemin de Neuwied où j'allais rendre visite à sa grand-mère.

La finance étant leur métier, Étienne Clavière et David Develay parlèrent encore deux bonnes heures chiffres, commerce, politique et perspectives, avant de se séparer sans savoir où ni quand ils se reverraient.

L'unique lettre d'Élisabeth était d'une brièveté inaccoutumée : *Sarah, ses enfants et les nôtres sont en bonne santé. Soyez sans inquiétude. Faites-moi savoir le jour de votre arrivée à Neuchâtel. Au cas où vous prolongeriez votre séjour à Bruxelles, ne pourrais-je pas vous y rejoindre ?* […]

Ces quelques lignes accompagnaient une lettre d'Antoine, d'un tout autre ton. Son beau-père, le seigneur Hans-Jakob, avait eu la joie, avant sa mort, de tenir dans ses bras la petite Christina-Sophia-Élisabeth. Avaient-ils reçu, à Genève, la lettre leur annonçant les travaux entrepris au Kaufhaus, où ils comptaient s'installer, le Vieux Château devenant trop petit pour leur famille de huit enfants et leurs gens ? Ils ne parviendraient pas à déménager avant septembre. Si Élisabeth et David retardaient leur venue jusqu'à l'automne, ils pourraient alors s'installer au Vieux Château aussi longtemps qu'ils le désireraient. David ne serait pas isolé à Hauptwil, proche de Saint-Gall d'où l'on pouvait gagner Zurich par une route excellente. Lui-même serait heureux de prendre son avis. Les commandes affluaient au Kaufhaus depuis l'édit de l'empereur Joseph II décrétant la liberté de commerce dans son empire.

David relut les quelques lignes tracées de la main de sa femme. Elles avaient tout d'un appel à l'aide.

— Eh bien, qu'avez-vous décidé? demanda Jacques Bidermann.

— Ce mois de juin n'est pour personne celui des décisions, répondit David; il est vraisemblable que je passerai l'hiver à Hauptwil.

— Vous serez très éloigné de vos amis.

— Mais, en revanche, très bien placé pour leur rendre service au centre de l'Europe.

Bruxelles, juin 1783

Ma Chérie, mon Amour,

Vous étiez malheureuse et je n'en savais rien! J'imaginais qu'il vous suffisait d'être en sécurité auprès de Sarah pendant que je passais d'un pays à l'autre, occupé et préoccupé de finances, de politique, d'émigration et de fabriques. Avez-vous oublié que je vous ai remis les clefs de ma vie, qui n'aurait aucun sens sans vous?

La situation actuelle est provisoire; la plupart de nos amis ignorent ce que leur réserve la fin de l'année. À deux reprises ces jours derniers, j'ai entendu parler des Frères moraves. Peut-être découvrirons-nous une manière plus heureuse de pratiquer notre religion et de nous sentir solidaires dans la ville où nous nous établirons. Je pars pour Neuchâtel.

Donnons-nous rendez-vous chez les Vieusseux. Pierre est à Paris, Joséphine saura où nous loger.

Vous me manquez, vous m'avez manqué, mais notre séparation touche à sa fin. Je vous prends dans mes bras, vous êtes dans mes bras, tellement vous, tellement toi, si proche, vous qui jamais ne me quittez, ma chérie, ma femme, mon amour.

* * * *

— David me donne rendez-vous chez Joséphine Vieusseux. Peut-être s'y trouve-t-il déjà ? dit Élisabeth après avoir examiné les tampons apposés au recto et au verso de son adresse. La lettre a mis deux jours de Montbéliard à Neuchâtel, et trois de Neuchâtel jusqu'ici.

— Laissez-nous les enfants, proposa Sarah. Mes grandes filles ont un tel plaisir à s'occuper d'eux. Isaac sera enchanté de vous accompagner.

Élisabeth hésite. Elle demande une minute de réflexion.

— La minute passée, il vous restera juste le temps de préparer votre bagage pour partir à l'aube demain, déclara Sarah. Vous nous rapporterez des nouvelles d'Ami Melly et du pasteur Gasc. Louise va vous aider ; à seize ans, elle a du goût pour les chiffons.

Élisabeth s'était lavé les cheveux et les séchait au soleil ; Suzette sautillait autour d'elle :

— C'est gai, tu es contente aujourd'hui, Maman ! Pourquoi es-tu si contente ?

— Parce que je vais retrouver Papa.

— Il ne va pas venir ici ?

— Il viendra, plus tard. Je vais le chercher. Ou alors, je reviendrai te chercher.

— Je ne veux pas te laisser partir !

— Si tu ne me laisses pas partir, je ne pourrai pas le retrouver.

Pas de réponse. La petite, peu convaincue, regarde sa mère par en dessous. Puis, haussant les épaules :

— C'est toujours toi qui décides !

— Pas toujours, dit Élisabeth. À quoi veux-tu jouer ?

Louise posa un vieux chapeau sur sa tête, en offrit un autre à Suzette et proposa à Élisabeth d'essayer ses robes d'été :

— Vous êtes comme Maman : vous grossissez, vous maigrissez. Avec le soleil, vous êtes devenue toute brune. Je suis sûre que David ne vous a jamais vue ainsi. Il vous trouvera un très joli teint, ajouta-t-elle vivement devant le regard inquiet que lui lançait sa tante. Avec cette jupe, il faut mettre un corsage blanc et vous prendrez ce châle.

— Mais c'est celui de ta mère !

— Pourquoi pas ? David ne vous l'a jamais vu. Vous mettrez cela pour le voyage. Dans la mallette, de jolies chemises de jour et de nuit, au moins trois paires de souliers – vous avez toujours mal aux pieds –, une robe, un manteau d'intérieur, vos coiffes les plus seyantes. S'il vous manque quelque chose, vous l'emprunterez à Joséphine. Maintenant, allons voir si Angélique est en train de faire souper les enfants.

Le lendemain, Sarah servit le café pendant que les oiseaux entamaient leur concert du matin. Elle embrassa sa belle-sœur :

— Soyez heureuse. Pour quelques jours, ou même quelques heures, aussi longtemps que vous le pourrez.

Confuse, Élisabeth pensa qu'elle savait si peu de chose de César et de Sarah. À son retour, elle se ferait raconter leur histoire.

— Soyez heureux, vraiment heureux, répéta Sarah à mi-voix. Le temps du bonheur est si court...

Ils ne trouvèrent qu'une toute petite barque pour traverser le lac. Une légère brise d'été gonflait la voile. Ils glissaient lentement sur l'onde presque étale. À l'arrière, le batelier tenait la barre et les écoutes. Isaac, le regard sur l'horizon, restait debout au pied du mât. Assise entre eux, Élisabeth resserra le châle autour de ses épaules. Était-ce le beau tissu de soie ou les bras de David qui la protégeaient ? *Ma chérie, ma femme, mon amour...* Elle avait lu et relu, et relirait encore la lettre qu'elle savait par cœur et dont chaque mot lui resti-tuait l'écriture de David et sa voix. *Mon amour, avez-vous oublié que je vous ai confié une fois pour toutes les clefs de ma vie, qui n'aurait aucun sens sans vous ?* Oublier ? Non bien sûr, jamais. Elle ne doutait ni d'elle ni de lui. Comment lui faire comprendre ? Saurait-elle lui expli-quer : une angoisse diffuse, impossible à dissiper par la raison ou par la volonté, s'était emparée d'elle un jour comme les autres, alors que les enfants se baignaient dans le grand bassin de la Bretonnière. Elle s'était retrouvée à huit ans, sur la route poussiéreuse du Vieux Château, au moment où son père et son frère, chevau-chant côte à côte, disparaissaient en direction de Saint-Gall. C'était peu après la mort de sa mère, avant qu'elle ne soit revenue, comme dans un rêve – était-ce un rêve ? – pour lui insuffler le courage, la joie de vivre, d'affronter l'inconnu, de faire face quoi qu'il arrive. Élisabeth s'étonnait d'être devenue aussi vulnérable depuis quelques mois. Trop d'événements se succé-daient, sur lesquels elle n'avait aucune prise.

Le vent était tombé, la barque s'immobilisa. Une brume dorée estompait les rives. Un silence à perte d'horizon régnait face à la splendeur de cette journée de juin. Élisabeth se demanda pourquoi elle n'avait pas reçu de nouvelles de Jeanne et de Bartolomeo de Félice. Sept ans plus tôt, lors de son retour à Hauptwil avec son frère Antoine, elle avait traversé le même lac en sens inverse, sur Estavayer. La veille, au Tertre à Bonvillars – la maison des Félice –, ils avaient longuement parlé de Rousseau, persécuté, qui avait trouvé asile dans la principauté de Neuchâtel, comme les Genevois aujourd'hui.

— Calme plat! s'écria Isaac. Nous pourrions ramer.

— Pourquoi pas, si ça vous amuse, Monsieur. Mais nous n'avancerions guère, rétorqua le batelier. L'air ne se fera pas attendre.

L'homme n'usait des rames, soigneusement calées au fond de la barque, qu'à proximité de la côte ou d'un port.

Élisabeth se réfugia au pied du mât, à l'ombre de la grand-voile, un sac de cordages sous la nuque. Elle ne voyait plus que la toile et le ciel. David l'avait rejointe, ils ne s'étaient pas quittés. Comment avait-elle pu parler de séparation? Elle retrouvait la chaleur et la vivacité de son regard, son sourire, sa voix, son souffle, l'immensité de sa tendresse.

La barque s'inclina, le vent avait fraîchi. Isaac lui demanda de revenir s'asseoir à l'arrière. On filait à vive allure, le batelier allait virer de bord. La rive se rapprochait. Si David était sur le quai… Comment être belle pour lui? Elle n'osait demander à son grand neveu s'il la trouvait jolie, si sa coiffe… si ses cheveux…

Ils accostèrent sur un quai désert. Pas une charrette, pas une calèche en vue. Ils laissèrent la mallette au magasin du port.

— Si vous le voulez bien, je vais vous conduire à l'hôtel de Monsieur DuPeyrou, proposa Isaac. C'est à deux pas. Vous pourrez vous y reposer pendant que je ferai un aller et retour chez les Vieusseux.

— DuPeyrou ?

— Pierre-Alexandre DuPeyrou, héritier d'une immense fortune, était un ami intime de Rousseau et l'un de ses éditeurs. C'est à lui que l'écrivain a confié ses manuscrits.

» Voilà, nous y sommes déjà.

Isaac désignait des jardins, une façade imposante et superbe.

— C'est un palais ! s'écria la jeune femme.

Ils contournèrent le bâtiment. Il y avait plusieurs équipages dans la cour. Élisabeth eut un mouvement de recul : allaient-ils tomber en pleine réception ?

— Qu'importe ! dit Isaac. Entrons. Peut-être trouverons-nous oncle David ou nous donnera-t-on de ses nouvelles.

Dans le hall, les conversations allaient grand train. De jolies jeunes filles offraient du vin et des gâteaux. Au salon, on lisait un article du *Courrier de l'Europe* consacré à New Geneva et commentant la détention de Melly. Isaac s'immobilisa, désireux d'en savoir plus. Élisabeth scrutait inutilement les coins et les recoins de la grande pièce ; David se serait déjà porté au-devant d'elle s'il avait été ici. Une femme encore jeune, précieusement vêtue, s'approcha des arrivants. Ce ne pouvait être que la maîtresse de maison. Élisabeth se présenta en lui faisant sa plus gracieuse révérence, puis la mit au courant de sa situation, banale par les temps qui couraient. Le sort de Madame Melly était plus pré-occupant ; elle était à Neuchâtel. Une sorte de conseil de guerre s'était tenu toute la journée.

— Le peuple de Genève ne s'en laissera pas conter. D'ici quelques jours, il se soulèvera.

— Le peuple ne peut rien ; les troupes étrangères sont là et bien armées, les Genevois n'ont plus un fusil.

— Quelle hypocrisie pour la France de se présen-ter comme le défenseur de la liberté de l'autre côté de l'Atlantique et d'écraser une toute petite république à sa frontière !

— Ce n'est pas la France, mais les ministres de Louis XVI.

— Je vais m'assurer que Madame Melly ne manque de rien, souffla la maîtresse de maison à l'oreille d'Élisabeth. Elle va repartir avec son fils aîné pour Genève dans quelques heures. Ils parviennent à s'entretenir presque chaque jour avec le prisonnier.

— Je vous accompagne, dit Élisabeth en se levant.

— Je cours chez les Vieusseux, annonça Isaac.

Henriette DuPeyrou montait prestement le grand escalier.

— Quelle maison splendide ! Est-ce vous qui l'avez fait construire ? lui demanda Élisabeth.

— C'est mon cadeau de mariage, répondit son hôtesse.

Puis, après lui avoir jeté le coup d'œil rapide d'un capitaine sur son conscrit, elle ouvrit une porte :

— Dites-moi si cette chambre vous plaît. Vous avez grand besoin de repos.

Trop surprise pour protester, Élisabeth regardait la jolie tapisserie au fond bleu, assortie à la courte-pointe. La servante apporta de l'eau et disposa des

serviettes dans le cabinet attenant. Quatre heures son-
naient à la tour de Diesse. Il avait fait chaud sur le lac,
la jeune femme ne demandait pas mieux que de se
rafraîchir. Elle commença paresseusement sa toilette
en espérant que son bagage la rejoindrait. Le temps
passait, elle allait se rhabiller quand elle vit sur l'otto-
mane un manteau d'intérieur de soie blanche brodé
d'oiseaux bleus. Tous les exilés de passage étaient-ils
aussi délicatement accueillis ? Elle s'étendit face à la
fenêtre, qui donnait sur les jardins.

La porte s'ouvrit. Elle n'avait pas entendu frapper.
Supposant le passage de la servante, elle reprit sa rêve-
rie. La porte se referma. Quelqu'un était entré. Elle se
retourna : David !

Il était en habit de voyage, plus hâlé que de coutume, aussi interdit qu'elle, ayant peut-être imaginé,
comme elle, qu'ils se retrouveraient en un tout autre
lieu. Une seconde, deux peut-être. Avant qu'elle ait
pu faire un geste pour se lever, il l'avait prise dans ses
bras.

Une cloche sonnait. Élisabeth prêta l'oreille. Déjà
sept heures ? Elle ouvrit les yeux, fit un mouvement
pour s'écarter. David resserra son étreinte. Il faisait
encore grand jour, la fenêtre était ouverte, les rideaux
n'avaient pas été tirés. Les coteaux au loin et le platane
si proche étaient leurs seuls vis-à-vis. Sept coups se
répétèrent. Dans la maison, un gong annonça que le
souper allait être servi. Élisabeth dégagea son bras,
s'appuya sur le coude. Attendrie, elle regardait le dor-
meur. Elle aimait les petites rides qu'il avait au coin
des yeux, son nez, sa bouche. Elle enfouit son visage
dans son cou, reniflant, mordillant. Il ouvrit les yeux,
surpris, ravi. Le gong retentit à nouveau.

— Il nous faut descendre, dit David.

— Je n'ai rien à me mettre !

— Désirez-vous que l'on vous apporte le repas ici ?

Élisabeth sauta du lit. Pour rien au monde elle ne resterait seule à l'attendre une minute de plus. Il était bien loin le temps de Lyon, où elle passait deux heures à sa toilette avant de rendre visite aux dames Scherer, en robe détroussée, chaperonnée par sa maîtresse de pension. Elle fut prête en un instant. Ils trouvèrent leur neveu à la porte de la salle à manger.

— Isaac ! Entres-tu avec nous ?

Le jeune homme secoua la tête :

— Je vous attendais. Madame Vieusseux est en train de rendre habitable un pavillon dans les vignes, à cinq minutes de chez elle. Il sera à votre disposition dès demain, à moins que vous ne préfériez vous installer ici. Où dois-je faire porter vos bagages ?

Leurs effets les attendraient au pavillon. Ils n'avaient besoin de rien pour la nuit.

— Isaac, je suis si content de te revoir, mon garçon, dit David. Tu me manques sur les chemins. Où et à quelle heure nous retrouvons-nous ?

Le jeune homme craignait-il d'être à nouveau plongé dans les affaires ? Il prit congé en annonçant qu'on l'attendait à la Bretonnière le lendemain avant midi.

— Monsieur et Madame David-Emmanuel Develay, annonça le majordome, interrompant les conversations des convives, qui avaient déjà pris place autour de la longue table d'hôte.

— Bienvenue aux voyageurs ! s'écria Monsieur DuPeyrou pour mettre à l'aise les retardataires.

La pièce était somptueusement décorée : un plafond rocaille, des tentures à ramages, des dorures aux pieds des consoles et aux cadres des miroirs, une table étincelante sous les cristaux. Le menu – potage de légumes, poisson du lac, vins légers, entremets, cerises – ne correspondait pas à ce faste et parut frugal aux amoureux affamés.

On parlait avec passion de la liberté. Sa quête devenait le but suprême de tout honnête homme. Quelle liberté? «La liberté personnelle, affirmait David autrefois, est l'acceptation de contraintes qui ne résultent pas nécessairement d'un choix. Être libre, c'est être en accord avec la minute présente; l'esclavage, c'est se vouloir sans cesse un autre, ailleurs.» Sans même s'en rendre compte, David devenait-il aujourd'hui l'esclave du parti des Représentants? C'est David que j'ai épousé, pensa Élisabeth, ce ne sont ni le Pays de Vaud ni les Cercles de Genève; ce ne sont pas la Liberté, la Révolution ou le Négoce.

Devinait-il sa pensée? Il lui adressa un sourire d'intelligence. Elle n'écoutait plus, elle écoutait le moins possible les péripéties du procès d'Ami Melly. Les brochures incendiaires qui mobilisaient les meilleures plumes de chacun des camps attisaient la vengeance.

Son voisin de droite remarqua son silence:

— Nos palabres doivent vous paraître bien ennuyeuses, Madame.

Elle ne s'ennuyait pas. Dans ce havre de luxe, seules comptaient pour elles, ce soir, la présence de son mari et l'heure où ils pourraient enfin se retirer.

— À propos, quelqu'un a-t-il des nouvelles de l'éditeur Osterwald? demanda l'un des convives.

— Je crains qu'elles ne soient pas fameuses, lui répondit son vis-à-vis. Ce matin, j'ai longuement parlé avec sa fille, Madame Bertrand, qui a pris les éditions en main depuis son veuvage. Elle déplore les récentes mesures imposées par Frédéric II.

— Encore des menées de Vergennes, remarqua l'un des Genevois.

— Évidemment ! Mais le Grand Frédéric devrait se souvenir qu'il a été le protecteur de l'abbé Raynal lors de la parution de ses livres chez Osterwald ; il connaît son honnêteté. Il devrait être flatté que, dans ses États, un éditeur neuchâtelois prenne la relève des éditeurs néerlandais, qui faisaient paraître les ouvrages censurés à Paris.

— Pardonnez mon ignorance, intervint Élisabeth, mais en quoi les livres de Monsieur l'abbé Raynal peuvent-ils paraître subversifs ?

— Ils décrivent et analysent l'établissement des Européens dans les deux Indes. Leurs critiques ne ménagent ni les colons, ni le clergé. Ce sont des ouvrages de philosophie politique qui font autorité. Quoi qu'il en soit, le comte de Vergennes ne peut rien contre leur valeur ni contre la soif d'information des Français. Tout allait bien pour Osterwald : les livres passaient le Jura en contrebande, descendaient le Doubs et la Saône, étaient déchargés à Lyon où leur diffusion était assurée. Aujourd'hui, Frédéric, notre lointain souverain, ordonne leur saisie et paralyse la maison d'édition par la censure et des procès.

— Monsieur Osterwald est-il aussi l'éditeur du comte Honoré de Mirabeau ? demanda Élisabeth.

Sa question déclencha un tollé général : le jeune comte avait fait paraître à Neuchâtel de petits ouvrages licencieux, que jamais Frédéric Samuel Osterwald n'aurait acceptés et sur lesquels aucun regard de femme n'avait à se poser.

— J'ignorais leur existence, dit Élisabeth un instant cramoisie, qui se ressaisit aussitôt. On m'a lu – et c'est même vous, David, qui nous avez lu – une lettre du comte de Mirabeau au comte de Vergennes, dans laquelle il prenait la défense des Représentants genevois avec beaucoup de tact et de perspicacité. Je me demandais si ces pages n'avaient pas fait l'objet d'une brochure.

Élisabeth regarda autour d'elle, un peu surprise du sourire et des rires qui accueillaient son explication. Le maître de maison vint à son secours :

— Chère Madame, nous constatons une fois de plus que le jeune Honoré de Mirabeau soigne sa publicité. Je crois que tout un chacun à Neuchâtel connaît son rapport, intelligent sans doute, sur la situation de Genève.

» Puisque nous parlons de Frédéric Osterwald, ajouta-t-il en s'adressant à David, votre ami Clavière a commandé à un Français, Jacques Pierre Brissot, que vous connaissez probablement puisqu'il a séjourné à Genève pendant les semaines les plus dramatiques du siège de la ville, une relation des événements. La *Lettre d'un Américain sur la dernière Révolution genevoise* fera sensation. On en attend le manuscrit chez Osterwald. Vous voyez que nous avons les prémices de l'information, à Neuchâtel !

— Du moins à la Société typographique, remarqua le voisin d'Élisabeth. Je constate en tout cas que les livres et l'édition intéressent Madame Develay davantage que la politique.

— Et pour cause ! s'écria Élisabeth. Depuis deux ans, la politique menace de m'étouffer. Je comprends bien sûr qu'il faille des lois pour vivre en société, des règles reconnues par tous, un service d'ordre pour les faire respecter. Mais pourquoi toujours tant de disputes et de contestations ? Serait-ce que la plupart des hommes ont besoin de se provoquer, d'attiser de petites et de grandes querelles ? Et surtout...

Elle s'interrompit, intimidée soudain de se trouver à cette longue tablée d'inconnus.

— Surtout ? Dites-nous le fond de votre pensée, insista son interlocuteur.

— Il me semble que la politique nous masque l'essentiel, ce qui est vraiment important dans notre vie, dans toute vie, quels que soient le pays, les conditions sociales, la fortune ou les circonstances de famille.

— Et pour vous, pour votre vie, qu'est-ce qui vous importe vraiment ? demanda Madame DuPeyrou, qui l'avait écoutée avec une extrême attention.

Tous attendaient la réponse qu'Élisabeth laissait monter en elle, craignant de prononcer un mot maladroit. L'important, c'est d'aimer ? de comprendre ? Pendant que le silence s'étirait, il y eut un changement d'atmosphère dans la salle. Quelques-uns, relevant la tête, aperçurent le lac par les fenêtres ouvertes et la beauté de cette soirée de juin.

— L'important, aujourd'hui, pour moi, dit enfin Élisabeth, l'important c'est d'accueillir. D'accueillir ma vie telle qu'elle se présente, avec les personnes qui m'entourent, les pays que je traverse et tout l'inattendu.

Puis, troublée par sa propre gravité, craignant d'être allée plus loin que sa pensée, pressentant peut-être que l'accueil dont elle venait de parler pourrait être traversé d'angoisses et de larmes, elle ajouta avec une soudaine légèreté, embrassant du même regard Neuchâtelois et Genevois :

— D'accueillir même les interminables discussions politiques, puisque tant d'hommes y trouvent leur raison d'être et leur bonheur !

Pendant qu'elle parlait encore, un valet s'approcha de la maîtresse de maison. Après un court conciliabule, il introduisit une femme souriante, vêtue simplement, au visage rond et régulier sous une coiffe de voyage.

Une exclamation de surprise et de sympathie l'accueillit :

— Ah ! Madame Melly !

Suivie de son fils aîné, qui la dépassait d'une tête, elle paraissait tout au plus trente-cinq ou trente-six ans. On lui offrit la place d'honneur pour mieux entendre son récit.

Le passeur chargé de les escorter tout au long du voyage avait appris à la frontière que la police de LL. EE. renforçait la surveillance aux postes de garde et aux relais. On leur avait conseillé d'attendre. Elle avait pris le parti de revenir chez ses protecteurs, en emmenant deux jeunes gens gardés à vue au poste frontière. Ils venaient de la vallée de Joux, dans le Jura vaudois, où l'on travaillait depuis des générations pour les horlogers de Genève. Vu les circonstances, c'est à Neuchâtel qu'ils désiraient faire un apprentissage.

Madame Melly parlait calmement, sans paraître le moins du monde affectée par la contrariété ou la fatigue.

Comme on passait au salon, Élisabeth s'approcha de son mari :

— C'est le moment de remercier nos hôtes et de prendre congé.

— Voulez-vous que nous allions à l'hôtel du Faucon ?

— Je préfère le pavillon dans les vignes que Joséphine nous prépare, même si quelques araignées nous y souhaitent la bienvenue !

David regarda sa femme avec surprise ; il s'était imaginé qu'un certain confort lui était nécessaire. Un peu inquiet, il protesta :

— Tout de même, nous ne sommes pas des bohémiens !

— Vous, certainement pas ! s'exclama Élisabeth en riant. Mais les gens du Toggenbourg, qui sait de quelle contrée de l'Europe ou de l'Asie ils sont venus !

La tenue de voyage choisie par Louise et les souliers adaptés à la campagne plutôt qu'à la ville convenaient parfaitement au pavillon. Le voiturier de Madame Melly, qui avait eu le temps de se restaurer et de raconter aux cuisines les péripéties de son dernier voyage, accepta de les conduire jusqu'à Peseux. On était dans les jours les plus longs de l'année. À leur droite, dans l'ombre, s'étageaient les contreforts du Jura, percés du « trou de Bourgogne » d'où le soleil éclairait encore le lac.

— Le temps est si clair. Je n'ai jamais vu les montagnes comme aujourd'hui, dit David en désignant au loin sur leur gauche les Préalpes fribourgeoises et l'immense arc des Alpes jusqu'au Mont-Blanc.

En entendant les chevaux s'arrêter devant la maison, Joséphine se pencha à la fenêtre. À peine plus ronde dans son manteau d'intérieur, elle courut ouvrir à ses amis. La première nouvelle qu'elle retint fut que David avait rencontré son père à Bruxelles. Elle frappa à la porte de Madame Clavière, déjà retirée pour la nuit, qui les rejoignit prestement. Ainsi donc, Étienne avait passé à Neuwied et se rendait à Paris, la ville où, adolescent, il avait été guéri de sa surdité. Miracle de la médecine ou miracle tout court ? Un miracle ne contredit pas la nature mais notre connaissance de la nature, disait-on dans la famille Clavière, sans savoir que c'était là une parole de saint Augustin.

On alla regarder dormir Louison, paisible, potelée et brune.

— Quand nous nous retrouverons tous à Waterford, dit Élisabeth alors que Joséphine leur offrait du vin et des gâteaux, il faudra que nous habitions deux maisons voisines afin que les enfants puissent étudier et jouer ensemble.

On questionna David sur ses voyages. Élisabeth aurait voulu savoir s'il y avait un opéra à Bruxelles, un théâtre, une bibliothèque, mais, remarquant que son amie tombait de sommeil, elle se leva :

— Où se trouve le pavillon qui nous est destiné ?

— Vous ne pouvez pas vous y installer ce soir ! s'écria Joséphine. Je ne suis pas encore allée l'inspecter. Je dormirai sur le canapé du salon et vous dans notre chambre.

— Je tiens beaucoup à me réveiller au milieu des vignes, dit Élisabeth.

— Le lit n'est pas fait !

— Eh bien, prêtez-nous une paire de draps, des oreillers !

— Le chemin pour l'atteindre n'est pas commode et il fait presque nuit.

— Alors, dépêchons-nous !

— Puisque vous insistez, dit Joséphine, je vous accompagne. Je crois que vous serez soulagés de pouvoir revenir ici !

Ils refusèrent ; leur amie devait aller se coucher. La servante, qui avait nettoyé le pavillon l'après-midi, était en train de se laisser conter fleurette dans la cuisine des voisins. Son amoureux les escorta, ravi de la promenade nocturne.

La lune ne s'était pas encore levée. David distinguait mieux que sa femme les aspérités du terrain dans la demi-obscurité. Ils descendirent un chemin encaissé entre deux hauts murs de vigne, prirent un petit escalier à droite, marchèrent sur un de ces murets qui retiennent la terre et délimitent les propriétés. Élisabeth entendit le jaillissement de l'eau dans la fontaine avant d'apercevoir la maisonnette carrée, coiffée d'un toit à quatre pans. La porte regardait le lac en contrebas, dont on devinait la clarté par-delà les arbustes qui masquaient la rive. Une seule fenêtre. La servante alluma une bougie et la posa sur la table. Le plancher sentait encore la lessive. Avant d'entrer, Élisabeth plongea ses bras dans le bassin de la fontaine, dont le chant, comme à la Bretonnière, comme à Hauptwil, ne s'interrompait jamais.

Il faisait chaud. Elle repoussa le drap avec brusquerie, rencontra l'épaule de David, s'immobilisa, retenant son souffle par crainte de l'avoir réveillé. Les volets mi-clos laissaient entrer le jour. Quelle heure pouvait-il être ? Elle regarda les murs passés à la chaux, les tuiles apparentes du toit, elle écouta la respiration régulière de David, celle du coteau et des vignes, et demeura longtemps sans bouger, toute au souvenir de la nuit.

L'appel aigu des martinets se mêla au chant de la fontaine. Un rai de lumière plus chaude pénétra dans la chambre. Élisabeth se glissa hors du lit, s'étira, nue et heureuse, enfila la chemise qui traînait à terre. Renonçant à ouvrir la porte qui avait grincé la veille, elle écarta les volets. Des nuées traînaient à mi-côte le long du Jura, mais le soleil commençait à effleurer les vrilles et les jeunes feuilles des vignes. Ses souliers à la main, elle enjamba l'appui de la fenêtre, posa le pied sur la margelle de beau calcaire ocre, sauta à terre, tourna l'angle de la maison et s'arrêta face au lac encore dans l'ombre. Elle retrouva sans peine le muret puis l'escalier, et descendit le chemin jusqu'à une sente de sable dont les méandres la conduisirent entre les vergnes à la rive, où les canards dormaient. Les grèbes se poursuivaient déjà dans les roseaux. Le soleil, franchissant le mont de la rive opposée, l'éblouit soudain. Elle avança dans l'eau jusqu'aux chevilles, jusqu'aux genoux, revint sur la grève. Au large, un pêcheur retirait ses filets. Elle s'assit sur le sol humide, prit le sable à pleines mains, s'en couvrit les jambes, les pieds, les seins. De minuscules coquillages blancs brillaient autour d'elle. Élisabeth se leva, s'avança dans l'eau avec prudence, s'y plongea enfin. De lointains souvenirs d'enfance, de très petite enfance, lui revenaient : elle se baignait dans les bassins de Hauptwil avec d'autres enfants. Sa mère, immense et rassurante, se baignait avec eux. Élisabeth se mit à rire et à chanter. Comme elle criait et riait et chantait autrefois à Hauptwil ! À ce moment, des risées coururent à la surface de l'eau, leur rire gagna les aulnes qui retroussèrent leurs petites feuilles argentées.

David s'était-il réveillé ? « Je devrais revenir, pensa-t-elle, il pourrait s'inquiéter ». Elle fit demi-tour en direction de la rive : il est là, debout, tout au bord de l'eau, très correctement habillé. Sa perruque lui donne une certaine parenté avec les oiseaux. Interdit, sans un geste, sans un mot, il regarde cette femme tellement intime et pourtant inconnue. Elle l'appelle, lui faisant signe de la rejoindre. Pour lui, c'est impossible, il est descendu à sa rencontre aussi loin qu'il le pouvait. Elle vient à lui, sort lentement de l'eau, toute à sa sensation de bien-être, sans souci de la chemise mouillée qui épouse les lignes de son corps. Impossible de s'étreindre sur la plage, elle trempée, lui en habit de ville. Elle monte en courant le chemin. Il la suit, le regard sur sa nuque allongée par l'échancrure de la chemise, la rejoint au moment où elle atteint le pavillon et referme doucement la porte sur eux.

IV

La bise soufflait encore, mais sans violence. L'après-midi touchait à sa fin. Par grand largue, ils atteindraient la rive opposée en moins d'une heure. Suzette, qu'Isaac avait emmenée avec lui à Neuchâtel pour qu'elle passât quelques heures avec son père, chantonnait en tenant ses parents par la main. Élisabeth et David demeuraient silencieux, comblés par ces trois jours de plénitude et de tendresse. Au temps de ses fiançailles, Élisabeth avait attendu le jour de son mariage comme un aboutissement. Elle comprenait aujourd'hui ce qu'avait voulu lui dire Sabine par «aimer, c'est aimer plus»; chaque année passée auprès de David, chacune de leurs retrouvailles leur révéleraient des pans de vie insoupçonnés. Pour l'instant, elle avait franchi le mur des incertitudes. Elle retrouverait David à Neuchâtel pour de brefs séjours et, dès la fin de septembre, ils s'installeraient au Vieux Château de Hauptwil.

Le batelier invita les passagers à monter dans la barque. David éleva sa fille dans les bras, l'embrassa, lui promit de revenir dès qu'il le pourrait. Il étreignit sa femme une dernière fois. Sur la grève déjà dans l'ombre, il regarda s'éloigner les voiles, sachant qu'Élisabeth ne quittait pas des yeux sa silhouette qui diminuait et s'effaçait dans la brume.

Revenant en ville, il prit le chemin de l'appartement qu'Ésaïe Gasc partageait avec sa femme et ses beaux-parents, les Dominicé. On l'attendait pour le souper. Depuis sa conversation avec Étienne Clavière à Bruxelles, David n'avait pas encore eu l'occasion de s'entretenir avec le pasteur. Il s'imaginait qu'il n'aurait pas trop de difficulté à le convaincre de retourner en Irlande, au moins pour quelques mois, jusqu'à ce que Melly, enfin libéré, ait repris la direction de ses ouvriers à la construction de la fabrique. Or, si le pasteur Gasc se consacrait joyeusement au service de son prochain, il ne pouvait accepter de concessions quand il s'agissait de sa foi. En Irlande, et plus particulièrement à Waterford, les grands propriétaires protestants, ceux qui se montraient ou promettaient de se montrer si généreux envers les colons genevois, ne faisaient rien pour sortir de la misère les ouvriers agricoles catholiques. Un mouvement de révolte était né dans la population la plus défavorisée, celle des *White Boys*, des « enfants blancs », par analogie avec les *Black Boys*, les esclaves noirs dont le marché se tenait de l'autre côté de la mer d'Irlande, à Liverpool. Bien que libres, les *White Boys* étaient sans espoir ni avenir. Ésaïe Gasc se serait senti mal à l'aise de prêcher l'Évangile aux protégés de l'aristocratie protestante de l'île, alors que lui-même avait été condamné à dix ans d'exil par les aristocrates genevois.

— Vous secourrez les *White Boys* en instruisant la colonie genevoise de Waterford et en veillant sur elle, affirma David. Leur vie changera le jour où leurs enfants fréquenteront l'école que nous construirons.

— Une école protestante de langue française ? Nous nous attirerons la méfiance, la haine des curés irlandais.

David insista. Il y avait urgence. On ne demandait pas au pasteur Gasc un engagement définitif mais un soutien spirituel et moral de quelques mois.

Étiennette Gasc entra, annonçant que le souper était servi.

— Ne cherchez plus à me convaincre, mon cher Develay. Je ne puis vous offrir que ma sincérité.

Dès qu'on eut béni la table, on parla d'Ami Melly. Monsieur Prévost, l'oncle d'Étiennette, s'était entretenu avec lui sans témoin et se préparait à défendre sa cause devant le Tribunal au cas où il ne serait pas libéré avant son jugement. À Genève même, le mouvement de solidarité en faveur de Melly s'intensifiait. Son incarcération ne ralentissait pas l'émigration, au contraire ; les gazettes européennes prenaient le parti des exilés genevois avec plus de véhémence que jamais.

Deux jours plus tard, David arrivait à Genève. Traversant la ville basse en plein après-midi, il fut frappé de l'animation qui y régnait. Plusieurs ateliers n'avaient repris que partiellement leur activité. Des ouvriers, qui attendaient le signal du départ, profitaient de leurs loisirs pour quêter les dernières nouvelles en flânant comme ils n'avaient peut-être jamais eu l'occasion de le faire en cette saison. Des étrangers se pressaient autour des boutiques. Des carrosses aux armes de Berne encombraient la chaussée.

David n'avait pas été inquiété en franchissant la porte de Rive. Le sort de Melly était déjà réglé dans l'esprit des conseillers genevois : d'ici quelques semaines, le maître horloger serait déclaré coupable et condamné. L'intervention de la diplomatie anglaise et irlandaise, les astuces de procédure, les vertueuses déclarations des pasteurs n'avaient eu pour effet que la prolongation de l'enquête. Désormais, la cité ne craignait plus d'accueillir les sympathisants et les protecteurs du prisonnier, qui ne pourraient que vider leur bourse en constatant leur impuissance, jusqu'au moment où le projet d'émigration ferait naufrage.

Des jeunes gens d'une élégance insolente traversaient les rues hautes. Était-ce bien la ville qui, un an plus tôt, assiégée, manquant de pain, manquant de tout, était prête à se battre pour défendre une société plus loyale et plus équitable ? Désireux de ne pas signaler sa présence à Genève, David renonça à saluer ses associés, dont il avait des nouvelles régulières et qui occupaient les anciens locaux de la maison Develay Frères. Il se rendit sans s'être fait annoncer au domicile de Monsieur Fingerlin, banquier de la famille Gonzenbach. Madame et les enfants étaient à la campagne, lui apprit la servante. Monsieur allait revenir d'un moment à l'autre, elle l'attendait au plus tard pour le souper. David hésitait, se demandant s'il fallait faire entrer le coche et la malle dans la cour ou passer chez le docteur Odier qui pourrait l'héberger, quand il entendit monter l'escalier quatre à quatre :

— Je n'espérais pas une telle surprise ! Quand êtes-vous arrivé, mon cher ? Vous tombez à point nommé. Si personne ne vous attend, acceptez-vous mon hospitalité ?

Le banquier Fingerlin était l'homme de la situation, un relais permettant d'établir des relations discrètes sans avoir besoin de se rencontrer. Les temps exigeaient une vigilance constante. On tentait de prévoir l'imprévisible. Pour le moment, Fingerlin voyageait librement, gérant les biens genevois de plusieurs familles récemment émigrées.

Dès le lendemain, David prit contact avec la Vénérable Compagnie des pasteurs. Lequel d'entre eux accepterait de s'embarquer sans tarder pour Waterford? Il reçut bon accueil, des noms furent avancés. On lui promit d'insister et de faire sans délai les démarches nécessaires.

Il se rendit au Temple Neuf le dimanche. À mots couverts, le prédicateur prit fait et cause pour les exilés et les fidèles l'approuvèrent ouvertement à la sortie, sur le parvis.

N'obtenant pas la permission de voir le prisonnier Melly, David rencontra sa femme et ses chefs d'atelier, avec qui il examina en détail les exigences d'une fabrique d'horlogerie. Puis il se rendit chez Jacques-Louis Macaire, qui avait été très actif dans le parti des Représentants. Sa fabrique d'indiennes était toujours aussi prospère, cependant il envisageait de partir pour Waterford puisqu'il avait l'assurance d'y trouver les fonds nécessaires. David hésita à lui parler de Constance. C'était prématuré.

Les quelques Représentants demeurés momentanément dans la ville se réunissaient derrière le Rhône, chez les Vernet-Charton. David leur annonça qu'il partait pour Hauptwil. Il passa la dernière soirée avec le docteur Odier.

— Vous avez meilleur visage que lorsque vous viviez à Genève! s'exclama le praticien en

l'accueillant. Votre femme, les enfants, votre belle-
sœur, vos nièces et votre neveu ont-ils tous cette mine
superbe ? Dois-je en déduire que le climat de Genève
est détestable ?

En ce mois de juin 1783, le docteur Odier se
voyait confronté à des maladies qu'il avait rarement
rencontrées jusqu'alors. Ce n'était pas à la syphilis
qu'il faisait allusion ; elle était traitée par les médecins
des troupes d'occupation. Il voulait parler de
l'angoisse. Personne ne craignait pour sa vie à Genève,
mais la peur de l'avenir, parfois l'avenir le plus immédiat, suscitait chez les ouvriers comme chez les
patrons et dans leurs familles des éruptions, des maux
de cœur ou d'estomac qui pouvaient affecter la vue ou
l'ouïe. Le peuple de Genève avait perdu confiance. Il
perdait son âme, osait déclarer le docteur Odier, ou
plutôt il oubliait qu'il en avait une, exsangue, dont il
aurait dû se soucier avant tout.

— La confiance, David, comment la transmettre ?

— La sympathie si manifeste qui entoure Melly
ne permet-elle pas d'espérer un renversement du gouvernement actuel ?

— Pas avant un changement de gouvernement
dans les pays voisins, affirma Louis Odier. Le comte
de Vergennes n'a pas plus de droit que nous à
l'immortalité et sa politique est loin de susciter
l'approbation unanime dans son pays. Pourtant, c'est
lui aujourd'hui qui est au pouvoir. De même que
LL. EE. occupent encore le Pays de Vaud, ajouta-t-il
en cherchant le regard de David. La confiance doit
s'établir à long terme. Il n'est pas question de se résigner, mais il faut savoir supporter et attendre.
Comme je l'explique à mes malades, il faut accepter
d'ignorer l'avenir. Le connaître serait l'enfer : nous

passerions par anticipation de la révolte à l'euphorie, de l'euphorie au désespoir, sans jamais prendre le temps de nous arrêter pour faire face à l'événement.

» Les Genevois qui n'envisagent pas d'émigrer jouent la carte de la patience, puisqu'ils n'ont pas actuellement les moyens d'abolir le Code Noir. C'est par la presse que l'on s'affronte. Vous connaissez sans doute les méchants pamphlets du sieur Cornuaud, qui prend pour cible les exilés, et les réponses que vos amis lui font.

— Ce qui m'étonne, dit David, c'est que les boutiques n'ont jamais eu autant de chalands.

— Les petits commerçants liquident une partie de leurs réserves; on ne peut pas tout emporter. Croyez-moi, ils sont de cœur avec Melly et avec vous, mais c'est un cœur qui tient compte de l'estomac, de la nécessité de manger chaque jour. Qu'ils émigrent ou non, leur pécule les aidera à traverser des mois de disette.

David avait appris ce qu'il voulait : pas de changement de gouvernement prévisible à Genève avant des lustres.

— J'ai été très heureux de vous revoir, Louis, de pouvoir vous confier à quel point il m'est étrange de me trouver, pour la dernière fois probablement, dans cette ville que j'ai tellement aimée et où j'ai tant de souvenirs.

— Ce n'est pas la dernière fois, sûrement pas la dernière fois, dit le docteur Odier.

Il voudrait ajouter qu'il espère revoir Élisabeth, Sarah, leurs enfants, qu'ils s'écriront. Aussi ému que son ami, il lui donne l'accolade, l'accompagne jusqu'à la porte et le regarde s'éloigner dans la nuit.

* * * *

Il ne restait plus une framboise dans le grand sala-
dier, plus une larme de crème dans le pot. Élisabeth
emporta Jean-Emmanuel, qui s'était endormi sur ses
genoux. Suzette, titubante, la suivit en protestant
qu'elle n'avait pas sommeil. À peine débarbouillée et
déposée dans son lit, elle n'eut pas le temps de faire sa
prière ni de demander qu'on laissât la porte entrouverte ; les yeux bien clos, la respiration régulière, elle
s'était embarquée pour la grande traversée nocturne.

Quand Élisabeth revint sur la terrasse, le ciel était
encore lumineux au-dessus du Jura. Une rumeur
montait de la ferme où l'on avait commencé les moissons. C'était le dernier soir que Lise de Félice passait
avec eux. Élisabeth l'avait invitée à la Bretonnière
quand elle l'avait rencontrée à Neuchâtel.

Sarah s'était réjouie de la présence de Lise, plus
grave que ses filles aînées, passionnée de lecture
comme Isaac qui l'emmenait herboriser par monts et
par vaux. Le jeune homme ne jugeait plus la conversation des repas trop insignifiante pour lui, ni les invités
de ses sœurs ennuyeux.

Comme chaque soir, Angélique avait servi une
infusion de tilleul, selon la tradition qui veut que le
tilleul assure le meilleur des sommeils. On n'échangeait plus que de petites phrases :

— Une étoile filante !

— C'est la cinquième ce soir !

— Avez-vous tous fait un vœu ?

— Combien de jours encore pour les moissons ?

Une phalène se brûla les ailes à la chandelle. Sarah
pensa qu'il était temps d'aller dormir. Mais puisque
tous restaient autour de la table, c'est qu'on avait

encore quelque chose à se dire et sûrement aucune envie de se quitter.

— Vos bagages sont-ils prêts? demanda-t-elle à Lise. N'avez-vous rien oublié? Vous savez que Monsieur Tavel, notre voisin, viendra vous prendre à cinq heures déjà. Ses chevaux sont les seuls qui ne soient pas à la moisson. Isaac vous accompagnera jusqu'au port d'Estavayer et reviendra avec lui.

— Monsieur Tavel n'a pas besoin de moi pour rentrer et il aura peut-être à s'arrêter en chemin, déclara Isaac. Je ne veux pas que Lise traverse le lac seule. J'irai jusqu'à Bonvillars.

— Non, non, ce n'est pas nécessaire, dit la jeune fille.

— Il y a si longtemps que vous me parlez de cette maison au drôle de nom, le Tertre. J'aimerais la voir. Et j'ai beaucoup d'admiration pour votre père; pourrai-je le rencontrer?

— Mon père est plus souvent à Yverdon qu'à Bonvillars, dit la jeune fille.

— Eh bien, j'irai à Yverdon, dit Isaac.

— Quelle excellente idée! s'écria Élisabeth. Quand tu reviendras, tu me donneras des nouvelles de chacun. Puis-je te confier une lettre?

Sans attendre la réponse, elle disparut dans la maison.

Trois années qu'elle n'avait pas revu Jeanne et Bartolomeo de Félice. Ils avaient alors déjà des difficultés financières, moindres pourtant que celles de Monsieur Osterwald à Neuchâtel. Les éditeurs ont-ils toujours d'incurables soucis d'argent? Tombant de sommeil, elle écrivit quelques mots pour inviter Jeanne à la Bretonnière, puis s'en alla frapper à la porte de son neveu. Lui aussi écrivait. À sa vue, il parut si embarrassé qu'elle ne put s'empêcher de le taquiner :

— Tu m'as tout l'air d'un conspirateur dans la nuit !

Une pile de papiers bascula sur le plancher.

— Vas-tu remettre un manuscrit à Monsieur de Félice ?

— Je vous en prie, tante Élisabeth !

— Est-ce que tu cites Rousseau ?

Puis, le voyant hors de lui :

— Mais Isaac, je ne savais pas... Je ne voulais pas...

— Vous n'avez pas, Maman et vous, à fouiller dans mes tiroirs !

— Jamais je ne vais dans ta chambre ! Je n'ai jamais touché à tes saintes écritures, qu'est-ce que tu imagines ? Je parlais comme cela de livre et de Rousseau parce que tu pars pour Yverdon. Je t'apporte une lettre pour une amie. Il n'y a rien de plus, je t'assure ; et c'est très bien d'écrire des livres !

Isaac se calmait, il ramassait avec soin les feuilles éparses. Élisabeth tenta d'en déchiffrer quelques mots de loin. Soudain sérieuse, confidentielle, elle se rapprocha de la table d'écriture :

— Je suis heureuse d'avoir deviné juste, sans même chercher à savoir. Ne crains rien, je sais garder un secret. Mais dis-moi tout de même, c'est un livre, n'est-ce pas ? Est-ce que tu y parles de Rousseau ?

— De Rousseau et de l'arithmétique, répliqua Isaac, affectueux et excédé, qui intima à sa jeune tante l'ordre d'aller se coucher.

Début août, de violents orages éclatèrent, couchant l'avoine dans les champs qui n'avaient pas encore été moissonnés. Élisabeth fit le compte des jours, des semaines, des mois. Il se pourrait, mais il était prématuré d'en parler, que son troisième enfant naquît à Hauptwil au premier printemps.

Un matin, Fanny se précipita dans la cuisine pour annoncer qu'un messager montait la côte. Les mains de Sarah se mirent à trembler si fort qu'elle dut reposer sa tasse de café. À l'entrée d'un jeune garçon n'apportant qu'une lettre destinée à sa belle-sœur, elle sortit sans un mot. Le pli portait les sceaux de Genève et de Versoix. Élisabeth reconnut l'écriture du docteur Odier. Il lui annonçait d'emblée qu'il n'avait pas été autorisé à se rendre auprès de Monsieur Melly, ainsi qu'elle l'en avait prié ; le prisonnier se portant à merveille, les visites médicales paraissaient superflues à l'autorité judiciaire. Le maître horloger lui avait écrit pour le remercier de sa démarche ; qu'il rassure leurs amis : il n'avait désormais guère plus que quelques semaines à ronger son frein entre quatre murs.

Ici, à Genève, ajoutait Louis Odier, *chaque jour apporte son content de nouvelles et de protestations. Les rues débordent de manifestants. Même ceux qui, jusqu'alors, s'étaient tenus prudemment à l'écart de toute prise de parti politique, s'engagent. Mes patients sont enfin distraits de leurs insaisissables angoisses, ce qui me donne le loisir de vous écrire aujourd'hui. Vous savez certainement que l'on construit un théâtre à Genève. Je doute que les piètres comédies qu'on nous annonce pour l'hiver prochain présentent autant d'intérêt que l'actualité. L'épopée d'Ami Melly, maître horloger genevois quittant la ville avec sa fabrique pour fonder sous d'autres cieux une ville selon le* Contrat social *de Rousseau, restera-t-elle dans l'histoire ? Sur le conseil du notaire Prévost et de Jacques-Louis Macaire*

— c'est la dernière nouvelle du jour — Ami Melly a réitéré sa demande de libération immédiate en faisant valoir sa qualité de citoyen britannique.

J'ai vu votre mari avec une mine bien meilleure que pendant les derniers mois passés à Genève.

Avez-vous repris votre clavecin ?

La lettre se poursuivait avec gaieté, sur le ton de l'intimité d'autrefois. Elle portait la date du 4 août. Élisabeth partit à la recherche de Sarah :

— Le docteur Odier m'envoie des nouvelles de Genève. Puis-je vous lire sa lettre ?

Elles s'assirent sous le tilleul. Au mot de *manifestants,* Sarah interrompit la lecture :

— Il ne dit rien d'Isaac, n'est-ce pas ? Je suis sûre qu'Isaac est à Genève !

— Mais, Sarah, puisqu'il allait à Yverdon !

— Il est à Genève, j'en suis sûre, je le sens !

— Qui vous a mis cette idée dans la tête ?

— Ce n'est pas une idée.

— Sarah, que se passe-t-il ?

— Il avait laissé un billet dans sa chambre. Il écrivait de ne pas m'inquiéter s'il restait absent plus longtemps que prévu.

— Sans explications ? Permettez-moi de relire ces lignes avec vous.

Sarah les avait jetées dans le feu. Élisabeth tenta de la rassurer, disant que d'ici quelques jours, quelques semaines tout au plus, Melly serait libéré et Isaac de retour.

Le soir, ayant couché les enfants, après le dernier fou rire, les derniers chuchotements de ses nièces, Élisabeth alla frapper à la porte de sa belle-sœur. Sarah dort-elle ? Lui a-t-elle répondu ? Élisabeth attend, frappe encore, attend. Elle entrouvre la porte. Le croissant de lune éclaire la chambre. Sarah est dans son fauteuil, près de la fenêtre.

— C'est moi, dit Élisabeth en s'asseyant auprès d'elle.

— Isaac est mon seul fils, le seul qui me reste, dit Sarah.

Élisabeth se tait. Elle ne savait pas, elle n'aurait jamais imaginé. Elle ferme les yeux pour mieux se laisser conduire dans les souterrains d'une mémoire qui ne lui appartient pas.

— À vingt ans, je suis partie pour Berlin comme institutrice. Mon frère Daniel y était alors capitaine d'une compagnie de chasseurs. J'avais plusieurs soupirants. D'Amsterdam, César m'écrivait. Nous…

La voix de Sarah s'étouffe. Élisabeth frissonne. Sarah se lève, lui tend un châle. La lueur de la lune n'éclaire plus que le jardin.

— Nous nous sommes mariés à Payerne, dit Sarah, et nous sommes repartis pour Amsterdam…

Les mains sur ses genoux, les yeux fermés, Élisabeth écoute les longs silences.

— César faisait des affaires florissantes à Amsterdam. Je mis au monde un fils. La princesse Louise, dont ma sœur cadette était la gouvernante, insista si ardemment pour en devenir la marraine que nous l'avons appelé Louis. César quitta ses associés et fonda sa propre maison de commerce. Ce fut une erreur ; il eut bientôt des revers.

» Louis… j'étais enceinte pour la seconde fois. Louis fut atteint de la fièvre rouge, il avait deux ans…

» À notre retour d'Amsterdam, César et moi nous nous sommes installés ici, avec Isaac tout petit. Mon père, Isaac Chuard, était son parrain. David fut le second parrain et lui donna son second prénom. C'est ici, à la Bretonnière, que sont nées Angélique, Louise et Fanny.

Le grondement du vent dans la forêt précède un grand souffle chaud qui s'engouffre dans la chambre en faisant battre les croisées. Sarah ferme la fenêtre, va chercher la lampe à huile qui reste allumée la nuit sur le palier, la pose sur la table. Derrière les vitres, la nuit est devenue très noire.

— Pourquoi est-ce que je vous raconte un passé dont vous n'avez que faire ? David… Pourquoi est-ce que je n'ai jamais pu lui parler ? Pourquoi est-ce à vous que… ?

» César repartit pour Amsterdam. Samuel s'y trouvait alors, il l'aida à régler ses affaires et l'encouragea à rester. David estimait aussi que César ne devait pas abandonner les relations qu'il s'était faites aux Pays-Bas. Peut-être m'en voulurent-ils l'un et l'autre d'être incapable d'y retourner ; la dernière année que nous y avions passée avait été trop dure. Quelques mois plus tard, César revint à la Bretonnière puis il rejoignit David à Genève. Ils fondèrent alors la maison Develay Frères.

» David… pourquoi n'ai-je jamais pu lui parler ? Pourquoi est-ce à vous que je m'adresse en ce moment ?

» Quand Isaac eut cinq ans – Angélique en avait trois et je venais de mettre Louise au monde –, David vint le chercher et l'emmena à Genève pour son éducation et ses études. César n'a pas protesté et j'ai dû céder. Je ne comprends pas pourquoi ni comment j'ai pu céder. David disait que son filleul serait pour lui un fils.

» Isaac était encore si petit ! Ils l'ont emmené. Je ne me suis pas accrochée à lui, je ne voulais pas qu'il pleure et soit trop malheureux. Je l'ai vu s'éloigner bravement entre son père et son oncle. De Genève, David écrivait qu'il lui rendait visite chaque dimanche.

Sarah s'est levée. Elle arpente la pièce. Elle se plante devant sa belle-sœur :

— Aujourd'hui, quand vous me dites que David aime Isaac comme un fils, cela m'arrache le cœur. Isaac, le fils de César, le petit-fils d'Isaac Chuard, l'arrière-petit-fils de Daniel Paccaud, n'a rien ou si peu des Develay. Faire fortune ne l'intéresse pas, le commerce ne l'intéresse pas.

Immobile, attentive, Élisabeth écoute la véhémence de Sarah. Elle voudrait la rassurer. Impossible de parler du livre, dont elle a promis de garder le secret. Enfin, elle demande :

— Pourquoi, avant cette nuit, ne m'aviez-vous pas raconté votre vie à Amsterdam, l'enfance d'Isaac ?

Elle ne prononce pas le nom de Louis ; elle ne le pourrait pas, il appartient à Sarah. Elle regrette déjà sa question, hésite à se retirer, craignant d'être indiscrète.

— Je ne pensais jamais à Amsterdam, répond Sarah. Pendant cinq ans, nous avons été heureux entre Genève et la Bretonnière, où nous passions chaque été. Plus heureux peut-être que la plupart des gens de notre âge ; émerveillés que la vie, dont nous n'attendions plus rien, se montre soudain généreuse avec nous.

Sa voix a retrouvé la chaleur et les couleurs de la vie. Elle saisit la lampe, emmène Élisabeth à la cuisine où l'eau est demeurée bouillante sur le potager, prépare une infusion.

— Quand nous nous sommes vues pour la première fois, chez moi, à Genève, je venais de perdre mon mari. Isaac avait onze ans. Vous avez fait son portrait ; il est ici, dans mon secrétaire.

— Oh oui, je me souviens ! s'écrie Élisabeth. Merci de l'avoir conservé. Je voudrais le revoir. Mais pourquoi le billet de quelques lignes que vous a laissé le grand Isaac de dix-neuf ans vous inquiète-t-il ?

— Il lui aurait été si facile de me dire de vive voix qu'il serait absent quelques semaines. Je ne comprends pas Isaac. C'est son manque de confiance qui m'a fait mal, très mal. Cette lettre était d'autant plus inattendue qu'Isaac me parle ouvertement.

Le vent est tombé. La pluie rejaillit sur la terrasse. Sarah ouvre le buffet, pose le sucrier sur la table, verse le tilleul dans des tasses de faïence. Élisabeth se demande pourquoi il est si difficile d'exprimer ce qui vous tient le plus à cœur, même – surtout peut-être – à ceux qui vous sont le plus proches.

Le tilleul a un goût d'enfance. Sa mère lui en faisait boire quand elle se réveillait la nuit. Sarah lui sourit :

— Merci d'avoir frappé à ma porte ce soir. Je n'aurais pu parler à personne d'autre, ni à un autre moment. Il faut savoir oublier parfois. Pendant des années, j'ai enfoui sous des souvenirs heureux les moments où j'avais été tout près de faire naufrage. Je les croyais relégués dans une autre vie. Cette nuit, en les retrouvant avec vous, j'ai compris qu'ils ne m'avaient jamais quittée.

Elle hésite. Elle pose sa main sur le poignet de sa belle-sœur. Le contact physique l'aide à poursuivre :

— Je vous souhaite bien sûr tout le bonheur du monde, le bonheur tel que vous l'imaginez. Vous êtes si jeune ; ce que je vais vous dire vous semblera cruel : acceptez que ce bonheur ne soit justement pas celui que vous avez imaginé. Je ne sais pourquoi il en est ainsi, mais je crains que le meilleur de nous-mêmes ne puisse grandir sans événements douloureux.

Sarah se lève, reprend la lampe. Elles montent l'escalier. Élisabeth n'est pas certaine d'avoir compris. Elle préfère ne pas comprendre. En s'endormant, elle s'imagine, comme chaque soir, arriver avec David et les enfants à la porte du Vieux Château prêt à les accueillir.

Toute la famille s'affairait à la cuisine en surveillant une bassine remplie de mirabelles en train de bouillir, quand Isaac s'encadra dans la porte. Ses sœurs et ses petits cousins l'acclamèrent.

— D'où viens-tu ? ne put s'empêcher de demander Sarah.

— D'Yverdon, répondit-il, surpris par le ton inquisiteur.

— Et c'est à Yverdon que tu as trouvé des nouvelles de Genève ?

— Dans le nord du Pays de Vaud, on s'intéresse peu aux Genevois.

Sarah remit à plus tard son enquête. Louise avait saisi une passoire pour écumer la mousse du sucre qui menaçait de déborder. La confiture s'épaississait. Des gouttes lentes et lourdes tombaient de la cuillère de bois. Sur la table, les pots attendaient d'être remplis. Isaac se tourna vers sa tante :

— Vous m'aviez confié une lettre pour Jeanne de Félice. Voici la réponse et voici un billet de Catherine.

Élisabeth avait les mains poisseuses.

— Pose-les dans ma chambre, veux-tu ? Le temps de déballer tes affaires, nous aurons fini et nous nous retrouverons sur la terrasse.

Depuis l'avant-veille, il faisait plus frais. Le soleil s'impatientait de se cacher derrière la chaîne du Jura.

Les premiers vols d'étourneaux annonçaient la fin de l'été.

— Mais enfin, Maman, pourquoi voulez-vous que je sois allé à Genève ? Je n'en ai pas eu la moindre intention.

Isaac regardait sa mère avec perplexité. Devrait-il sa vie durant lui rendre compte de ses faits et gestes demi-heure par demi-heure ?

Louise intervint :

— Isaac, tu dois tout nous raconter ! D'abord, la route jusqu'à Estavayer !

— Tu la connais. Il n'y a rien à raconter.

— Lise t'a donné des leçons de lyrisme ! se moqua Angélique.

— Heureusement que Monsieur Tavel t'enfonce les talons dans la glaise ! répliqua son frère, agacé.

— Parle-moi du Tertre et des enfants, demanda Élisabeth toute à ses souvenirs.

— Je n'y suis resté que quelques heures. Monsieur de Félice repartait pour Yverdon, il m'a proposé de faire la route avec lui.

— Je t'en prie, raconte ! insista Élisabeth après un silence. As-tu vu la bibliothèque ? l'imprimerie ?

— Oui, oui, tout cela, répondit le jeune homme.

Il ne voulait pas avouer sa déception : durant une bonne partie du trajet, l'éditeur lui avait parlé de sa lassitude, de ses difficultés familiales, de l'impossibilité de faire face à ses créanciers. À la recherche d'un maître, Isaac n'avait trouvé qu'un vieil homme ruiné, malade, désabusé.

— Si tu m'avais dit à temps que tu passais par Yverdon, lui reprocha Sarah, j'aurais averti ma cousine.

— Depuis quand, Maman, avez-vous une cousine à Yverdon ? s'étonna Angélique.

— Depuis toujours.

— Vous n'en parlez jamais !

— Non, bien sûr.

Le « bien sûr » était aussi énigmatique que l'existence de la cousine. Impatiente d'entendre le récit de son frère, Angélique remit à plus tard ses questions.

— Monsieur de Félice devait travailler avec ses pensionnaires, reprit Isaac. Sa femme arrivait. Elle a été si heureuse de recevoir une lettre de vous, tante Élisabeth ! Ne pouvant me loger, elle m'a conseillé de me rendre à l'hôpital, situé sur l'île des Thièles à moins de dix minutes du pensionnat.

— À l'hôpital ! désapprouva Sarah. Il aurait été plus convenable de passer la nuit à l'hôtel de l'Aigle.

— Je n'en sais rien, j'ai été très bien reçu. Après m'avoir fait répéter et inscrire mon nom, on m'a conduit dans le bureau de l'hospitalier. Je ne pouvais mieux tomber : Abraham-Daniel Develey est un cousin, bien qu'il écrive son nom avec un « e », je ne sais trop pourquoi. Nous descendons tous deux de David Develay, son grand-père et mon arrière-grand-père, qui était avocat à Yverdon. Monsieur l'hospitalier a été surpris qu'oncle David ne m'ait pas parlé de notre ancêtre commun et il se souvenait de vous, tante Élisabeth ; il vous a vue quand oncle David vous a présentée à sa famille.

Élisabeth fit un geste évasif. Elle n'avait pas retenu le nom de chacun des cousins de son mari lors de leur bref séjour à Yverdon trois ans plus tôt.

— L'hospitalier m'a invité à sa table, poursuivit Isaac. On y mange bien, mais j'ai été assailli de questions sur les prises d'armes de Genève ; j'ai dû exposer le point de vue des Représentants et de la Commission de sûreté. L'année dernière au mois de mai, les grenadiers du régiment d'Yverdon ont reçu l'ordre de marcher sur Genève. J'ai saisi l'occasion de raconter ce qu'avaient été pour nous le siège de la ville, sa reddition, le Code Noir. Je crois que notre cousin l'hospitalier admire oncle David d'avoir le courage de s'expatrier. Lui n'a jamais quitté Yverdon, où il occupe une charge respectable ; pour rien au monde il ne se risquerait à contester ouvertement la politique de Leurs Excellences !

» Voilà, vous savez tout, conclut le jeune homme en se levant. Je meurs de faim, je n'ai rien avalé depuis ce matin ! J'espère que nous n'aurons pas que des confitures pour le souper !

Isaac le taciturne, comme l'appelaient parfois ses sœurs, parlait avec un entrain inaccoutumé.

« Il me cache tout de même quelque chose », pensa Sarah.

Son fils aurait été embarrassé si on lui avait demandé sa ou ses raisons de taire son voyage à Lausanne. Bartolomeo de Félice lui avait parlé de son ami Alexandre Chavannes, théologien, mathématicien, professeur de morale à l'Académie, cette haute école où l'on enseigne la philosophie, le droit, les lettres anciennes. Dans l'intention d'assister à l'un de ses cours, Isaac s'était rendu dès son arrivée sur la colline de la Cité où le château, siège du gouvernement, et la cathédrale, rebaptisée Grand Temple, dominent les bâtiments de l'Académie. Ce jour-là, il n'y avait pas de cours mais le professeur Chavannes donnait un séminaire pour quelques étudiants dont il dirigeait les travaux. Ayant décliné son nom et ses relations, le nouvel arrivant y fut admis. Son intérêt s'effrita dès la première demi-heure. Quand on lui demanda son avis, il avoua que la morale ne l'intéressait plus. Il avait tellement lu ces derniers mois !

Isaac regardait autour de lui la jolie salle boisée, les bibliothèques, les arbres masquant la vue des fenêtres.

— Nous vous rendons bien volontiers votre liberté, dit le professeur en souriant. La philosophie n'est pas une science exacte et les hommes d'action ne s'en servent qu'à l'heure de justifier leurs choix. Vous êtes encore très jeune et vous aurez tout loisir de réfléchir à cela plus tard – ou de l'oublier.

» Pourtant, donnez-moi encore une minute, ajouta-t-il en s'approchant de sa bibliothèque. Je voudrais vous montrer un petit livre. Le voici ! s'écria-t-il joyeusement en tendant à Isaac un traité de géométrie. Euclide puis mes amis Bernoulli de Bâle m'ont tiré d'affaire à un moment où la philosophie menaçait de m'enliser dans ses sables mouvants.

Ils avaient trouvé leur terrain d'entente. Ils évoquèrent la poésie des nombres, leurs rapports, leur merveilleuse adéquation au monde sensible, auxquels il faudrait initier les enfants dès leur plus jeune âge.

— Revenez me voir si vous en avez l'occasion, conclut le professeur en lui serrant chaleureusement la main.

Isaac avait suivi les étudiants pressés de poursuivre leurs palabres devant un pot de vin. Leurs allusions, leur ironie lui étaient étrangères. Il s'aperçut bientôt que, chez la plupart d'entre eux, l'échec des Représentants et le sort des exilés genevois ne suscitaient que railleries et haussements d'épaules.

Il partit à la recherche des éditeurs-imprimeurs de la capitale, fit le tour des libraires, passa la nuit dans un hôtel que sa mère aurait désapprouvé et se réveilla merveilleusement dispos. Il marcha beaucoup, montant et descendant les ruelles de cette ville qui partait dans tous les sens, heureux d'engager la conversation quand bon lui semblait et de regarder sous le nez quelques-uns de ces fonctionnaires bernois qu'on disait si redoutables et qui pouvaient d'une minute à l'autre l'expédier en prison.

En retrouvant sa chambre, sa table de travail et ses livres, Isaac se demanda comment faire comprendre à sa mère, sans qu'elle y vît un manque d'affection, qu'un minimum de risques lui était nécessaire, qu'il avait besoin d'indépendance, qu'il était en âge de se passer de ses conseils et de sa protection.

Les lettres de Jeanne et de Catherine de Félice parlaient de la tension quotidienne, d'une fatigue dont elles ne voyaient pas le terme et du manque d'argent. La crise, que l'on avait tenue pour provisoire quelques années plus tôt, devenait irréversible. Les lecteurs de l'*Encyclopédie d'Yverdon* ne s'intéressaient plus guère aux ouvrages sortis des presses de Bartolomeo, mais lui n'abandonnait pas sa recherche de la vérité, transcendante ou scientifique. Pendant que les esprits avancés brandissaient la liberté, l'égalité, la fraternité en vue d'un nouvel ordre social, les Éditions Félice éditaient les œuvres qu'inspiraient la foi, l'espérance et l'amour.

Au cours de la nuit qui suivit, Élisabeth s'éveilla plusieurs fois avec un sentiment d'urgence. Que se passait-il à Neuchâtel et à Genève ? Elle guetta le réveil d'Isaac, frappa à sa porte à bout de patience : pouvait-il l'accompagner ? Oui, non, il n'en savait rien, il venait d'arriver. Élisabeth n'insista pas ; elle se passerait de chaperon. Elle avait simplement supposé qu'il ne se désintéressait pas complètement du sort de leurs amis genevois.

Sans même demander à ses nièces de veiller sur les enfants, elle informa Sarah qu'elle se rendait à

Neuchâtel pour rejoindre David – elle n'avait aucune nouvelle de lui – et qu'elle allait de ce pas demander au fermier ou à Monsieur Tavel de la conduire au port de Chevroux.

C'était samedi. Le fermier nettoyait sa cour. Il pouvait se passer d'un cheval pour la journée. Son fils connaissait le chemin. Élisabeth eut vite fait de préparer son bagage. Au dernier moment, Isaac la rejoignit et ils se trouvèrent une fois de plus sur le lac, face aux belles maisons ocre de Neuchâtel.

Aucune de leurs connaissances n'étant prévenue de leur arrivée, ils se rendirent à pied chez Joséphine Vieusseux.

— Nous y serons en moins d'une heure, dit gaiement Élisabeth. Merci de porter mon sac. Je me suis arrangée pour qu'il ne pèse rien.

L'ombre couvrait le coteau quand ils arrivèrent à Peseux. Louison les accueillit avec des cris de joie. Joséphine, plus ronde que jamais, se portait à merveille. Elle n'avait pas de nouvelles récentes de son mari ni de son père, mais tous deux lui avaient promis de venir admirer le petit Étienne sitôt après sa naissance.

— Es-tu sûre d'avoir un fils ? demanda Élisabeth.

— On peut être très sûr de soi et se tromper, admit la jeune femme. En tout cas, je reçois suffisamment de coups de pied pour que ce soit un garçon !

Élisabeth fut sur le point de lui annoncer qu'elle était enceinte, mais David n'en savait encore rien. C'était à lui le premier qu'elle voulait se confier. Où se trouvait-il aujourd'hui ? Il lui avait fait promettre de ne pas s'inquiéter si son absence se prolongeait.

Elle lut sur le visage de son neveu qu'il était impatient de s'esquiver. Le Tertre et Bonvillars n'étaient qu'à quelques lieues ; peut-être projetait-il de revoir Lise. Elle se tourna vers Joséphine :

— Ton mari et le mien étant aussi discrets l'un que l'autre au sujet de leurs activités et de leurs voyages, nous comptons sur toi pour avoir des nouvelles de Genève. Notre prisonnier est-il enfin libéré et sur le chemin de Waterford ?

— Comment ! vous n'avez rien appris ? Le procès a eu lieu ! Il y a une bonne semaine, le 8 août.

— Que s'est-il passé ?

— Le pire ! Ami Melly est condamné à la prison, au bannissement, à la perte de ses droits, aux dépens, à tout ce que vous voudrez !

— Mais il peut faire recours !

— Il y a renoncé. Personne n'y comprend rien ! Le lendemain du jugement, il est allé « demander pardon de son délit à Dieu et à la Seigneurie, genoux en terre et huis ouvert ». Cette capitulation publique consterne nos amis. Melly craint-il pour sa vie ? Pour celle de sa famille ? L'a-t-on menacé ? Que vont faire les artisans ? On ne parle plus que de cette affaire en ville. Moi, voyez-vous, j'en ai par-dessus la tête de ces histoires de justice et de prières dans tous les sens ! Ma belle-mère prie, la grand-mère de Pierre prie, les Frères moraves sont en prière et la cour du Tribunal – ils étaient trente-quatre, vous vous imaginez ? Quatre seigneurs syndics et trente juges, trente-quatre notables toisant le maître horloger !... Qu'est-ce que je vous disais ? Ah oui, la prière ! Et dire que la Cour invoque solennellement le Saint-Esprit avant de se prononcer !

— Si vous n'avez plus besoin de moi, je vais faire un tour en ville, dit Isaac. Ne m'attendez pas ce soir, je trouverai sûrement où loger.

— Où loger à Neuchâtel ? Quelle présomption, jeune homme ! À tout hasard, pour que vous ne dormiez pas à la belle étoile, je vous préparerai un lit sur ce canapé, décida Joséphine en tapotant le siège où elle était assise avec son amie. Il paraît qu'on y dort très bien. Et la clef de la maison sera derrière le troisième pot de géraniums à gauche de l'entrée.

— Tu n'es pas obligé de revenir et de t'inquiéter de mon retour, ajouta Élisabeth. Merci de m'avoir accompagnée jusqu'ici.

— Vous avez bien fait de m'entraîner avec vous, petite tante, dit Isaac en lui baisant la main.

Il allait s'incliner devant Joséphine quand, sans façon, elle saisit la brioche à peine entamée qui se trouvait sur la table, l'emballa et la fourra dans son sac en lui souhaitant bonne route.

La pluie commençait à tomber. Elle redoubla au matin.

— Tu ne vas tout de même pas partir à pied par un temps pareil ! dit Joséphine à son amie, ce dimanche 17 août. Tu en apprendras autant en te rendant au temple de Peseux qu'à la Collégiale de Neuchâtel.

Élisabeth pensait que, à la Collégiale, elle aurait plus de chances de trouver des nouvelles de David, de Pierre Vieusseux et d'Étienne Clavière, d'Isaac – qui n'avait pas dormi à Peseux –, ainsi que des détails sur le procès d'Ami Melly.

La route passait devant la maison. Entendant approcher une voiture, elle courut à la porte, fit signe au cocher de s'arrêter. Un couple du voisinage se rendait au service divin. On pouvait prendre Madame Develay en se serrant un peu.

— Ne m'attends pas pour le dîner ! cria-t-elle à Joséphine en saisissant dans l'entrée un vieux châle de coton qui devait avoir connu bien des intempéries.

Élisabeth s'attendait à un sermon lugubre. À sa surprise, un joyeux jeu d'orgues et des cantiques de louange l'introduisirent. « La foi est une ferme attente des choses qu'on espère. » Le prédicateur rappela la fidélité et les promesses de Dieu. Tant de situations apparemment sans issue avaient débouché sur une victoire. Après la bénédiction finale, comme la pluie redoublait, on se réfugia à la sacristie. À voir les mines affligées, la foi et l'espérance n'habitaient pas tous les cœurs.

Le 4 août, le docteur Odier, dans une lettre à Élisabeth, espérait la libération imminente de Melly. La condamnation était tombée quatre jours plus tard. Que s'était-il passé ? Elle apprit que, le 6 août, dix-huit membres du Conseil des Deux Cents avaient été tirés au sort pour être adjoints au Tribunal. Le vendredi matin 8 août, une grande foule s'était pressée sur le parcours qui menait de la prison à l'Hôtel de Ville. Elle acclamait le maître horloger comme un héros en le couvrant de bénédictions. Cette manifestation de sympathie, la présence de gentilshommes anglais et irlandais, ainsi que l'appui de défenseurs estimés furent ressentis comme une provocation. D'ailleurs, la sentence devait avoir été fixée d'avance sous la pression du comte de Vergennes. Ami Melly avait écrit une vingtaine de pages pour sa défense. Il plaida sa cause plus d'une heure avec esprit et fermeté, puis demanda sa libération immédiate et des dédommagements pour les torts qu'il avait subis. Le réquisitoire du procureur général renferma de curieuses contradictions ; on pouvait aussi bien acquitter l'accusé que le condamner à mort. Finalement, il réclama six mois de prison et le bannissement à vie. La Cour se montra plus sévère : outre les prisons déjà subies, Ami Melly serait gardé encore un an en chambre close.

— Un an ! Où en serons-nous dans une année ?

Les artisans de la fabrique, révoltés par ce verdict, refuseraient de travailler à Genève pour d'autres patrons. Ceux qui se trouvaient déjà à Waterford ou qui étaient sur le point d'y arriver parviendraient-ils à s'organiser en l'absence de Melly ?

Le pasteur Gasc et sa femme invitèrent Élisabeth à dîner. Elle rejoignit Joséphine en fin d'après-midi. Une humidité froide régnait dans la maison. Elles firent du feu. Élisabeth commençait à comprendre son neveu : à quoi bon débattre de circonstances catastrophiques si l'on n'a aucune aide concrète à offrir ?

Elle venait d'annoncer tendrement à Joséphine qu'elle repartirait le lendemain et jouait avec Louison pendant que son amie préparait le repas, quand elle entendit une voiture s'arrêter à leur porte. Elle ouvrit la fenêtre.

— Je suis un ami d'Étienne Clavière !

Joséphine accourut.

— Il n'est pas ici ! cria-t-elle.

Un homme sauta de voiture :

— Joséphine ! C'est moi, Melly !

— Vous ?

Élisabeth se précipita dans l'escalier. C'était la première fois qu'elle voyait le maître horloger. On en avait tant parlé qu'elle avait imaginé une sorte de géant. Elle se trouva face à un homme de taille moyenne, amaigri, fatigué et radieux. Il monta quatre à quatre l'escalier, s'inclina devant Joséphine :

— Je ne m'arrête qu'un instant pour prendre des nouvelles de votre père et de votre mari.

— Nous allions nous mettre à table, balbutia-t-elle. Si vous voulez bien…

— Ma femme est à Neuchâtel depuis trois jours. Elle m'attend, ou plutôt elle m'espère! Donnez-moi du papier, je vais écrire un mot à l'adresse de votre père. Une fois de plus, nous nous manquons! Je repars pour Waterford demain ou après-demain.

— Monsieur Melly! Comment est-ce possible? s'écria Madame Clavière qui les avait rejoints. J'ai tellement prié pour vous! Qui vous a libéré?

— Le Bon Dieu, répondit-il avec assurance, et les anges qui m'ont escorté jusqu'ici.

Il traça quelques lignes d'une petite écriture fine, très lisible, les tendit à Madame Clavière:

— Voici pour votre mari. Et voici pour vous, dit-il à Joséphine après avoir dessiné un plan sur une seconde feuille. Vous pourrez montrer ce croquis à vos amis. Ici, vous voyez la chambre où je me suis morfondu. Après quatre-vingt-quatre jours d'impatience et de réflexion, j'ai attaché mes draps à une corde que j'ai fixée solidement à la fenêtre et je suis descendu dans la cour. J'ai pris l'échelle qui s'y trouvait pour grimper sur la galerie. Le trappon menant aux combles n'était pas fermé à clef. Des êtres charitables avaient déjà écarté plusieurs tuiles. Ils m'ont guidé sur le toit de l'hospice voisin et nous avons dévalé les Degrés-de-Poule jusqu'à la voiture qui nous attendait!

— Que Dieu vous bénisse! Nous nous retrouverons à Waterford, dit Madame Clavière.

Les jeunes femmes se penchèrent à la fenêtre pour le voir s'éloigner, puis Élisabeth s'assit à la place qu'il venait de quitter:

— Tu as si bien copié les lettres du comte de Mirabeau, dit-elle à Joséphine ; c'est mon tour ! Il me faut emporter le plan de la prison de l'Évêché et du chemin par lequel Monsieur Melly a retrouvé la liberté.

* * * *

L'audace du maître horloger mit une partie de l'Europe en liesse et ridiculisa les seigneurs syndics. Le Résident de France, qui au moment du procès accueillait parmi des invités de marque Charles Maurice de Talleyrand, le jeune agent général du clergé français, s'efforça de faire bonne mine à mauvais jeu. LL. EE. de Berne saisirent l'occasion de se distancer de la politique française et cessèrent de poursuivre les émigrés genevois sur leur territoire.

Ne craignant plus d'être inquiété, David rejoignit sa famille à la Bretonnière. La paix entre la France et l'Angleterre ne tarderait pas à être signée. Il tenait à installer les siens à Hauptwil avant de repartir pour Amsterdam, Bruxelles et peut-être Paris. Sans grande illusion, il proposa à son neveu de voyager avec lui.

— Pardonnez-moi, oncle David. Je sais quelles années difficiles et quels chagrins mes parents ont traversés à Amsterdam ; je ne voudrais pas en retrouver les traces. Je ne m'imagine pas non plus à Bruxelles, ni à Waterford. Comment vous expliquer ? Il me semble que nous avons tous une mission personnelle à remplir. Laquelle ? Je ne distingue pas encore la mienne, mais j'y serais infidèle en m'engageant sans conviction. Vous, oncle David, que faisiez-vous à mon âge ?

— À ton âge, ton père, ton oncle Samuel et moi avions pour mission de réhabiliter notre famille. Nous n'étions pas certains d'y parvenir. Pendant mon apprentissage de commerce à Genève, j'ai eu tout juste de quoi manger. Employé ensuite chez Picot, je gagnais à peine mon entretien. Pas plus que toi aujourd'hui, je ne distinguais mon avenir.

Tous deux gardent le silence face au regret de se trouver, en dépit de l'affection qui les unit, si éloignés l'un de l'autre.

— Oncle David, dit enfin Isaac, si je vous suivais à Amsterdam, si nous nous installions ensemble à Bruxelles, je vous causerais plus de souci que de satis-faction. J'aurais l'impression de nous trahir tous les deux. Peut-être serez-vous tout de même fier un jour du petit Isaac que vous avez emmené à Genève. Peut-être un jour, vos amis, tante Élisabeth ou les enfants me donneront-ils l'occasion de m'acquitter de ma dette envers vous.

— Qui t'a parlé de dette ? Il n'y a pas de dette ! s'écrie David.

Il lui ouvre les bras et prolonge cette étreinte qui exprime et masque son émotion. Enfin, les mains sur les épaules de son grand neveu, cherchant son regard :

— Tu sais bien que je suis fier, que j'ai toujours été fier de toi !

Il tait l'essentiel, la nuance de l'affection, de l'amour inconditionnel qu'Isaac, le premier, a éveillé dans son cœur bien avant la naissance de ses propres enfants. Isaac le découvrira-t-il à son tour le jour où la vie lui confiera un petit être fragile pour qu'il devienne plus fort et différent de lui ?

Les meubles qui allaient prendre comme eux le chemin de Hauptwil étaient chargés. Le clavecin ne quitterait pas la Bretonnière : Fanny avait l'oreille juste, elle faisait de grands progrès. Il y avait à Payerne des musiciens capables de l'instruire, qui lui montreraient comment accorder son instrument.

— Nous inviterons le voisinage, tu nous feras danser ! lui dit Angélique.

— C'est cela, se moqua Louise. J'ai entendu dire que Monsieur Tavel joue du violon !

— Sûrement pas aussi bien que mon frère ! plaisanta Élisabeth. J'espère, David, que vous me laisserez le temps de chanter un duo avec mon amie Christina quand nous arriverons à Zurich !

— C'est promis ! Resterez-vous ici tout l'hiver ? demanda David à sa belle-sœur.

— Je n'ai pas d'autre projet pour le moment.

Elle hésita, regardant Élisabeth. La naissance attendue n'était plus un secret. « Peut-être pourrions-nous venir jusqu'à Hauptwil pour le baptême ? »

— Ce serait magnifique ! s'écria Élisabeth. Nous ferons une grande fête !

— Maman, j'ai réfléchi, dit Louise sur un ton si solennel que tous les regards se portèrent sur l'adolescente. Je voudrais partir pour Zurich.

La petite Fanny regarda sa sœur avec admiration, la grande Angélique haussa les sourcils de surprise. Sarah attendait un minimum d'explications.

— J'aimerais aider Christina Bachmann. Je pourrais enseigner la lecture aux enfants.

— Christina ? s'écria Sarah. Il y a longtemps que nous n'en avons plus de nouvelles ! Pourquoi nous faire part de ton projet aujourd'hui seulement ?

— Je pourrais être utile pendant le voyage, dit encore Louise. Je pourrais m'occuper de Jean-Emmanuel et de Suzette.

— Angélique, demanda Élisabeth, veux-tu aller faire une promenade avec les enfants ? Il fait si beau. Ils ont besoin d'air frais avant les cahots du voyage.

Puis, confidentielle, se penchant vers Fanny :

— Accompagne-moi à la cuisine, nous allons préparer une tarte splendide pour le dessert.

— Je ne suis pas un enfant, mais j'ai besoin de faire quelques pas, dit David. Viens, Isaac. Crois-tu que nous trouverons encore des bolets ?

Louise les entendit s'éloigner, désemparée. Elle avait parlé devant oncle, tante, frère et sœurs dans l'espoir qu'ils la soutiendraient. Sarah regardait sa fille avec chagrin, se reprochant de ne l'avoir pas devinée :

— Si tu commençais par seconder un éducateur de Payerne ? À Zurich, comment feras-tu pour enseigner l'allemand et les lettres gothiques ? Il n'est pas certain que l'amie de ta tante puisse t'accueillir du jour au lendemain.

Louise haïssait ces paroles raisonnables. Comment faire comprendre à sa mère que, du jour au lendemain précisément, elle s'était sentie triste à mourir ? N'était-ce pas le plus grand des malheurs, ce chagrin total qui l'enserrait, qui l'asphyxiait ? Ici à la Bretonnière, entre Angélique et son amoureux, Fanny et le clavecin, Isaac et ses livres, elle ne saurait plus que faire d'elle après le départ d'Élisabeth et des enfants. Pourquoi n'avait-elle pas l'indépendance d'Isaac, avec le droit de se retirer dans la bibliothèque pour y découvrir les sciences, l'histoire, la géographie, la poésie et même le théâtre, qu'on lui présentait comme le support de l'immoralité ? C'est elle qui aurait été heureuse d'accompagner son oncle à Amsterdam ! Pour rien au monde, elle ne ressemblerait à Angélique ni à sa mère, ni même à sa tante Élisabeth. À Zurich, elle aurait au moins le droit d'être différente et de se sentir seule.

— Nous pourrions passer les mois d'hiver à Payerne, proposa Sarah. Nous y serions moins isolés, tu pourrais prendre des leçons d'allemand. Nous en reparlerons après le souper.

La tarte aux prunes sortait du four. Isaac renversa un petit panier de champignons sur la table de la cuisine.

— Ce ne sont pas des bolets, mais c'est tout à fait comestible, dit-il à sa mère. Tu sais, nous n'étions pas dans les confidences de Louise et nous ne nous attendions pas à ce qu'elle parte apprendre l'allemand chez les Zuricois.

— Rien n'est encore décidé, rétorqua sèchement Sarah pour marquer qu'elle n'avait pas pris de décision.

— Je suis sûr que l'on peut faire confiance à tante Élisabeth et à oncle David, qui vont s'occuper de tout. Ils ne laisseront pas Louise plantée sur la place du Grossmünster, son bagage à la main !

Puis, changeant de ton, prenant Sarah dans ses bras :

— Ma petite Maman, nous ne vous laisserons pas le temps de vous ennuyer cet hiver, Fanny, Angélique et moi. Quel âge aviez-vous quand vous êtes partie comme institutrice à Berlin ?

V

En ARRIVANT à Zurich, ils apprirent que le traité de paix mettant fin à la guerre d'Indépendance des États-Unis avait été signé le 3 septembre à Versailles. L'Angleterre, qui avait déjà reconnu l'indépendance des États-Unis le 30 novembre 1782, leur abandonnait les territoires situés au sud du Canada. Elle cédait à l'Espagne la Floride et Minorque ; à la France la « rivière du Sénégal » ainsi que certains points fortifiés sur la côte d'Afrique, Pondichéry et Karikal aux Indes. En revanche, elle gardait Gibraltar et ses autres colonies. Le Traité de Versailles rétablissait la paix entre toutes les puissances maritimes et ouvrait les mers à la liberté de navigation.

« Les Provinces-Unies retrouveront-elles un jour leur flotte et leur ancienne prospérité ? » se demandait David. L'antagonisme entre la France et l'Angleterre persistait, mais le commerce avec l'Irlande et plus particulièrement Waterford ne serait pas entravé.

Il ne fut pas surpris du peu d'intérêt avec lequel les Zuricois accueillaient la paix si ardemment attendue : la ville, comme Bruxelles et beaucoup d'autres, avait profité du blocus des ports. Elle avait en outre des conflits à régler entre le gouvernement, les corporations et les ouvriers. Constatant qu'en lieu et place du *Courrier de l'Europe,* imprimé à Londres mais écrit en français, les Zuricois lisaient en allemand les gazettes de Vienne et de Berlin, David renonça à exposer le point de vue des Représentants genevois et les raisons de l'émigration à Waterford. Il ne ferait pas changer d'avis les chefs des corporations.

— Vous arrivez au moment de mes grandes vacances ! déclara Christina Bachmann en accueillant Louise, Élisabeth et les enfants. Après avoir surveillé, encouragé, conseillé cinquante marmots bruyants, c'est un tel repos d'avoir un unique bébé rien qu'à soi ! Vous avez eu une fameuse idée de venir nous trouver, Louise. Avec Andreas, je ne parle que l'allemand et je suis en train d'oublier ce que j'avais appris à Lyon. Si vous le voulez bien, nous parlerons français en tête à tête.

— Faites un premier essai, dit Élisabeth en se levant. Si tu veux mon avis, ta syntaxe est correcte mais ton accent consternant !

— Eh bien, il va s'améliorer ! Armez-vous de courage, Louise : certains enfants entourés d'exemples désastreux sont disciplinés, joyeux, travailleurs, alors que d'autres paraissent incurablement querelleurs et envieux. Il faut beaucoup les observer pour comprendre la raison de leur comportement et tirer le meilleur parti d'une nature qui laisse à désirer. Je ne crois pas, je ne crois plus que nous naissions avec de bons sentiments. Les petits enfants sont avides, égoïstes, jaloux, agressifs. La bonté est un produit sublime de l'éducation ! Nous verrons si vous faites les mêmes expériences que moi.

Elle ouvrit la croisée :

— Regardez, l'école se trouve à deux rues d'ici, derrière la manufacture de rubans. En suivant ce chemin, vous arriverez au bord du lac en un quart d'heure. Comme vous l'avez constaté, nous sommes assez loin du centre de la ville. C'est petit chez nous, vous risquez d'entendre Peter pleurer la nuit. J'espère pourtant que vous serez aussi heureuse à Zurich que nous l'avons été, votre tante et moi, à Lyon. Vous aurez du succès à l'école, tout se passera bien, vous verrez ! Vous surveillerez les devoirs des élèves en allant d'une classe à l'autre, ce qui vous apprendra à écrire et à lire l'allemand en lettres gothiques en même temps qu'eux. Les enfants seront ravis de vous initier à leur langue et de jouer aux professeurs.

Louise regardait la chambre basse, sans ornements, le poêle qui attendait l'hiver.

— Que voudriez-vous savoir ? demanda encore Christina. Vous avez sûrement des questions à poser.

De la tête, la jeune fille fit signe que non.

— Vraiment ? Pas de questions, pas de soucis ? insista Christina. Quand vous rencontrerez des difficultés, il faudra m'en parler, même si je ne suis pas en mesure de les faire disparaître sur-le-champ.

Son amabilité met Louise mal à l'aise. Des années durant, elle s'est conformée à l'attente de sa famille. Ce rôle l'étouffe désormais. « Je suis un lézard en train de muer », pense-t-elle.

— À Lyon, au début de mon séjour, j'ai eu parfois le mal du pays, dit Christina. Il ne faut pas enterrer ses chagrins, même les plus petits. Ce ne sont pas des cailloux mais de vilaines bestioles qui minent tout votre territoire et dont on ne parvient plus à se débarrasser.

Elle sent enfin qu'il ne faut pas prolonger ce premier face-à-face :

— J'ai reçu du thé de Ceylan, allons le préparer. Vous ne connaissez pas encore la cuisine. Voyez, il faut veiller à maintenir des braises sous la bouilloire ; nous n'allumons que rarement le fourneau en été. Jusqu'à ma délivrance, je prenais mes repas à l'école. Vous pourrez manger avec les éducateurs à midi. C'est Andreas qui remplit la pierre à eau chaque matin. Le lavoir est tout proche, on l'aperçoit de la fenêtre. Les langes sèchent vite en cette saison. En hiver, il faudra les étendre au-dessus du fourneau.

Louise l'écoute, incrédule. Est-elle bien chez la même Christina, celle qui se préparait à changer la face du monde lorsqu'elles s'étaient rencontrées à Genève ?

Élisabeth les rejoignit, précédée de Jean-Emmanuel, lavé de frais, qui faisait ses premiers pas.

— Te voici arrivée à bon port, dit-elle à sa nièce. Nous avons encore trois bonnes journées de voyage avec les enfants. Viens nous trouver dès que possible ; tu nous donneras des nouvelles de nos missionnaires !

La jeune fille la regarda d'un air interrogateur.

— C'est ainsi que j'appelle Andreas et Christina. Ce sont des gens qui prient chaque matin, qui ont l'amour du prochain, les pieds sur la terre, et qui abandonnent les sphères célestes aux Illuminés.

* * * *

La voiture quitta la route de Saint-Gall pour s'engager sur le chemin de Hauptwil. On roulait plus lentement. Les enfants s'étaient endormis. David referma le livre qui contenait les opérations réalisées à Zurich et à Winterthour. La brume se dissipa. On traversa un bois ensoleillé, on longea des champs et des vergers. Adossée aux coussins, Jean-Emmanuel sur les genoux, Élisabeth avait fermé les yeux. Dormait-elle ? Le regard de David réveilla Suzette. Elle se hissa à côté de lui :

— Raconte-moi une histoire !

Il rit, il ne savait pas raconter des histoires. Il dit :

— Il était une fois une petite fille très sage, qui voyageait avec ses parents et son frère.

— Est-ce qu'elle avait un chien ?

— Bien sûr ! Un chien qui savait toutes sortes de chansons.

Suzette se redressa, son père n'était pas sérieux !

— Les chiens aboient ! protesta-t-elle avec autorité. Est-ce qu'il partait toujours en voyage avec eux ?

— Oui, oui, dit David sentant le sommeil le gagner.

— C'est un très long voyage, soupira Suzette. Quand est-ce qu'ils vont arriver ?

— Bientôt, dit David.

— Ils auront une maison ?

— Un vieux château.

— Avec des énormes murs, des tours rondes ?

— Non, dit David, un vieux château pas vieux du tout, qui n'a pas d'ennemis, où chacun peut entrer. C'est une maison comme celles que tu dessines : le toit, la cheminée, les murs, beaucoup de fenêtres, un arbre, un grand soleil, un ciel bleu, un petit nuage et des fleurs partout. Il y a de belles chambres à l'intérieur, un large escalier, un clavecin, une grande cuisine et beaucoup de portraits comme chez tante Sarah.

— La cuisine, c'est pour les gens dans les portraits ?

— Pour eux et pour leurs invités.

— J'espère qu'il y a une niche pour le chien ?

— Une niche et une écurie pour les chevaux, dit Élisabeth qui ne pouvait feindre de dormir plus longtemps.

David se rapprocha de sa femme. Suzette se glissa entre eux. Son père lui proposa de s'asseoir à côté du cocher. Radieuse, juchée au-dessus d'eux, elle découvrait le paysage, tirait tant qu'elle pouvait sur les rênes et répétait les ordres que l'homme donnait aux chevaux. Jean-Emmanuel dormait sur les genoux de sa mère.

— Il a la meilleure place ! constata David en passant son bras autour de la taille de sa femme.

— J'aimerais aller à Vienne, un jour, à Prague, à Varsovie, à Berlin, à Amsterdam, à Londres... Croyez-vous que je pourrai voyager avec vous ? Mon père et mon frère sont partis si souvent en me laissant seule au Vieux Château. Il doit être passionnant de changer plusieurs fois de langue et de pays.

— Avec les enfants, ce sera peut-être difficile.

— Nous ferons de petits voyages, nous ne les laisserons pas trop longtemps, ou bien nous les emmènerons avec nous.

— Tant qu'ils ne seront pas trop nombreux !

On s'arrêtait au dernier relais. L'aubergiste était parfaitement au courant de la paix de Versailles et s'en réjouissait davantage que les Zuricois. Il complimenta Élisabeth au sujet des enfants :

— Ils en ont de la chance, ils ne connaîtront jamais la guerre!

— Puissiez-vous dire vrai, approuva Élisabeth. En Thurgovie, d'ailleurs, il y a bien longtemps que nous n'avons pas eu de conflit.

— Un changement de société se prépare, reprit l'homme. Les privilégiés renonceront à leurs avantages au profit des plus défavorisés.

— C'est ce que nous avons tenté de réaliser à Genève, dit David. Le résultat fut diamétralement opposé à celui que nous attendions. Plusieurs de mes amis ont généreusement abandonné leurs privilèges sans le moindre profit pour les plus défavorisés.

— Pensez aux découvertes des médecins, poursuivit l'homme qui n'avait visiblement pas entendu parler de l'émigration genevoise. Il n'y aura plus d'épidémies. Ni de famines : grâce aux nouvelles routes, le blé viendra d'Ukraine, ou même de Floride sur des vaisseaux plus rapides et plus sûrs.

Il les quitta le temps d'assister au départ d'un carrosse, revint bientôt, visiblement désireux de transmettre son message :

— Soyez sans crainte, Monsieur, dit-il à David pendant qu'Élisabeth surveillait Suzette et Jean-Emmanuel qui couraient entre bancs et tables. L'Europe s'édifie.

Un avenir meilleur, une société nouvelle : David en avait débattu à Genève des années durant. Sur le plan moral et social, pensait-il, n'y aurait-il pas des cycles plutôt qu'un progrès ? un mouvement de balancier ?

— D'où vous vient la certitude que nous allons vers des temps meilleurs ? demanda-t-il à l'aubergiste.

— On en parle beaucoup ici, répondit l'homme.

— Ici au relais?

— Vous trouverez plusieurs personnes capables
de vous renseigner, Monsieur. Vous avez certainement
remarqué le gentilhomme qui nous a quittés tout à
l'heure. Il s'arrête deux fois par semaine chez moi. Il
dit que, un jour, tous les hommes, déchargés des travaux pénibles par des machines, mieux nourris, en
meilleure santé, verront se lever une grande lumière.

— Que pensez-vous de ce prophète? demanda
Élisabeth à son mari quand ils se retrouvèrent sur la
route en tête à tête.

— Qu'il est trop optimiste ou trop crédule. Les
véritables prophètes, porte-parole de Dieu, sont plus
sévères. Il y a des conditions d'ordre moral à remplir
pour obtenir la paix et la prospérité.

— Mais ne croyez-vous pas que nous allons au-
devant d'une longue période de paix?

— Ce que je crois, c'est que l'intelligence de
l'homme et ses connaissances ne lui permettent pas de
prévoir. Bien entendu, tout le monde souhaite un peu
plus de sagesse à l'humanité. Les Illuminés affirment
avoir vu la Lumière. Ils la représentent par un œil au
centre du soleil.

— Comme au fronton du temple d'Yverdon?

— Parfaitement. Mais les lumières, réelles ou
imaginaires, ne nous dévoileront pas l'avenir. Heureusement: nous ne le supporterions pas. D'ailleurs,
je ne crois pas que l'avenir soit entièrement déterminé; nous pouvons l'infléchir et choisir sur le
moment même notre attitude face aux événements.
En ce qui me concerne, de ma jeunesse à aujourd'hui,
ma vie a été souvent différente de celle que j'avais
imaginée. Je ne prévoyais pas, ajouta-t-il plus tendrement, que nous reviendrions à Hauptwil avec

l'enfant que vous portez et qui recèle une part de notre avenir.

Élisabeth reconnaissait ici et là une ferme, un chemin. Comment allait-elle retrouver Antoine et Ursula? Ceux des enfants qu'elle n'avait jamais vus, ceux qu'elle connaissait et qui devaient avoir tellement grandi?

Les réflexions de David revinrent à sa ville d'adoption: avec le Conseil général, le Conseil des Deux Cents et le Petit Conseil, la République de Genève aurait dû préfigurer un État indépendant, autonome, responsable. Les habitants y étaient-ils déjà trop nombreux? Le commerce trop important? Rousseau avait raison: Le *Contrat social* ne peut s'appliquer qu'à de très petits États, à une juridiction comme celle de Hauptwil par exemple, ou à des communautés qui partagent la même foi, le même besoin de servir, la même tolérance à l'égard des étrangers, comme celle des Moraves. Les exilés genevois qui en ce moment installaient leurs fabriques d'horlogerie à Waterford deviendraient-ils un modèle de travail, d'entraide et de confiance pour les hommes de demain?

DEUXIÈME PARTIE

VI

Le parc commun au Vieux Château et au Kaufhaus fêtait la venue de l'automne. Jaunes, le bosquet de bouleaux et l'allée des peupliers ; roux, les hêtres ; flamboyante, la vigne vierge qui s'accrochait à la maison du jardinier, tandis que les houx, les buis et les thuyas de Chine gardaient leur épais feuillage vert sombre.

Élisabeth, assise au soleil d'arrière-saison, observait Suzette et son cousin Caspar, de six mois son aîné, devenus inséparables. Il était étonnant, émouvant de les rencontrer dans le parc ou dans les maisons, allant et venant main dans la main ou assis serrés l'un contre l'autre, Caspar tenant sa petite cousine par le cou. Ils jouaient en ce moment, discutant fort et ferme chacun dans sa langue avec autant de conviction que s'ils pouvaient mutuellement se comprendre.

Dans une conversation, le ton importe autant que les mots, pensa Élisabeth, et l'écoute davantage que les paroles. Suzette a trouvé en Caspar l'interlocuteur idéal, toujours disponible et attentif. David ne plaisantait qu'à demi, ce matin, au moment de son départ, lorsqu'il m'a dit que les enfants paraissaient si heureux à Hauptwil qu'ils ne s'apercevraient pas de son absence.

L'ombre gagnait le banc où elle se trouvait. Elle proposa aux enfants de l'accompagner jusqu'à la rivière. Ils s'élancèrent. Elle allongea le pas, puis courut pour les rattraper : ils pourraient perdre pied dans les hautes herbes des berges ou se jeter carrément dans le courant comme elle l'avait fait à leur âge, saisie par l'attrait irrésistible de l'eau. Un petit pont joliment arqué, aux barrières en fer forgé, enjambait le canal de dérivation. De là, on voyait arriver des flottilles de feuilles mortes que les enfants regardaient disparaître sous leurs pieds et dont ils saluaient la réapparition avec des exclamations d'enthousiasme. Ils lancèrent des morceaux de bois qui dérivèrent au fil de l'eau, de grosses pierres condamnées à un naufrage immédiat, qui les éclaboussèrent. Suzette collectionnait des brindilles. Elle sanglota lorsque le vent les dispersa. Ils revinrent en musardant, au rythme de leurs découvertes, mousses, graines, fleurs ou cailloux. La paix qui régnait dans ce grand jardin clos, à l'abri des révolutions et des contre-révolutions, était pour Élisabeth un sujet d'étonnement quotidien.

Elle prêta l'oreille : en allemand de Hauptwil, c'était à elle que Caspar s'adressait. Suzette ne lui laissa pas le temps de répondre :

— Ce n'est pas juste ! Chacun son tour : j'ai soupé chez toi hier, aujourd'hui, c'est toi qui viens chez nous !

— *Wenn ich zu dir chumme, chönned mir denn Chasperli spiele?* (Et si je viens chez toi, est-ce qu'on pourra jouer au théâtre de marionnettes?)

— D'accord! dit Suzette en se dirigeant vers la porte du Kaufhaus, toujours ouverte sur les jardins, pour obtenir la permission d'Ursula. Entre les deux maisons, les échanges d'enfants et de domestiques avaient lieu constamment.

En pénétrant dans le hall d'entrée, Élisabeth admira une fois de plus le goût de son frère: simplicité, proportions parfaites, beauté des matériaux – acajou pour les lambris, tissus de Gênes et de Venise tendus aux murs. Au rez-de-chaussée, dévolu au commerce, s'effectuait la mise en ordre des fins d'après-midi. On entendait rire et courir dans les étages, réservés à la famille. Les deux enfants disparurent dans l'escalier. Élisabeth s'apprêtait à les suivre quand Antoine, l'ayant aperçue, se précipita, une partition à la main:

— Regarde, je viens de la recevoir! C'est un air superbe. Je t'accompagnerai au violon.

— Mais, Antoine, je n'ai plus de voix, il y a bien longtemps que je ne m'exerce plus!

— En quelques jours ou quelques semaines, elle te reviendra. C'est si beau que tu ne pourras pas t'empêcher de chanter! On parle beaucoup de ce jeune compositeur. Il a ton âge ou presque.

— Mon pauvre frère, je ne suis plus jeune du tout!

— Sache donc qu'il s'agit d'un vieux musicien de vingt-sept ans! J'aime passionnément ce qu'il compose. Il y a des airs si simples que j'ai l'impression de les reconnaître, comme s'ils dormaient dans ma tête et qu'il les réveillait. Je ne veux pas te faire de la peine, mais Grétry, *Veillons, mes sœurs! Rassure mon père!* que tu chantais à Lyon, c'était charmant ; Wolfgang Amadeus Mozart, lui, nous introduit dans un autre monde !

— Mozart ? Je sais qu'il avait séjourné à Lyon bien avant moi, puis à Genève, mais je ne l'ai appris que tout récemment. Il a même donné des concerts à Lausanne. Où est-il en ce moment ?

— À Vienne. Les airs que j'ai commandés pour toi sont faciles. Mozart n'avait que douze ans quand il les a écrits. L'histoire de *Bastien et Bastienne* est inspirée par le *Devin du Village* de Rousseau. J'ai pensé te faire plaisir.

— Mozart… répéta Élisabeth, pensive.

Elle se mit à déchiffrer les premières portées, la musique se formait déjà dans sa tête.

— Je regarde tout cela ce soir et je t'en donne des nouvelles demain.

Les enfants dévalaient les étages, elle courut avec eux au Vieux Château.

La maison l'avait attendue, la maison la protégeait. Elle était garante de la famille, dont elle gardait depuis des générations la mémoire et les secrets. Le jour de leur arrivée, pressée par Antoine et Ursula d'aller embrasser leurs enfants et d'admirer le Kaufhaus, Élisabeth n'avait pas eu le temps de bien la reconnaître. L'émotion l'avait saisie au moment de coucher Suzette et Jean-Emmanuel dans les petits lits anciens où elle s'endormait autrefois. Le lendemain, elle avait passé d'une chambre à l'autre ; la chambre de ses parents, la chambre de Père les dernières années de sa vie, la chambre de sa grande sœur Anna, celle d'Antoine, et celle, haut perchée, qui était demeurée la sienne jusqu'à son départ pour Lyon. Les portraits n'avaient pas quitté la grande salle du premier étage. Au cas où les Develay prendraient racine à Hauptwil, Antoine les revendiquerait. Pour le moment, ils veillaient sur le « petit conseil de famille » – celui du Kaufhaus et du Vieux Château –, le « grand conseil » se tenant sur la colline, chez Hans-Jakob. Élisabeth avait regardé de loin ses ancêtres avec un sentiment d'indiscrétion. Seuls les hommes, son père et son grand-père, son frère et les intendants, se réunissaient sous leur regard. Elle s'était attardée dans la chambre de sa grand-mère, Madame Anna Barbara, et dans le boudoir où elles s'étaient réconciliées.

La gouvernante avait gardé les traditions de la famille : elle servit la soupe au schabziger pour fêter leur retour. Sous le regard narquois de sa femme, David comprit qu'il lui était interdit de faire la grimace.

Pendant cinq ans, Élisabeth avait épousé la cause de Genève et celle du Pays de Vaud, accueilli les amis et la famille de son mari, leurs coutumes, leurs convictions. Aujourd'hui, elle redevenait Elsette, comme l'appelaient, lui semblait-il, les arbres du parc, la route, les sentiers, les maisons. Elle avait visité le village avec les enfants – les siens et ses neveux –, retrouvant à leur poste tisserands et teinturiers. Suzette et ses cousins guettaient l'arrivée des petits chars bâchés chargés de fil, de toile et de coton. Les aînés avaient le droit de donner du pain aux chevaux. Tous assistèrent au départ de la dernière caravane de mulets qui franchirait les Alpes avant l'hiver. Le dimanche, comme dans sa jeunesse, Élisabeth partageait avec les villageois le bonheur de chanter à quatre voix et d'écouter les orgues dans la chapelle du Grand Château.

Ému, surpris, David observait sa femme : en moins d'une semaine, elle avait retrouvé son enjouement, sa fantaisie, sa gaieté, son ardeur, que les longues brumes de l'attente tissée d'insécurité, à Genève puis à la Bretonnière, avaient voilés de gravité.

Le clavecin se ressentait de la compagnie des enfants d'Ursula. On le remit en état. Maladroite à l'accorder, Élisabeth préféra ce soir-là déchiffrer la partition à mi-voix, les notes d'abord puis les paroles. Les enfants, ayant exigé qu'elle laissât la porte entrouverte, l'écoutaient dans un demi-sommeil.

Mein liebster Freund hat mich verlassen.
Mit ihm ist Schlaf und Ruh' dahin.

Ce n'était pas trop difficile et Antoine n'aurait pas de peine à l'accompagner.

Elle sut bientôt par cœur les deux premiers airs. La mélodie s'accordait aux bosquets aménagés dans le jardin, les malentendus et les retrouvailles des jeunes amoureux effaçaient les souvenirs de la révolution manquée. Un jour qu'elle chantait à mi-voix pour son seul plaisir, sa nièce Sabine lui demanda les raisons du départ de Bastien.

— Il s'était imaginé que son amie Bastienne ne l'aimait pas ou ne l'aimait plus. Il en a eu tant de chagrin qu'il a préféré s'éloigner.

— Je ne comprends pas, dit Sabine.

— Qu'est-ce que tu ne comprends pas ?

— Bastienne, elle l'aime puisqu'elle est triste qu'il soit parti !

— Bien sûr qu'elle l'aime !

— Pourquoi elle ne le lui dit pas ?

— Elle n'ose pas.

— Elle n'ose pas ?

— Elle aussi, de son côté, s'imagine que Bastien ne l'aime plus.

À dix ans, elle était très jolie, Sabine, avec de fins sourcils noirs horizontaux, des yeux en amande virant sur le bleu, le vert ou le gris selon les jours, des cils sombres, un teint clair, des cheveux blond cendré encadrant ses traits réguliers. Élisabeth pensa qu'il lui serait difficile de faire le portrait de ce visage sans défaut. Sa nièce se départait rarement d'un petit air grave, réfléchi. Être la fille aînée de huit enfants, bientôt neuf car Ursula était enceinte, avoir pour parents des hobereaux dont dépendaient le grand village de Hauptwil et sa région, lui avaient inculqué un sentiment précoce de responsabilité.

La horde des cadets et de leurs amis entamant une furieuse partie de cache-cache interrompit leur dialogue.

— Je t'ai vu!

— C'est pas vrai!

— Tu triches!

— Menteur!

Élisabeth fut requise comme arbitre. Quand elle voulut reprendre sa conversation avec Sabine, la fillette avait disparu.

— Je t'ai cherchée, lui dit-elle affectueusement le lendemain. Où étais-tu? J'espère que tu ne m'as pas faussé compagnie comme Bastien en t'imaginant que je ne t'aimais plus! En tout cas, j'étais triste de ne pas te trouver.

Le visage de Sabine s'éclaira:

— Alors, chante-moi le chagrin de Bastienne et raconte-moi la fin de l'histoire!

Pour l'enfant qui la buvait des yeux et des oreilles, Élisabeth reprit son passage préféré, puis elle lui promit que, grâce à Colas le bon magicien, les amoureux se retrouveraient pour ne jamais se quitter.

— Est-ce que les gens qui partent reviennent toujours ? demanda Sabine.

Interdite devant la gravité de la question, Élisabeth cherchait une réponse. Sabine insista, croyant que sa tante n'avait pas entendu.

— Non, pas toujours, admit enfin Élisabeth. L'important est de les attendre, de garder leur place dans notre vie, de les aimer assez pour qu'ils n'oublient pas le chemin du retour.

Insatisfaite, Sabine posa plus directement sa question :

— Oncle David est parti ; es-tu aussi triste que Bastienne ?

— Ce n'est pas la même chose, oncle David sait que je l'aime. Il voyage pour ses affaires.

— Bastien ne travaille pas ?

— Sûrement, il travaille comme tout le monde. Mais on n'en parle pas dans cette histoire en chansons, avec un magicien pour que tout finisse bien comme dans les contes de fées.

Petite fille réaliste, Sabine n'avait que faire des contes de fées :

— Lina, tu sais, à la lingerie, Lina pleure tout le temps parce que Heinz est parti. Jamais elle ne pourrait chanter comme Bastienne.

— Quand elle sera guérie de son chagrin et qu'elle ne craindra plus de s'en souvenir, peut-être qu'alors elle chantera, dit Élisabeth.

Elle avait soudain l'impression de s'adresser à la femme que deviendrait Sabine, mais aussi à l'enfant qu'elle-même avait été vingt ans plus tôt.

Une rafale emportait les dernières feuilles des bouleaux.

— Bastien et Bastienne n'auraient pas tant de

joie à se retrouver s'ils n'avaient pas craint d'être séparés, ajouta-t-elle en saisissant la main de la fillette. Dans la vie, il faut pleurer beaucoup plus longtemps qu'à l'opéra pour apprivoiser le bonheur.

Ursula dut s'aliter quelques jours. Elle reprit ses innombrables activités en douceur. Élisabeth l'aida à passer en revue le trousseau d'hiver des enfants. Ce fut l'occasion de leur chercher — caractères ou physionomies, travers ou qualités – des ressemblances. De mois en mois, que de surprises !

— C'est un peu, disait Ursula, comme si l'on avait lancé un mélange de graines à la volée. J'ai cinq garçons, trois filles, et je ne me reconnais dans aucun d'eux !

— Vous ne savez pas comment vous étiez à leur âge, dit Élisabeth.

Elle s'était toujours sentie à une grande distance de sa sœur Anna, de quatorze ans son aînée. Elles se découvrirent une nouvelle complicité quand Anna arriva du Speicher — situé en Appenzell, dans les Rhodes-Extérieures attribuées aux protestants — avec une corbeille de petits paquets soigneusement étiquetés. Lotions, onguents, huiles ou tisanes, rien ne manquait pour les seins, pour les jambes, les pieds, les reins, pour les soins intimes afin de rester jeune et ardente, pour la peau, pour les yeux, les ongles et les cheveux. Un herboriste du Speicher voyait sa renommée grandir de jour en jour. Anna prouvait sa compétence en ayant rajeuni !

Le Vieux Château parut vide après son départ. Élisabeth passa la soirée dans le boudoir où sa mère s'installait autrefois et ouvrit son écritoire. Pour donner des nouvelles au docteur Odier, elle attendrait le retour de David. Elle sentait que Sarah lui en voulait un peu du départ précipité de Louise à Zurich et, avant de réconforter Jeanne de Félice, elle avait besoin d'exprimer sa joie de retrouver Hauptwil.

C'est à Joséphine Vieusseux, comblée par la naissance de son fils qui portait, comme prévu, le prénom de son grand-père Étienne Clavière, à Joséphine qui se préparait avec confiance à partir pour la New Geneva irlandaise, qu'elle dit sa fierté devant les progrès de Suzette : à trois ans, elle apprenait le thurgovien avec une rapidité étonnante, le jeune Caspar, son chevalier servant, refusant de répéter un seul mot de français. Élisabeth raconta l'animation qui régnait à la grande table du Kaufhaus où elle prenait ses repas en l'absence de David. Les cousins étaient toujours impatients de se retrouver. « Plus il y a d'enfants, mieux ils s'entendent », disait Antoine. Du côté des adultes, on était tout aussi gai. Les convives de passage, amis, parents, collaborateurs, renouvelaient constamment les centres d'intérêt. *Si tu savais, ma chère Joséphine, à quel point il est reposant de ne plus entendre parler de Représentants et de Négatifs ! À notre arrivée, David s'est efforcé d'expliquer par quoi nous avions passé, mais le Code Noir, la détention d'Ami Melly, les intrigues du comte de Vergennes n'intéressaient personne. Il s'est très vite rendu compte que j'étais seule à l'écouter et que nous avions changé de planète ! En revanche, les enfants me demandent souvent de leur raconter la prise d'armes et le siège de Genève – fallait-il se battre ou se rendre ? –, les coups de feu dans la nuit, la fuite en barque de ton oncle Jacques et l'arrivée des troupes étrangères. Ils adorent m'entendre prendre l'accent bernois, savoyard ou français. La défaite des Représentants genevois a plus de succès que la victoire des Appenzellois sur les Souabes au Speicher ! Il est vrai que l'événement est plus récent. Quant à mon frère et à ma sœur, ils estiment que*

David est un peu exalté, en tout cas qu'il n'a pas l'art du compromis. Selon eux, il aurait pu rester à Genève.

Élisabeth posa la plume. Elle n'avait pas eu l'intention d'avouer à son amie ce qu'elle avait décidé d'ignorer. Elle hésita à déchirer la page. Mais après tout, qui mieux que la fille d'un exilé pouvait la comprendre ? *Mon frère se réjouit du retour de mon mari pour parler français et recevoir des nouvelles de Bruxelles et d'Amsterdam,* ajouta-t-elle, soucieuse d'insister sur la bonne entente familiale.

Nous venons de choisir de magnifiques dessins pour les indiennes. Tu en auras la primeur, je t'en enverrai quelques aunes avant ton départ et je te vois déjà, si jolie, allant et venant l'été prochain au bord de l'océan dans une robe de Hauptwil.

Élisabeth aurait eu encore beaucoup à raconter : la ferme un peu éloignée du village, où elle emmenait les enfants en promenade pour écouter le chant des fileuses ; l'arrivée en grand équipage du cousin Hans-Jakob III et de sa femme, Dorothea d'Altenklingen, qui ramenaient de Prague des merveilles pour leurs collections. Ce n'étaient là que décors, toiles de fond. Rien pour elle n'avait davantage d'importance, de réalité que l'enfant qu'elle portait et qui avait choisi de naître comme elle au Vieux Château en Thurgovie, îlot de paix au sein d'un monde agité.

* * * *

David observait le ciel bas qui assombrissait l'après-midi. Il neigeait sur le Säntis. Pluie ou giboulée, le mauvais temps accourait tandis qu'il se trouvait encore à une bonne heure de Hauptwil. Ce 18 décembre 1783, il avait décidé de l'itinéraire en ignorant le mauvais état de la route. Pour peu que la pluie s'en mêlât, le chemin choisi comme raccourci se transformerait en piste de boue. « La Thurgovie a les plus mauvaises voies de communication d'Europe, pensa-t-il. Les Suisses ne font entretenir que l'accès à Frauenfeld où ils tiennent leurs Diètes. Dire que mon beau-frère doit passer par Saint-Gall quand il se rend à Zurich ! »

Il cria au cocher de se hâter. La chaise manqua verser dans une fondrière. L'attelage reprit sa marche prudente pendant que l'impatience de David se dissipait au souvenir de sa première rencontre avec Élisabeth, Elsette, une adolescente de quinze ans. Huit ans plus tard, il avait refait le voyage de Genève à Hauptwil pour l'épouser. Il pensait alors, à quarante-deux ans, mettre le point final à ses hésitations et à ses incertitudes : la famille qu'il fondait serait ancrée dans la République de Genève. Et voici que son troisième enfant allait naître à Hauptwil…

Ils traversaient le hameau précédant le village. Si Élisabeth avait reçu sa dernière lettre, elle devait guetter son arrivée. Des flocons se mirent à voltiger. La nuit tombait, le Vieux Château se cachait dans l'obscurité. Il n'y trouva que son fils, surveillé par une servante qui préparait le repas. Le petit garçon d'un an et demi hésitait à reconnaître son père après deux mois d'absence. Il lui en voulait de sa disparition et lui tourna le dos pour le punir.

— Madame est à la chapelle du Grand Château où elle fait répéter les chants de Noël aux enfants, elle ne va pas tarder, assura la servante.

David prit le parti de se rafraîchir et de se changer avant sa venue. Quand il fut prêt, la neige et le silence recouvraient les alentours. Le cocher avait dételé, le cheval était à l'écurie. Craignant de s'égarer dans les jardins, David envoya la servante annoncer son retour au Kaufhaus. Elle revint presque aussitôt : toute la famille était montée au Grand Château, dont les lumières filtraient à travers les arbres dépouillés.

— Tu vois, j'ai bien fait d'arriver à temps, dit-il à son fils, on allait se passer de nous ! Allons rejoindre la fête !

Il ne s'attendait pas à ce que l'enfant le comprît et courût à lui.

— Il n'a pas encore soupé, dit la servante, et Madame tient à ce qu'il s'endorme à huit heures.

— Nous nous soumettrons aux ordres de la maîtresse de maison, promit-il. Vous connaîtrez bientôt le nombre de couverts à mettre pour le souper.

Le traîneau était à la porte. Les flocons de neige dansaient à la lueur des falots tempête. L'enfant criait de joie, voulut toucher. C'était froid, surprenant, cela disparaissait en laissant les doigts mouillés.

La chapelle était plongée dans l'obscurité. En revanche, l'étage de réception du Grand Château était illuminé. Le traîneau s'arrêta au pied du perron. Dès qu'ils entrèrent, avant même d'avoir secoué la neige de leurs vêtements, David entendit un chant : la voix d'Élisabeth. Ce n'était pas un cantique de Noël mais un air qu'il hésitait à reconnaître, accompagné par le violon.

— Maman ! cria Jean-Emmanuel.

David posa un doigt sur ses lèvres. La musique leur parvenait avec plénitude par la porte du salon restée ouverte. Le silence prolongea la dernière note puis les applaudissements rompirent le charme. Jean-Emmanuel échappa à son père et s'ouvrit un chemin à travers fauteuils, jambes et bras jusqu'à Élisabeth, surprise, se demandant comment il était arrivé là. Elle leva les yeux, vit David sur le seuil. Il s'avança comme s'ils s'étaient quittés la veille, comme si son retour avait été prévu à cette heure, ce jour-là. Au milieu des exclamations de bienvenue, il baisa la main de sa femme sans mot dire, et elle aussi se taisait. Il y avait dans cette retenue plus d'émotion et de tendresse que dans une effusion.

— Nous avons une réunion de famille, cela n'a rien à voir avec la fête de Noël, dit Madame Sabine, la mère d'Ursula, à David qui lui présentait ses hommages. J'ai demandé à votre femme de nous chanter cet air de Gluck en mémoire de mon mari. Je tenais à ce que nous nous réunissions autour de mon fils aîné Hans-Jakob et de sa femme, qui partent pour Altenklingen demain ; la famille de Dorothea les réclame.

Puis, à voix plus basse :

— Vous savez qu'ils n'ont pas d'enfants.

Le chef du fidéicommis des Gonzenbach de Hauptwil n'avait pas d'héritier. C'était un regret, particulièrement sensible en cette fin d'année, après la mort subite de Hans-Jakob II.

Antoine reprit son violon pour jouer une mélodie réclamée par les enfants, qui connaissaient son répertoire. Il se désolait ouvertement qu'Ursula ne jouât pas d'un instrument. Elle le taquinait : « Nous passerions de village en village en tendant votre chapeau pour la quête ! »

Leur fille Sabine, bien droite avec sa flûte, s'appliquait à suivre la mesure d'un rondo.

« Comme la vie est pressée, comme elle nous bouscule, pensait David en l'écoutant ; comme elle improvise d'une génération à l'autre ! Que d'enfants autour d'Antoine et d'Ursula ! En treize ans, que de mariages, que de naissances, de projets, de déceptions, de désirs nouveaux! Mais je n'ai pas encore vu Suzette. »

Il partit à sa recherche et la trouva dans les étages, jouant avec Caspar et les moins de six ans. À la vue de son père, elle s'imagina qu'il allait la séparer de ses nouveaux amis. Saisissant la main de son cousin, elle cria aussi fort qu'elle put qu'elle voulait rester avec lui. D'abord interdit au milieu des bambins, David alla serrer la main de Caspar, et Suzette rassurée consentit à l'embrasser.

On servait des rafraîchissements et des gâteaux. David se rapprocha de Hans-Jakob qui, lors de son retour de Prague, n'avait pas traversé le lac mais s'était dirigé plus au nord, sur Constance, comme le faisaient autrefois les Romains.

— La route vient d'être remise en état, n'est-ce pas? demanda David.

— Elle est excellente jusqu'à Frauenfeld. Ensuite, de lieue en lieue, toutes les surprises sont possibles. Passer par Constance n'a pas été pour nous un gain de temps, quoiqu'en hiver la traversée du lac puisse être mouvementée, mais nous avions des connaissances à visiter en chemin.

— Et la ville? la ville de Constance?

— C'est un endroit sinistre! déclara Hans-Jakob sans hésiter.

— Si bien situé, pourtant. Constance n'a-t-elle pas entretenu à maintes reprises des relations étroites avec la Suisse et la Thurgovie?

— Constance a possédé des terres en Thurgovie, avec des droits de chasse et de haute juridiction. À la fin du Moyen Âge, elle était plus florissante que Genève.

— Quelle fut la cause de son déclin ? Je connais mal l'histoire de votre région, avoua David.

— Ma mère a beau me reprocher ma désinvolture à l'égard de la religion : en ce qui concerne le destin de Constance, je suis prêt à croire que les crimes ne demeurent pas impunis et qu'une malédiction repose sur la ville depuis les martyres de Jan Hus et de Jérôme de Prague.

— Ce soir, de grâce, pas de politique ni de cours d'histoire ! intervint Élisabeth, qui désirait reprendre dès que possible le chemin du Vieux Château avec David et les enfants. Vous referez le monde demain !

— Vous oubliez que vos cousins sont attendus à Altenklingen demain, dit David.

— Eh bien, vous les verrez à leur retour !

Impossible à David d'avouer le soir même de son arrivée qu'il ne resterait que quelques jours.

Hans-Jakob devina son embarras :

— J'aurais le plus grand intérêt à m'entretenir avec vous demain matin avant notre départ. Voulez-vous venir déjeuner avec nous à sept heures ou préférez-vous que je passe au Vieux Château ? Nous ne nous mettrons pas en route avant le milieu de la matinée. J'espère que la neige ne tombera pas toute la nuit.

— Je viendrai vous trouver, décida David en quémandant du regard l'approbation quelque peu réticente d'Élisabeth.

Les salons se remplissaient de monde. Les gens de la maison, de la plus jeune servante à l'intendant, se réunissaient pour chanter avec leurs maîtres un cantique de bénédiction composé par l'un des cousins Zollikofer de Saint-Gall – le grand-oncle, l'oncle ou le neveu, seule Madame Sabine, née Zollikofer, parvenait à se retrouver dans la généalogie de sa famille d'origine.

La prière s'éleva à quatre voix sans hésitation, sans effort, sans artifice. Il semblait à David, qui ne pouvait y participer, que les notes légères, innombrables, tels des flocons de neige posaient sur la maison et le village un manteau de protection.

David désirait arriver à Lyon à temps pour la foire de janvier. De là, il gagnerait Marseille puis Gênes, ce qui lui permettrait de revoir Jacques Vieusseux et d'autres familles genevoises qui s'étaient fixées sur les bords de la Méditerranée. Serait-il possible de rétablir les liens entre la ville de Constance, qui se mourait à la frontière de l'Empire austro-hongrois, et le territoire exploité par les baillis de huit cantons suisses ? se demandait-il en se faisant conduire au Grand Château alors que le jour hésitait à se lever.

Une brioche sortie du four et du café brûlant l'attendaient à la salle à manger. Hans-Jakob le reçut en habit de voyage. Comme son père, il diversifiait ses placements commerciaux. L'importation du thé, du café, des épices, aussi hasardeuse par voie terrestre que par voie maritime, satisfaisait son goût du risque. Il abandonnait volontiers à son beau-frère Antoine le négoce de coton, fil, toiles ou indiennes. L'horlogerie et les bijoux le passionnaient. Grâce à ses hautes relations, les Genevois de Waterford pourraient exporter sans difficulté leurs plus belles pièces dans l'Empire austro-hongrois. Il n'avait qu'un an de plus qu'Élisabeth. Sa gaieté n'était pas de l'insouciance, mais la confiance ou l'optimisme d'un homme qui atteignait la trentaine sans avoir connu de revers. Cependant, le caractère frondeur et téméraire de son adolescence s'était estompé. Quand David lui demanda si la Thurgovie se préparait à l'indépendance, il cita une phrase du *Contrat social* de Rousseau : « Tant qu'un peuple est contraint d'obéir et qu'il obéit, il fait bien. Sitôt qu'il peut secouer le joug et qu'il le secoue, il fait encore mieux. »

David sourit :

— Je vois que vous avez d'excellents ouvrages dans votre bibliothèque ! Et maintenant, parlons de Constance : hier, vous regardiez son déclin comme une punition du Ciel.

— C'est cela.

— J'ai pensé depuis que ce n'étaient pas les habitants de Constance à l'époque du Concile qui avaient trahi Jan Hus et Jérôme de Prague ; ni eux ni leurs descendants n'ont mis le feu aux bûchers et jeté les cendres des martyrs dans le Rhin. Si nous endossions la culpabilité réelle ou imaginaire de tous ceux qui nous ont précédés, nous serions condamnés dès le berceau ! Un siècle plus tard, à Genève, Michel Servet, dénoncé par Calvin, fut lui aussi brûlé vif. Ni Calvin ni le peuple genevois n'ont eu à rendre compte de ce martyre. Contrairement à vous, je crains que beaucoup de crimes ne demeurent impunis, pis, qu'ils ne sombrent peu à peu dans l'oubli général. Il peut y avoir plusieurs versions de l'histoire ; un des grands soucis des hommes au pouvoir est de nous imposer la leur, conclut David en pensant au Pays de Vaud.

Les Représentants genevois étaient-ils tous aussi passionnés ? se demandait Hans-Jakob, déconcerté par le ton véhément de son interlocuteur.

— Faites-moi le plaisir de reprendre du café, proposa-t-il. S'il est à votre goût, vous en emporterez au Vieux Château. Je le fais venir de la Martinique. Vert, il peut se conserver des années. Nous avons installé un four pour le torréfier.

Puis, comme David portait à ses lèvres la tasse de fine porcelaine :

— Comment le trouvez-vous ? Je vous conseille de le boire très sucré.

Il faisait assez clair maintenant pour apercevoir le village, le parc, les grandes ramures des arbres où s'accrochait la neige. On entendait des pas dans la maison, les clochettes des traîneaux, des appels dans la cour.

— Que savez-vous encore de l'histoire de Constance ? demanda David.

— Voici ce que j'ai retenu des leçons de notre excellent précepteur, Monsieur Waser : le Concile, qui se termina en 1418 après avoir restauré l'unité de l'Église catholique romaine, fut loin de supprimer le trafic si fructueux des indulgences. Au siècle suivant, la ville de Constance fut une des premières à embrasser la Réforme et elle signa en 1527 un traité de combourgeoisie chrétienne avec Zurich. Une génération plus tard – il faut compter par générations et non par années ou par siècles, nous disait Monsieur Waser – lors de la contre-Réforme, s'attendant au secours de ses alliés, elle résista à Charles Quint. Mais les cantons suisses qui devaient lui prêter main-forte se dérobèrent et la ville assiégée finit par se rendre, perdant du même coup ses libertés politique et religieuse. Vous aurez plus de précisions en questionnant Ursula : ma sœur aînée était une bonne élève, plus appliquée que moi !

— Et Constance aujourd'hui ?

— N'y avez-vous pas séjourné dernièrement ?

— Je voudrais connaître votre opinion.

— Vous avez constaté comme moi que plusieurs maisons abandonnées tombent en décrépitude. Des rues entières sont envahies par la végétation, on y croise des gens en loques et un nombre effroyable – pardonnez l'adjectif – de moines et de moinillons affamés. Selon la Constitution, ce serait à l'empereur d'assurer leur subsistance. Or Joseph II déteste les congrégations religieuses, pour des raisons non seulement d'économie mais de doctrine et de pouvoir. Vous n'ignorez pas qu'il s'est rallié à la franc-maçonnerie. Il estime que le clergé régulier se maintient dans les ténèbres de la superstition.

Les bougies n'éclairaient plus que le grand jour. Un rayon de soleil, en contrebande, franchit la sombre ligne des nuages pour éblouir le jardin enneigé.

— *Post tenebras lux,* voici la lumière !

La voix était claire, riante ; Dorothea se tenait sur le seuil. Les deux hommes se levèrent pour l'accueillir.

— Pardonnez-moi de vous interrompre, il est temps que j'enlève mon mari, même si ce n'est pas l'usage ! Nos malles sont chargées. Un traîneau vient d'arriver de Weinfelden, assurant que la route est praticable. Mais on annonce que l'accalmie sera de courte durée.

» Encore une tasse de café, David ? Dans ce cas, je vous accompagne. C'est notre viatique, ou notre drogue, comme vous voudrez. Nous en buvons à longueur de journée. Il paraît qu'il faut choisir entre le café et l'alcool. Nous suivons l'exemple de nos amis viennois, qui préfèrent le café…

» Vous ne connaissez pas encore Altenklingen, mais votre femme vous en a sûrement parlé. Nous vous y emmènerons, puis vous nous accompagnerez à Vienne. Je sais à quel point Élisabeth aime la musique. Nous irons au concert, à l'opéra.

— Et les enfants ? demanda David.

— Vous les laisserez à la garde d'Ursula.

Elle était magnifiquement sûre d'elle, Dorothea, et sa maternité différée ne l'inquiétait pas. Ses vingt-six ans lui laissaient le temps de mettre au monde une tribu. Blonde, presque de la taille de Hans-Jakob, elle se lançait à la découverte du monde, de son monde tissé de voyages et de relations. Il est des êtres que l'on recherche pour le supplément de vie qu'insuffle leur enthousiasme. Comment définir l'art de se faire aimer ?

« On prétend que les gens heureux n'ont pas d'histoire, pensait David quelques instants plus tard en montant dans le traîneau qui le ramenait au Vieux Château. Il se pourrait qu'ils choisissent leur histoire, ou plutôt le lieu de leur histoire, comme le fit le premier Hans-Jakob quand il vint s'établir à Hauptwil. Il n'a pas fallu moins de cinq générations de Gonzenbach pour donner au village la qualité de vie qu'il possède aujourd'hui et pour asseoir la prospérité d'une maison de commerce cachée entre les collines qui imposent à la Thur ses méandres. »

Au moment où l'attelage s'engageait sur la route, un chant mystérieux, assourdi par l'épaisseur de la neige, monta du sol comme si la terre elle-même, la terre aveugle, saisie d'une frénésie de lumière, célébrait tout ensemble les innombrables cristaux de neige et les facéties du vent qui dépouillait les arbres de leur fragile fardeau. David donna l'ordre au cocher de s'arrêter et se trouva devant une maison à deux étages, pourvue sur toute la longueur de la façade de galeries reliées par un escalier extérieur. Une porte s'ouvrit, une fillette l'invitait à entrer. Le chant, où les voix d'hommes dominaient les voix de femmes, montait du sous-sol. Voyant la surprise du visiteur, l'enfant lui indiqua une échelle qui menait à la cave.

Après un instant d'hésitation, David descendit quelques marches : dans la pénombre, quatre grands métiers à tisser obéissaient aux maîtres chanteurs, leurs servants. Le cliquetis des pédales, la navette lancée et rattrapée, le peigne resserrant la trame soutenaient et accompagnaient la mélodie, dont les notes rebondissaient contre les murs proches, transformant ce local souterrain exigu en crypte de cathédrale. Se sentant un intrus, David remonta les échelons presque aussitôt, mit une pièce de monnaie dans la main de la fillette qui lui offrait des pains d'anis, et sortit dans l'éblouissement du soleil sur la neige. Il fut frappé par le calme qui régnait alentour, l'espace qui permettait aux maisons de respirer. Un pays, semblait-il, où chacun trouvait sa place et travaillait avec gaieté. Combien y avait-il d'habitants à Hauptwil ? Moins de mille, sûrement. Existait-il un seuil, un nombre limite en deçà duquel il était plus facile de vivre en bonne harmonie avec ses voisins que dans les villes ? À Waterford, la Nouvelle Genève cherchait à attirer un grand nombre d'émigrants, nécessaires aux fabriques. David se demanda si un village ou une ville très petite n'offrait pas plus d'avantages que les grandes cités.

Élisabeth l'attendait, les enfants lui firent fête. C'est à Antoine qu'il raconta, l'après-midi, sa rencontre avec les tisserands. Pourquoi travaillaient-ils à la cave ?

— La température et l'humidité y varient peu, été comme hiver. Ici même, en ce moment, on tisse sous vos pieds.

Antoine conduisit son beau-frère dans les sous-sols du Kaufhaus. Voiles de coton et bordures décoratives absorbaient l'attention des artisans, qui sourirent aux visiteurs sans s'interrompre.

— Le travail des tisserands est moins astreignant que celui des horlogers parce que tout le corps y participe. Une fois l'entraînement pris, nos ouvriers restent en excellente santé. Vous verrez demain leur fierté légitime quand ils viendront nous livrer leurs toiles.

» Puisque vos amis genevois ont des relations en Angleterre, ajouta-t-il en l'entraînant dans son cabinet, pourraient-ils s'informer des machines capables d'effectuer le travail d'un ouvrier ? Peut-être serons-nous obligés de nous y accoutumer progressivement, prudemment et progressivement, insista-t-il.

La nuit de décembre avait englouti les jardins. David jeta un coup d'œil par la fenêtre en direction du Vieux Château. « La flamme d'une bougie se voit de loin », pensa-t-il, sans pouvoir situer les chambres éclairées.

Antoine avait surpris son regard :

— Ma sœur vous attend avec toute l'impatience que vous lui connaissez. Il fait noir comme dans un four. Le traîneau vous ramène.

Sabine et son frère aîné, emmitouflés jusqu'aux oreilles, se trouvaient à la porte, prêts à saisir joyeusement l'occasion de traverser la nuit enneigée. Ils avaient mission de ramener Caspar au bercail.

Quand David lui annonça qu'il partirait peu après Noël et que son absence durerait deux bons mois, Élisabeth répondit que, s'il tardait un peu, il trouverait un enfant de plus à son retour. Son amie Christina Bachmann avait promis sa visite, accompagnée de leur nièce Louise Develay. La vaccine de la variole devait être inoculée à Suzette et à Caspar aussitôt après les plus grands froids. Antoine avait l'intention d'installer au Kaufhaus un nouvel instrument, le piano-forte, qui permettait de nuancer chaque note. Elle espérait parvenir à en jouer. Puisque David allait à Lyon, elle lui remettrait des lettres, tout un paquet de lettres, pour les amis qui s'y trouvaient et pour ceux qu'il avait des chances de revoir en chemin.

— Promettez-moi de ne pas vous ennuyer, dit David, un peu déconcerté.

— J'ai tant à faire ! Le temps passe vite. Je n'étais pas revenue ici depuis la mort de mon père ; je suis sûre que, dans la bibliothèque, il y a des lettres, des livres qui me sont destinés. Antoine ne s'y intéresse pas, Ursula n'a que le temps de courir au plus pressé. D'ailleurs, même sans occupation...

— Que voulez-vous dire ?

— Il y a des jours où passer d'une pièce à l'autre, simplement pour m'y arrêter, me tient lieu de compagnie. J'ai l'impression d'être revenue faire visite à mes parents, à ma grand-mère, de m'asseoir auprès de Werner. Vous n'avez pas oublié tout ce que je vous ai raconté au sujet de notre cher vieil intendant, n'est-ce pas ? Il me semble qu'il est auprès de nous, veillant sur les enfants.

— Est-ce que le Vieux Château se réjouirait de mon départ ?

— Pas du tout ! Mais il s'étonne que vous n'ayez pas plus d'amitié pour lui et même que vous le considériez comme un rival. Il sent aussi que vos pensées sont sur les routes. Mon père était comme vous, autrefois, il y a très longtemps, quand j'étais petite. Puis il a renoncé aux voyages et les voyages se sont détachés de lui. Je ne peux pas dire si vous lui ressemblez. Une femme cherche-t-elle toujours à retrouver une part de son père dans le mari qu'elle s'est choisi ? Je ne m'ennuyerai pas. Si vous restiez ici, ne serait-ce pas vous qui vous ennuyeriez ?

Comme la neige, le travail des fileuses et celui des tisserands furent au rendez-vous de Noël.

« Que de chansons les toiles de Hauptwil emportent dans leurs fibres! pensait David en préparant la foire de Lyon avec son beau-frère. On s'imagine mal qu'une machine puisse nous offrir tant de vivante beauté! »

Au cours de sa troisième grossesse, Élisabeth dormait par petites tranches. La nuit qui précéda le départ de David, elle s'éveilla encore plus fréquemment que d'habitude, consciente de la présence de son mari avant même d'entendre puis de suivre sa respiration profonde. Pendant son séjour, il avait instauré le rite d'écarter les rideaux pour permettre au pays alentour de les rejoindre dans leur sommeil. La neige, tenue en éveil par le grand orchestre des étoiles, plongeait la chambre dans un murmure de clarté.

David se retourna, prononçant quelques mots indistincts. L'enfant lui répondit par un tressaillement. Élisabeth posa la main sur son ventre, comme pour dire au petit inconnu qu'elle était là, tout attentive, veillant sur lui. Intérieurement, elle lui confia qu'ils ne se quitteraient pas, même après sa naissance, pendant les absences de ce père voyageur. Elle lui parla de ses frère et sœur Jean-Emmanuel et Suzette, baptisés à Genève. Lui verrait le jour à l'abri des murs qui l'avaient accueillie à sa naissance vingt-neuf ans plus tôt. Il serait l'aîné du Vieux Château.

Elle dut se rendormir. On effleurait son visage:
— Tu ne dors pas?

Était-ce elle, était-ce lui qui chuchotait la question?

Les doigts de David suivent le bras, saisissent le poignet, emportent la main qui parlait à l'enfant et la posent sur son front, où elle imprime une promesse de paix. Il lui fait écouter le double battement sourd et régulier de son cœur, puis la tient serrée au carrefour mystérieux où la joie, l'angoisse, la douleur et l'espoir tissent sans relâche le voile invisible de ses émotions.

* * * *

Chaque enfant a sa manière de se frayer un passage vers la lumière. D'une naissance à l'autre, on oublie, on a oublié et l'on se surprend à hurler de douleur et de peur. Élisabeth ne s'entend pas, elle succombe à l'effort. Au moment où elle se dérobe à la vie, le cri du nouveau-né lui parvient du monde qu'elle s'imagine en train de quitter. Inconsciente, elle s'abandonne. Se vide-t-elle de sa chair, ou de son sang ? Autour d'elle, des paroles et des ordres s'échangent, comme si son corps, inutile désormais, avait malgré tout pouvoir et devoir de se réparer.

— C'est un garçon. Il est très rouge de peau ; il sera volontaire, coléreux, impulsif.

Le médecin, mandé par Antoine, et la sage-femme luttent contre l'hémorragie. On est sans nouvelles de David. Il est à la porte du château. Il se précipite dans la chambre. Élisabeth est livide. Elle n'est pas morte, elle ne doit pas mourir.

— Elsette !

Ses lèvres se pressent sur une ébauche de sourire. Élisabeth ouvre les yeux. Le médecin, la sage-femme, David, l'enfant, le soleil de midi, l'eau fraîche et salée qu'elle doit boire pour rendre à son sang sa fluidité.

— Il faut veiller, dit le médecin. Dans trois jours, nous saurons si nous l'avons sauvée.

Trois jours, prisonnier de l'éternité, David veille.

La fenêtre est entrouverte. Assise dans son lit, Élisabeth regarde le bébé avide, repu, qui étire les lèvres de contentement, les bras abandonnés le long du corps. Il n'a pas encore de prénom.

— Bonjour, Jean-Charles Develay! dit son père.

— J'avais pensé à Georg, avance Élisabeth. Georg ou Leonhard puisqu'il est né au Vieux Château.

— À Amsterdam, à Waterford, comme ici, il est et restera Genevois, exilé jusqu'au jour où il pourra revenir dans sa ville.

— Jean-Charles n'est pas un nom de votre famille, proteste-t-elle.

— Souvenez-vous de Jean-Charles Achard. C'est vrai que vous ne l'avez pas connu comme moi. Il était l'un des plus sages, l'un des plus pondérés des Représentants et il fit partie de la Commission de sûreté aux côtés de Jacques Vieusseux. Vous l'avez vu après la reddition de la ville: c'est lui qui, au petit matin, nous annonça que nos amis avaient pu fuir par le lac. Ensuite, il est venu nous faire ses adieux. Sûrement, vous vous souvenez de lui. Je l'ai revu tout récemment à Bruxelles. Il m'a demandé de vos nouvelles et de celles des enfants. C'est le seul Jean-Charles que je connaisse. Notre second fils pourrait porter un prénom qui évoquera toujours pour moi – et pour vous, je l'espère – l'intelligence et la générosité. Un prénom peu usuel. Il y a décidément beaucoup de Suzanne et d'Emmanuel dans ma famille, de Georg et de Leonhard dans la vôtre. Un certain renouvellement sera le bienvenu!

« Pour l'enfant conçu dans le pavillon au milieu des vignes, pensait Élisabeth, pour l'enfant né au Vieux Château, un prénom qui rappellerait la révolution et l'exil? »

— Votre ami Jean-Charles Achard est-il au moins heureux à Bruxelles ? demanda-t-elle enfin.

— Je ne crois pas qu'il juge sa vie en termes de bonheur et de malheur. Il est heureux sans le savoir, uniquement préoccupé des services qu'il peut rendre aux Genevois exilés comme lui.

Élisabeth effleure le fin duvet noir qui recouvre la tête de son fils. Le cœur bat, régulier, sous la fontanelle.

— La sage-femme m'a prédit qu'il serait impulsif, entêté.

— Raison de plus pour l'appeler Jean-Charles, dit David. Il sera courageux, vivra selon ses convictions et les fera partager.

Élisabeth ferme les yeux, s'appuie aux oreillers. « Petit Jean-Charles Develay, qui as bien failli m'envoyer dans l'autre monde, ta vie sera-t-elle aussi imprévisible que celle de tes parents ? »

Jean-Charles Develay fut baptisé en la chapelle des Gonzenbach le 8 mars 1784. Cinq semaines plus tard, David acceptait d'être le parrain d'Ernestine, fille d'Antoine et d'Ursula.

VII

ÉLISABETH reçut une longue lettre de Joséphine Vieusseux annonçant le retour de son père à Neuchâtel. Il préparait le départ de toute la famille. Ils voyageraient par petites étapes, s'arrêteraient à Paris où ils passeraient une dizaine de jours, se rendraient ensuite à Bruxelles, et de là iraient faire leurs adieux à la vieille Madame Clavière, la grand-maman de Joséphine, toujours sereine et priante dans la communauté morave. Ils arriveraient ainsi à Waterford à la meilleure saison et auraient le temps de s'installer avant l'inauguration officielle de New Geneva, prévue pour le 4 juillet.

Élisabeth annonça à Joséphine la naissance de Jean-Charles dans une lettre adressée directement à Waterford ; elle la trouverait à son arrivée.

Avant le départ de David, qui avait rendez-vous avec Étienne Clavière à Bruxelles, les Develay firent le projet de se rendre en Irlande au printemps 1785. Ils n'avaient pas encore décidé de leur port d'attache : le Vieux Château serait toujours là pour les accueillir.

— Ce sera notre chantier-refuge en cas d'avarie, dit Élisabeth.

Elle ne plaisantait qu'à demi. Le bois, les jardins, la montagne proche, la rivière et l'irrésistible élan du printemps lui avaient rendu couleurs et vitalité. Les mois d'attente à Genève puis à la Bretonnière et à Neuchâtel avaient été d'une longueur éprouvante. À Hauptwil, les journées fleurissaient, se fanaient, s'effeuillaient trop vite, sans qu'Élisabeth pût les retenir.

En la félicitant pour la naissance de son second fils, le docteur Odier avait insisté pour qu'elle l'allaitât, au moins partiellement. Il lui fallut bientôt compléter les repas. Impatient, l'enfant se fâchait, pleurait, avalait, régurgitait. Quand il criait, sa peau devenait aussi rouge qu'à sa naissance. Étrange petit bonhomme, qui n'en ferait jamais qu'à sa tête ! D'où venait-il ? Avait-il choisi ses parents ou, emporté par le vent sans plus de volonté qu'une graine, s'était-il enraciné dans une famille rencontrée par hasard ? L'héritage de prière et de foi des Gonzenbach excluait le hasard mais, dans sa vie quotidienne, il arrivait à Élisabeth de se retrouver dans une perplexité très humaine et terre-à-terre.

Jean-Emmanuel essayait de mordre ou de frapper son petit frère quand il le voyait dans les bras de sa mère. Il refusait tout ce qu'on lui proposait, alors que Suzette prenait des initiatives téméraires, guettant le moment où elle pourrait s'emparer du bébé et l'emporter dans la salle de jeux ou dans sa chambre, ou dans la petite niche sous l'escalier. Il était lourd, c'était miracle qu'elle ne le laissât pas tomber. Il fallait la surveiller constamment. On finit par mettre Jean-Charles sous clef. Élisabeth s'étonnait du comportement de ses enfants. Antoine et Anna avaient-ils souffert de sa naissance ? Il est vrai qu'Anna avait quatorze ans de plus qu'elle. Ce n'est pas seulement le rang que l'on occupe parmi ses frères et sœurs qui importe, mais les années qui nous séparent d'eux.

Antoine faisait construire un nouveau moulin à une lieue du village, sur l'un des affluents de la Thur. Il projetait d'agrandir la forge, d'y adjoindre écurie et auberge, ce qui établirait un relais de plus sur la route de Bischofszell. De fort bonne humeur, il préparait l'été. Emmanuel Bernoulli, son ami bâlois, et les parents de Schaffhouse s'étaient annoncés, des partitions s'échangeaient. Le piano-forte était à la disposition d'Élisabeth. Prenait-elle suffisamment de temps pour s'exercer ? Serait-elle prête à les accompagner ? Antoine suivait ses progrès. Elle accueillait ses directives avec humour :

— Croyez bien, Monsieur mon frère, que je ferai tout mon possible pour vous donner satisfaction. Admettez cependant que votre sœur cadette soit un peu simplette : elle a besoin de se promener, de rêver et d'imaginer avant de se mettre au piano-forte. C'est une autre interprétation de la musique qu'au clavecin. Si je suis fatiguée ou distraite, si je m'exerce sans m'écouter, mes efforts seront vains.

» Pourquoi me regardes-tu ainsi sans rien dire, vilain despote ? À quoi penses-tu ?

— Je pense que je n'aurais jamais dû te laisser partir pour Genève avec un mari qui ne joue même pas de la trompette ! Tiens, voici une petite pièce toute simple. Première audition demain après le souper !

Profitant d'un ou deux jours de pluie, Élisabeth ouvrit les armoires de la bibliothèque. L'abondance des lettres qu'elle y trouva, les noms de correspondants inconnus, la diversité des écritures la dissuadèrent de s'y plonger. L'automne ou l'hiver prochain peut-être… Il était plus urgent de répondre à l'appel du printemps, de suivre les berges de la rivière et les sentes dans le sous-bois. Elle s'éveillait de très bonne heure, apprenait à Suzette à reconnaître le chant des oiseaux. Les enfants avaient grandi, il fallait renouveler leur garde-robe. Pour elle, les tenues de canicule lyonnaises s'adapteraient à l'été thurgovien. Avec Dorothea, mieux au courant de la mode qu'Ursula, elle passa en revue les toilettes d'apparat qui dormaient dans les coffres et les penderies des deux châteaux. Elles trouvèrent les corsages brodés et les coiffes d'Ursula Kunz. On ne vous savait pas aussi gracile et menue, Ursula ; les épaules de votre mantelet sont celles d'une enfant. Et vous, Sara, qui aviez introduit goût et simplicité au Vieux Château, vous étiez sûrement ravissante dans cette tunique de linon galonné, dont aucun peintre n'a fixé le souvenir.

Croyant faire plaisir à sa fille, Élisabeth lui montra sa robe de mariée, qu'elle avait peinte elle-même six ans plus tôt. Suzette la regarda, poliment indifférente. En revanche, Sabine aurait voulu tout savoir de ces aïeules dont on connaissait le nom et les parures, les occupations conformes sans doute aux mœurs d'alors, mais rien ou presque du caractère et des sentiments. On les imaginait à Noël ou lors d'un mariage, pas tout à fait à l'aise en dépit de leur élégance, ayant si peu à faire, si peu à dire, à décider. Parvenaient-elles à s'exprimer dans leurs lettres ? Auprès de Madame Sabine, remontant d'une génération à l'autre, Élisabeth et Dorothea évoquaient la vie des femmes au sein de la famille de leurs maris et de ces grandes demeures nommées châteaux.

À quoi bon tant de vieilleries ? aurait pensé Joséphine, qui avait entassé dans sa malle les vêtements, les ustensiles, les livres qui lui permettaient d'affronter le climat de Waterford. À Hauptwil, il y avait l'espace, la mémoire des siècles passés, le temps du souvenir et de la fantaisie, cet inutile terriblement nécessaire qui fait le charme du présent.

Au mois de juin, Louise Develay et Christina Bachmann avec son fils Peter, âgé de dix mois, passèrent quelques jours au Vieux Château. Christina avait amélioré son français, Louise parlait et écrivait un allemand convenable. Elles avaient bien travaillé, beaucoup appris, enseigné avec succès. Un des maîtres de l'école d'Andreas appartenait à une petite communauté piétiste et Christina était tout près d'admettre que la foi soulève les montagnes.

On ne fit pas de grandes théories sur l'éducation, pendant ces retrouvailles, mais en regardant les devoirs de Sabine et de ses frères, soumis à un emploi du temps bien défini, en constatant la fermeté de leur précepteur, l'application des moins de cinq ans, le désir de Suzette et de Caspar d'apprendre à lire, Christina projeta d'ouvrir à Zurich des classes pour tout-petits. L'échec de Heinrich Pestalozzi au Neuhof, en Argovie, pouvait s'expliquer en partie par l'âge des orphelins et des enfants abandonnés qu'il avait recueillis : ils savaient déjà mentir, chaparder, dissimuler. Leur volonté, leurs efforts, avant tout défensifs, étaient tissés de méfiance et de ruse. Comment effacer l'expérience des premières années pour leur faire découvrir, à huit ou neuf ans, confiance et tendresse ?

— Vois-tu, disait Christina un peu plus tard à Élisabeth, on ne parle pas assez du plaisir d'apprendre et de vaincre les difficultés. Si l'on nous avait enseigné la musique au berceau, si tu avais eu des leçons de clavecin dès l'âge de cinq ans, imagine quels progrès nous aurions faits à Lyon !

— Pas de regret ! dit Élisabeth. J'ai un excellent souvenir de cette année d'étude avec toi.

Anna succéda à Christina, les premiers invités d'Antoine arrivaient, les maisons ne désempliraient pas de tout l'été.

Emmanuel Bernoulli logeait au Kaufhaus. Un beau matin, Élisabeth le vit traverser les jardins à sa recherche. Il brandissait le *Courrier de l'Europe* :

— Voici quelque chose qui devrait vous intéresser : *Jeudi dernier le 12 juillet 1784, à Waterford, Monsieur Cuffe posa la première pierre des fondements de la Nouvelle Genève. Une plaque d'airain y est scellée. On y a gravé la date de cette fondation et ses buts. C'est à cet emplacement que s'érigera la statue pédestre de Lord Templeton, en l'honneur de qui une fête fut donnée sous une vaste tente. Les notables de notre ville et des environs y assistaient.*

— Est-ce tout ? demanda Élisabeth en s'emparant du journal pour relire l'article. Pourquoi la statue de Lord Templeton ? Il n'est pas Genevois ! Et ce Monsieur Cuffe, que vient-il faire ici ?

— Lord Templeton était vice-roi d'Irlande quand fut signée la charte qui réglait l'établissement des exilés genevois à Waterford, dit Emmanuel Bernoulli. Monsieur Cuffe doit être un commissaire, l'homme à tout faire du gouvernement.

Élisabeth tournait les pages du *Courrier de l'Europe* sans y trouver le nom d'Étienne Clavière ni celui de François D'Ivernois, ni la moindre description des maisons neuves et de la fabrique d'Ami Melly, qui devait être en état de fonctionner maintenant. Elle n'en imaginait pas moins Joséphine allant des uns aux autres dans la jolie robe d'indienne sortie des ateliers de Hauptwil. Elle croyait voir le ciel d'Irlande, la mer, la fameuse école, future université du monde protestant. Dès lors elle guetta une lettre de son amie avec autant d'impatience que des nouvelles de David. La plaque d'airain ne pouvait tenir lieu de véritable inauguration, pensait-elle. On attendait sans doute l'arrivée d'un pasteur pour proclamer une journée d'action de grâces et de bénédiction afin que New Geneva devînt une grande ville exemplaire par son travail et sa piété.

À Hauptwil, les orages rafraîchirent le mois d'août. Un cousin de Schaffhouse, violoniste amateur, avait une belle voix de baryton. Il fut ravi de chanter avec Élisabeth des duos fort appréciés. Les adultes s'amusaient plus encore que les enfants. La salle des concerts – celle du piano-forte –, toutes fenêtres ouvertes, inondait de musique le jardin.

David arriva au milieu de cette effervescence. Il n'était pas allé jusqu'à Waterford et, comme la colonie genevoise dont on avait déjà tant débattu était d'un intérêt moins pressant pour les hôtes d'Antoine que les soirées musicales qui touchaient à leur fin, on ne s'informa pas plus avant. Seule Élisabeth, quand ils furent en tête à tête, le pressa de questions. Il demeura évasif : Joséphine et ses enfants étaient restés à Bruxelles, il y avait des difficultés de logement en Irlande. Changeant de sujet, il annonça qu'Isaac poursuivait ses études à Lausanne.

Le dernier dimanche d'août réunit tous les amateurs de musique de la région, puis Antoine enferma son violon dans le velours rouge de son étui et le commerce reprit ses droits.

David repartait, pour quelques jours seulement ; il voulait s'entretenir avec le baron Franz von Damiani, préfet du district de Constance où il représentait l'empereur Joseph II.

— Je verrai le lac. Il n'y a que le lac qui me manque à Hauptwil, dit-il à sa femme. La prochaine fois, vous m'accompagnerez.

Élisabeth reçut enfin une lettre de Joséphine : Étienne Clavière était scandalisé par les dissensions, les retards, les négligences qui se multipliaient en Irlande. Son irritation paraissait à sa fille dans l'ordre des choses : *Grand-maman de Neuwied assure que, depuis son adolescence, Papa accuse de mauvaise volonté ceux qui ne sont pas aussi rapides et intelligents que lui ! Il y a aussi du mécontentement à Bruxelles. Je ne dois pas en parler et j'imagine que tu n'es pas autorisée à me révéler les projets de ton mari. Comment va ton petit dernier ? Jean-Charles est un joli prénom, il me fait espérer vous revoir bientôt tous de nos côtés.*

« Le petit dernier » était déjà, pour Élisabeth, l'avant-dernier. Enceinte, elle se persuadait qu'elle ne survivrait pas à un quatrième accouchement.

David revint, repartit, sans qu'elle eût le courage de se confier. Le dimanche suivant, alors que les fidèles quittaient lentement la chapelle, Madame Sabine, remarquant sa mine défaite, l'invita à venir la trouver. Élisabeth balbutia un refus et fondit en larmes. Passant son bras sous le sien, sa compagne l'entraîna par l'escalier intérieur qui lui permettait de rejoindre sa chambre. Élisabeth sanglotait. Madame Sabine n'avait encore rien deviné.

— Qu'y a-t-il ? murmura-t-elle.
— Je vais mourir ! avoua Élisabeth.

— Certainement pas !

— Je suis enceinte, hoqueta Élisabeth.

Madame Sabine garda le silence, se souvenant de ses propres larmes quand, après la naissance de son fils aîné, elle avait perdu à plusieurs reprises un espoir d'enfant.

— Il est possible d'imaginer, ma petite fille, que le nouveau-né sera superbe et que tu vivras, dit-elle enfin.

Une cloche tinta, annonçant le repas du dimanche. Élisabeth était attendue chez son frère.

— Viens me tenir compagnie plus souvent, proposa Madame Sabine. Ursula est en si bonne santé qu'elle n'a que faire de mes souvenirs et de mes conseils !

— Merci, murmura Élisabeth.

Madame Sabine aimait la marche. Elles partaient à la recherche des dernières roses, s'attardaient à l'abri des serres quand la pluie persistait. Les jours où le temps était clair, elles gravissaient la colline jusqu'au point où la vue s'étendait aux contreforts du Säntis. Parfois saisie d'inquiétude, Élisabeth regagnait précipitamment le Vieux Château, persuadée qu'il était arrivé un accident à l'un des enfants.

— Nous sommes rarement victimes d'un malheur que nous avons imaginé, lui dit un jour Madame Sabine.

— C'est la preuve que, en l'affrontant, nous sommes capables de le conjurer.

— Je crains plutôt...

— Que craignez-vous ? demanda Élisabeth, surprise qu'elle s'interrompît.

— Malgré le souci que nous nous faisons tous, tant de malheurs surviennent. Je crains que l'inquiétude à

propos de chimères nous masque des signes prémoni-
toires évidents nous annonçant des dangers bien réels.

Élisabeth pensa à son père revenant de Lyon à
Genève vingt ans plus tôt. Préoccupé de la route et de
ses affaires, il avait appris la mort de sa femme avec un
retard tragique. Le docteur Odier l'avait mise en
garde un jour : les proches sont les derniers à s'inquiéter en cas de maladie grave. Que deviendrait-elle
aujourd'hui si David ou l'un des enfants…

— Je voulais te rassurer, dit Madame Sabine, et
te voilà toute bouleversée. Fais-moi la joie de m'amener ce jeune Jean-Charles Develay. Il doit avoir pris de
l'assurance cet été.

— Trop d'assurance ! s'écria Élisabeth. Trop
d'exigence, trop de volonté. Son frère et sa sœur
étaient plus calmes. Il hurle dès qu'il n'a pas immédiatement ce qu'il désire.

Or le lendemain, contre toute attente, le bébé se
tint sagement assis, jouant avec les cubes à sa portée.

— Qui est-il ? Qui sommes-nous ? murmurait
pensivement Madame Sabine. D'où vient-il ? Quelles
portes de l'avenir ouvrira-t-il ? Je me demande si les
petits enfants ne s'interrogent pas avant même de
pouvoir formuler leurs questions, pressentant, au
cœur de l'univers qu'ils commencent à peine à découvrir, un secret, une présence, le mystère du sacré.

Puis, changeant de ton :

— Allons, je vois que tu vas mieux ! Maintenant
que mon gendre – je veux parler de ton frère – n'a plus
le temps de te soumettre de nouvelles partitions, c'est
à moi de prendre la relève. Je t'offre l'étage de réception. Dorothea ne demandera pas mieux que de te
seconder. Nous inviterons nos amis à des moments
musicaux. Tu décideras du programme : duos, trios,

quatuors, chorals, ce que tu auras vraiment envie de jouer ou de chanter.

Les craintes d'Élisabeth s'évanouirent. David était revenu, reparti, pour Munich cette fois.

Elle commençait à préparer un oratorio pour Noël avec le maître d'école du village et les enfants quand, arrivant au Vieux Château à la tombée de la nuit, elle trouva une voiture à la porte. Deux visiteurs l'attendaient. Le plus âgé se présenta avant qu'elle l'eût reconnu : c'était l'horloger Ami Melly, accompagné de Bénédict Dufour, son jeune chef d'atelier. Pensant qu'ils arrivaient en voyage d'affaires, pressés de présenter les premiers échantillons des montres et des bijoux créés à Waterford afin d'obtenir des commandes, elle leur proposa d'avertir sans tarder son frère, le seigneur Antoine de Gonzenbach. Ils l'en dissuadèrent : ils avaient à s'entretenir avec David auparavant. Elle insista pour les loger, leur posa mille et une questions pendant le souper au sujet de Waterford et des colons, mit leurs réponses embarrassées sur le compte de la fatigue. Ils partirent de bonne heure le lendemain, lui laissant un message pour David et la priant de ne pas mentionner leur visite.

— Quels conspirateurs ! On ne va pas vous remettre en prison, Monsieur Melly ! Vous ne courez aucun danger en Thurgovie.

David arriva deux jours plus tard. Il lut la lettre d'Ami Melly sans surprise apparente. Ses allées et venues se multipliaient, un abondant courrier lui parvenait de Constance et de Vienne. Les fêtes de Noël et de Nouvel-An passées, Élisabeth voulut en avoir le cœur net. Sans être exagérément curieuse, une femme a le droit de connaître les principales occupations et préoccupations de son mari. Si secret il y avait, elle saurait le garder.

— Nous n'irons jamais à Waterford. Les colons quittent l'Irlande, dit David.

— Mais pourquoi? Depuis quand? Que s'est-il passé? s'écria Élisabeth.

Il allait lui en parler. La générosité du comte Ely ne s'était pas démentie, le gouvernement maintenait les cinquante mille livres mises à la disposition des nouveaux colons, plus de huit cents Genevois s'étaient embarqués pour l'Irlande. L'échec de la colonie était difficilement explicable. Toutes sortes de suppositions s'échafaudaient. L'emprisonnement d'Ami Melly avait évidemment suscité des retards et entretenu l'incertitude, mais l'abandon, la désertion finale semblaient provoqués par une avalanche de mensonges, de faux renseignements et de diffamations, qui ne pouvaient venir que des bons offices du comte de Vergennes et du Petit Conseil genevois, humiliés par la publicité triomphante faite autour de New Geneva. On parlait aussi de la rivière soudainement et intentionnellement polluée. Les choses auraient été plus claires si l'on avait pu entrer en relation avec les habitants de la région, mais ils ne savaient que le gaélique et pas un mot d'anglais. Il y avait plus d'un an, à Bruxelles, Clavière lui avait demandé de s'informer avec discrétion des possibilités d'un établissement à Constance; Joseph II, qui avait fait des ouvertures aux bannis de 1782, maintenait ses offres.

— Mais, David, interrompit Élisabeth, vous ne pensez tout de même pas que nous irons vivre à Constance? Hans-Jakob prétend que c'est une ville épouvantable!

— Eh bien, n'en parlons plus, dit David, jugeant prématuré un affrontement sur ce sujet. J'ai promis une partie de luge aux enfants après le dîner, permettez-moi de me mettre au travail.

Il n'eut pas le temps d'ouvrir le livre intitulé *Constance,* où il inscrivait les projets d'investissements de la nouvelle colonie. À peine s'était-il assis dans la salle des portraits qu'Élisabeth fit irruption dans une telle colère qu'il ne saisit pas tout de suite ses griefs.

Voici plus de deux ans, disait-elle, qu'on ne parlait que de Waterford, deux ans qu'on en demandait des nouvelles, qu'on examinait des plans, qu'on projetait de s'y rendre. Tout s'effondrait en quelques mois ou en quelques semaines et personne ne l'en informait! Après avoir vécu la révolution et le siège de Genève, elle ne pouvait être traitée en irresponsable incapable d'affronter la vérité! Le silence d'Ami Melly et de Bénédict Dufour était blessant, grotesque. Pourquoi ce mystère? C'était grâce à elle que David séjournait aujourd'hui à Hauptwil, d'où il pouvait en une petite journée de route gagner Constance, la Basse-Autriche, le Wurtemberg...

Il protesta; il n'avait pas voulu faire de cachotteries, les démarches initiales avaient été laborieuses, il n'avait pas imaginé qu'elle pourrait s'y intéresser; pour lui en parler, il attendait qu'une charte fût établie; précisément à cause du naufrage de Waterford, il désirait lui éviter une déception, deux déceptions successives.

Elle répéta qu'elle n'était pas une enfant, que ce désir de protection l'humiliait. Elle voulait tout savoir au sujet de Constance désormais. Envisageait-il de s'y installer? Antoine était-il au courant?

Il l'était et la colère d'Élisabeth redoubla : tout le monde, Ursula, Hans-Jakob, Dorothea, Madame Sabine, oui, tout le monde était au courant, sauf elle !

— Nous n'avons pas voulu informer prématurément Madame Sabine, dit David.

— C'est cela ! Vous nous considérez comme deux innocentes tenant salon les yeux bandés !

Elle saisit le livre de *Constance,* l'ouvrit à la première page. Il n'y aurait pas de partie de luge tant qu'elle aurait encore une question à poser !

À sa surprise, elle tomba sur des plans soigneusement annotés. Plus loin, les noms de Macaire, de Melly et de Roman figuraient en tête de colonnes de chiffres. S'agissait-il d'une répartition des frais ?

— Personne ne recevra de subsides de l'État autrichien pour s'installer à Constance, dit David. Il faut donc réunir des fonds propres et obtenir un certain nombre de garanties commerciales. La nouvelle de l'échec de Waterford est en train de faire le tour de l'Europe ; le projet de regrouper une colonie à Constance doit demeurer secret. Votre amie Joséphine, à Bruxelles ou peut-être à Paris, ainsi que nos amis neuchâtelois n'ont pas entendu prononcer le nom de Constance. Je vous remercie de garder un silence absolu à ce sujet. Pas un mot, pas une allusion, ni à Isaac ou Sarah, ni au docteur Odier, ni à Louise ou à Christina Bachmann bien sûr. N'en faites pas non plus un sujet de conversation avec votre frère, pas pour le moment. Il me conseille dans certaines démarches mais, comme je vous le disais, la charte d'un établissement à Constance est en pleine élaboration et rien ne se fera si nous n'obtenons pas des conditions favorables. Une seule allusion malveillante ou simplement maladroite à nos projets pourrait couper court aux négociations.

La voix de David est si grave, si soucieuse, qu'Élisabeth abandonne son ressentiment. Qu'il lui explique les plans annotés par Monsieur Macaire et il aura droit à la partie de luge avec les enfants.

— C'est un couvent.

— Un couvent ?

— Le couvent des dominicains, situé sur une île au sud de la ville.

— Au monde que va faire Monsieur Macaire dans un couvent ?

— Selon le capitaine von Damiani, préfet du district, ce serait l'emplacement idéal pour une fabrique d'indiennes. Les bâtiments sont si vastes qu'ils pourraient abriter d'autres fabriques, servir de lieu de réunion et de culte à l'ensemble de la colonie.

— Comment se fait-il qu'un couvent soit disponible ? Est-il abandonné ?

— Pas complètement, mais il n'abrite plus qu'une trentaine de moines. Ils étaient le triple et davantage, autrefois. Le capitaine von Damiani assure qu'il sera facile de les reloger dans d'autres congrégations. Le site est superbe et vous voyez que Macaire a déjà prévu et indiqué l'endroit où il installerait ses charpentiers, mécaniciens, graveurs, tireurs, imprimeurs, dessinateurs, peinceleuses et coloristes. La mise en œuvre de la fabrique doit se faire au lendemain de la signature de la charte. Voici plus de deux ans maintenant que les émigrants ont quitté Genève ; imaginez leur désarroi actuel et leur pauvreté.

— Je ne comprends toujours pas, dit Élisabeth. N'est-ce pas vous qui m'avez annoncé la construction de cinquante maisons à Waterford ?

— Avec les bâtiments des fabriques, admit David.

Le soleil éclaira soudain la grande salle. Ce fut comme si les portraits qui les entouraient se penchaient vers eux pour mieux les écouter. Élisabeth regarda son mari, qui hésitait à poursuivre.

— Pour moi aussi, l'abandon de Waterford demeure incompréhensible, du moins pour le moment, dit-il enfin. Ceux qui étaient sur place nous raconteront leur histoire. Je n'ai pu que suivre de loin, tout comme vous, les arrivées et les départs ; et comme vous, comme Joséphine, Jacques Bidermann et tant d'autres, je me suis imaginé que New Geneva serait une grande ville prospère. On ne m'y avait pas confié de responsabilités. Pour Constance, au contraire, depuis plusieurs mois...

David s'interrompit. C'était maladroit de sa part de montrer à quel point la nouvelle colonie l'avait occupé. Il s'étonnait qu'Élisabeth n'ait rien pressenti. Ses questions l'auraient libéré du secret promis à Étienne Clavière.

— Et Amsterdam ? avança-t-elle. Vous me disiez que nous y passerions l'été.

— La révolution dans les Provinces-Unies est inévitable. Le stathouder est sur le point d'être destitué. Joseph II voulait faire ouvrir l'Escaut à la navigation, les Néerlandais et les Français s'y sont opposés. La tension grandit à l'égard de l'empire. Pieter Van den Voogd fait de son mieux pour défendre nos intérêts. En nous rendant à Amsterdam en pleines émeutes, je ne lui serais d'aucune utilité.

Se rendre utile, servir, appartenir à une ville ou à un pays : nostalgie de David qui ne parvenait pas à libérer sa terre natale. Aujourd'hui, exilé volontaire de Genève, sa seconde patrie, l'occasion lui était donnée de secourir les rescapés de Waterford.

Élisabeth regarda le soleil, la neige, le jardin. L'enfant qu'elle portait s'agita. Elle referma le livre de *Constance*. Pour Waterford aussi, il y avait eu des plans et des chiffres. Elle pensa qu'il n'était pas certain que le couvent des dominicains devînt une fabrique genevoise, mais il aurait été cruel d'exprimer ses doutes. Elle allait se lever quand David déplia le plan de l'île.

— Regardez, dit-il, le doigt sur le quartier avoisinant le couvent. C'est ici que nous nous retrouverons tous. La ville s'est dépeuplée, beaucoup de jolies maisons sont inhabitées. Leurs propriétaires ne demandent pas mieux que de les louer ou de les vendre. Il sera facile de les restaurer.

Il se tenait debout derrière elle, penché sur elle. Il posa sa main sur la sienne. Il parla d'une colonie refuge où chacun pourrait exercer son métier, gagner sa vie par son travail et son savoir-faire. Un lieu de bienveillance, à l'abri des intrigues. Leurs enfants y seraient élevés dans la religion de l'amour et du pardon. Élisabeth sourit, elle l'aimait aussi pour ses rêves de liberté, de société meilleure, de dépassement de soi.

La neige fondit de bonne heure. L'herbe verdissait, les ruisseaux débordaient dans les sous-bois. Bien que Hauptwil ne fût pas sur la route la plus directe reliant Zurich à Constance, des voyageurs de plus en plus nombreux passaient, en quête de David.

— Alors, dit un jour Madame Sabine en accueillant Élisabeth, il me paraît que l'installation de vos Genevois à Constance s'accélère.

— Quelle installation ? bredouilla-t-elle, cherchant anxieusement une astuce pour convaincre son amie que rien ne se préparait. Avait-elle laissé échapper un mot de trop ? Elle se sentit coupable comme une enfant qui dissimulerait dans un tiroir une boîte de bonbons entamée clandestinement.

— Rassure-toi, reprit Madame Sabine, je comprends la nécessité du secret. Je saurai le garder. Les voyageurs épuisés et résolus qui passent ici semblent revenir d'un champ de bataille. Que s'est-il passé à Waterford ?

— Eux seuls pourront vous le dire.

— Eux seuls ? murmura pensivement Madame Sabine. Connaîtrons-nous jamais les raisons de leur échec ? J'ai remarqué l'impossibilité de parler d'un événement dont nous demeurons bouleversés.

— Eh bien, moi, aujourd'hui, dit Élisabeth, j'ai un furieux besoin de m'exprimer. Il serait tellement plus raisonnable d'élever nos enfants au Vieux Château plutôt que de partir jouer aux pionniers à quinze lieues de chez nous ! Jamais je ne mettrai les pieds à Constance ! Le financement de la fabrique de Monsieur Melly, la charte de la colonie importent bien davantage à David que la naissance de notre enfant.

— Sûrement pas, dit Madame Sabine, mais son attention se porte là où il peut agir. Que pourrait-il faire de plus pour toi et le bébé ?

À la mi-mars, Hans-Jakob envoya son carrosse pour qu'Élisabeth montât au Grand Château : un de leurs amis, François Sautter, arrivait de Constance, déçu de n'y avoir pas trouvé Ami Melly ni David. Il tenait pourtant à souscrire deux actions de la fabrique d'horlogerie.

— Tenez, je mets cela par écrit, dit-il à Élisabeth. Je n'ai plus de soucis depuis que David est mon banquier. Il déduira les douze mille livres d'un de mes comptes.

On ne pouvait se quitter sans faire allusion à l'état d'Élisabeth. La naissance ne se ferait plus attendre ; qui seraient les parrain et marraine ?

— Un parrain et une marraine ? Personne n'y a pensé, personne n'y pense ! Ce sont des actionnaires que l'on cherche et qu'il faut trouver ! Il est plus urgent d'aligner des colonnes de chiffres, de recenser les ouvriers, de vérifier l'état de leurs outils et de leurs établis, de mesurer les locaux, réparer les portes et les fenêtres, diviser, agrandir ! La naissance d'une Colonie genevoise, dit-elle excédée, avec emphase – car enfin elle ne se considérait plus du tout comme Genevoise ni exilée et ne ressentait pas le moins du monde la nécessité d'aller camper sur l'île des dominicains –, la naissance d'une Colonie genevoise, son ravitaillement, la signature de sa charte n'ont pas de commune mesure avec la naissance d'un enfant !

— Ce n'est pas mon avis, dit Madame Sautter. Je n'ai jamais eu de filleul ; cela me ferait un tel plaisir d'être marraine au moins une fois dans ma vie !

— M'accepterez-vous comme parrain ? demanda François Sautter.

David fut de retour une semaine plus tard. En attendant la signature de la charte qui marquerait la reconnaissance officielle de la colonie, l'île et le couvent des dominicains feraient l'objet d'une donation au nom de Jacques-Louis Macaire. L'acte fut signé le 21 avril 1785. Dans la soirée, un petit garçon poussa son premier cri au Vieux Château.

VIII

FRANÇOIS-LOUIS Develay fut baptisé le 1ᵉʳ mai dans les bras de sa jolie marraine Johanna Sautter, en la chapelle tout ensoleillée du Grand Château. Sa cousine Sabine à la flûte, son oncle Antoine au violon lui jouèrent un air de bienvenue. Nouveau-né calme, presque trop calme, l'opposé de Jean-Charles, pensait Élisabeth qui le regardait s'enfoncer dans les brumes du sommeil. François ne criait pas, ne pleurait pas, attendant sans impatience qu'on s'occupât de lui. Curieusement, ce petit garçon qui s'exprimait si peu eut rapidement une action pacificatrice sur sa sœur et ses deux frères. Disparue, la jalousie de Jean-Emmanuel. Le bouillant Jean-Charles, qui commençait à faire quelques pas, se montra rassuré par l'apparition de ce petit être tellement plus faible et dépendant que lui.

— Et la naissance de notre fils, demanda Élisabeth à David, me permettez-vous de l'annoncer à Genève ?

Elle pensait au docteur Odier et à la famille Fingerlin, ses seules relations demeurées dans la ville, où le secret de Constance n'avait pas pénétré. Secret soigneusement gardé, entretenu comme une revanche par les pionniers de Waterford. Presque deux ans de difficultés de toutes sortes, la faim, le froid, l'attente, et finalement tant d'espoirs anéantis. Les rescapés se regroupaient en secret pour préserver Constance aussi longtemps que possible des intrigues et de la médisance qui avaient ruiné New Geneva. À Genève, les coups les plus bas ne leur étaient pas portés par les Négatifs et les membres du Petit Conseil, leurs ennemis, mais par leurs anciens partisans. Ceux qui n'avaient pas quitté leurs habitudes et leurs aises les traitaient aujourd'hui de poltrons, de lâches ou de déserteurs. Aucun pasteur n'avait répondu à l'appel de l'Irlande, mais certains d'entre eux osaient accuser Melly et même Clavière de négligence et d'incapacité. Ils étaient trop occupés pour prêter l'oreille aux calomnies. S'il en avait eu la force, le vénéré pasteur Jacob Vernes, qui avait su prendre ses distances vis-à-vis de Voltaire et n'avait jamais cessé de défendre avec chaleur la cause des Représentants, n'aurait pas hésité à se porter au secours des colons désemparés. Banni, réfugié à Morges chez son beau-frère, il écrivait un nouveau catéchisme dont il s'entretenait avec Ésaïe Gasc, nommé diacre de l'église wallonne de Hanau.

Au mois de juin, Élisabeth reçut une lettre de Sarah promettant sa venue lors d'un nouveau baptême. Elle tenait à découvrir Hauptwil avec Fanny, en passe de devenir une musicienne accomplie. Monsieur Tavel demeurait très assidu auprès d'Angélique. Isaac paraissait fidèlement épris de Lise de Félice. *J'étais plus volage, dans ma jeunesse,* avouait Sarah. *C'est la ferveur et la constance de César qui m'ont conquise.* Louise, la non-conformiste de la famille, leur envoyait en allemand des considérations sur la prière et l'éducation. Sarah s'inquiétait : les jeunes gens sont si influençables. Sa belle-sœur pouvait-elle se renseigner sur les assemblées baptistes ou pentecôtistes, proscrites par les autorités zuricoises, auxquelles Louise assistait ?

Ce ne fut pas une lettre mais un véritable journal qu'Élisabeth reçut de Joséphine Vieusseux. Elle se trouvait à Paris. Enceinte. Naissance prévue pour septembre, début septembre, comme celles d'Étienne et de Louison. Elle précisait qu'elle avait eu de leurs nouvelles à tous par l'un de ses oncles et par son beau-frère. Ce qui pouvait être une manière discrète d'indiquer qu'elle était fort bien renseignée au sujet de Constance et qu'il n'était pas besoin de part et d'autre d'en dire plus, le frère d'Étienne Clavière ayant souscrit quatre actions de la future fabrique d'horlogerie et un oncle de Pierre Vieusseux s'étant annoncé récemment comme membre de la colonie.

Vous connaissez tous Papa, poursuivait Joséphine, *amer, scandalisé, profondément atteint par l'échec de New Geneva. Mais, comme dit Grand-maman de Neuwied, il faut voir le doigt de Dieu dans chaque épreuve : l'an dernier, dans l'impossibilité de nous installer en Irlande, nous sommes arrivés à Paris juste à temps pour secourir Jacques Pierre Brissot. Voici la mémorable journée du 11 juillet 1784 : levés de grand matin, nous partons pour assister à l'envol d'un aérostat. Attente, applaudissements, échec complet : le ballon prend feu ! Pas de blessés heureusement. Un dîner chez le banquier Étienne Delessert — Genevois comme nous, peut-être l'as-tu rencontré — nous remet de nos émotions. Sa fille, presque aussi douée que toi, chante une romance de Rousseau. Avec l'esprit critique que tu me connais, j'applaudis* Au Fond d'une Sombre Vallée, *qui t'aurait fait monter les larmes aux yeux! Attends, la journée n'est pas finie. À peine sommes-nous de retour qu'on nous remet un mot de Brissot: il vient d'être arrêté au nom du Roi, accusé d'avoir écrit des « libelles injurieux contre la Reine Marie-Antoinette », et cela pendant son séjour à Londres! Papa se précipite, insiste pour que l'affaire soit tirée au clair rapidement. Accusation absurde, invraisemblable! Pourquoi Brissot s'en serait-il pris à la Reine? Dès le premier interrogatoire, il s'imagine avoir prouvé son innocence, et le voici embastillé jusqu'au 10 septembre! Paris ne vaut pas mieux que Genève! Cette affaire a donné beaucoup de chagrin et de souci à Papa. Nous avons hébergé notre pauvre ami à sa sortie de prison. Il était menacé de banqueroute en Angleterre: amis et ennemis avaient profité sans vergogne de ses deux mois d'absence. À propos, as-tu lu* Le Philadelphien à Genève *? C'est, sous forme de lettres, l'histoire de la ville et des vicissitudes des Représentants, que Papa avait commandée à Brissot pendant leur séjour à Neuchâtel. Elle vous réchauffera le cœur.*

— J'ai reçu une immense, une superbe lettre de Joséphine, annonça Élisabeth à David.

— J'espérais que son père nous rejoindrait. Il s'est rendu récemment à Constance, mais il n'a pas confiance en Joseph II, qu'il juge versatile. Il hésitait à se fixer aux alentours de Zurich; la ville pourrait devenir une place financière intéressante. Étienne sait l'allemand mieux que moi, ce n'est pas la langue qui l'a décidé à regagner la France mais l'amitié de Mirabeau, Brissot, Du Roveray et tant d'autres.

» Il n'a pas la chance d'avoir, comme moi, une famille et des maisons en Thurgovie avec un beau-frère qui réunit un orchestre chaque été ! ajouta David en remarquant soudain la jolie robe d'Élisabeth. Une robe neuve ? Il ne s'en souvenait pas. Qu'elle était gracieuse, ainsi perdue au fond de cette bergère, détendue, avec derrière elle la fenêtre ouverte et les appels des enfants dans le jardin !

Elle sourit :

— Je commençais à craindre que ma famille ne vous mît en fuite, on vous voit si peu à Hauptwil !

— Les Gonzenbach ont essaimé de Saint-Gall jusqu'ici. Vous ne renierez pas votre famille en prenant votre envol en direction du nord-est, comme eux, pour vous arrêter au bord d'un des plus grands lacs d'Europe, traversé par le Rhin.

Devenir bourgeoise de Constance, à quinze lieues du Vieux Château ? La proximité même soulignait l'exil.

Élisabeth se hâta de se retrancher derrière Étienne Clavière :

— Joséphine m'écrit que, pour son père, Paris n'est qu'une étape. Il parle d'aller rejoindre Condorcet du côté de Nantes. Qui est Condorcet ? Joséphine le cite comme si tout le monde le connaissait.

— Si le marquis de Condorcet avait écrit des articles pour l'*Encyclopédie d'Yverdon* et votre cher éditeur Félice au lieu de collaborer avec d'Alembert à l'*Encyclopédie de Paris*, vous sauriez qu'il est l'un des plus honnêtes hommes de ce temps, mathématicien, savant, philosophe. Il se rapproche des physiocrates, c'est-à-dire que, en économie, il respecte les lois de la nature et donne à l'agriculture la première place. Il est convaincu du développement illimité des sciences, il croit au pouvoir de l'éducation qui nous conduit à un progrès intellectuel et moral. Je le rejoins entièrement sur ce dernier point. À Constance, nous travaillerons dans le même esprit, avec la même volonté. Un milieu d'artisans, non de savants. Nous n'allons pas nous mesurer avec l'Académie des sciences, mais en religion et en morale nous ne serons pas les derniers.

Fin juin. La charte, rédigée à Fribourg-en-Brisgau, allait enfin être signée.

— Si jamais nous habitons Constance, je voudrais savoir ce qui m'y attend, dit Élisabeth à son mari.

— Vous connaissez l'essentiel ; je vous ai montré où se trouvent l'île, le couvent des dominicains, les maisons que nous allons restaurer. Il est important que nous soyons groupés : en Irlande, les Genevois furent souvent hébergés trop loin les uns des autres pour pouvoir se consulter.

— La charte précise-t-elle que nous habiterons un même quartier ?

— C'est une de ses clauses. La première.

— Et la deuxième ?

— La libre pratique de notre religion. Nous aurons un pasteur pour célébrer les cultes, les baptêmes, les mariages, les enterrements et pour enseigner le catéchisme aux enfants. Pourquoi ce sourire, Élisabeth ? je ne plaisante pas !

— Je me croyais l'épouse d'un banquier, d'un commerçant absorbé par ses affaires depuis des lustres, et voilà que vous revendiquez le droit d'entonner des cantiques sur une île !

— Vous vous moquez !

— Pas du tout, David. Je trouve merveilleux que vous soyez impliqué dans tout cela.

— La charte comporte aussi des clauses commerciales.

— Dites !

— Les fabriques auront leur règlement spécifique avec un tribunal arbitral. Nous jouirons d'un certain nombre de privilèges concernant les péages et les impôts. En contrepartie, le dixième de nos bénéfices – quand nous en aurons – soutiendra l'hôpital de Constance, ouvert aussi bien aux orphelins et aux pauvres qu'aux malades, comme celui d'Yverdon et de plusieurs villes suisses.

— Vous dites « suisses », alors que, bourgeois de Genève et d'Yverdon, vous vous êtes toujours défendu d'être Suisse !

— Je vais le devenir : la charte est rédigée au nom de la colonie suisse de Constance, de crainte que les Genevois ne s'immiscent dans nos affaires dès qu'ils auront vent de notre existence.

— Ils ne se doutent encore de rien ?

— Apparemment non, puisqu'ils n'ont pas encore commencé à nous nuire.

* * * *

Antoine n'envisageait pas que sa saison musicale eût à souffrir des activités de son beau-frère ou de la naissance de son neveu François. L'an dernier, sa femme avait repris le gouvernail de la grande maisonnée, l'étage du commerce aussi bien que l'étage des enfants, avant ses relevailles. Élisabeth suivrait son exemple. Or, Élisabeth venait de recevoir une lettre de David, qui l'attendait à Constance. Il désirait lui faire visiter une maison bien située, assez vaste pour accueillir leurs nombreux parents et amis. Si elle lui plaisait, ils décideraient ensemble des réparations et de son aménagement.

C'était le jour de la première sortie de François. Suzette avait assisté aux préparatifs pendant que ses petits frères, sous haute surveillance, divaguaient entre Kaufhaus et Château au milieu de leurs cousins. Elle aida sa mère à pousser le landau jusqu'aux abords de la rivière, cueillit pour le bébé un bouquet dans la prairie en fleurs, puis courut rejoindre Caspar.

Il faisait plus chaud que dans les maisons. Les abeilles avides butinaient. De petites sauterelles vertes ou grises, à pattes à ressort, bondissaient en tous sens et les invisibles grillons, cigales de Thurgovie montant la garde à l'entrée de leurs minuscules terriers, applaudissaient le soleil. Des nappes de moucherons planaient au ras de l'eau. Un acacia ombrageait le banc qui dominait le talus. Élisabeth y déposa le papier à dessin et les fusains qu'elle avait emportés. Elle découvrit l'enfant pour lui faire sentir la douceur de l'air. La lumière dansait dans le feuillage au-dessus d'eux. François lui répondait du mouvement encore saccadé de ses bras et de ses jambes, les yeux grands ouverts pour mieux boire les éclairs de ciel bleu. Elle lui tendit l'index, il le saisit avec force.

Incipe parve puer risu cognoscere matrem.

Syllabe par syllabe, mot pour mot, comment le vers de Virgile lui était-il revenu ? Étrange caprice de la mémoire. Elle avait oublié le nom du jeune précepteur de ses neveux qui le lui avait enseigné. La veille de son départ, penché sur le berceau, il avait murmuré les mots mystérieux en guise d'adieu. Du latin ? Était-ce une bénédiction ? Seuls les catholiques prononcent des prières en latin. Il avait répété, traduit. Pourquoi n'apprendrait-on pas aux enfants des poésies en latin ? Les poètes chevauchent les siècles, adoptant la langue des peuples qui les accueillent, et s'asseyent au chevet des nouveau-nés qui ne connaissent encore que le chant des étoiles et le souffle du vent.

— Mais enfin, pourquoi ne pas le dire en allemand ? s'était écriée Élisabeth.

— « Commence, petit enfant, par le sourire, à reconnaître ta mère » ? Vous n'y auriez pas prêté attention.

Élisabeth s'était irritée contre elle-même. En effet, la phrase lui paraissait maladroite, contestable aussi :

— *Risu ?* « Par le sourire ? » Vraiment ?

Que pouvait deviner ce jeune intellectuel de l'attente d'un enfant, de sa mise au monde, des heures d'inquiétude ou d'angoisse, de soins, d'allaitement ? se demandait-elle avec humeur.

— Virgile parle de l'éveil de la connaissance. D'un côté le petit enfant, de l'autre sa mère, entre eux le sourire. Les poètes donnent à voir. Ils n'ont rien à démontrer.

Tout était dit. Ils allaient se quitter quand, avec la gravité et la ferveur de la jeunesse, il lui avait offert ce qu'il n'avait lu dans aucun livre et qu'il venait de découvrir au milieu des enfants :

— Le sourire. Au centre de toute connaissance, de toute reconnaissance. On parle tellement de la souffrance et si peu de la joie, la délicate et fragile joie de vivre. En prévision de la souffrance, des épreuves inévitables, inacceptables quand il s'agit de nos proches, ne faut-il pas, dès les premières semaines de la vie, apprendre à se connaître et à se reconnaître dans le sourire ?

Il parlait lentement, découvrant sa pensée à mesure qu'il la formulait. Apprendre à répondre par un sourire au proche sourire de Dieu.

Après son départ, Élisabeth s'était informée : savait-il le français ? Accepterait-il de venir à Constance avec eux ? Au Carolinium de Zurich, le jeune précepteur n'avait appris que le grec et le latin.

François s'était endormi. Elle déploya un voile pour le protéger des insectes. Elle n'avait plus envie de dessiner. Elle ôta ses bas, ses souliers, sans se douter que sa mère autrefois avait eu les mêmes gestes. Commence, petit enfant, par le sourire, à reconnaître ta mère, et la terre, et le ciel, et chaque nuance de la prairie, les bois, la rivière. Elle chantait à mi-voix, permutant phrases et mots, ajoutant ou retranchant des agréments selon désir et plaisir, improvisant des variations. Elle vit au loin la tête bouclée de Suzette, qui avançait bravement dans l'herbe haute à la recherche des plus beaux coquelicots. Ce n'était plus Suzette mais elle, radieuse, qui s'élançait à la découverte du monde, à l'âge de trois ans. C'était elle encore dans le berceau, se réveillant, se rendormant, écoutant. Une joie violente la submergea. La sienne ? celle de François ? ou celle de ses parents, qu'elle n'avait jamais imaginée ? – la maladie, la mort, l'absence de sa mère ayant effacé le temps du bonheur. Sa mère, pourtant, avait été heureuse, un jour comme celui-ci, sur ce banc peut-être, alors qu'elle, dans son berceau, ouvrait et refermait les mains, curieuse de tous ses doigts incapables encore de saisir la fleur qu'on leur tendait. Bouleversée, trop peu maîtresse d'elle-même pour prendre son fils dans les bras. Éprouve-t-on à chaque naissance plus d'amour et d'émerveillement ? L'émotion était si vive que des appels se rapprochant lui furent une délivrance. Sabine et Dorothea, brandissant des partitions, accouraient :

— On vous cherche partout! Antoine vous attend ce soir, il a déjà déchiffré plusieurs pages.

— Je ne peux pas, pas ce soir, pas encore, balbutia Élisabeth, angoissée à la pensée que des mélodies étrangères menaçaient d'étouffer le chant qui l'habitait. Comment faire comprendre qu'elle était trop heureuse pour rencontrer qui que ce fût?

— Etes-vous malade? demanda Dorothea.

— David voudrait que je vienne à Constance pour visiter une maison. Soyez gentille, écrivez-lui de ne pas m'attendre.

Dorothea avait l'art de dénouer l'écheveau des volontés familiales avant qu'il ne fût durablement emmêlé: à Sabine, l'honneur de pousser le landau. Elle pourrait assister au bain de son petit cousin puisqu'il n'y aurait pas de répétition ce soir. Elle-même avertirait Antoine de l'indisposition de sa sœur, puis persuaderait son mari de l'emmener à Constance. Les fonctions de juge attachées au chef du fidéicommis ne s'exerçaient qu'exceptionnellement en été; si Hans-Jakob n'avait pas d'audience, ils partiraient à la première heure le lendemain. Elle n'était jamais allée à l'île de Reichenau. C'était la meilleure saison pour s'embarquer en amoureux.

— Écrivez-moi la liste de vos souhaits. Je vous promets un compte rendu fidèle.

Hans-Jakob cultivait le plaisir délicat de rendre service. Il accéda au désir de Dorothea dans l'espoir d'être de quelque utilité. La petite calèche devait leur permettre de faire le voyage plus ou moins incognito. C'était sous-estimer leur popularité dans les districts de Bischofszell puis de Gottlieben. Dès le premier relais, on signala leur passage. Ils ne purent se soustraire à l'accueil chaleureux des villages qu'ils traversaient et n'atteignirent la ville impériale et royale qu'en fin d'après-midi. Dès le poste frontière, ils remarquèrent une animation inusitée. Constance, baptisée ville morte à la suite de la guerre de Trente Ans, faisait penser à une fourmilière sortant de sa léthargie hivernale. On se pressait à la mairie, qui n'avait pas fermé ses portes malgré l'heure avancée. De futurs colons, authentiques ou prétendus Genevois, sollicitaient un droit d'établissement. Des charrettes se croisaient, se dépassaient, s'accrochaient, repartaient. Ils suivirent la chaussée la plus fréquentée, qui menait à l'île des dominicains désormais colonie suisse.

— Je n'étais jamais venue de ce côté, remarqua Dorothea. La ville est plus étendue que je ne l'imaginais.

— La même superficie que Genève mais quinze fois moins peuplée ; à peine deux mille habitants et, parmi eux, nombre de religieux faméliques. Je ne partage pas le jugement d'Étienne Clavière sur Joseph II, il est trop sévère ou trop pessimiste. En accordant à la colonie suffisamment de privilèges, l'empereur redonne ses chances de prospérité à la ville et à la région.

Un pont franchissait le chenal qui séparait l'île de la rive. Ils virent presque aussitôt la longue façade du couvent. À droite, l'église ; à gauche, les communs et les écuries, où l'on s'affairait pour terminer le travail avant la nuit.

Pendant que Hans-Jakob partait à la recherche de David, Dorothea contourna les bâtiments et se trouva face au lac qui reflétait la lumière moirée du soir jusqu'à l'horizon. Immobiles, les roseaux et les saules guettaient la brise. Dorothea se laissa glisser dans l'herbe haute. David avait raison : à Hauptwil comme à Altenklingen, il ne manquait que le lac, son étendue, sa lumière, ses îles, ses barques aux ailes de grands oiseaux…

Les voix de Hans-Jakob et de David la rejoignirent. Elle sauta sur ses pieds :

— Je plaide coupable, David ! C'est moi qui ai insisté pour venir ici. Élisabeth allaite encore votre fils, le voyage n'aurait pas été sans risques pour tous deux. J'espère que vous ne m'en voulez pas ; ou plutôt si, je le mérite, soyez très fâché contre moi ! Élisabeth me pardonnera. Allons voir la maison !

Elle parlait d'une voix tendue par la fatigue. David remarqua ses traits tirés.

— Avant toute chose, venez vous rafraîchir, dit-il en les entraînant dans le grand bâtiment, cœur de la jeune colonie, où Jan Hus avait été emprisonné avant son martyre. Le cloître formait une cour intérieure, qui desservait le réfectoire et les grandes salles de la fabrique Macaire au rez-de-chaussée, les petits ateliers d'horlogerie à l'étage. Ami Melly leur présenta ses associés, François Roman, un des seuls colons à parler l'allemand, et Ami Roux, surnommé Amed ou Roux de Constantinople, qui avait appris l'orfèvrerie et la gemmologie sur le Bosphore.

— Nous ne sommes pas ici, vous n'avez pas rencontré le moindre horloger à Constance ! dit Melly.

— Je ne m'attendais pas à trouver déjà tant d'ouvriers au travail, rétorqua Hans-Jakob. Avez-vous réuni tous les corps de métiers ?

— Bien sûr ! Nous avions déjà recensé notre monde avant la fondation de la fabrique le 11 avril.

— Le 11 avril ? Il y a deux mois ? Mais la charte vient d'être signée !

— C'était un risque à prendre. En cas d'échec des pourparlers, nous aurions trouvé un autre lieu d'accueil, le Val-de-Travers près de Neuchâtel, par exemple. L'empereur ne nous a offert aucun subside, aucune garantie. Nous sommes libres de tout engagement envers lui.

La fortune personnelle d'Ami Melly avait fondu dans l'aventure de Waterford et dans celle de son procès. Trente-six actions de six mille livres chacune réunissaient le capital nécessaire à un établissement. Il n'était pas question de déroger. D'ici quelques années, les montres et les bijoux de Constance seraient plus recherchés que ceux de Genève. Parmi les actionnaires figuraient les noms de Bidermann et de son gendre Odier, toujours à Bruxelles, de Mirabeau et du frère de Clavière, à Paris, de François Sautter et du pasteur Jacob Vernes.

— Allons voir la maison, dit Dorothea, réconfortée par un repas frugal bien arrosé.

— La nuit va tomber ; vous la verrez demain.

— Nous la verrons demain et nous la verrons ce soir, décida la jeune femme en se levant. Une maison s'habite aussi la nuit. Allons à pied, nous avons roulé tout le jour.

— Volontiers, si un quart d'heure de marche ne vous effraie pas, dit David.

— Au contraire ! Nous nous rendrons compte de la distance et de l'aspect des rues avoisinantes.

Sur leur chemin, plâtriers et menuisiers pliaient bagage. Des charrettes à bras encombraient la chaussée. Constantins et Genevois se saluaient avec cérémonie, à défaut de pouvoir entamer une conversation. François Roman, qui les accompagnait, faisait de rapides incursions dans les étages, donnant des instructions.

— C'est ici, dit David en poussant une grille rouillée à l'entrée d'un petit parc à l'abandon.

La maison, plus modeste que le Grand Château, avait, comme lui, un toit pentu, des fers forgés ornant la façade.

— Les propriétaires sont installés à Trieste, ajouta David. Ils ne viennent jamais. Ils sont prêts à louer ou à vendre.

— Entrons, dit Dorothea.

La clef tourna sans difficulté. Les volets étaient fermés. François Roman alluma une lanterne. David fit les honneurs de ce qu'il considérait déjà comme son futur logis. «La salle à manger... la cuisine... le boudoir où Élisabeth mettra son clavecin... les chambres des enfants... celles des amis... notre chambre à l'est, d'où nous verrons le soleil se lever...» Dorothea et Hans-Jakob ne l'avaient jamais vu aussi spontané et joyeux.

La maison était encore partiellement meublée.

— Pourquoi chercher une auberge? Dormons ici! proposa Dorothea.

— C'est à moi d'apprivoiser la maison, dit David. Vous prendrez le petit appartement où je me suis installé pour accueillir ma femme.

D'avril à octobre, le travail commençait à six heures pour les horlogers. Les Constantins avaient adopté leur horaire.

— Sommes-nous en retard? demanda Dorothea le lendemain en rejoignant David au réfectoire du couvent-colonie. Nous avons voulu voir le Rhin. C'était splendide; nous ne nous décidions pas à revenir.

— Vous le direz dans votre rapport, dit David. Puis-je faire commencer les travaux? Ai-je choisi la maison la mieux située, la plus accueillante aux enfants et aux amis ? Je vais écrire à ma femme que j'y ai bien dormi tout en déplorant son absence.

— J'ai promis de revenir avec des plans, un croquis des façades et de la rue, dit Dorothea.

— Allons voir si Bénédict Dufour peut s'en charger. Il sait tout faire, ce garçon, il aurait pu être architecte aussi bien qu'horloger. Il a de l'instruction, il sait observer. On dit qu'il est l'un des auteurs d'une lettre adressée à D'Ivernois et à Du Roveray exposant les motifs des colons de quitter l'Irlande. C'est à Waterford qu'il a épousé une Genevoise, Pernette Valentin. Leur petite fille est le plus jeune membre de notre colonie.

Ce ne furent pas les récits enthousiastes de Dorothea ni les plans et les croquis de Bénédict Dufour qui désarmèrent Élisabeth, non plus que l'accueil chaleureux de la colonie le jour où, François étant sevré, elle put enfin visiter la maison, découvrir le lac et ses rives, l'activité du port, les rues, mal entretenues sans doute mais qui, une fois les façades restaurées, la ville repeuplée, retrouveraient leur animation et leur charme. Contre toute attente, ce furent les orfèvres et les émailleurs qui emportèrent son adhésion. Elle n'avait encore jamais eu l'occasion de les voir travailler. Leur adresse, leur patience, leurs recherches, leur exigence de perfection présentaient bien des analogies avec le long apprentissage de la musique. En les observant, Élisabeth sut qu'elle saurait mener de front le clavecin, le chant et le dessin. Ce serait un tel bonheur de les enseigner aux enfants tout en assurant la bonne marche de sa maison et en prêtant son appui à l'école. Elle persuaderait Louise de les rejoindre dès que la jeune fille aurait pu se faire remplacer auprès de Christina et d'Andreas Bachmann. Sa vocation était d'instruire les enfants des pauvres ? Pauvre, la colonie suisse de Constance l'était, au point que ses membres venaient de recevoir des conditions exceptionnelles pour obtenir la bourgeoisie de leur ville d'adoption : cent quarante florins pour une famille, quel que fût le nombre d'enfants. En 1771, David-Emmanuel Develay, originaire de Champvent et d'Yverdon en Pays de Vaud, célibataire, avait versé mille six cents florins pour acquérir la bourgeoisie de Genève.

— Mille cinq cents florins, rectifia David. Cent florins allaient directement à la bibliothèque. Et j'ai dû offrir un fusil à l'arsenal.

Pas de fusil à fournir pour les candidats colons de Constance, mais il se pourrait qu'ils fussent astreints au service militaire s'ils faisaient partie de l'empire.

Pour vivre heureux, vivons cachés. Le secret de la colonie suisse était si bien gardé que les Zuricois ne s'aperçurent de l'existence de nouveaux concurrents qu'au moment où Jacques-Louis Macaire présenta ses indiennes à la foire de Zurzach. Mécontents, inquiets des privilèges accordés par Joseph II, ils firent part de leurs doléances au Petit Conseil genevois incrédule. Les rescapés de Waterford à Constance ? C'était impossible ! On les avait suivis de loin : les anciens commissaires étaient à Dublin, à Londres et à Paris. Dix-sept familles à Bruxelles, plusieurs horlogers dans la principauté de Neuchâtel, au Val-de-Travers notamment. Macaire ? Les Seigneurs Conseillers nièrent tout bonnement qu'il fût installé à Constance. Quand on leur mit sous le nez la charte ratifiée par l'empereur, ce fut un beau tollé. Les doléances du Résident de la cour de Turin aggravèrent leur confusion : on avait trompé le

roi en certifiant à plusieurs reprises que le contentement régnait à Genève, alors qu'une nouvelle émigration se préparait. Même indignation, même plainte du
comte de Vergennes, qui reçut sèchement à Paris le
délégué genevois venu lui demander un adoucissement
de l'embargo sur les marchandises étrangères, que la
France venait de décréter.

Le secret étant levé, les invitations à rejoindre la
colonie suisse se firent ouvertement. Les impôts y
étaient quasi inexistants, les loyers dérisoires au
regard des salaires élevés. Avant tout, on y jouissait de
la liberté dont on avait rêvé depuis si longtemps.
L'horlogerie genevoise craignit l'émigration. Pour
s'en protéger, elle permit enfin aux Habitants et aux
Natifs de faire chez un maître horloger un apprentissage jusqu'alors réservé aux seuls fils de bourgeois.
Ainsi, ironie du sort, les Représentants exilés obte-
naient, en guise de représailles, ce qu'ils demandaient
depuis des années.

Installer les fabriques, loger plus de cent personnes en quelques mois n'était pas une mince affaire.
Bien que les travaux dans sa maison ne fussent pas terminés, David pressait sa femme d'emménager avant
l'hiver ; étant sur place, elle pourrait diriger les
maîtres d'état et servir d'interprète. David avait raison : il fallait prévoir le chauffage, aérer la maison
pendant que les enfants joueraient au jardin.

Consternée, Suzette ne mangeait plus, refusant de
quitter Caspar. Elle commençait à lire l'allemand. En
attendant la venue de Louise, trouverait-on une institutrice capable d'enseigner dans les deux langues ?

— Nous la chercherons, dit David. Le plus raisonnable serait de partir dès que possible en laissant
Suzette chez ses cousins.

« Le plus raisonnable » paraît si monstrueux à Élisabeth qu'elle ne parvient pas à protester, tandis que, sans remarquer son trouble, David poursuit :

— Notre neveu Isaac était plus jeune que Suzette quand son père et moi l'avons emmené à Genève pour son éducation. Ici, à Hauptwil, elle ne souffrira pas de notre absence.

Muette, incrédule, Élisabeth regarde son mari, effrayée d'une violence et d'une agressivité encore jamais éprouvées, qui paralysent sa raison.

— Qu'avez-vous ? Qu'avez-vous donc ? demande David. Bien entendu, nous pouvons emmener Suzette, et Caspar si ses parents y consentent. Nous chercherons une gouvernante, un professeur, des aides. C'est vous qui en déciderez.

Il sourit, magnanime, heureux. Elle se tait, très malheureuse de découvrir chez l'être dont elle est le plus proche des pensées et des sentiments qui lui sont totalement étrangers.

Madame Sabine remarqua le petit visage amaigri de Suzette et la nervosité d'Élisabeth. Elle assista à l'une des colères de Caspar. Que se passait-il ? N'avait-on pas expliqué aux enfants que Constance était à quelques tours de roue de Hauptwil ? Suzette n'allait pas faire un grand voyage comme celui de Genève à la Bretonnière ou de la Bretonnière jusqu'en Thurgovie. Puisqu'elle habiterait Constance, elle ne partirait jamais pour Waterford ou Amsterdam, on se reverrait à chaque anniversaire, à Noël, à Pâques, en été, en hiver.

— Je brûle de voir cette nouvelle maison, disait Madame Sabine. Je suis prête à partir quand vous voudrez, avec Caspar bien sûr, et tous vos invités !

Ursula projetait aussi de venir visiter la colonie.

Son mari lui commanderait un bracelet ou un médaillon.

— Vous choisirez la montre ou les bijoux que vous désirez et vous n'avez pas besoin de moi pour traiter avec Monsieur Macaire, dit Antoine assez mécontent de la décision de son beau-frère ; David aurait pu veiller sur la trésorerie de ses amis tout en gardant son port d'attache au Vieux Château. Il n'était bourgeois de Genève que depuis quatorze ans ; pourquoi se sentait-il à ce point solidaire des Représentants exilés ? Descendant de la branche des Gonzenbach enracinée depuis près de deux siècles dans un village thurgovien, Antoine ne comprenait rien à la mentalité de ces Vaudois passant d'un pays à l'autre pour y chercher, pour y trouver fortune puis s'y ruiner. Il désirait protéger sa sœur. Vivrait-elle petitement, pauvrement, laborieusement à Constance ? Se réfugierait-elle une fois de plus au Vieux Château ?

Le point de vue d'Ursula était tout autre. Pour elle, il était normal que David, n'ayant pu venger l'honneur de son père et libérer le Pays de Vaud, s'alliât aux défenseurs de la justice et de la liberté. L'île de Constance serait sa patrie, le lieu de son dévouement et de sa générosité.

Les meubles genevois avaient déjà pris la route de Constance. Le clavecin les rejoindrait. Le Vieux Château gardait tout son pouvoir d'accueil pour les nombreux amis d'Antoine et d'Ursula. On y reviendrait souvent.

La lettre de Joséphine arriva au moment où l'on chargeait les dernières malles. Malgré son impatience de la lire, Élisabeth la fourra dans son sac. Elle put enfin l'ouvrir au début de l'après-midi, pendant la sieste des enfants. Le sceau n'était pas de Paris mais de Saint-Germain-en-Laye.

Ma grande Amie, j'ai heureusement de tes nouvelles de temps à autre par les oncles de mon mari, Jacques, toujours à Oneille, et Jean-Pierre, qui va et vient entre Constance et Paris. T'a-t-il annoncé la naissance de Gaspard, le 8 septembre à onze heures du matin ? La famille assure qu'il ressemble à mon père, alors qu'Étienne serait le portrait de mon beau-père. Étranges, ces croisements d'héritages. En tout cas, Étienne est beaucoup plus paisible que Papa. Ce serait plutôt Gaspard qui aurait hérité de son tempérament ! Comment va François ? A-t-il déjà une ou deux dents ? Envoie-moi le portrait de tes enfants, que je me sente un peu leur tante ou leur marraine.

Comme tu le vois, nous avons déménagé. Nous voici bien installés, à la campagne ou presque. Mais quelle déception de savoir que jamais je ne t'accueillerai à Waterford ! Sais-tu que notre maison y était déjà construite ? Ce petit mot est destiné à te donner ma nouvelle adresse. Réponds-moi vite en me disant si je puis envoyer désormais la gazette Vieusseux-Clavière à la colonie suisse de Constance…

On atteignait la frontière. Il fallut ouvrir les malles au poste de douane. Une pluie fine s'était mise à tomber. Élisabeth emmena les enfants à l'auberge voisine, où ils pourraient se rafraîchir. Elle commanda du lait, du miel et du pain. On la regardait avec curiosité : les familles qui s'arrêtaient ici avant de rejoindre la colonie suisse ne s'exprimaient pas dans le plus pur dialecte thurgovien. Suzette et Jean-Emmanuel, heureux de se dégourdir, jouaient à cache-cache entre tables et bancs, suivis par Jean-Charles qu'ils bousculaient un peu. François avait une joue plus rouge que l'autre, signe que sa première incisive allait enfin se montrer. En le prenant dans ses bras, Élisabeth s'aperçut qu'il était fiévreux. Elle s'approcha de la fenêtre, guettant l'arrivée de David. Comme l'attente se prolongeait, elle se tourna vers l'aubergiste avec un peu d'humeur :

— Pourquoi avoir coupé la ville par une frontière ? D'un bout à l'autre de la rue, les maisons sont pareilles, les habitants sont catholiques, ils parlent l'allemand. Pour quelle raison sommes-nous ici en Thurgovie et en Autriche quarante pas plus loin ?

— Je pourrais fermer mon établissement si l'on supprimait le poste de douane, rétorqua l'homme, agacé peut-être par l'impatience d'Élisabeth, le désordre des chaises traînées par les enfants, leurs disputes et leurs rires.

— Permettez-moi de vous accueillir à Kreuzlingen.

La voix est chaude, bien timbrée. Élisabeth se retourne. Une religieuse en robe et manteau de laine brune se penche vers Jean-Charles qui s'est jeté dans ses jambes :

— Cache-toi derrière moi, personne ne te trouvera !

L'inconnue se redresse. Sa maigreur la fait paraître plus grande qu'elle n'est. Son sourire, ses yeux immenses et sombres au regard lumineux rayonnent de vie. Le front, les tempes, les joues disparaissent sous la guimpe.

— Je suis de passage ici comme vous, sur la route des marchands et des pèlerins. C'est pour eux que saint Conrad fit bâtir un hospice et le nomma Kreuzlingen en le dotant d'une relique, un morceau de la Croix du Christ qu'il avait rapporté de Jérusalem. À Kreuzlingen, religieux et religieuses, côte à côte, accueillaient et soignaient les pauvres et les malades aussi bien que les voyageurs. La charité, étayée par la prière, était leur règle. Mais je vous fais grâce de huit siècles d'histoire.

— Il faut tout me raconter, dit Élisabeth en constatant que François s'était endormi sur ses genoux.

— Nous n'en aurions pas le temps. C'est en 1756...

— J'avais un an !

— Eh bien, cette frontière est le cadeau de votre premier anniversaire ; un garde-fou entre les pêcheurs des deux rives du lac, entre les commerçants de Kreuzlingen et ceux de Constance.

Fatigué, Jean-Charles grimpe sur le banc.

— Quels beaux enfants ! Je suis Sœur Clara, aujourd'hui au couvent de Münsterlingen. On nous déplace fréquemment mais vous n'aurez pas de peine à me retrouver, quelque part en Thurgovie.

Jean-Charles s'installe sur ses genoux. Elle lui remet son chapelet. Il joue avec les petits grains, se demandant à quoi ils peuvent servir.

— Je suis ici en pèlerinage, sur les lieux d'un hospice qui n'existe plus, et je pleure au souvenir d'un morceau de bois ayant appartenu à la Croix du Christ mise en pièces, reprend Soeur Clara. Ne croyez pas que nous soyons coupés du monde, dans les couvents. Nous sommes parfaitement au courant des lumières de ce siècle, qui célèbre le progrès. Il n'y a hélas pas de progrès au cœur de l'homme avide et querelleur. La tolérance tant prisée sert d'écran à la violence à venir. Elle est aux antipodes de la bienveillance. Mais qui se soucie aujourd'hui de bienveillance et de bonté ?

Élisabeth voudrait parler de Hauptwil, de son frère, d'Ursula ; dire aussi que la médecine, par ses progrès, préserve désormais les enfants de la variole.

Les mains mêlées à celles de l'enfant et au chapelet, Sœur Clara poursuit son monologue, sans remarquer le geste d'intervention de son interlocutrice :

— D'un côté, on exalte la raison, comme si l'intelligence humaine percevait les mystères de la transcendance ; de l'autre côté, les cercles des Illuminés s'approprient la Révélation au lieu de l'accueillir et de s'agenouiller.

Élisabeth tressaille : où a-t-elle entendu prononcer le mot de révélation ? C'était il y a presque dix ans, chez l'éditeur Bartolomeo de Félice. L'un des convives disait qu'Albert de Haller, le plus grand savant d'alors, venait de faire paraître un livre dédié à sa fille, les *Lettres sur la Révélation,* qu'il considérait comme son testament. *La révélation entraîne l'adhésion, l'évidence, une certitude plus forte que toutes les démonstrations mathématiques. Le verbe croire prend un sens plus profond : on croit en la parole de Dieu comme on croit à l'air que l'on respire.*

— Une petite colonie sur une île, disait Sœur Clara. Hospice ou hôpital, un lieu où guérir les relations entre les humains qui s'envient, se jalousent, préfèrent dominer plutôt que d'aimer et servir. Je penserai à vous, nous prierons pour vous.

Chaleur de la voix, brillance du regard.

David paraît sur le seuil. Jean-Charles s'échappe pour courir vers son père. Les deux femmes se lèvent. Dans un élan, Élisabeth baise la main de Clara, qui lui ouvre les bras. David se penche, attrape l'enfant au passage de peur qu'il ne s'élance sur la route. Élisabeth lui sourit. La religieuse a disparu.

La voiture traverse Constance. David donne des ordres au cocher. Les enfants pressent le nez contre la vitre. La pluie a cessé ; Suzette insiste pour monter sur le siège à côté du conducteur.

— Ce n'est pas la peine, on arrive.

— On arrive, répète Jean-Emmanuel.

— ...rive, ...rive, dit Jean-Charles.

Voici la rue, voici la grille, voici la maison. David saute à terre. Il élève son fils aîné dans ses bras :

— Entrons, nous sommes chez nous !

IX

À Madame
Madame Joséphine Vieusseux-Clavière
Maison Louvois
Saint-Germain-en-Laye par Paris
Royaume de France

Constance, le 20 octobre 1785

Chère Amie,
Ici, le temps s'écoule beaucoup plus vite qu'au bord du lac de Neuchâtel. Les enfants vont-ils grandir au galop ? La quatrième incisive de François est en train de pousser. Suzette régente ses frères et leur apprend l'allemand pour se consoler de l'absence de Caspar. On joue aux « Chasperli » avec de grands éclats de rire. Louise, la nièce dont je t'ai parlé souvent, vient de nous rejoindre. Grâce à elle, j'ai enfin le loisir de t'écrire. Aménager la maison, s'occuper des enfants, servir d'interprète à tout un chacun me maintient sur le qui-vive du lever au cou-

cher. Il me faut découvrir la ville et accueillir sans cesse de nouvelles connaissances. Je me sens épuisée par moments. Je me néglige, je perds toute coquetterie. D'ailleurs, nous vivons ici dans la plus grande simplicité. Reconnaîtrais-tu ton amie, déguisée en « coloniste », toi qui reçois du beau monde à Saint-Germain-en-Laye ? Il pleut. Quand les arbres seront dépouillés, nous verrons le lac depuis les chambres d'enfants.

On m'appelle, je te quitte. Raconte-moi bien vite les prouesses de Louison, d'Étienne et de Gaspard, sans oublier les rumeurs de Paris.

Élisabeth

À Madame
Madame Élisabeth Develay-de Gonzebat
Colonie suisse
Constance

Tu voudrais connaître les rumeurs de Paris, ma chère Élisabeth ? Ce sont plutôt les retombées d'explosions volcaniques qui nous parviennent à Saint-Germain ! On s'échauffe, on se passionne, on s'indigne, on s'accuse, on s'applaudit, on se condamne avec plus de violence encore qu'à Genève au cours de l'année qui a précédé la prise d'armes. N'étant ni Française ni Parisienne, j'assiste à ces affrontements en spectatrice, admirant la verve de chaque camp. Pas un jour sans surprise. Je ne m'inquiète que lorsque mon père est en cause. La semaine dernière, il fut convoqué par le lieutenant de police à propos d'un mémoire sur des actions de la Compagnie des eaux de Paris signé par Mirabeau. Il y avait eu déjà des remous autour de deux autres mémoires, l'un sur la Caisse d'escompte et l'autre sur la banque d'Espagne, la Banque Saint-Charles. On disait que Cla-

vière en était l'inspirateur, Mirabeau le prête-nom et Brissot l'un des principaux rédacteurs ; ce qui n'était pas faux. Brissot et Mirabeau ont très chaleureusement pris la défense de Papa. Ce fut l'occasion de rappeler aux Parisiens l'injustice faite aux Représentants de Genève, la trahison des aristocrates militaires, l'occupation de la ville. Il ne faut pas que ces choses s'oublient.

Notre séjour à Paris n'est pas définitif. Papa prépare avec Brissot un ouvrage sur la France et les États-Unis. Il envisage de nous emmener en Amérique.

Les enfants sont sans histoires. Louison parle couramment et commente tous nos faits et gestes. Je laisse Maman diriger la maison.

Es-tu satisfaite de mon orthographe ? On me fait prendre des leçons. J'ai montré ta dernière lettre à mon professeur, il n'a rien trouvé à y redire. Il ne voulait pas croire que ta langue maternelle fût l'allemand. C'est lui qui a corrigé ces pages. À Genève, les filles n'apprennent pas grand-chose. Je reçois aussi des leçons d'histoire. Mon père dit que, ici, nous serons toujours considérés comme des exilés, des étrangers, et que c'est à nous de nous adapter aux mœurs du pays et à sa culture. Quant à Vergennes le détesté, dont on a tant et trop parlé, il ne sera pas éternel.

J'entends pleurer Gaspard, je vais voir ce qui se passe et seconder Maman. Tu n'es pas remplacée dans mon cœur. J'attends de vos nouvelles à tous.

Joséphine

Constance, le 10 décembre 1785

En te lisant, ma chère Joséphine, j'ai eu un peu de vague à l'âme et je me suis sentie à nouveau orpheline : mes parents n'ont jamais eu la joie de connaître mes enfants et ici, à Constance, tout serait différent s'ils vivaient avec nous. Puis j'ai eu la pensée que David, qui a dix-neuf ans de plus que moi, les remplaçait. Et toi ? Avec Pierre, ton aîné d'un an, as-tu trouvé à la fois un mari et un frère, et tes parents le fils qui leur manquait ?

J'ai demandé à David de me renseigner au sujet de la Caisse d'escompte et de la Banque Saint-Charles. Il m'a expliqué l'agiotage, les spéculations, comment et pourquoi on faisait monter ou descendre le prix des actions. Je n'ai pas vraiment compris, je manquais d'attention. Quand je chante, quand j'écoute de la musique, quand je regarde un coucher de soleil, j'éprouve une émotion et un bonheur d'un autre ordre, qui n'ont pas de prix. Plus nombreux sont ceux qui les partagent, plus ma joie grandit. Ne t'imagine pas que je méprise la banque et la finance. La fortune de David nous permet de soutenir la colonie. Il y a beaucoup de pauvres ici. Nous aurons besoin de clients fortunés qui achèteront nos montres et nos bijoux.

Vas-tu parfois pour quelques jours à Paris ? Te glisses-tu à l'Opéra ? J'ai tellement aimé l'opéra à Lyon. Dans ce domaine, les Genevois, exilés ou non, condamnent ce qu'ils ignorent. Pour le moment en tout cas, pas d'espoir d'opéra à Constance, mais j'entends chanter dans les ateliers. On compose des vers, souvent satiriques, toujours gais – à quoi bon se lamenter ? –, que l'on adapte à l'air connu d'une chanson.

Je t'envoie le portrait de Jean-Charles. C'est un petit bonhomme terriblement indépendant et décidé. Dès qu'on cesse d'avoir l'œil sur lui, il disparaît et nous le cherchons, affolés, pour le retrouver à un quart de lieue. Il a un si beau sourire que toutes les portes lui sont ouvertes. Il s'installe aussi bien chez les Constantins que chez les colons, se sentant partout chez lui.

Tu parles d'aller en Amérique. Si votre projet de départ se précise, avertis-moi à temps. J'accompagnerai David lors d'un de ses voyages à Paris. Il faut nous revoir !

Ton amie,

Élisabeth

À Monsieur le Pasteur et Madame
Henri Peyrot-Develay
La Tour par Turin
Duché du Piémont
Royaume de Sardaigne

Chère Charlotte, cher Henri,

Votre dernière lettre m'a rejoint à Constance. Je suis heureux d'apprendre que vos étudiants en théologie reçoivent des quolibets en lieu et place de pierres, cette saison !

Ici, les fabriques sont en pleine activité. Les colons ont repris courage. Il est temps de constituer notre église, nous ferons appel à un pasteur prochainement. Nous cherchons également un chantre et un régent. Avez-vous des propositions à nous faire ? Les colons de Bruxelles envisagent de nous rejoindre. Spectable Anspach, leur pasteur nous écrit : Vous devez profiter de cette nouvelle colonie pour y faire prêcher la pure doctrine de l'Évangile. [...] Soyez chrétiens ni selon Luther ni selon Calvin mais selon l'Évangile ; vous traite ensuite d'hérétiques qui voudra.

Très Chers, nous espérons votre visite, nous pouvons vous loger. Vous traverserez le pays de ma femme et vous ferez connaissance de nos enfants.

À bientôt de vos nouvelles,

votre frère David-Emmanuel Develay

À Monsieur
Monsieur Jacques Bidermann
Maison Senn, Bidermann & Cie
Rue Ducale
Bruxelles

Cher Monsieur,
J'ai vivement regretté d'avoir manqué votre visite.

Vous écrivez à nos amis qu'à Constance, votre connaissance de l'allemand vous a permis de déceler beaucoup d'hostilité à notre égard. J'ai interrogé ma femme sur ce point : pour le moment, elle n'a eu que des relations courtoises avec les habitants du lieu, de même que son cousin le seigneur Hans-Jakob de Gonzenbach, venu nous voir la semaine dernière. Les Constantins échangent des capellades avec les colons à chaque coin de rue. On use plus son chapeau ici en trois mois qu'à Genève en une année !

Vous nous faites remarquer que notre colonie s'implante en Autriche antérieure au moment où l'empereur, irrité de s'être vu refuser un port sur l'Escaut par la France et les Pays-Bas, durcit sa politique commerciale. Grâce à notre charte, les mesures récentes, dont vous êtes les premiers à souffrir à Bruxelles, ne nous atteignent pas. Nous nous adaptons aux circonstances et trouverons de nouveaux débouchés. Messieurs Roman, Melly et Roux ont créé une montre excellente, moins raffinée et moins coûteuse que celles de la fabrique genevoise. Nous en augurons un succès décisif. Les corporations travaillent pour nous avec empressement. Le capitaine von Damiani, représentant de l'empereur et gouverneur du district, aplanit nos difficultés. Le maire, malheureusement, est un fanatique de la religion romaine ; pour le moment, nous nous bornons à limiter son influence.

J'écris par le même courrier à votre frère Élie à Winter-thour, en lui proposant de venir nous visiter.

Saluez tous nos amis de Bruxelles. Qu'ils nous avisent à temps de leur arrivée, les loyers montent de mois en mois. Et surtout, cher Monsieur, si le moindre malentendu n'est pas dissipé par ces pages, adressez-nous directement vos réserves, afin que rien ne ternisse l'idéal d'entraide, de service, de transparence des colons.

Votre dévoué,

D.-Emmanuel Develay

* * * *

La fin de l'année approchait.

— Alors, Louise, as-tu pris ta décision ? demanda David à sa nièce. M'autorises-tu à écrire à ta mère pour lui annoncer que tu restes avec nous ?

— On m'attend à Zurich, je vous l'ai déjà dit, oncle David.

— C'est à toi de choisir. Ici, nous te laisserions beaucoup d'initiative, tu donnerais des leçons de français ou d'allemand, tu dirigerais ta petite ou ta grande école selon tes vues. Nous avons confiance en toi. Ta tante et les enfants te sont très attachés.

— Je resterais si l'on ne m'attendait pas à Zurich.

— Reviendras-tu nous voir ?

— Ici, les enfants ne manquent de rien, même si la vie est rude. Ils ont une famille, l'exemple de leurs parents. Les enfants pauvres de la campagne zuricoise n'ont pas d'attaches ni de modèles. Ils sont sournois, méfiants, sans religion, destructeurs. J'ai mis des mois à les approcher. Je ne peux pas les abandonner.

— Ils ont bien dû se passer de toi quelques semaines et tu ne pourras pas rester toujours avec eux.

— Je leur ai écrit, mais une lettre ne leur suffit pas. Il faut que je rentre, oncle David. Ce n'est pas par devoir, je ne me sacrifie pas. Comme je n'ai pas besoin de salaire, je rends service à Christina et à Andreas en habitant chez eux.

— Tu es une sainte, ma Louison !

— Pas du tout ! je suis très heureuse.

— Je n'ai jamais prétendu que les saintes étaient malheureuses ! Quand tu seras en âge de fonder une famille, il faudra bien que tu te sépares de tes protégés.

— Ils seront depuis longtemps hors d'affaire.

— Puisque tu as réponse à tout, il ne me reste qu'à te laisser préparer ta désertion ! As-tu des nouvelles de ton frère ?

— Isaac est trop occupé pour m'écrire !

En ouvrant son livre le plus épais, réservé aux opérations financières de la colonie suisse, David sourit à la pensée que Louise lui ressemblait bien davantage qu'Isaac, le neveu et filleul dont il avait surveillé l'éducation depuis la petite enfance. Peut-être même était-elle le seul membre de la famille à lui ressembler. Il avait quitté Genève par fidélité à son idéal, puis il s'était rendu à Constance parce qu'il y serait plus utile que partout ailleurs. En cette fin d'année 1785, il ne voyait personne qui pût le remplacer pour les innombrables démarches concernant les fabriques ou l'église ou les nouveaux arrivés. À Genève, dans le cercle des Représentants, il avait usé de son influence pour rendre justice aux classes sociales défavorisées. À Constance, aujourd'hui, il répondait à des appels urgents et personnels. Comme sa nièce, il se sentait heureux, efficace, sans la moindre arrière-pensée de sacrifice, surpris de régler avec aisance des problèmes qualifiés d'insolubles. À quarante-neuf ans, David n'avait encore que partiellement accompli la mission qu'il s'était donnée dans sa jeunesse ; sa famille, dans le Pays de Vaud, n'était pas encore réhabilitée, bien que le donjon-prison du château de Champvent eût perdu de sa hauteur. Jean-Emmanuel, Jean-Charles, François verraient-ils de leur vivant la libération du Pays de Vaud ? Entendraient-ils parler du major Davel, décapité à Vidy ? Depuis qu'il était à Constance, David se sentait plus léger, libéré d'une responsabilité politique qu'il n'avait plus à assumer. « La véritable liberté, pensa-t-il, est de faire chaque jour le meilleur usage possible de ses aptitudes. Se rendre utile, servir, donne une satisfaction plus profonde qu'augmenter sa fortune ou s'élever dans l'échelle sociale. » Il se sentait magnanime, non pas heureux de s'appauvrir mais délivré de toute appréhension, guidé, protégé. Il crut entendre la voix de César : « David, tu rêves ! » et mentalement, il répondit à son frère : « Nous sommes deux, Louise et moi, à rêver désormais. »

Le bilan provisoire des fabriques, dont il tournait les pages, avouait une absence de bénéfices parfaitement normale après seulement quelques mois d'exploitation. La colonie suisse, déjà enviée des Constantins aux dires de Jacques Bidermann, jugée dans l'aisance par Louise, n'avait pas les moyens de payer des émoluments à un pasteur ni ceux d'entretenir un chantre et un régent.

David s'était aménagé un cabinet de travail dans les combles. S'entendant appeler, il nota hâtivement la question qu'il était en train de se poser : une certaine gêne, la pauvreté sont-elles des conditions nécessaires à la découverte de la solidarité ? Il glissa la feuille dans un tiroir, ouvrit la porte : François Sautter,

Ami Melly, Julien Dentand, François Teissier, Aimé Roux et Bernard Soret montaient l'escalier. La première assemblée générale de la colonie aurait lieu le lendemain dimanche dans l'ancien réfectoire des novices du couvent, mis à leur disposition par Jacques-Louis Macaire.

Ils avaient quitté Genève pour des raisons politiques. Aujourd'hui, à Constance, ils étaient convaincus que l'entraide, le savoir-faire, l'intelligence, le dévouement ne pouvaient porter de fruits sans l'aide d'une religion, de leur religion. Ils suivraient de plus près encore qu'autrefois, dans leur vie personnelle et communautaire, l'enseignement du Christ : « Aimez-vous, restez unis, demandez et l'on vous donnera… » L'église de la colonie suisse de Constance, bénéficiant de l'expérience de l'Église primitive, s'édifierait dans la lecture des Actes et des Lettres des apôtres. Pour baptiser, enseigner, célébrer la sainte cène, bénir les mariages, assister les mourants, consoler les endeuillés, on ne pouvait se passer d'un pasteur. Or, on n'était plus au temps du prophète Élie. Un pasteur consacré après des années d'études de théologie, un pasteur au cœur attentif, inspiré par le Saint-Esprit de Dieu, ne serait pas nourri par des corbeaux au bord d'un torrent. David proposa d'ouvrir une souscription parmi les membres de la colonie. Chacun donnerait ce qu'il voudrait, ce qu'il pourrait.

— Nous verrons s'il est plus difficile de réunir les fonds nécessaires que de s'évader de la prison de l'Évêché, déclara Aimé Roux en regardant Ami Melly.

— Prions ensemble, proposa Bernard Soret. Prions comme nous le faisons chacun quotidiennement chez nous. Demandons à Dieu un pasteur pour nous guider.

Combien de temps restèrent-ils debout, confiants, reconnaissants, silencieux, attentifs au frémissement indicible qui irradiait leur cœur?

François, Jean-Charles, Jean-Emmanuel étaient déjà dans leur lit.

— Suzette, il est tard, dit Élisabeth. Ton père a dû sortir et être retenu chez des amis. Je crois que nous allons souper ensemble sans l'attendre.

À ce moment, les notes d'un cantique d'action de grâces dégringolèrent l'escalier des combles. « Ils vont réveiller les enfants », pensa la jeune femme.

— Ecoute! dit Suzette ravie. Même Papa sait chanter! On fera de la musique ici comme à Hauptwil.

Le dimanche, dès l'aube, les cloches de Constance annonçaient la célébration des services religieux. Les Genevois – cent onze au dernier recensement – s'étaient donné rendez-vous à deux heures de l'après-midi. Tous présents dans leur meilleur costume, ils entonnèrent, avant même les salutations de bienvenue, des cantiques amplifiés par la voûte de la grande salle. Les nouveaux arrivés ne possédaient pas de psautier, leur en procurer serait une dépense de plus, qu'importait? Ami Melly ouvrit la Bible et lut: *Ne vous mettez point en peine de ce que vous mangerez, ou de ce que vous boirez, et n'ayez point l'esprit inquiet. [...] Cherchez plutôt le royaume de Dieu, et toutes ces choses vous seront données par-dessus.*

Forts de cette assurance, les chants reprirent. On présenta les rapports sur l'état actuel des fabriques, la fortune et les dettes de la colonie, puis la souscription fut proposée. Importants ou modestes, tous les dons seraient les bienvenus. Que s'annoncent pareillement les familles qui manqueraient du nécessaire; la communauté assisterait les malades et leurs proches, elle veillerait à l'instruction des enfants. Dorénavant, on se réunirait chaque dimanche, comme aujourd'hui, pour chanter, prier, lire l'Évangile, discerner la volonté de Dieu.

David était au premier rang, Élisabeth au dernier, maintenant le chant dans son rythme et sa tonalité. Autour d'elle, les enfants mémorisaient les paroles des nombreuses strophes avec une rapidité surprenante.

En hiver, à Constance comme à Genève, on travaillait six jours par semaine, de huit heures du matin à six heures du soir. Noël octroyait à tous une journée de vacances. Les colons écoutèrent le récit, connu par cœur, du long voyage jusqu'à Bethléem, de la naissance de Jésus dans une étable et de la lumière illuminant la nuit où veillaient les bergers. Leurs voix se mêlèrent alors à celles des anges : *N'ayez point de peur. Paix sur la terre, bonne volonté envers les hommes.*

Une lettre du pasteur Anspach était arrivée la veille de Bruxelles, prolongeant bénédiction et prophétie : *Un jour viendra où tous les hommes seront parvenus à l'unité de la foi chrétienne ; non à une foi chargée de dogmes et de principes étrangers à l'Évangile, mais à une foi pure, dégagée de toute superfétation produite par l'esprit humain, plus pure encore que ne l'a pu rendre la réformation, absolument conforme aux enseignements de la raison et de la révélation. [...] Alors on n'entendra plus parler de disputes, de querelles et de guerres de religion ; on ne saura que par l'histoire ce que c'était qu'athées, incrédules, païens, Juifs, Mahométans ; on ne se donnera plus de ces dénominations réciproquement odieuses de chrétiens grecs, de chrétiens catholiques, de chrétiens réformés ; il n'y aura plus de sectes ; toutes ces qualifications qui semaient la discorde, soufflaient la haine, étouffaient la charité n'auront plus d'objet ; la qualité de disciple de Christ étant aussi générale que la qualité d'homme, la société chrétienne se confondra avec le genre humain, le nom même de chrétien soit cessera parce qu'on n'aura plus besoin de cette appellation distinctive, soit ne sera plus qu'un équivalent du mot homme.*

* * * *

Le clavecin avait trouvé sa place, Bénédict Dufour avait appris en Irlande à jouer du pipeau, Christophe Füllemann, qui venait de Steckborn, déchiffrait au violon tout ce qu'on lui proposait. On profitait de l'horaire d'hiver pour se ménager des moments musicaux dans la soirée. Le clavecin ne pouvant se transporter sur le dos, c'est autour de lui que l'on se réunissait. *On arrive chez moi comme dans un moulin,* écrivait Élisabeth à sa sœur Anna. Pour elle, c'était enfin un mois de janvier où David n'était pas sur les routes en direction d'Amsterdam, de Bruxelles ou de Lyon. Elle suivait ses activités tout au long de la journée plus encore qu'elle ne l'avait fait à Genève dans les premières années de leur mariage. Quand il descendait de son cabinet, il s'arrêtait un moment pour regarder les enfants et pour la retrouver avant d'enfiler ses bottes d'hiver. Par la fenêtre, elle le voyait ouvrir le portail et prendre le chemin de l'île, patrie des hommes de bonne volonté qui ne connaîtraient ni le mensonge ni l'amertume. Les jours où il était resté plus longtemps que de coutume sur ses livres et à sa correspondance, elle s'informait, taquine :

— Qu'avez-vous encore agioté aujourd'hui ?

Le mot, détesté de David, l'amusait, sans qu'elle comprît comment l'agiotage, en vogue depuis quelques années, permettait d'amasser des fortunes en restant chez soi. Un jour, excédé, il protesta :

— Avec quatre enfants, il est exclu que je me livre jamais à la spéculation.

Elle hésita, sourit, se tut. Quatre enfants ?... Non, il était encore trop tôt pour le lui annoncer.

Les pères de famille et les célibataires firent leurs comptes. Avant d'exercer leur générosité, ils s'acquitteraient honnêtement de leurs dettes envers les maîtres d'état du lieu. Réparer les toits, ajuster portes et fenêtres, éviter l'incendie ou l'asphyxie en descendant dans le conduit des cheminées étaient du ressort des corporations de Constance. Elles ne toléreraient pas qu'un colon remplaçât une tuile sur le toit de sa maison. En travaillant assidûment jusqu'à la fin de l'année, en vendant montres, bijoux et toiles au meilleur prix, on ne parviendrait pas encore à loger décemment un pasteur et un chantre. Bernard Soret proposa de lancer un appel pressant aux fidèles de Genève, qui pouvaient considérer la colonie comme leur future patrie. L'avocat Roux-Lombard, secrétaire, composa la lettre le jour même. Le docteur Odier et le vénérable Sigismond Vernet, qui avait appartenu au même cercle que David, la firent circuler de main en main.

Les fonds affluèrent et couvrirent dès la seconde semaine de février les émoluments du pasteur. Ésaïe Gasc serait l'homme de la situation : Genevois, banni, il était très apprécié dans un poste d'auxiliaire à l'église wallonne de Hanau, dans la Hesse. Seul François Roman émit des réserves à son sujet, estimant que, au moment du siège de Genève, les interventions exagérément pacifiques d'Ésaïe avaient livré la ville à la coalition étrangère.

— Nous n'avons pas besoin d'un chef d'État, déclara Ami Melly, mais d'un homme de foi chaleureux, dévoué. Vous lui avez préparé un cahier des charges : sermons de mémoire et sermons paraphrasant l'Évangile, quatre célébrations annuelles de la sainte cène, prière le jeudi à la demande des Anciens, enseignement bihebdomadaire du catéchisme suivi d'un examen, surveillance des mœurs... vous savez bien qu'Ésaïe ne compte pas ses heures et qu'il assistera tous ceux qui auront besoin de réconfort. Son ascendant sur la jeunesse me paraît primordial. La faillite de ma vie serait d'avoir formé dans ma fabrique des ouvriers recherchés pour leur habileté, qui n'auraient ni morale ni religion.

Ésaïe Gasc prit sa décision dans le face-à-face de la prière et demanda audience au consistoire de Hanau. On l'écouta, on le comprit. On le regretterait, il serait irremplaçable. En prenant la route le 1er avril, il arriverait à temps pour célébrer Pâques avec ses nouveaux paroissiens. On prierait pour eux comme pour lui. Le voyage était à sa charge. Au moment des adieux, dix carolins arrondirent ses derniers émoluments.

Une grande effervescence s'empara de la colonie à l'annonce de sa venue. On en informa Monsieur Necker, espérant naïvement sa générosité. David et deux Anciens furent chargés de trouver un logement et un lieu de culte. La ville de Constance leur offrit une chapelle. Elle était trop vaste et dans un tel état de délabrement que l'on préféra aménager le réfectoire que Jacques-Louis Macaire mettait durablement à leur disposition. David et Jean-Pierre Vieusseux, l'oncle par alliance de Joséphine, chargés de l'aménager, commandèrent une chaire et des bancs.

— Croyez-vous vraiment qu'une chaire soit indispensable ? demanda Élisabeth devant la crainte de David qu'elle ne fût pas prête à temps.

— Il faut parler de haut pour être entendu jusqu'au fond de la salle.

— Quand vous avez tenu l'assemblée générale de la colonie, on vous entendait très bien !

Ami Melly avait fait l'emplette à Augsbourg de deux coupes de communion en argent et d'un vase en étain, qui ne seraient pas livrés avant plusieurs semaines. Le jour de Pâques, l'église naissante de Constance communierait avec de la vaisselle très ordinaire. Élisabeth était déconcertée par le souci de respectabilité et de décorum des Genevois, qui lui paraissait contredire le beau message contenu dans les lettres du pasteur Anspach.

— Nous ne sommes plus au temps de la persécution et de l'église du Désert dans les Cévennes, lui disait David.

— Sur notre île, protestait-elle, la seule règle n'est-elle pas la prière et la sincérité ?

Elle se sentit plus à l'aise le jour où son mari sollicita son avis sur le logement qui accueillerait la famille Gasc. Fallait-il mettre déjà des rideaux aux fenêtres ? Des indiennes de Monsieur Macaire plairaient-elles à Étiennette Gasc ? Tout devait être pratique, confortable, gai, peu coûteux. Élisabeth sourit au souvenir du somptueux trousseau « si raisonnable » qu'elle avait commandé avant son départ de Lyon, et de sa confusion, de son chagrin, de son angoisse en apprenant la désapprobation de son père. Que David lui fasse confiance, elle se chargerait de la décoration provisoire ; elle accrocherait dans la salle de séjour ses propres rideaux, dont elle se passerait une semaine ou deux, afin qu'Étiennette Gasc jugeât de leur effet.

On apprit par un méchant pamphlet du journaliste Cornuaud que le vieux Jacob Vernes, taxé de «bonze vaniteux», s'était déjà mis en route pour venir installer son jeune ami Gasc. Cornuaud pouvait se moquer, il avait perdu la partie: Jacob Vernes, lui aussi banni, était respecté, admiré, aimé à la fois du petit peuple et des vieux Genevois. Il arriva une bonne semaine avant Pâques, en apportant plusieurs exemplaires du catéchisme auquel il avait travaillé tant d'années et qui venait de sortir de presse. On lui fit fête, on lui soumit les questions les plus pressantes: comment prier pour Sa Majesté Impériale, Royale et Apostolique, pour la maison d'Autriche, pour la régence de Fribourg-en-Brisgau, pour leur principal protecteur, le capitaine von Damiani, et les magistrats de la ville? Fallait-il prier pour Genève? Comment et à qui pardonner? Les mouvements du cœur sont difficilement maîtrisables. Une joyeuse activité dissipait la rancune. On confectionna une bourse en velours noir pour l'offrande. La chaire fut installée à temps. Pour remercier la famille Macaire, on lui réserva le banc derrière celui des Anciens.

On attendait le pasteur d'un jour à l'autre en s'interrogeant sur son retard. La pluie ravageait-elle la Hesse? Avait-il trouvé sur sa route des fondrières? À Constance, le soleil faisait éclore le printemps. De grands vols d'oiseaux migrateurs tournoyaient au-dessus du lac avant de poursuivre leur route ou de s'abattre soudain à la surface des eaux. Déjà, les foulques, les canards, les grèbes célébraient le rituel des amours; déjà, dans le sous-bois qui séparait le jardin des Develay de la rive, le tapis bleu et rose des scilles et des saxifrages invitait les arbustes à verdir.

Vendredi-Saint, jour de la Passion de Jésus et de sa crucifixion, le travail s'interrompit plus tôt que d'habitude. Jacob Vernes lut l'Évangile.

Samedi, dix heures de travail comme de coutume dans les ateliers, à la fabrique ou à domicile, pendant que les femmes préparaient le repas de Pâques. Élisabeth s'attardait au jardin avec les enfants quand elle entendit venir sur les pavés une voiture lourdement chargée. Elle se précipita au portail. L'appel de son prénom sonna comme un ordre à l'oreille du cocher et des chevaux ; la voiture s'immobilisa. C'était bien eux, Ésaïe et Étiennette, qu'elle n'avait pas revus depuis son départ de Neuchâtel. Ésaïe avait sauté à terre, il lui ouvrait les bras. Dans un élan, elle se confia :

— C'est vous qui baptiserez notre cinquième enfant !

Suzette et Jean-Emmanuel accouraient. Ésaïe se pencha vers Jean-Charles et François, qu'il ne connaissait pas encore. Il souriait : peut-être que sa femme aussi, à la fin de l'année… Un espoir tenu secret. C'était pour elle qu'ils avaient voyagé lentement, avec prudence.

— Je ne veux pas vous retenir, dit Élisabeth en embrassant Étiennette, on vous attend. Prenez la seconde rue à gauche, arrêtez-vous à la troisième maison. Nous étions persuadés que vous arriveriez aujourd'hui encore et que nous n'aurions pas à fêter Pâques sans vous.

Ce ne furent pas des Pâques fastueuses, mais spectable Vernes avait préparé le sermon pascal de toute son âme : [...] *Par quelle enchaînure d'événements nous trouvons-nous éloignés de notre séjour natal, de nos parents, de nos amis, d'une patrie que nous portions tous au fond du cœur ; d'une patrie au bien de laquelle chacun de nous concourait par ses facultés, ses talents, son industrie ? Comment une cause fondée sur la justice a-t-elle eu une issue bien différente de celle qu'on devait naturellement en attendre ? Comment est-il arrivé que, n'ayant défendu que des droits incontestables, nous ayons eu à passer par tant d'inquiétudes, tant de peines, tant d'angoisses, pour être réduits enfin à la douloureuse extrémité de fuir cette patrie que nous chérissions et de chercher un asile dans une terre étrangère ? Comment est-il arrivé, Dieu saint et juste... Ah ! Tes voies ne sont pas nos voies ! Nous respectons les ténèbres dont Tu environnes Ton sanctuaire.*

— Qu'est-ce que c'est que les ténèbres ? chuchota Suzette, qui jouait à tresser les franges du châle de sa mère et venait d'intercepter le mot inconnu passé à portée de ses oreilles.

Élisabeth, un doigt sur ses lèvres, lui tendit ses gants pour la distraire. Les ténèbres ? Elle ne voyait, par les hautes fenêtres de la nouvelle chapelle, que le ciel lumineux et les arbres en fleurs. À peine le vénérable Jacob Vernes, entamant son sermon, avait-il parlé d'une enchaînure d'événements, qu'elle s'était élancée sur l'escarpolette où alternaient au cours d'une vie, en toute sécurité puis avec un péril croissant, le bonheur et le malheur, l'opulence et la gêne, la solitude, l'amour, le deuil et l'amitié. Comment déterminer la part des circonstances et celle du destin personnel ? Quand pouvait-on parler de vocation ou de choix ? Les sermons lui avaient souvent paru trop longs, mais aujourd'hui, après des semaines de préoccupations matérielles, elle savait gré à l'éloquence du vieux pasteur de lui prodiguer une large plage d'oisiveté. Que d'enchaînures de circonstances dès avant sa naissance ! Pendant que Jacob Vernes décrivait les déboires des Genevois, elle avait revu ses vacances d'enfant à Glaris chez son grand-père, ou chez sa sœur en Appenzell, ses visites d'adolescente au château d'Altenklingen; elle avait entendu la Bastardella à l'Opéra de Lyon; elle s'était arrêtée à Yverdon... Que devenaient Jeanne et Bartolomeo de Félice? Elle se promit de leur écrire. Tant d'inquiétudes, tant de peines, tant d'angoisses, disait le pasteur Vernes pendant qu'elle revivait le bonheur de ses fiançailles et de son mariage avec David, les années passées à Genève, la révolution, le séjour à la Bretonnière, Neuchâtel et le retour à Hauptwil. Aujourd'hui, Constance. Si près de ses origines, elle ne se sentait pas exilée mais plutôt oiseau migrateur cherchant le lieu le plus favorable à sa progéniture. Suzette et Jean-Emmanuel étaient nés à Genève, Jean-Charles et François à Hauptwil. Elle percevait déjà les premiers mouvements de son cinquième enfant et avait choisi l'emplacement de son berceau. Toute à son imagination, elle gardait les yeux fermés. Quelqu'un lui toucha l'épaule: l'assemblée se levait, feuilletait le psautier, entonnait un cantique suivi d'un moment de recueillement silencieux.

— Les ténèbres, qu'est-ce que ça veut dire, les ténèbres? insista Suzette, surprise que sa mère n'ait pas répondu à sa question.

— C'est la nuit, c'est comme la nuit, chuchota Élisabeth pour la tranquilliser.

— Mais il fait du soleil! protesta la fillette.

Déjà, la bourse passait de main en main. Le tintement des pièces tombant au fond du sac de velours noir fut une distraction pour les enfants, qui devaient quitter la salle avant la célébration de la sainte cène.

Notre Seigneur Jésus-Christ, la nuit qu'il fut livré, prit du pain et après avoir rendu grâces... Une grande ferveur, une grande attente s'emparèrent de chacun. Les mots, écrits dans une autre langue il y avait des siècles, évoquaient un mystère indicible. Il n'était plus question de chercher à comprendre le pourquoi de tant de vicissitudes : la foi et la protection divine appartenaient à l'intuition de l'âme, à l'amour inconditionnel, source de pardon et de vie.

On célébra le premier baptême de la colonie le dimanche suivant. Constance, trois semaines, fille de David Garcin et d'Aimée née Decor, fut présentée par ses parrains, les huit Anciens, cités par rang d'âge : Jean-Pierre Vieusseux, Augustin Bonnet, Bernard Soret, Julien Dentand – l'ancien syndic –, David-Emmanuel Develay, Ami Melly, François Teissier et Aimé Roux.

L'installation officielle d'Ésaïe Gasc eut lieu le 30 avril. Il avait visité chaque famille, chaque colon. D'exilé, de proscrit, on devenait des privilégiés, élus pour apporter la paix et la prospérité.

Ayant appris que Van den Voogd était en difficulté, David partit brusquement pour Amsterdam. Ce fut à François Teissier d'informer le Conseil du résultat des souscriptions. Les engagements reçus pour les six années à venir permettaient largement de faire appel à un chantre, organiste, lecteur et régent. Il enseignerait quatre heures par jour, quatre jours par semaine, l'écriture, l'orthographe, la lecture et l'arithmétique aux enfants ; il donnerait des leçons de chant gratuites aux pauvres. On avait encore les moyens de faire imprimer à Lausanne deux mille exemplaires des trois sermons du pasteur Vernes, qui seraient diffusés à Genève et à Constance. On imprimerait aussi le premier sermon du pasteur Gasc : [...] *Grâces en soient rendues à Dieu ! nous voici, mes très chers Frères, réunis dans les mêmes murs, sous un ciel qui ne nous permet pas de regretter celui de notre terre natale, dans un pays riant et fertile, au milieu d'un peuple doux et officieux, avec la liberté de servir Dieu selon les lumières de notre conscience.* Suivait l'invitation à éviter toute discorde au sein de la colonie, toute étroitesse d'esprit vis-à-vis des Constantins.

Étiennette Gasc était peu démonstrative, même quand elle assurait se plaire à Constance plus que nulle part ailleurs. Elle avait choisi les tissus de ses rideaux à la nouvelle fabrique d'indiennes des frères Teissier et les avait cousus elle-même pendant les heures de repos qu'elle s'imposait dans l'espoir de donner enfin à Ésaïe l'enfant tant désiré. On la jugeait passive ; elle était avant tout anxieuse et timide, navrée de ne pouvoir répondre à l'attente de ses parents et de son mari ni par l'intelligence ni par la beauté, ni même par la santé. Enfin, pour la première fois, elle venait de franchir le troisième mois d'une grossesse. Elle s'en était confiée à Élisabeth qui, la trouvant en pleurs un après-midi, imagina aussitôt la perte du bébé. Il ne s'agissait pas d'un événement personnel, mais de la visite et des plaintes du chapelain de l'église cathédrale prétendant que, le dimanche 28 mai, les nombreux Genevois venus assister au service de huit heures du soir ne s'étaient pas comportés avec la tranquillité désirée.

— C'est un mauvais présage, disait Étiennette.

Le jour de Pentecôte étant celui par excellence où tous les chrétiens, romains ou réformés, doivent prier côte à côte, le pasteur Gasc avait engagé les colons à accepter l'invitation des Constantins à la cathédrale.

— C'est un mauvais présage, répéta Étiennette, qui se remit à pleurer.

Ésaïe Gasc arriva presque au même moment, tout joyeux :

— Je n'aurais jamais dû parler à ma femme de cette affaire. Ayant moi-même assisté à ce service, j'ai répondu au chapelain que si l'un des Genevois s'était fait remarquer, c'était certainement sans mauvaise intention et que je ne m'étais pas aperçu du moindre manque de bienséance. Je lui ai rendu sa visite tout à l'heure. Il m'a affirmé qu'il n'était pas venu pour se plaindre, que je l'avais mal compris, qu'il avait simplement voulu nous avertir de faire plus attention la prochaine fois. Tout malentendu me paraît écarté. Sa démarche n'était peut-être qu'un prétexte pour sonder mes opinions. Ce qui m'inquiète bien davantage, c'est la mauvaise ortho-graphe de notre régent. Qu'en pensez-vous ? demanda-t-il à Élisabeth en lui tendant une lettre.

— Effectivement ! Je ne vois pas comment il pourrait donner des leçons aux enfants. Jouerait-il de l'orgue aussi mal qu'il écrit ? Pourquoi avez-vous besoin d'un maître d'école musicien ?

— Monsieur von Damiani met à notre disposi-tion la chapelle Saint-Joseph.

— Il m'est arrivé de jouer sur l'orgue de Haupt-wil et je serais heureuse d'essayer celui de Saint-Joseph. Savez-vous que Monsieur Füllemann est un bon violoniste ? Il pourrait accompagner les can-tiques, secondé par le chalumeau de Monsieur Dufour. La musique d'orgue n'est pas indispensable.

— Elle faisait partie du culte à Genève. Plusieurs de nos colons cherchent à retrouver l'atmosphère de leur patrie perdue...

Patrie, le mot revenait souvent dans la bouche des exilés. Il paraissait un peu emphatique à la jeune femme, qui savait que le Vieux Château serait tou-jours prêt à l'accueillir.

* * * *

Les plus longues journées de l'année, qui permettaient aux lavandières de s'attarder au bord du lac et aux enfants de jouer dans les jardins, alourdissaient l'horaire des ouvriers. L'usage en était si bien ancré dans chaque mémoire que personne ne se plaignait. Élisabeth donnait les premières notions de musique à ses enfants et surveillait les devoirs de Suzette, l'encourageant à passer aisément du français à l'allemand. Jean-Emmanuel commençait à lire. On chantait, on dessinait, on écrivait, et la lettre à Madame Sabine ou à Caspar, copiée et recopiée, pouvait mettre plusieurs jours avant d'être déclarée prête à l'envoi. Au milieu de l'après-midi, si le temps était beau – et il l'était depuis plusieurs semaines cette année-là – Élisabeth emmenait les deux aînés sur la grève. Elle s'asseyait à l'ombre légère des peupliers d'Italie. Jean-Emmanuel courait pour attraper les flocons de leurs graines cotonneuses, surpris de cette neige qui ne fondait pas. Le clapotis des vagues suivait de peu la brise qui réveillait barques et chalands. Les enfants retrouvaient des amis pour jouer dans le sable, patauger, s'éclabousser, se baigner avec de grands cris de plaisir et d'effroi.

Depuis Pâques, aucune nouvelle de Hauptwil, hormis celle de la naissance, le 4 juin, au Kaufhaus, de Barbara Julia, fille d'Ursula et d'Antoine. Aucune lettre de Jeanne de Félice ni de Sarah.

Constance, le 30 juin 1786

Chère Joséphine,
Ton petit mot m'arrive juste à temps, j'allais t'écrire à

Saint-Germain-en-Laye. Ainsi, vous avez déménagé à Suresnes, dans un château moins vieux que le mien à Hauptwil mais sûrement plus élégant. Dès que vous serez installés, décris-moi le parc et la maison, les chambres, le salon, ta belle garde-robe. Nous sommes heureux à Constance, mais il me prend parfois une envie de frivolité; je voudrais changer de rôle, au moins pour quelques heures. Je me sens déguisée en Madame l'Ancienne depuis que David fait partie du Conseil de notre église. Il tient la bourse des pauvres. On a recours à lui pour tout et pour rien, et à moi comme interprète. Cet après-midi, Madame l'Ancienne, conseillère, maîtresse d'école et interprète, prend congé pour t'écrire avant que sa famille ne s'agrandisse. Nous avons eu déjà quelques naissances à la colonie, tout s'est bien passé et je ne me fais pas trop de souci pour ma délivrance. Une sœur de David, non pas Suzanne, la marraine de notre fille aînée, qui venait de temps à autre à Genève, mais Charlotte, dont il ne parlait jamais, offre de venir m'aider à tenir la maison pendant quelques semaines. Nous l'attendons d'un jour à l'autre.

Tu me dis que vous recevez à Suresnes des ministres et des financiers qui règlent les affaires du monde. Ici, notre principale ambition est de soutenir l'essor des fabriques, gagne-pain des ouvriers. Le nombre des colons croît, mais que d'anicroches! Nous n'avons pas de syndic; c'est au pasteur et aux Anciens d'apaiser les conflits.

Je n'ai fait aucun croquis depuis longtemps et je ne saurais t'en donner la raison. Cet hiver, Monsieur Füllemann au violon, Monsieur Dufour à la flûte et moi au clavecin avons formé un trio. Rien que des pièces faciles. Ce peu de musique nous a beaucoup amusés. Aujourd'hui, il fait si chaud que nous avons interrompu les répétitions. Rappelle-toi que tu dois te rendre à l'Opéra pour moi et me raconter ton plaisir.

Je relis ta dernière lettre : que de passion, de disputes, de sérieux chez les Parisiens ! Savent-ils tout de même plaisanter ? Les Constantins sont méfiants, dépourvus du moindre sens de l'humour. Ne comprenant pas le français, ils imaginent à chaque sourire que nous nous moquons d'eux et ils se vexent lorsqu'un signe de la main, en passant, tient lieu de capellade.

Élisabeth posa sa plume. Tentée par la lumière adoucie de la fin de l'après-midi, elle prit le chemin de l'île. Les enfants étaient chez Étiennette, elle en profiterait pour aller admirer le travail des orfèvres et des horlogers. Elle aurait voulu apprendre à peindre sur émail et comprendre le mécanisme d'une montre. Ce n'était pas un passe-temps d'amateur, lui assurait-on. Tout le monde était tellement à son affaire qu'elle n'osa poser trop de questions. La fraîcheur du soir l'engagea à faire un détour par la ville. Quelqu'un jouait de l'orgue à Saint-Joseph. La porte était ouverte ; elle entra, s'assit, écouta la fin du morceau, monta à la tribune dans l'intention de féliciter le musicien et de lui demander si elle pourrait toucher l'instrument. C'était un moine. Il lui fit signe de redescendre. Surprise, elle répéta ses félicitations et sa requête. Il se leva, clef en main, lui désigna l'escalier. Peut-être avait-il du mal à s'exprimer, il y a tant de dialectes dérivés de l'allemand. Elle pensa qu'il avait terminé et qu'il désirait lui montrer le mécanisme de la serrure, puisqu'il la suivait de près. Elle ouvrit la porte, se trouva face à la rue. C'était bien cela, il voulait lui montrer comment refermer l'église. Elle fit un pas, la porte claqua derrière elle, la clef tournait à double tour.

A-t-il cru voir le diable ? écrivit-elle à Joséphine en reprenant sa lettre. *Quelle tristesse que cette méfiance et ces malentendus !*

David est revenu des Provinces-Unies. Le stathouder est bel et bien destitué. En ce qui concerne les Pays-Bas du Nord ou du Sud, la France, l'Angleterre, tu es sûrement mieux informée que moi. Quand verrai-je Amsterdam ou Bruxelles ?

Tes lettres me raconteront Paris. La mode, la musique, la peinture, tout ou presque m'intéresse et, puisque tu prends des leçons de rédaction, je n'ai pas de scrupule à te donner un long travail d'écriture !

Embrasse pour moi tes enfants et transmets mon souvenir respectueux à ton mari et à tes parents.

Élisabeth

David revint d'Amsterdam avec un certain optimisme. La révolution des Provinces-Unies était une revanche sur l'échec de la révolution genevoise. De proche en proche, une société plus généreuse s'établirait en Europe. Les Représentants exilés et les Hollandais faisaient désormais cause commune.

À Bruxelles, Jacques Bidermann s'inquiétait encore et toujours de la crise économique européenne. Le nombre des colons restait stationnaire, le volume des affaires diminuait. Le pasteur Anspach envisageait de rejoindre Constance avec ses ouailles si la situation continuait à se détériorer.

David avait terminé son voyage par la principauté de Neuchâtel. Plusieurs horlogers genevois s'y étaient établis dans les Montagnes. Le moment venu, ils pourraient à leur tour rejoindre Constance, dont la colonie souhaitait un accroissement rapide.

Désireux de revoir sa belle-sœur, David avait traversé le lac et s'était fait conduire à la Bretonnière. Il ne s'attendait pas à y trouver Isaac s'occupant du domaine à la veille des moissons ; il le croyait encore à Lausanne. David observait son neveu à la dérobée, surpris et inquiet de sa nervosité. Sarah, Fanny et Angélique lui firent fête. Le temps du souper, il répondit à leurs questions concernant sa vie actuelle et ses projets. Enfin, il se trouva en tête à tête avec Isaac, qui l'emmena voir l'orge déjà mûre derrière la maison. Ils parlaient de Lausanne, où le jeune homme avait vécu quelques mois dans l'espoir et l'enthousiasme, soutenu par les fidèles amis de Bartolomeo de Félice. Malheureusement, même Alexandre Chavannes, toujours professeur de morale, n'avait aucun pouvoir pour assainir la mauvaise gestion des éditions yverdonnoises. Les étudiants se préoccupaient davantage de leur carrière personnelle que de la libération du pays. S'établir à Lausanne leur apparaissait comme un gage de réussite et de considération. La vie des campagnes importait peu à la capitale.

Élevé à Genève, ayant passé tous les étés à la Bretonnière, connaissant Neuchâtel, Isaac avait été frappé par les expressions alémaniques et les emprunts au patois local implantés dans la langue du pays. Il les collectionnait, préparant une espèce de dictionnaire dont le titre, *Le Langage des Vaudois*, serait à lui seul un défi.

— C'est intolérable, oncle David ; sur n'importe quelle carte de géographie, vous lisez que le canton de Berne s'étend jusqu'aux rives du Léman, de Villeneuve à Versoix. Yverdon : canton de Berne ; Lausanne : canton de Berne ; Morges, Nyon, Cossonay, Sainte-Croix : canton de Berne. « Vous êtes de Berne », dit-on en Pays de Vaud pour féliciter les chanceux. Face à un Vaudois, chaque Bernois est une Excellence, ce qu'il y a de mieux, le gratin, la croûte dorée de la pâte la plus fine. Pas aussi friable, hélas! que les merveilles, ces beignets préparés pour la fête des brandons à Yverdon et à Payerne, que nous avons baptisés «excellences», heureux de les émietter et de les croquer quand nous nous croyons à l'abri d'oreilles trop pointues. Oncle David, vous connaissez mieux que moi le camouflage derrière leur pluriel; il préserve l'anonymat. Omniprésentes, indestructibles, Leurs Excellences!

Pourquoi Isaac était-il devenu aussi découragé et amer? se demandait David. Avait-il passé trop de temps dans les livres et pas assez sur les routes?

— Je n'ai pas réussi à t'emmener à Amsterdam ni à Bruxelles pour affaires. Accepterais-tu de venir jusqu'à Constance pour un baptême où tu jouerais le rôle de parrain? proposa-t-il.

— Les moissons vont commencer, remarqua Isaac.

Le dénouement vint de Sarah. Son inquiétude avait changé de cap. Elle préférait aujourd'hui être prise dans la tourmente d'une insurrection générale plutôt que de voir son fils ravagé d'idées noires. Qu'il rejoigne Constance dès que Frédéric Tavel, officiellement fiancé à Angélique depuis quelques mois, aura pris des dispositions pour le remplacer.

— Vous viendrez à la prochaine naissance, dit David en prenant congé de sa belle-sœur.

— Y aura-t-il vraiment une prochaine naissance? interrogea Sarah. Ne vous pressez pas trop d'ajouter un membre de plus à votre colonie!

— Ce sera à Élisabeth de décider.

* * * *

Tante Charlotte allait et venait dans la maison, donnant des ordres aux enfants, qui se rebiffaient.

— Pourquoi ne m'aviez-vous jamais parlé de cette sœur ? demanda Élisabeth à son mari.

Il parut surpris ; il n'avait rien voulu lui cacher. Charlotte était celle dont on parlait rarement parce qu'il n'y avait rien à en dire. Elle dépendait des uns ou des autres, rendant service là où l'on avait besoin d'elle. C'est ainsi que, seule, à près de soixante ans, elle était partie de La Tour pour gagner Constance, passant plusieurs cols à dos de mulet. Elle pressentait qu'elle aurait quelque chose à dire dans cette nouvelle colonie. Elle y reverrait son frère cadet, quitté alors qu'il avait l'âge d'Isaac aujourd'hui, et ferait enfin la connaissance de sa femme et de leurs enfants. Courageuse, Charlotte, mais pas commode, autoritaire : les enfants devaient se coucher et se lever à heures fixes. Et depuis quand ne faisait-on plus de prière au début et à la fin des repas ? Pourquoi ne se réunissait-on pas deux soirs par semaine, comme dans les Vallées, pour lire la parole de Dieu et chanter ?

— La prière avant et après le repas, une pensée de reconnaissance, de confiance, une demande de protection : tu as parfaitement raison, admit David, nous les apprendrons à nos enfants. En revanche, après quatorze heures de travail assidu, nos ouvriers sont exténués. Ils n'ont guère que la force de rentrer chez eux. Si le temps est beau comme aujourd'hui, les plus jeunes vont nager, rire et chanter au bord de l'eau. D'ailleurs, qui sait si, appliqués à graver, guillocher, agencer tout le jour, ils ne prient pas plus que toi et moi ou que les étudiants de l'école de théologie où enseigne ton mari ?

Si Charlotte avait entrepris ce voyage, c'était sûrement moins pour parler des Vaudois du Piémont que pour retrouver un rameau de sa famille dispersée. Elle se surprenait en évoquant à tout propos le pays de sa naissance, de son enfance, qu'elle n'imaginait pas revoir un jour. David passait un moment avec elle l'après-midi quand il en avait le loisir. Ils s'asseyaient dans le jardin encore en friche, où jouaient et se chamaillaient les enfants.

— ... l'attente de Père, tard dans la nuit, disait Charlotte, il m'arrive encore d'en rêver. Un palefrenier du château accouru au petit matin nous annoncer qu'il était arrêté, incarcéré dans le donjon, si près de nous. Maman partant aussitôt pour demander audience au bailli. Il était en voyage, en son absence on n'accordait aucune visite aux détenus. Ce 8 mai, en habits du dimanche, je suis allée trouver le geôlier. Il risquait sa tête et me renvoya durement. Une fille de cuisine, plus courageuse que lui, eut pitié de nous. Elle parvint à faire une commande de pommes de terre à la ferme voisine. Nous lui transmettions des messages. Père les a-t-il jamais reçus ? Et toi, David, où étais-tu ? Il y avait Jean-Daniel, il y avait Samuel, César, Suzanne. Mais toi, le cadet, quel âge avais-tu ?

— Huit ans.

— Étais-tu avec nous ? Je ne m'en souviens plus.

David fit signe que non. Élisabeth posait un plateau sur la table de jardin :

— Le sirop et les biscuits viennent de Hauptwil. J'espère que vous les aimerez.

Ils ne l'avaient pas entendue venir. David lui avança le meilleur siège. Elle s'esquiva :

— Merci, tout va bien, j'ai à faire. Je vous laisse, il y a si longtemps que Charlotte et vous n'avez pas eu l'occasion de parler.

Déjà, à mi-voix comme si les mots, après tant d'années, menaçaient à nouveau de les engloutir, Charlotte reprenait :

— La condamnation de Père, son exécution... Nos voisins se détournant sur notre passage. Les tantes d'Yverdon refusant de nous recevoir et nous déshéritant. Le pire, la maladie de Maman. Elle avait perdu la mémoire et la raison. Douce, souriante, à jamais absente, Maman, qui ne nous reconnaissait plus, plongée dans un ailleurs où nous cherchions en vain à la rejoindre.

Élisabeth s'était éloignée avec les enfants. David la retrouva deux heures plus tard étendue sur leur lit, épiant les premières douleurs de l'enfantement.

— Votre mère, votre père, ce drame, pourquoi me l'avoir caché ?

— Je n'ai rien caché. Je n'avais rien à dire, je n'y ai pas pensé. Pourquoi vous raconter un cauchemar ? Avec vous, dès notre première rencontre...

La main de David sur son front repousse la moiteur qui perle à la naissance des cheveux.

— Avec toi, mon amour, avec toi comme aujourd'hui, comme en cet instant, seul compte l'avenir où s'efface le passé.

Il effleure la peau distendue qui enserre un cocon devenu trop étroit pour l'enfant. L'avenir immédiat se nomme présent. La sage-femme entre dans la chambre. Tante Charlotte borde François, Jean-Charles, Jean-Emmanuel et Suzette dans leur lit. Le cinquième enfant d'Élisabeth et de David cogne aux portes de la vie. Venu aux nouvelles en fin de soirée, le pasteur Gasc apprend qu'une petite fille, membre de la colonie, est née chez ses amis Develay.

— Allons-nous vraiment l'appeler Charlotte ?

demande Élisabeth à son mari deux jours plus tard. Si Isaac est son parrain… Charlotte-Isaac n'est pas un prénom de chrétien! D'ailleurs, en allemand Charlotte devient Lotte, comme l'héroïne des *Souffrances du jeune Werther*. Du poison, ce livre! Je suis sûre que, s'il ne l'avait pas lu, mon cousin Sellonf ne se serait pas suicidé. Je n'ai jamais compris pourquoi on admirait tellement Monsieur Goethe.

— Isaac Emmanuel a un troisième prénom, Louis, avance David.

— Ah non! ma fille ne s'appellera pas Louise! Vous avez déjà deux Louise Develay: une nièce et votre sœur à Villars. La fille de Joséphine et Pierre Vieusseux est une Louise de plus. Vous manquez d'imagination!

David rit. La véhémence de sa femme est un signe de santé. Elle doit avoir une idée de derrière la tête. Il écarte le voile de mousseline qui protège le berceau. La petite fille ne dort pas. Le voit-elle? Son regard de brume parvient-il jusqu'à lui?

— Caroline, murmure Élisabeth.

Il se retourne:

— Caroline Develay? Un nom qui claque dans le vent, l'oriflamme de la colonie! Si les parrain et marraine y associent leurs prénoms, pourquoi pas?

* * * *

Si longtemps qu'ils ne s'étaient revus. Ils lisaient dans les yeux l'un de l'autre à quel point ils avaient changé. En quittant la Bretonnière, Élisabeth avait embrassé un très jeune homme à peine sorti de l'adolescence, plein de rêves et de confiance en lui. Elle le retrouvait, à vingt-deux ans, inquiet, malheureux, nerveux en dépit de sa joie à la revoir. Il se tenait auprès du berceau de la petite fille née dix jours plus tôt, dont il serait le parrain. Élisabeth la prit dans ses bras pour la lui présenter. Pour Isaac, tous les nouveau-nés se ressemblaient. Il eut un serrement de cœur en apercevant une fine mèche de cheveux gris dans la chevelure si noire et bouclée de cette jeune tante compréhensive, parfois sa complice, toujours son alliée. Il s'émut des petites rides implantées aux commissures des paupières, auxquelles elle n'avait pas encore pris garde.

Caroline Louise Charlotte Develay fut baptisée le 13 août 1786 par le pasteur Gasc en présence de toute la colonie. Isaac, un peu gêné et maladroit, et tante Charlotte, comme une professionnelle, promirent de seconder ses parents pour lui donner une éducation chrétienne afin qu'elle puisse, le moment venu, rejoindre de son plein gré la communauté qui l'accueillait aujourd'hui. Tante Charlotte, qui avait fait le second grand voyage de sa vie – le premier étant d'être allée du Pays de Vaud jusqu'au Piémont –, se déclarait prête à rester encore un mois ou deux pour s'occuper de la maison et des enfants, qui avaient fini par l'accepter. Isaac parlait déjà de repartir. Pourquoi ? Disposant enfin de loisirs, Élisabeth s'était remise au dessin. Installée au jardin, elle multipliait les croquis : la maison vue de la façade sud, vue de l'est, vue de l'ouest ; une esquisse de la dernière-née, qu'emporterait Isaac ; d'autres, destinées à Sarah, de Suzette et de Jean-Emmanuel dont l'expression avait beaucoup changé depuis leur séjour à la Bretonnière. Enfin Isaac, dont elle avait fait le portrait enfant, reçut l'ordre de poser à son tour. Élisabeth se sentait plus primesautière avec lui, qui avait l'âge de Joséphine,

qu'avec David et Charlotte, presque d'une autre génération.

En la regardant préparer ses fusains, Isaac revint
sur sa déception face à la résignation politique des
Lausannois :

— Plus de deux siècles d'occupation changent
l'âme d'un peuple, disait-il. L'être humain s'adapte au
dénuement et à l'humiliation. Je préférerais mourir
comme le major Davel, comme mon grand-père, plutôt que me résigner.

— Même si ta mort plongeait tes proches, ta
famille, dans le malheur sans que les Vaudois, tes
compatriotes, en tirent le moindre profit ?

Silence. Isaac s'était-il ou non posé la question ?
Préférait-il n'importe quel risque à une situation qui
lui paraissait sans issue ?

— Crois-tu vraiment qu'un pays, après deux
siècles et demi, puisse retrouver son indépendance et
son identité ? reprit Élisabeth. Ne poursuis-tu pas une
chimère ? Deux siècles et demi, c'est-à-dire huit ou
neuf générations. À Hauptwil, mon cousin Hans-
Jakob projette lui aussi de libérer la Thurgovie, bien
qu'il soit un privilégié et rende la justice dans notre
district. Antoine, mon frère, que tu as rencontré à
Genève, estime qu'il est plus important d'assurer le
travail et les échanges dans sa région et au-delà, plus
important d'établir l'entente et la confiance que de
fourrer dans la tête des gens des idées de révolution
qui les feront mourir de faim. J'ai écrit à ma famille
pour annoncer ton passage ; elle se réjouit de
t'accueillir. Maintenant, parle-moi de Lise.

» Lise de Félice, insista-t-elle après un temps.
Suis-je indiscrète ? Se trouve-t-elle encore à
Bonvillars ?

Élisabeth dessinait rapidement, dans une sorte d'allégresse. Le fusain, tenu d'une main sûre, fixait sur le papier l'anxiété, l'émotion, la révolte du jeune homme qui, enfant, trouvait son refuge dans l'imaginaire. Quelle réalité, aujourd'hui adulte, ne parvenait-il pas à maîtriser ?

Lise avait repoussé sa demande en mariage pour demeurer auprès de ses jeunes frères et sœurs. Ils n'avaient qu'elle ; Jeanne les avait quittés ou plutôt elle avait fui, mettant sa fille cadette en nourrice et ne voulant plus rien savoir de ses aînés ni de Bartolomeo, qui continuait à éditer et à imprimer avec l'espoir qu'une revue ou un livre le sortirait de l'ornière. La propriété de Bonvillars serait inéluctablement mise aux enchères. Où iraient-ils tous ? Lise avait honte d'acheter toujours à crédit du lait et du pain aux paysans.

Élisabeth, occupée à ombrer le visage d'Isaac sur le papier, se taisait.

— Ici, à Constance, je vois bien que les colons ont des difficultés financières, poursuivit le jeune homme, mais vous vous épaulez les uns les autres, vous jouissez d'une certaine considération même si les Constantins vous regardent de travers. À Yverdon et à Bonvillars, c'est la débandade autour d'un homme que vous admirez, vous me l'avez dit si souvent, et dont l'intelligence se désordonne.

Élisabeth arracha la grande page de son cahier et se remit au travail fiévreusement. Isaac fit mine de se lever.

— Non, attends ! assieds-toi ! Oui, ainsi, c'est bien.

— Quand aurez-vous fini ? s'impatienta le garçon.

— Jamais !

— Comment, jamais ? Je ne suis pas une statue !

— C'est ton portrait qui ne sera jamais fini, je le recommencerai chaque fois que nous nous verrons. Espérons que nous ne terminerons pas nos jours trop éloignés l'un de l'autre !

— Et aujourd'hui ?

— Aujourd'hui, rassure-toi, je vais bientôt te délivrer.

Pudiquement, elle ne dit pas que ses seins devenaient douloureux et qu'elle sentait l'heure de la tétée de Caroline approcher. Un air plus frais traversait le jardin.

— Il ne faut rien dramatiser, dit-elle enfin.

— Dramatiser ? Mais nous n'avons parlé que de la réalité ! protesta le jeune homme, s'imaginant que sa tante ne l'avait pas réellement écouté au sujet de Lise, de Jeanne et de Bartolomeo.

— Patience, Isaac ! Vos difficultés actuelles sont un apprentissage. Les colons de Constance n'auraient jamais prévu pareil établissement quand ils avaient ton âge, et moi, je me sens un peu surprise de me trouver ici. Si le Pays de Vaud n'est pas libéré prochainement...

— Il le sera ! affirma le jeune homme avec solennité.

Élisabeth restait dubitative. Elle préférerait finir ses jours à Amsterdam plutôt qu'à Yverdon.

— En attendant l'heure de la liberté, proposa-t-elle, pourquoi n'irais-tu pas à Paris quelque temps, chez notre ami Étienne Clavière ? Tu l'as vu plusieurs fois à Genève, tu m'as accompagnée chez sa fille à Neuchâtel ; toute la famille te recevrait à bras ouverts. Tu rencontrerais chez eux l'Europe de demain. Tu es trop jeune pour te ratatiner entre Vaudois et Bernois. Et si tu n'as pas envie de découvrir Paris, rends donc visite aux Vaudois du Piémont. Tante Charlotte pourra t'en dire long à leur sujet.

Les portraits d'Isaac resteront à Constance. Il emporte les croquis de la maison et ceux des enfants pour Sarah. Voici une lettre pour Jeanne, une autre pour Lise, une à l'adresse d'Antoine et d'Ursula, un mot pour Dorothea.

— Et n'oublie pas de comploter avec Hans-Jakob !

Jean-Emmanuel et Suzette accourent avec leurs dessins. Enfin, portes ouvertes sur l'avenir, une lettre de David pour Clavière, une autre d'Élisabeth pour Joséphine.

— Bon voyage, Isaac, et bon vent !

X

— G ASC, mon cher, il ne vous reste plus qu'à prêcher chaque dimanche sur le thème de la tour de Babel! Pourquoi le Seigneur Dieu a-t-il brouillé les langues et la bonne entente des hommes entre eux? Pourquoi a-t-il décidé de les disperser à la surface de la terre? Aujourd'hui que nous voici enfin réunis à Constance, pourquoi sommes-nous l'objet de sempiternelles calomnies?

Les séances du Conseil duraient de plus en plus longtemps. David en sortait avec la migraine. Il préférait travailler une journée seul sur ses livres, avec des comptabilités difficiles, des ajustements de monnaies, des prêts, des intérêts, des agiotages qu'il désapprouvait, des faillites qu'il fallait éviter à tout prix, des renversements d'alliances permettant peut-être un meilleur équilibre financier, que de passer des heures à réfuter les piques malveillantes qui harcelaient la colonie depuis des mois. Aujourd'hui, il s'agissait de la charte elle-même ; une erreur minime de traduction ou une astuce d'interprétation qui compromettait leur avenir.

Le foehn, vent trop chaud pour la saison, faisait monter la mauvaise humeur dans les ateliers. François Teissier, qui présidait la séance, proposa de renvoyer la décision du Conseil à la semaine suivante. D'ici là, le secrétaire, Aimé Roux, préparerait une riposte aux accusations injustifiées des autorités de Constance et la soumettrait à son futur beau-père, le capitaine von Damiani. David s'éclipsa. Julien Dentand, habitué aux tensions politiques, endémiques comme la vermine, le chiendent ou la grippe, dressa un rapide bilan des dix mois écoulés depuis la venue du pasteur Gasc : l'invitation de la ville de Bregenz, située à l'autre extrémité du lac, prouvait l'estime dans laquelle on tenait les artisans genevois. Ils bénéficieraient dès leur arrivée de la même protection et des mêmes avantages que les gens du pays. Une offre tentante, que l'on avait déclinée pour éviter de se disperser. L'expérience montrait en effet que toute nouvelle colonie devait croître rapidement pour subsister.

— La plainte du chapitre de la cathédrale au sujet du service soi-disant perturbé le jour de la Pentecôte n'a pas eu de suite, rappela Julien Dentand. Cette attaque malveillante venait de la jalousie, de l'envie ; et mieux vaut faire envie que pitié !

Une question plus sérieuse devait être résolue sans délai : si les fabriques d'indiennes de Macaire et des frères Teissier prospéraient, en revanche on manquait d'ouvriers spécialisés capables pour la fabrique d'horlogerie. Il fallait éviter que la colonie ne devînt le refuge des propres-à-rien. Ami Melly proposa que tout nouveau venu fût annoncé au prêteur ; il ferait un stage, subirait un examen de capacité et de civisme avant son admission officielle.

Au moment de se séparer, François Roman fit état d'une lettre qu'il venait de recevoir d'Amed Roux, parti en ambassade à Vienne à la suite de récentes contestations douanières. Il avait été rapidement et très cordialement reçu. Pas question de se leurrer sur les intentions de Sa Majesté : en invitant les Genevois à se fixer à Constance, elle espérait qu'une fabrique d'horlogerie s'installerait dans sa capitale. Quelques ouvriers de la colonie avaient déjà été débauchés. Il s'agissait heureusement de sujets revendicateurs et paresseux. Roux demeurerait à Vienne encore un peu de temps afin de faire comprendre la situation des Genevois. La charte n'avait aucune valeur si elle n'était pas respectée.

La nuit était tombée. Le vent redoublait.

— Quel pays de loups ! dit Jean-Pierre Vieusseux. Mon frère Jacques m'écrit qu'il souhaite nous rejoindre ; ce serait plutôt à nous de partir pour le golfe de Gênes !

En vieux célibataire, il n'était pas pressé de rentrer chez lui et fit un bout de conduite au pasteur.

— Je garde un souvenir assez flou de la tour de Babel. Qu'allez-vous nous en dire, dimanche prochain ?

— Rien pour le moment. Avant de suivre les conseils de notre cher David, je me propose de reprendre une page de catéchisme.

— Prétendez-vous que nous l'avons oublié ?

— Ce sera un simple rappel. La pratique se perd avec le manque d'exercice.

— La pratique ? Quelle pratique ? demanda Jean-Pierre Vieusseux, intrigué.

— Attendez dimanche et restez avec nous après le culte pour en débattre.

— Que de mystères ! N'oubliez pas que je me mets en route la semaine prochaine. Je m'arrêterai chez Vernes. Avez-vous un message à lui transmettre ?

— Je n'oublie pas. Je vous donnerai une lettre pour lui ! cria le pasteur dans la bourrasque qui les obligeait à se séparer.

Le jour où siégeait le Conseil des Anciens, Étiennette et ses parents attendaient Ésaïe pour le souper. Quelle que fût l'heure, il commençait par se pencher sur le berceau de sa petite fille, baptisée peu avant Noël Élisabeth, puisque Élisabeth était sa marraine et David son parrain. Le repas se déroulait plus lentement que d'habitude au fil des questions et des réflexions. On cherchait depuis des mois à désarmer l'animosité des Constantins. Les Dominicé n'étaient pas étrangers à la décision d'Ésaïe de prêcher sur l'amour qu'un chrétien doit porter à tous ceux qu'il rencontre, amis ou ennemis.

— Le pardon, nous nous y efforçons tous et nous le demandons dans notre prière quotidienne, dit Madame Dominicé. Mais l'amour, l'amour pour un ennemi… peut-on y prétendre sans hypocrisie ?

— J'ai promis à Jean-Pierre Vieusseux une leçon de catéchisme, dit Ésaïe en ouvrant le petit livre de Vernes.

Comment un chrétien doit-il se comporter à l'égard de ses ennemis ? Ésaïe sourit au souvenir de la repartie d'un jeune apprenti graveur : « Les flanquer dans le Rhin, leur faire boire la tasse, leur donner un grog après ! » Vernes, plus dignement, avait écrit : *Il n'est pas obligé de se fier à eux et de vivre familièrement avec eux. Mais, loin de les haïr et de leur souhaiter du mal, il doit leur vouloir du bien, leur en faire s'il le peut, prier Dieu en leur faveur, chercher à les ramener à des sentiments de paix et de concorde. Jésus-Christ nous a dit : « Aimez vos ennemis, bénissez ceux qui vous maudissent, faites du bien à ceux qui vous haïssent, priez pour ceux qui vous maltraitent et qui vous persécutent. »*

— Mais alors, dit Étiennette, nous devons prier pour le Petit Conseil genevois, pour ceux qui se moquent de nous, pour le Résident de France, pour les soldats qui occupent notre ancienne ville ! Je n'y avais jamais pensé.

— Nous allons faire une expérience, dit Ésaïe. Dimanche prochain, je demanderai à chacun de chercher intérieurement quel est son principal ennemi, puis de prier pour lui et de lui souhaiter du bien. Pendant une semaine, un mois, une année, le temps qu'il lui faudra pour apprendre à l'aimer. Ce sera un tout petit commencement. A-t-on jamais vraiment essayé de vivre et de penser selon l'enseignement de Jésus-Christ ?

— Si, si, nous essayons, mon cher Ésaïe ! protesta Madame Dominicé.

Les pleurs de la petite fille réclamant son dernier repas les interrompirent. Ésaïe s'assit à son écritoire. Il s'était donné comme discipline de noter au fur et à mesure les idées qu'il présenterait dans un sermon. « A-t-on jamais vraiment essayé de vivre et de penser selon l'enseignement de Jésus-Christ ? – Si, si, nous nous y efforçons ! »... Sa belle-mère lui avait donné le ton, l'attaque de sa prochaine prédication.

Les catéchumènes ne se gênaient pas pour objecter que les chrétiens étaient bien mal récompensés de leur piété. Comment leur faire comprendre que la notion même de récompense n'est pas chrétienne ?

L'amour se suffit à lui-même. S'il se manifeste avec une idée de profit, il devient calcul, intérêt. Ce sentiment d'amour, cet *agapê* dont parle l'Évangile, rares sont ceux qui le connaissent à douze, treize ou quinze ans. On peut même se déclarer chrétien sans l'avoir jamais éprouvé.

La petite Élisabeth s'était rendormie. Étiennette somnolait déjà dans leur lit. Ses beaux-parents s'étaient retirés. Ésaïe se coucha. Ne parvenant pas à trouver le sommeil, il se chercha un ennemi. Beaucoup de gens n'avaient pas été ou n'étaient pas de son avis, d'autres l'avaient calomnié, d'autres le critiquaient, l'irritaient bien sûr, mais étaient-ils ses ennemis ? Une bouffée de colère l'envahit soudain, un nom lui revint : Cornuaud ! Le journaliste à la solde des Constitutionnaires, persifleur, blessant, menteur ! Ésaïe se sentit pris au piège : il lui fallait commencer par prier pour Cornuaud et lui souhaiter du bien.

En arrivant chez lui, David fut accueilli par un air de flûte accompagné au clavecin. Les enfants dormaient. Le couvert était mis, le souper l'attendait. La migraine lui serrait les tempes. Il s'étendit sur son lit sans signaler sa présence, inquiet d'être malade, nerveux. À son départ d'Amsterdam, il avait promis à Van den Voogd de lui écrire sans tarder. Les mois avaient passé. Les nouvelles de Hauptwil, de Paris, de Naples, Oneille et Lorient, d'Alsace enfin se croisaient, contradictoires. Van den Voogd venait de recevoir une offre d'achat intéressante pour la maison du Herengracht, il attendait son accord.

Le clavecin jouait avec plus de vivacité, en solo ; le flûtiste avait sans doute pris congé. La musique, tout imprégnée du plaisir d'Élisabeth, l'apaisait. Ne vou-

lant pas l'interrompre, David passa une veste d'intérieur et alluma la bougie de son écritoire.

À Monsieur
Monsieur Pieter Van den Voogd
Nieuwmarkt
Amsterdam

Constance, le 28 février 1787

Cher Ami,

Bien que la lettre fût parfaitement rédigée dans sa
tête, il se reprit à hésiter : était-ce le moment de
vendre ? Faudrait-il laisser les fonds en Hollande dans
la société qui portait encore son nom et celui de Van
den Voogd ou les investir dans la colonie qui manquait de liquidités ? En placer une partie au nom de sa
femme dans les affaires de son beau-frère ? Après tout,
pourquoi vendre au lieu d'attendre que la situation
politique des Provinces-Unies se fût stabilisée ? David
souffrait de son indécision croissante. Maladie ou
fatigue ? Il avait du mal à se concentrer. L'essentiel
était de cacher son état à sa femme.

Le clavecin s'interrompit. La porte s'ouvrit, faisant vaciller la flamme de la bougie. Élisabeth était
sur le seuil :

— Quelle heure est-il ? Vous devez mourir de
faim, il fallait m'appeler !

Elle eut tôt fait de poser les candélabres allumés
et la soupière sur la table. Les grossesses n'entamaient
pas sa vivacité. Elle avait tant à raconter au sujet de sa
journée et tant de projets en tête qu'elle en oubliait de
manger. Son imagination, fouettée par la pluie et le

vent, se déployait, impatiente, joyeuse, comme le feuillage d'un arbre au printemps.

Le maître d'école ne lui donnait pas satisfaction. Monsieur Dubied avait été remplacé depuis longtemps par un Monsieur Picard, Neuchâtelois, qui groupait tous les élèves dans une seule classe où l'on en restait aux rudiments de lecture, d'écriture et de calcul. Ne pourrait-on pas faire venir un précepteur comme à Hauptwil? Élisabeth aimait enseigner, elle surveillait les devoirs des écoliers, copiait pour eux des poèmes, mais elle ne suffisait pas à leur instruction. Les aînés ne devaient pas pâtir de la naissance des cadets. Elle se proposait d'ouvrir une classe pour les enfants étudiant dans les deux langues. On leur offrirait aussi une initiation musicale et l'étude d'un instrument. La maison était vaste, mais si l'école se tenait chez eux, si le précepteur y logeait, on aurait besoin de plus d'espace. Pourrait-on aménager les combles? David avait trop d'escaliers à grimper, son cabinet de travail pourrait s'installer au rez-de-chaussée. À Constance, personne n'avait besoin de salle de réception.

Elle avait fait le tour du jardin avant la pluie. Il était normal qu'au cours du premier été, avec la naissance de Caroline, on se fût borné à faucher et à couper les branches mortes. Maintenant qu'on se sentait durablement chez soi, il était temps de planter en prévision des années à venir, la croissance des arbres est si lente. Et il lui était venu une idée.

David haussa le sourcil sans l'interrompre; une idée, il y en avait déjà beaucoup.

— On pourrait construire un pavillon, poursuivait Élisabeth, des croisillons de bois, une paroi qui vous protégerait du vent. Ce serait une retraite pour lire ou dessiner, fuir les fâcheux.

Elle dit encore que, avec Jean-Emmanuel et Suzette, elle s'était faufilée dans le bois de vergnes jusqu'à une petite grève de sable fin. À peu de frais, on défricherait un sentier qui conduirait au rivage en passant derrière la maison des Gasc et celle des Teissier.

Antoine et Ursula les invitaient pour Pâques. Elle séjournerait une ou deux semaines au Vieux Château avec les enfants et se remettrait au piano-forte. Antoine lui avait déjà envoyé une partition. Elle avouerait alors à son frère qu'il ne pourrait pas compter sur elle dès le mois de juillet :

— Pourquoi, à Constance, nos enfants naissent-ils toujours en été ?

Elle portait une robe d'intérieur ravissante. La table était mise avec goût, le rôti entouré de légumes bien présentés. David mangeait sans appétit. Elle s'en aperçut, s'accusa :

— Je vous fatigue avec tous ces projets ! Commençons par un voyage d'amoureux. Si nous allions à Paris ? N'est-ce pas le grand moment de revoir nos amis, qu'en dites-vous ? Le Speicher est si vaste, ma sœur pourrait accueillir les enfants. Je parle trop, vous paraissez abattu ; que s'est-il passé aujourd'hui ?

David se raidit, contrarié d'avoir laissé paraître sa lassitude. Il préférait le rôle de protecteur à celui de protégé. Il lui semblait que leur différence d'âge se creusait. Alors que sa femme prenait racine à Constance après s'en être défendue, il s'angoissait à la perspective de s'y fixer et d'y élever leurs enfants.

Dans une sorte de vertige, il se jeta dans la situation qu'il redoutait. La lettre à Van den Voogd partit le lendemain : qu'il vende, à l'exception des biens meubles, de l'argenterie, de la bibliothèque et des tableaux. Une partie des fonds devrait lui être envoyée à la colonie suisse ; il n'envisageait plus d'installer sa nombreuse famille à Amsterdam. Ses préoccupations politiques s'éloignaient des passions libertaires et égalitaires dont bouillonnait l'Europe.

Du point d'ancrage où nous sommes, au bord d'un lac sans commune mesure avec la mer du Nord et les océans, les orages du siècle passent au-dessus de nos têtes, cortèges de nuages pressés de rejoindre un ciel plus tempétueux. Notre but, nos efforts quotidiens tendent à établir une meilleure entente avec nos voisins. Y parviendrons-nous ?

Je vous ai souvent parlé d'Étienne Clavière, à qui j'ai donné votre adresse. Qu'il se présente à votre porte en messager ou en réfugié, recevez-le en ami. À Paris, son crédit est instable. Écoutez-le pourtant, je le crois d'excellent conseil pour nos affaires communes.

Mon cher Pieter, j'attends de vos nouvelles. Faites au mieux. Dites ma gratitude à Madame votre mère, à votre femme, à vos enfants, pour leur accueil toujours si chaleureux. Que Dieu vous garde ! Au revoir, cher Ami.

David-Emmanuel Develay

Ce n'était pas le moment pour Élisabeth de rendre visite à son amie Joséphine et de connaître enfin Paris : Étienne Clavière avait disparu en compagnie de Mirabeau. On les imagina embastillés à la suite de leur violente campagne contre les opérations de Calonne, l'actuel ministre des Finances. En fait, ils s'étaient mis en sûreté. Président de la Société gallo-américaine, fondée avec Brissot au tout début de l'année, Clavière se préparait-il déjà à traverser l'Atlantique ?

Le voyage en amoureux était remis à plus tard. D'ailleurs, David ne pouvait quitter Constance tant que la version allemande de la charte ne s'accordait pas avec la version française, du moins dans leurs interprétations respectives.

La première contestation sérieuse eut lieu à propos d'un petit commerce de mercerie et d'articles en tout genre tenu par une veuve qui avait accompagné à Constance ses deux fils, horloger et peintre sur émail. Environ un mois après son arrivée, elle fut menacée de saisie : les Genevois devaient acquérir la bourgeoisie de Constance avant d'exercer un autre métier que ceux directement requis par leurs fabriques. Il s'ensuivit des explications sans fin, de lourdes lettres en français et en allemand. Furent-elles lues, comprises ? La différence de langue, de religion, de traditions rendait la conciliation difficile. Le maire profitait de l'occasion pour asseoir son autorité face au capitaine von Damiani, représentant de l'empereur et soutien des Genevois. La fabrique d'horlogerie et de bijouterie confia pourtant du travail aux Constantins. Aux dires de Melly, ce fut un échec : le coût de cette main-d'œuvre était exorbitant, les objets grossièrement travaillés, livrés avec retard. On ne supplée pas en quelques mois à des années d'apprentissage minutieux. La tension ne cessait de monter. Le bruit courut dans la ville que les colons projetaient l'incendie des bâtiments municipaux. D'où venaient ces rumeurs, cette malveillance ? Gasc lui-même, le bon Gasc confiant et pacifique, se précipita chez le maire, exigeant une enquête. On apprit le passage à Constance d'un notable genevois, ami des Constitutionnaires pris en otage cinq ans plus tôt. Était-ce lui qui, cherchant à saper la colonie, faisait courir ces bruits alarmants ? La vengeance est un plat qui se mange froid.

Décidément, cette année 1787 commençait mal. Ne sortirait-on jamais des difficultés ? Voici que l'ami, le protecteur, le cher capitaine von Damiani, prêteur et instigateur de la colonie, démissionnait de ses fonctions pour raison de santé. On ignorait encore le nom de son successeur. David et François Sautter partirent en ambassade à Fribourg-en-Brisgau afin de défendre les intérêts des colons.

Élisabeth s'était attardée à Hauptwil, où un médecin saint-gallois avait inoculé la vaccine à Jean-Charles et à François. À son retour, en dépit des adversités qui s'étaient succédé en son absence, elle trouva les combles aménagés et le sentier menant à la rive praticable. Le pavillon de jardin se construirait au mois de juin. Les servantes du pays qui l'aidaient à tenir sa maisonnée appréciaient son côté primesautier, ses reparties en allemand thurgovien, ses chansons, l'intérêt qu'elle portait à leur famille. Sa popularité fut assurée le jour où les Constantins découvrirent que leurs gâteaux préférés étaient pareils à ceux qu'on enfournait à Hauptwil.

Un après-midi de beau temps, alors que la maison bourdonnait comme une ruche, elle s'évada avec sa fille aînée par la sente qui menait au rivage. Elles s'assirent tout au bord de l'eau, trop fraîche encore pour y tremper le pied. Le lac miroitait sous une brise imperceptible. Au loin, les pêcheurs déposaient silencieusement leurs filets. Sur la gauche, cachées par les vergnes, les lavandières battaient leur linge avec de brusques éclats de voix.

Pendant son séjour à Hauptwil, Suzette avait eu de grandes et graves conversations avec sa cousine Sabine. Elle s'inquiétait de cette nouvelle petite sœur – ou serait-ce un frère ? – qui gonflait le ventre de sa mère et de cette fatalité qui la conduirait elle aussi à porter un enfant. Pourquoi son père et Jean-Emmanuel ne porteraient-ils pas les leurs ? Ce devrait être à chacun son tour.

— Maman…

La fillette hésitait. Élisabeth l'entoura de son bras, lui caressant l'oreille et la tempe. La petite se blottit contre son épaule. Des vaguelettes mordillaient le sable.

— Maman, qu'est-ce que « le bonheur qui n'existe pas » ?

— Le bonheur ? Mais le bonheur existe ! Quelle idée ! Qui t'a dit que le bonheur n'existait pas ?

À la cuisine ou à la lingerie, au cours d'un repas, en traversant le jardin, un enfant glane tant de paroles tombées on ne sait d'où. Pour Suzette, le bonheur qui n'existe pas avait poussé partout comme des orties.

— Et si nous cherchions de quoi est fait le bonheur, celui qui existe ? proposa Élisabeth.

Puis, comme l'enfant se taisait :

— Avec toi, en cet instant, pour moi c'est le bonheur.

Suzette demeurait angoissée. En cet instant, ailleurs, beaucoup de gens n'étaient pas heureux. Avant même la fin de la journée, il y aurait des disputes parmi ses frères. Depuis un mois ou deux, son père avait de fréquents maux de tête ; les sempiternelles tensions entre colons et Constantins l'irritaient. Un moment de plénitude gâché par une appréhension, ce n'était pas le bonheur.

— Si l'on était toujours heureux, on ne parlerait ni de bonheur ni de malheur, constata Élisabeth. Es-tu malheureuse en ce moment ?

— J'aimerais comprendre, dit Suzette. Parfois, je me sens triste, très triste, sans savoir pourquoi, et parfois tellement heureuse que j'ai mal. Pourquoi est-ce que tout le monde parle du bonheur qui n'existe pas ?

Le bonheur, pour Élisabeth, c'était la présence de sa petite fille qui réfléchissait à tant de choses. Elle n'osa le lui dire, de peur de rompre sa spontanéité :

— Nous reparlerons de tout cela demain. Il nous vient parfois de bonnes idées pendant la nuit. Cueillons vite un bouquet pour le souper.

Elles décidèrent de tenir à elles deux un grand livre, comme ceux de David. D'un côté, elles noteraient les mots, les gestes, les pensées et activités quotidiennes qui augmentent le bonheur ; de l'autre, ce qui le détruit. Elles constatèrent que les gens heureux peuvent répandre du bonheur autour d'eux sans s'appauvrir et qu'il existe une clef, difficile à faire fonctionner, qui vous permet d'admirer de très haut le pays du bonheur : c'est se réjouir de la chance, de la santé, de la fortune, de l'amour ou de l'amitié qui entourent les autres au moment où l'on en est soi-même privé.

Élisabeth désirait ouvrir un atelier de couture où Constantines et Genevoises apprendraient à mieux se connaître. On créerait de nouvelles coiffes, on broderait des tabliers. Le charme, la beauté contribuent au bonheur. David s'inquiéta de ce projet, qui nécessiterait de la main-d'œuvre, des achats de tissus et de rubans. On retomberait dans l'ornière des contestations financières. Élisabeth offrit d'aller elle-même fléchir le maire de la ville. Son mari en parut si contrarié qu'elle y renonça. Ce fut une égratignure au bonheur. Elle n'eut pas le temps de s'en attrister : Madame Sabine les rejoignit enfin avec Caspar et l'une de ses sœurs. Antoine avait raison, plus il y a d'enfants, plus ils s'amusent sans qu'on ait besoin d'intervenir. Le grand livre attendit de nouvelles écritures dans l'armoire où Élisabeth conservait ses dessins.

L'enfant sur le point de naître apporterait son content de bonheur. Sarah s'annonçait comme marraine, elle promettait d'arriver à temps pour le baptême. Henri Peyrot, directeur de l'école de théologie à La Tour dans les vallées du Piémont, estima que son devoir était de soutenir la jeune colonie. Sa lettre, sans la moindre allusion à la réconciliation, au pardon ou à la paix, mit en péril l'idée même du bonheur. *Voici des siècles,* écrivait-il, *que nous vivons entourés d'une population hostile de religion romaine. Chaque soir, nous barricadons portes et fenêtres. Les hommes ne se séparent pas de leur fusil…*

À Constance, personne ne possédait de fusil. Les frères Amed et Aimé Roux avaient épousé les deux filles du capitaine von Damiani. Des idylles naissaient, d'autres mariages se célébreraient entre colons et Constantins.

Henri Peyrot avait-il dans sa poche un sachet de poudre à discorde ? Il venait d'arriver, on s'installait au jardin à l'ombre du pavillon, quand un chapelain se présenta au portail, réclamant l'intervention immédiate de David : de jeunes colons se baignaient en costume indécent. David ne revint que trois heures plus tard, satisfait, le différend réglé.

— Les moines et les moniales n'ont-ils jamais vu un mollet humain ? Les pêcheurs pataugent à deux pas d'eux tout le long de la rive !

Henri Peyrot prédit une riposte. Une bagarre éclata la semaine suivante au Paradis. Il fallut plusieurs jours pour calmer les esprits. Devant l'humeur joyeusement combative de son mari et de son beau-frère, Élisabeth se demanda si la plupart des hommes s'ennuyaient au sein du calme bonheur des femmes qui, dès lors, pâlissait.

Pour rassurer sa fille, Élisabeth s'était efforcée de cacher l'inconfort et les malaises de sa grossesse. Dès les premiers signes de sa délivrance, elle dissimula angoisses et douleurs, si bien qu'à la vue d'un solide garçon, nouveau membre de la colonie, on la félicita d'être faite pour mettre un enfant au monde chaque année.

Le capitaine von Damiani ne quittait plus guère son lit, sa fin approchait. Les Anciens commandèrent huit manteaux d'enterrement pour honorer leur bienfaiteur le jour des obsèques. Henri Peyrot copiait ou annotait le catéchisme de Jacob Vernes. On apprit la mort du comte de Vergennes et le départ de Clavière pour les Pays-Bas. Les indiennes de Macaire se vendaient jusqu'aux Balkans. Les montres et les bijoux dûment estampillés qui, selon Roman, Melly et Roux, n'atteignaient pas encore la qualité espérée, s'écoulaient sur les foires d'Allemagne. On manquait d'ouvriers. Un contrat d'apprentissage fut offert aux orphelines de l'hôpital.

Sarah avait fait le voyage avec Fanny, sa fille cadette, une adolescente aujourd'hui. À leur arrivée, le clavecin reprit ses droits. Curieuse de tout, Sarah organisa une excursion à l'île de Reichenau. Elle admirait la ville, la campagne, les fabriques. L'attachement de David à Constance la rassurait ; il ne risquait plus d'entraîner Isaac dans de dangereux complots pour libérer le Pays de Vaud. Isaac, d'ailleurs, ayant suivi le conseil de sa tante, séjournait à Paris, où l'on se préoccupait peu des terres sous domination de

LL. EE. bernoises. Il préparait un ouvrage de mathématiques et reviendrait à la Bretonnière pour le mariage de sa sœur.

En trois ans, Sarah avait pris quelques rondeurs. Elle souhaitait ne plus quitter la vie paisible qu'elle avait adoptée. Un peu effrayée de voir Élisabeth avec tant d'enfants si rapprochés, elle ne savait comment lui donner des conseils intimes. Enfin, David ne voyait-il pas les traits tirés de sa femme ? Mais David était enchanté de ce quatrième fils, Henri. Il l'imaginait à l'âge adulte. Y aurait-il à Constance une maison Develay Frères, plus importante que celle des frères Develay à Genève autrefois ?

Le grand réfectoire du couvent des dominicains devenait trop petit. En attendant qu'on eût trouvé une église, on se tenait debout les jours d'affluence. On n'en chanta que mieux au baptême d'Henri. Parrain et marraine repartirent le surlendemain. Henri Peyrot accompagnerait Sarah jusqu'à la Bretonnière. Il traverserait le Pays de Vaud, passerait le Grand-Saint-Bernard, descendrait dans le val d'Aoste, en faisant sur sa route une collecte en faveur des Vaudois du Piémont.

À la mi-septembre, Jean-Emmanuel et Suzette revinrent de l'école en courant pour annoncer la naissance d'un second Henri.

— J'ai dit à sa sœur que ce n'était pas possible, protestait Jean-Emmanuel ; notre petit frère s'appelle Henri, il ne peut pas y en avoir deux !

Ainsi, Bénédict et Pernette Dufour venaient d'avoir un fils. Un baptême de plus pour le cher Ésaïe, une grande fête en perspective dans l'un des ateliers et le temps pour Jean-François Chaponnière, apprenti peintre sur émail, de composer une nouvelle chanson :

... Et si bientôt, brisant ses chaînes,
Genève rappelle en son sein
Ceux qui sur des rives lointaines
Ont cherché un meilleur destin,
Alors, rentrés dans la Patrie,
Nous verrons le petit grivois,
Par ses vertus et son génie,
Honorer le nom Genevois.

Genève n'était pas oubliée, ni l'espoir d'y retourner. Les générations à venir en retrouveraient le chemin avec d'autant plus d'assurance que la colonie prospérait. Peut-être le cher capitaine von Damiani veillait-il sur elle de l'au-delà. Les Anciens avaient décidé de lui élever un monument. On y graverait en allemand l'expression de leur reconnaissance. Son successeur ordonna le recensement des colons : cinq cent soixante-trois, c'est-à-dire le sixième des habitants de Constance. L'Empereur sollicita des prières pour le succès de ses armées. Honorait-il la foi des réformés ou exigeait-il une preuve d'allégeance ? Que Sa Majesté reçoive du ciel sagesse et discernement !

Dans les Provinces-Unies grâce à l'armée du roi de Prusse son beau-frère, le stathouder avait repris le pouvoir. Condamné à mort pour rébellion et lèse-majesté, Derk van der Capellen s'était réfugié en France. Van den Voogd traversait de grandes difficultés. David avait vendu la maison du Herengracht à temps. Son sort lui paraissait lié de plus en plus étroitement à Constance. Malheureusement, plus la colonie se développait, plus elle suscitait d'envie, de jalousie, d'animosité. La maison de transport récemment fondée voyait ses taxes douanières augmenter brusquement. On lui fermait les meilleures routes. Par prudence, David renonça à prendre des parts dans la nouvelle fabrique de rubans.

Élisabeth se sentait menacée par le découragement quand elle reçut une lettre de Joséphine.

Suresnes, mars 1788

Ma grande Amie,
Il y a bien longtemps que je ne sais plus rien de toi. Dans ta dernière lettre, tu te sentais un peu à l'écart du monde, la vie à Constance te paraissait trop calme, moins stimulante que la mienne à Paris. Moi, je t'envie d'avoir trouvé la stabilité. Vos enfants naissent et grandissent autour de vous, tu vois se créer des bijoux qui porteront au loin le nom et l'histoire de votre colonie, tu es la première à regarder les nouveaux motifs et les couleurs qui s'impriment sur les tissus. Que restera-t-il des flots de paroles qui traversent notre maison, des revues, des brochures, des journaux, des écritures où s'épuisent mon père et ses amis ? Que deviendront les actions, les obligations ou les lettres de change, fortunes sur papier contestées, recherchées, accumulées, rejetées ? Je n'arrive pas à en parler avec Pierre ni à connaître ses projets ou même ses préoccupations. David te confie-t-il ses plans ou ses soucis ? À Genève, parmi les familles des Représentants, nous étions si proches les uns des autres. Ici, à Suresnes, la maison est superbe, confortable, mais comment oublier qu'à Paris, cet hiver, les gens ne parvenaient pas à se chauffer et qu'ils manquaient de pain ? Les émeutes se multiplient. Chaque fois que mon père quitte la maison, Maman et moi sommes inquiètes jusqu'à son retour, c'est dire que nous sommes inquiètes tout au long de l'année. À Mons, Bruxelles puis Utrecht, où ils accompa-

gnaient le marquis de Ducrest l'automne dernier, Papa et Brissot sont tombés en pleine révolution. Comme ils n'ont jamais assez d'occasions de batailler, ils viennent de fonder à Paris la Société des amis des Noirs, qui lutte déjà à Londres contre l'esclavage. Le marquis de Condorcet, le marquis et la marquise de La Fayette, le duc et la duchesse de La Rochefoucauld en sont membres. Papa en est le président. À sa place, je serais assez satisfaite de moi, mais je crois que mon père se jugera toujours sévèrement. Il rêve, non, il veut vivre au sein d'une société libre, ouverte, accueillante, comme celle où séjourne Grand-maman à Neuwied. Il croit à l'évolution positive de l'esprit humain. Papa n'est pas religieux, ou peut-être l'est-il à sa façon. Il pense que point n'est besoin de recourir à l'intermédiaire d'une religion pour créer une nouvelle cité, une colonie si tu veux, basée sur l'entraide, sur la générosité, le désintéressement.

Ne voyant aucun changement radical en France – les Parisiens d'aujourd'hui sont-ils moins courageux que les Genevois de 1782 ? –, Brissot est parti pour les États-Unis d'Amérique afin de juger sur place des possibilités d'émigration. Pourtant nous ne sommes pas encore sur le point de quitter Paris, voici la nouvelle la plus importante: notre famille s'agrandira au début de l'automne !

À Oneille, oncle Jacques souffre d'un certain isolement. Le service divin lui manque. Il envisage de vous rejoindre. S'il s'installe à Constance, nous viendrons vous voir.

Je suis sûre que tu vas trouver un moment pour me répondre. Qui sait si Suzette n'est pas déjà en âge d'écrire sous ta dictée ?

Au revoir, ma grande Amie, je joins cette lettre à celle que Papa adresse à ton mari.

Joséphine

La lettre d'Étienne Clavière à David était une lettre d'affaires. Élisabeth voulut savoir s'il y était question des États-Unis.

— Les États-Unis ? Pourquoi parlerait-il des États-Unis ? s'étonna David. Il a suffisamment de soucis avec les Pays-Bas et il n'a pas l'intention de quitter son poste d'administrateur de la Compagnie royale d'assurances sur la vie.

« Les États-Unis d'Amérique... », songeait Élisabeth après avoir relu la lettre de son amie. Elle les imaginait à l'abri des querelles qui ravageaient la vieille Europe. Constance n'avait souffert ni de la faim ni du froid l'hiver dernier, mais que de désillusions après les belles envolées du pasteur Anspach ! Sans doute, on ne s'y battait plus pour des divergences de doctrine ou d'obédience, mais on s'y harcelait à propos d'intérêts économiques dérisoires, défendus par des usages poussiéreux. Rendant visite à sa filleule, Élisabeth trouvait souvent Étiennette en larmes. Elle ne cherchait plus à la consoler mais aurait pleuré avec elle sans la colère qui la faisait se précipiter chez le maire détesté ou chez le nouveau capitaine. Le mois dernier, par exemple, cette dénonciation et cette amende infligée à ces jeunes mariés de Constance dont le premier enfant était mort à trois mois. Le père avait confectionné de ses mains le petit cercueil. Il avait couché le bébé entre les planches qui sentaient encore bon le pin et la forêt. Le lendemain, une délégation officielle lui avait fait savoir qu'il outrepassait son droit : seuls les membres d'une corporation avaient licence de confectionner les bières. Présente, Élisabeth s'était dressée : quelle vergogne ! Qu'ils ne remettent pas les pieds à la colonie ! Elle, en tout cas, le moment venu, se passerait de leurs caisses, un drap lui suffirait.

Elle avait envenimé la situation ? Eh bien, tant pis !
On n'avait pas à tenir compte de monstres au cœur
pourri !

L'affaire du pain avait duré longtemps : les boulangers de Constance mêlaient à la farine de la levure
de bière, qui épaississait la mie et lui donnait un
goût amer. Ceux qui n'y étaient pas accoutumés dès
l'enfance la trouvaient indigeste. Aussi, quand un
boulanger genevois rejoignit la colonie l'accueillit-
on à bras ouverts. On lui installa un four. Du jour au
lendemain, au parfum des miches encore chaudes, à
la vue de la croûte dorée et croquante, chacun se
porta mieux. Or, la charte ne stipulait pas qu'un
Genevois fût autorisé à pétrir du pain à Constance
avant d'avoir acquis la bourgeoisie de la ville et refait
l'apprentissage où l'on enseignait à se servir de la
levure de houblon. Il aurait ensuite à se faire
admettre dans la corporation des boulangers. Pour
pouvoir rallumer le four, on dut prouver que le houblon donnait des aigreurs d'estomac aux horlogers
sédentaires.

Nous sommes dégoûtés, lisait-on dans chaque procès-
verbal du Conseil des Anciens. Il semblait à Élisabeth
que les gens autour d'elle avaient reçu tant de coups
qu'ils n'avaient plus le courage de respirer. On devenait méfiant à force de prudence, rancunier par crainte
d'exprimer la violence qui vous saisissait à la gorge.

Qu'écrire à Joséphine ? Élisabeth refusait de se
voir, à trente-trois ans, en Madame l'Ancienne cha-
grine. Car enfin, romains et réformés, Constantins ou
colonistes, des jeunes gens s'aimaient, s'unissaient, se
mariaient. Des enfants naissaient.

Elle rencontra Amed Roux, qui repartait pour
Vienne avec sa femme pour de nouvelles négociations.

Ne serait-ce pas l'occasion d'un voyage avec David ? Ils iraient à l'Opéra, parleraient de la colonie aux Viennois, s'y feraient d'intéressantes relations.

Devant le silence de son mari, qui avait passé une partie de ces dernières années sur les routes, elle n'insista pas. Il lui avait donné une maison, des amis, six enfants. Il ne discernait pas dans son désir pourtant profond autre chose qu'un caprice.

Sa fabrique se développant, Macaire pressait les colons de se choisir un autre lieu de culte. La grande église située à l'ouest du couvent leur parut trop vaste et trop richement décorée. Le préteur leur offrit l'église des minorites. Les Anciens la jugèrent en trop mauvais état. David donna sa démission de caissier ; il prévoyait des voyages plus longs que les années précédentes.

Le Vieux et le Grand Château se joignirent au Kaufhaus pour inviter les Develay à passer le mois d'août à Hauptwil. Sabine, quatorze ans, que plus personne n'appelait « la petite Sabine », avait rédigé l'invitation : *Papa et Maman espèrent que vous viendrez tous : Suzette, Jean-Emmanuel, Jean-Charles, François, Caroline, Henri et leurs parents. Qu'oncle David se rassure, il ne sera pas astreint à écouter chaque concert !*

Le temps de passer chez les Gasc pour annoncer que la petite Élisabeth ne verrait pas sa marraine au mois d'août, d'offrir la jouissance de la maison, du jardin, du pavillon à des nouveaux venus, les bagages furent prêts. On arriverait même avec quelques jours d'avance si le Vieux Château n'avait pas d'autres invités. Après avoir accompagné sa famille fin juillet, David voyagerait le restant de l'été. Côté Develay, Auguste-Henri avait à peine un an et, côté Gonzenbach, Augusta-Dorothea bientôt neuf mois ; ils ne garderaient aucun souvenir de leur rencontre, mais leurs frères et sœurs aînés n'oublieraient pas l'été où chacun d'eux avait joué avec un cousin de son âge. Les fillettes du village, enchantées d'un jeu qui arrondissait leur pécule, secondaient les servantes auprès des enfants.

« Quel besoin de société nouvelle ? pensa Élisabeth, redevenue Elsette pour un été. Je ne connais pas de mécontents à Hauptwil. » Puis elle se souvint que, dans son enfance, les familles des deux châteaux se battaient froid. Il avait fallu plus d'un siècle, disait-on, l'amour d'Ursula et d'Antoine pour faire fondre la glace et mettre fin à une querelle dont on avait oublié la cause. Constatant le changement de préoccupations de son entourage, elle se demanda si ce n'était pas la Thurgovie, terre protégée, à l'abri des revendications et des émeutes de cette fin de siècle, qui pouvait être comparée à une île. Aucune mention de crise économique au Vieux Château. L'agitation des esprits à Genève ou à Paris importait moins que les foires de Lyon, les commandes provenant des Antilles ou de la Grande-Canarie. Hans-Jakob avait finalement admis que la Thurgovie tirait avantage de sa sujétion à plusieurs cantons. Le bailliage commun s'assortissait d'une garantie de neutralité. On n'avait que faire de la guerre des autres, et ceux qui voulaient s'embaucher comme mercenaires étaient libres de choisir leur camp sur une terre étrangère. À la table d'Antoine, le précepteur des enfants parlait de Lavater, qui avait rompu avec Goethe, refusé un poste de pasteur à Brême puis accepté celui de Saint-Pierre à Zurich. Quant à Pestalozzi, toujours au Neuhof où sa femme et son fils, mentalement fragile, venaient de le rejoindre, il écrivait le quatrième tome de *Lienhard und Gertrud*. La musique faisait l'unanimité des convives. Élisabeth s'exerçait à retrouver l'agilité de ses doigts, le timbre sinon l'ampleur de sa voix. Les enfants l'encourageaient : «J'aime tellement t'entendre chanter, Maman», disait Jean-Charles. Sabine enseignait la flûte à Suzette.

David ne rejoignit sa famille qu'à la fin d'août. Il avait encore des affaires à régler à Saint-Gall. Il s'entretint longuement avec Hans-Jakob et Antoine, appréciant ce court séjour en famille, à l'abri de toute contestation. Ils promirent de revenir l'été prochain.

Le retour à Constance, dans la lumière de septembre, fut une partie de plaisir ; on retrouverait le lac, la maison, sa chambre, sa place à la grande table de la salle à manger, les amis.

— Vous m'avez un jour traitée de bohémienne, disait Élisabeth à David. Il doit s'en trouver parmi mes ancêtres ; j'aime passer d'une ville à l'autre, traverser des villages, prête à m'arrêter n'importe où. Le jour où vos affaires vous appelleront à Naples, en Bretagne ou en Alsace – ce n'est pas si loin –, les enfants et moi serons ravis de vous suivre.

— Pourquoi Naples ? s'étonnait-il.

— Parce que mes lointains cousins, les Meuricoffre, y sont fixés depuis des années ; deux des fils de votre ami Jacques Vieusseux les ont rejoints ; leur sœur est à Lorient, en Bretagne ; les colons de Bruxelles ont fondé une importante fabrique d'indiennes en Alsace. Vous voyez que je n'invente rien. Mais au cas où vous me proposeriez l'Autriche ou la Hongrie, pourquoi pas ?

— Cela ferait de longs voyages avec les enfants.

— Et l'occasion, pour eux comme pour moi, d'apprendre bien des choses en chemin.

Ils plaisantaient, retrouvant leur complicité. Il est parfois des moments de grâce, pendant lesquels on s'imagine avoir triomphé de tout malentendu, où l'on oublie l'existence même de l'adversité. À leur arrivée, Élisabeth et Suzette écrivirent dans leur grand livre que la confiance en l'avenir est une des conditions du bonheur.

Quand, au début de novembre, Ennemond Dominicé, le père d'Étiennette Gasc, mourut brusquement d'une attaque d'apoplexie et fut porté en terre avec solennité et chagrin, sa tombe, comme celle du capitaine von Damiani, parut sceller l'alliance des Genevois exilés avec leur terre d'adoption.

XI

Elle était volumineuse, la lettre de Joséphine annonçant la naissance d'une petite Élisabeth, dont la grande Élisabeth devait se sentir un peu la marraine bien qu'on ne sût quand elles pourraient faire connaissance. Après avoir décrit les circonstances de sa délivrance, la réaction des aînés, le caractère que l'on prêtait déjà à la nouvelle venue, elle annonçait, dans un même élan, la convocation des États Généraux pour la première fois depuis 1614 et le rappel de Jacques Necker au Ministère des finances. On vivait de grands moments à Suresnes !

À Constance, toutes proportions gardées, les colonistes parvenaient enfin à se faire entendre. Le rapport sur les attaques, diffamations et injustices subies avait été lu à Vienne. On prenait au sérieux leur intention de quitter les lieux si leurs relations avec les habitants de Constance ne s'amélioraient pas rapidement. Le maire fut destitué, son remplaçant donna des preuves immédiates de son bon vouloir en offrant du bois de chauffage aux colons en prévision d'un hiver rigoureux.

Au début de janvier 1789, Élisabeth comptait de nouveau les semaines et les mois ; elle avait longtemps douté d'être enceinte, persuadée que Henri, son sixième enfant, serait le dernier. En accouchant au mois de juin prochain, pourrait-elle tout de même retourner en août à Hauptwil ?

Il gelait à pierre fendre, on ne sortait plus de chez soi. Quand le courrier fut rétabli, une immense effervescence s'empara de la colonie : une révolution avait éclaté à Genève, à cause de la cherté du pain et pour une invraisemblable affaire d'actrice interdite de séjour, soutenue par un freluquet. L'Édit de pacification, le fameux Code Noir, était aboli. On rappelait les bannis et les exilés.

Il y eut quelques jours de stupeur plutôt que de joie. Après tant d'efforts et de luttes, on ne pouvait pas tout bonnement abandonner ce que l'on avait si péniblement construit et revenir vivre auprès de ceux qui vous avaient exclus de la cité en vous traitant de criminels. Le pasteur Gasc s'informa auprès du Consistoire de Genève de la suite des événements. L'émeute populaire n'avait pas été provoquée à des fins politiques comme huit ans plus tôt ; le froid ayant pris dans la glace les roues des moulins, la farine manquait en Savoie et dans le Jura français. On venait s'approvisionner à Genève, où le pain était meilleur marché. Or les routes étant bloquées, les grains n'arrivaient plus. Pour enrayer l'exportation, le gouvernement décida d'augmenter le prix de la miche d'un demi-sol. Cette mesure raisonnable, modérée, déclencha la panique. Les boulangeries furent prises d'assaut. Devant la violence populaire, on rabaissa le prix de la miche d'un sol et la milice bourgeoise, qui avait été dissoute et remplacée par les troupes d'occupation, prit l'initiative de rétablir l'ordre. Reconnaissants, les aristocrates consentirent à la révision du Code Noir. À la mi-février, le Conseil des Deux Cents et le Conseil général votaient et ratifiaient à une majorité écrasante un nouvel édit qui accordait la bourgeoisie aux Natifs de la quatrième génération et l'amnistie aux bannis. Les cercles pourraient désormais se réunir librement. On s'était passé du consentement des puissances garantes. Citoyens, Bourgeois, Natifs et Habitants célébrèrent leur réconciliation et la liberté retrouvée.

De Londres, de Paris, de Constance, les exilés protestent : l'amnistie est une insulte. C'est une réhabilitation et une réparation qu'ils sont en droit d'attendre. On aurait dû les consulter dans l'élaboration du nouveau code.

Les Genevois en liesse ne comprennent rien à ce mécontentement. D'ailleurs, la colonie de Bruxelles ne le partage pas : au lieu de rejoindre Constance, ainsi qu'elle l'avait prévu, elle revient à Genève sans attendre l'élaboration d'un nouvel édit. Le pasteur Anspach discerne dans les circonstances l'intervention de la protection divine : « Les changements survenus dans l'administration commerciale des Pays-Bas, dit-il dans son sermon d'adieu, nous imposaient depuis longtemps le départ. La date en était fixée, le nouvel asile trouvé, quand une révolution inattendue nous rend la faculté de revenir dans le lieu de notre naissance avec honneur. »

Ésaïe Gasc s'apprêtait à lire ces lignes du haut de la chaire, mais les Anciens, y voyant une incitation à la débandade, s'y opposèrent. Les fabriques, leurs fabriques, étaient le fruit d'années d'efforts, de diplomatie, d'intelligence, de relations multiples, de travail acharné. Elles assuraient le gagne-pain de centaines d'ouvriers qu'on trahirait en abandonnant Constance.

La caisse des pauvres était vide ; de Genève, on ne voyait plus guère la nécessité de faire l'aumône à des exilés dédaigneux de la grâce qui leur était accordée. À bout de ressources, le maître d'école choisit de se faire horloger. On ne se hâta pas de lui chercher un remplaçant. La soi-disant amnistie avait un goût d'autant plus amer que, à l'instigation de Jacques Necker, les nantis genevois réunissaient des fonds considérables en vue de secourir l'État français. Pour Melly, les frères Teissier, Macaire, pas question de se décourager. C'était le moment ou jamais de prouver que le véritable esprit de Genève demeurait intact dans leur colonie. Les fabriques avaient des commandes, elles disposaient enfin du nombre nécessaire d'ouvriers qualifiés. L'évêque, sur ordre de l'empereur, oubliait ses griefs et invitait les membres de l'Église réformée aux célébrations solennelles des victoires autrichiennes.

À Paris, les États Généraux enfin réunis devenaient le principal sujet des rares lettres de Joséphine. Comme à Neuchâtel, elle recopiait les répliques ou les harangues de son père : *L'argent, l'argent, voilà notre Dieu ! C'est vers lui que se dirigent tous nos hommages, tous nos respects, tout notre amour. Dans les rues, dans les promenades, dans les maisons, dans les églises, dans les camps même, je cherche des hommes et je ne rencontre que des pantins et des poupées ; des hommes, à l'exemple des femmes qu'ils ont aviliés, poudrées, parées, rougies, mouchetées, impuissants jusque dans l'organe de la voix, babillent indiscrètement de tout et ne savent rien.*

Élisabeth trouvait que, en effet, on ne parlait plus que d'argent. Elle aurait préféré que son amie lui racontât les progrès de ses enfants. Elle-même n'avait plus l'énergie de veiller sur une petite classe. David était-il à Genève ou à Paris ? Il voyageait constamment en ce début d'année. Pourquoi envisageait-il de quitter Constance au moment où l'on y vivait enfin en paix ?

Une petite fille naquit avec trois semaines d'avance. Le fils aîné d'Anna, Georg Leonhard, arriva aussitôt du Speicher pour seconder sa tante et veiller sur la maisonnée. Il fut le parrain de Georgina, si fragile que le pasteur Gasc la baptisa dans son berceau.

David revint, renseigna, repartit. Élisabeth et Georgina somnolaient. Suzette courait, chantait, contemplait sa petite sœur. « Le bonheur, c'est de vivre », aurait-elle écrit dans le grand livre si elle avait eu le temps d'y penser. « C'est de vivre avec la femme aimée », aurait ajouté le fils de François Roman, qui s'était marié le 11 avril. Dans leur âge mûr, Ami et Magdelaine Melly venaient d'avoir une solide petite fille, dont les frères et sœurs aînés avaient plus de vingt ans. Cette année, si mouvementée en d'autres lieux, s'avançait sous le signe de la bénédiction : jamais le pasteur Gasc n'avait autant célébré de baptêmes et béni de mariages. La petite Georgina prenait des forces. Depuis la mort d'Ennemond Dominicé, les manteaux d'enterrement dormaient dans leur coffre, à l'abri de la poussière et des mites.

À leur arrivée à Hauptwil, Élisabeth et David apprirent la destitution de Jacques Necker. La populace avait enfoncé les portes de la prison nommée Bastille. Élisabeth accueillit ces nouvelles avec indifférence. Elle devait s'occuper des enfants, Georgina tétait encore si paresseusement. Elle n'entendit pas son mari se lancer dans un flot de considérations où se mêlaient l'exigence de justice, le respect de la loi, l'abolissement des privilèges et l'indispensable autorité. Clavière, disait-il, travaillait à un projet qui sauverait la France de la banqueroute. Jamais il ne reviendrait à Genève.

— Pourquoi? s'étonna Georg, le fils aîné d'Antoine, qui avait l'âge où l'on aime se mêler à la conversation des adultes et leur prouver qu'ils ont tort. Comment pouvez-vous, au nom de Clavière, affirmer que jamais...?

À la surprise générale, David entra dans une colère hors de propos, débitant en français un flot de paroles dont ses interlocuteurs ne saisirent pas la cohérence, puis il claqua la porte. Georg haussa les épaules. Le soir, Ursula s'inquiéta devant son mari: David était-il malade? Avait-il des soucis si graves qu'il lui était impossible d'en parler? Antoine la rassura le lendemain: il venait d'avoir, au sujet du négoce, un entretien des plus intéressants avec son beau-frère. Deux jours plus tard, Élisabeth demandait un médecin: son mari, fiévreux, souffrait d'insupportables maux de tête. Le dimanche suivant, rétabli, serein, il prit le temps de jouer avec les enfants. Il s'accordait avec Hans-Jakob pour déclarer que tous les régimes sont bons à condition qu'ils correspondent à la mentalité du pays où ils s'appliquent. Les grands États, difficilement gouvernables, devraient être divisés en régions autonomes.

— Espérez-vous que cette autonomie sera un jour le lot de la Thurgovie? demanda David.

— C'est plus qu'un espoir, nous nous y acheminons, de même que Genève retrouve sa liberté et que le Pays de Vaud s'y prépare.

Hans-Jakob imaginait une juxtaposition de petits États, qui n'auraient plus besoin de s'allier contre des coalitions étrangères prêtes à les envahir mais qui établiraient entre eux des contrats différents selon leur objet et des échanges basés sur la confiance de personne à personne.

— La fonction en elle-même n'est d'aucune garantie, disait-il. Il y a de bons et de mauvais juges, de bons et de mauvais gouverneurs, des princes sages ou des fous. Quel choc pour l'Angleterre que l'aliénation de George III ! C'est l'homme qui compte, le représentant, l'élu en fonction de son intelligence et de son dévouement.

David et Hans-Jakob se comprenaient. Les difficultés de la colonie suisse de Constance étaient venues de l'ignorance de l'empereur Joseph II, victime de ses conseillers et ses propres décisions contradictoires.

— Au fur et à mesure qu'un nombre croissant de hobereaux et de bourgeois prendront conscience de leurs responsabilités, les grands empires seront appelés à disparaître, disait Hans-Jakob.

— Vous faites allusion à l'Empire austro-hongrois, dit David. Quel avenir prédisez-vous au Royaume de France ?

Son jeune interlocuteur estimait que le Français était aussi individualiste que le Genevois, qui avait vécu révolution sur révolution un siècle durant. Le passage prévisible de la monarchie absolue à la monarchie constitutionnelle ne se ferait pas sans heurts. Plus diplomate que Georg, il prit un temps de réflexion et finit par admettre :

— Je ne connais la France qu'à travers vos récits. Que répondent vos amis à cette question ?

David avait entendu Clavière, l'intrépide enfant de Genève, affirmer que seul un gouvernement républicain donnerait à la Nation française sa véritable grandeur. Jugeant prématuré, téméraire peut-être, d'en témoigner, il consulta sa montre : il était temps pour lui de faire ses bagages. Il devait prendre des dispositions pour leur retour à Genève et désirait s'entretenir avec Clavière en vue de futurs placements.

Madame Sabine invita Élisabeth à s'installer au Grand Château avec Georgina. Il y avait suffisamment de monde pour s'occuper des aînés au Vieux Château. Ursula régnait sur les grands et les petits, additionnant les Develay aux Gonzenbach : dix-sept enfants – si l'on exceptait Georgina –, un de plus que feu l'impératrice Marie-Thérèse.

— Sire Georg, lança-t-elle à son fils de dix-sept ans, rassurez-vous, vous n'aurez pas à attendre ma mort pour exercer votre autorité !

David revint plus tard qu'il ne l'avait prévu, important, brandissant la copie d'un document admirable : la Déclaration des droits de l'homme et du citoyen, que la Constituante venait d'adopter à Paris. On se pressa pour en prendre connaissance, traduisant, commentant, approuvant. *La liberté consiste à pouvoir faire tout ce qui ne nuit pas à autrui...* Les Français suivraient-ils en politique, comme ils l'avaient fait pour l'*Encyclopédie,* l'exemple des Anglo-Saxons ?

— Il y a un point sur lequel je voudrais une explication, intervint Dorothea. Qu'est-ce que cela veut dire : *le principe de toute souveraineté réside essentiellement dans la nation* ? Qu'est-ce qu'une nation ? Un canton suisse est-il une nation ? Genève, pourtant, n'est pas une nation ! Et la Thurgovie ? En passant à

Constance, j'ai remarqué que les colons parlent de Genève comme de leur ancienne patrie. On a de l'amour pour sa patrie, des devoirs envers elle, dictés par notre conscience, qui diffèrent selon les circonstances. N'entreront-ils pas en conflit avec la souveraineté de la nation ?

Elle parlait d'une voix un peu hésitante, percevant l'agacement de David, qui coupa court en annonçant qu'il était pressé de se mettre en route avec sa famille, qu'ils rejoindraient Constance le lendemain. Élisabeth s'occupait alors des enfants. Quand David lui annonça leur départ, elle protesta : il venait d'arriver, rien n'était prêt ! Ne parvenant pas à le fléchir, elle prit son parti face aux protestations familiales : les exilés avaient traversé tant de difficultés, d'imprévus, d'incertitudes en quelques années. David ne s'était pas accordé un jour de repos de l'été afin d'assurer l'avenir matériel des siens. On évita de la contredire, en se promettant de venir la trouver.

Le temps de faire le tour du jardin, de donner à chacun sa tâche dans la maison, d'embrasser sa filleule, la petite Élisabeth Gasc, déjà trois ans, en l'invitant à venir jouer avec Caroline ; le temps d'assister au sermon du dimanche et Élisabeth, prenant sa plume, entreprit de rétablir la bonne entente familiale.

C'est à peine si nous avons pu nous dire au revoir, lut Antoine à sa femme. *Nous sommes partis comme des voleurs. David doit sentir que nous nous plaisons un peu trop à Hauptwil. Il désirait avoir sa famille toute à lui. Mais il regrette déjà sa brusquerie.*

— David ne regrette jamais rien, interrompit Ursula. J'ai même bien peur qu'Élisabeth n'admire son mari de n'avoir pas l'idée d'un regret. Les hommes d'action n'ont pas le temps d'être polis.

— Allons, sois charitable, protesta Antoine. Après tout, il ne s'agit pas de nous, mais d'Élisabeth. Pourvu qu'elle soit heureuse avec son mari…

Nous avons bien retrouvé Constance. Les esprits y sont plus calmes. Nous y passerons encore l'hiver prochain.

La page d'Élisabeth s'accompagnait de lettres de Suzette, de Jean-Emmanuel et de Jean-Charles pour leurs cousins, dans un allemand très acceptable.

— L'important, dit Antoine, c'est que les enfants nous ont quittés en parfaite santé. Élisabeth a repris sa bonne mine d'autrefois.

— Il n'empêche, dit Ursula, je ne sais pas comment ta sœur supporte de vivre avec un homme qui décide de tout sans la consulter.

— Élisabeth n'a jamais été au courant des affaires comme toi. David se confie peu, c'est un caractère secret.

— Tu ne vois le mal nulle part. Il existe pourtant.

— Le mal est un bien grand mot. Les êtres réagissent selon leur nature.

— Tout de même, insista Ursula. Je ne pourrais passer une semaine avec pareil autocrate. David se donne raison à longueur de journée : raison d'avoir quitté le Pays de Vaud, raison de s'être rendu à Genève, d'en avoir acquis la bourgeoisie, d'être entré au parti des Représentants ; il s'admire d'avoir choisi l'exil et de s'être établi à Constance où le voilà Ancien de l'Église se sacrifiant à la cause des pauvres en bon Samaritain ; et aujourd'hui, il nous annonce son retour à Genève et le rétablissement de sa fortune !

— Le rétablissement de sa fortune ? s'étonna Antoine. Il ne me paraît pas que ma sœur soit dans le besoin.

— David et Hans-Jakob parlaient l'autre jour de placements avantageux en France offerts par une Caisse de l'Extraordinaire.

— Tant mieux s'ils peuvent en profiter! David a toujours géré ses biens avec intelligence, prudence et générosité. Il a sans doute des défauts, mais ne lui enlevons pas ses qualités, conclut Antoine.

* * * *

Genève adopta un nouvel édit. Désormais, les proscrits seraient réintégrés dans leurs droits et leurs fonctions dès leur retour. En retrouvant sa charge de syndic, Julien Dentand soutiendrait la colonie plus efficacement qu'en restant à Constance. Bernard Soret, François Sautter et David parlaient déjà de reprendre leur place au sein des Conseils. Le petit peuple de Genève avait fêté le retour du pasteur Jacob Vernes. Joséphine, toujours épistolière, déplorait la divergence des opinions dans sa famille : son mari souhaitait revenir à Genève ; son père, Étienne Clavière, jurait qu'il n'y remettrait jamais les pieds. Fille unique, Joséphine ne pouvait quitter ses parents. Ils resteraient donc tous à Suresnes. L'oncle Jean-Pierre Vieusseux de Constance, l'un des premiers à reprendre sa place à Genève, ne comprenait pas que son frère Jacques préférât finir ses jours à Oneille. Ainsi, au fil des semaines et des mois, colons de la première ou de la dernière heure s'apostrophaient, se confrontaient, se confortaient, se blâmaient ou s'approuvaient.

Si l'exode avait affaibli l'économie genevoise alors florissante, le retour des exilés donnait l'espoir de sortir de la crise actuelle. David précéda sa famille. Il loua un grand et bel appartement au 6 de la rue des

Belles-Filles. Élisabeth, aidée d'une servante, se mit en route avec les enfants en même temps que les François Sautter. Le voiturier de la colonie, qui avait eu tant de difficultés deux ans plus tôt pour acheminer ses marchandises dans le Haut-Rhin, prenait sa revanche. Avec son entreprise, on traversait la Suisse en toute sécurité. Il se chargeait des nombreuses formalités à la frontière des cantons, les bagages et les meubles suivaient.

Hauptwil fut la première étape. Le retour des émigrants resterait gravé dans la mémoire des villageois qui, pour la plupart, ne sortaient jamais de leur district.

Le temps était sec, quelques heures de retard se rattraperaient aisément. Quand reviendrait-on passer un été à Hauptwil ? Les enfants refusaient de se quitter. On ne reprit la route qu'à midi. Les chevaux allaient au pas. Jean-Emmanuel et Jean-Charles s'amusaient à sauter à terre et à marcher sur les talus. Ils comptaient les ponts, nommaient les rivières. Était-ce bien la Thur qui passait à Winterthour ? En voyant Zurich, le lac, la rivière qui s'en échappait, les plus jeunes se crurent à Genève. On leur apprit qu'il y aurait encore plusieurs jours de route, bien des lacs et des rivières avant d'arriver au Léman, plus étendu encore que le lac de Constance, traversé comme lui en son milieu par une frontière. À Fribourg, les enfants furent ravis d'entendre parler l'allemand et le français. On était tout près de Payerne et de la Bretonnière, où Sarah les attendait. Angélique habitait la maison de son mari. Isaac était à Lausanne. Suzette, qui se rappelait son premier séjour, fut déçue de ne pas les retrouver. Sarah avait préparé un magnifique souper campagnard, mais elle paraissait songeuse. Quand les

Sautter l'invitèrent à Genève, elle affirma vivement, trop vivement, qu'elle ne reverrait jamais la ville. Le lendemain, au moment des adieux, elle dit son regret de n'avoir pu s'entretenir avec David.

— Donnez-moi un message pour lui, proposa Élisabeth. Il l'aura dans quelques heures puisqu'il nous attend à Yverdon.

Sarah hésitait.

— Dites, dites, Sarah ! Que se passe-t-il ?

— J'aurais simplement voulu le revoir.

— Je croyais qu'il était passé par ici tout récemment.

— Oui, justement… J'aurais à lui parler.

David les attendait à l'hôtel de l'Aigle. Les enfants coururent à lui. Il s'approcha d'Élisabeth, un peu cérémonieux. Elle ne remarqua sa mise, d'une élégance inaccoutumée, qu'au moment de se mettre à table. Était-ce Suresnes qui avait changé ses manières ? Des cousins avec lesquels il s'était réconcilié vinrent présenter leurs respects.

Élisabeth tenait à profiter de son passage pour revoir Jeanne et Bartolomeo de Félice. Elle leur écrivit un mot.

— Monsieur de Félice est mort il y a plusieurs mois, annonça le portier en lisant l'adresse.

L'hôtelier parla de Jeanne à mi-voix comme d'une personne assaillie par le malheur. Le Tertre était vendu, et fermé le pensionnat, des scellés posés sur les portes de l'imprimerie et de la bibliothèque. Bartolomeo laissait aux siens plus de dettes que de biens. Élisabeth connaissait l'adresse des parents de Jeanne.

— Pourquoi y aller ce soir ? dit David. Vous verrez votre amie un autre jour, vous l'inviterez à Genève.

Elle tint bon. Il y avait suffisamment de monde pour s'occuper des enfants, David, confortablement installé, s'entretenait avec François Sautter. Un quart d'heure plus tard, Jeanne, très droite, les mains crispées sur les accoudoirs du fauteuil, confiait à Élisabeth qu'elle cherchait à oublier les dernières années, les derniers mois si pénibles de son mari. Elle désirait vendre sa bibliothèque ; LL. EE. s'y opposaient. Pour échapper à son chagrin, Jeanne énumérait les démarches entreprises, ses difficultés avec les enfants des premiers lits. Élisabeth étreignit son amie sans lui parler de Lise.

À son retour, David était tendu. Par contrecoup, elle le fut aussi. Ils ne s'aimèrent pas cette nuit-là. Elle pensa qu'il y avait la fatigue, la différence des préoccupations. À Genève, ils retrouveraient le temps du partage.

On ne s'arrêta à Villars que pour embrasser la famille et faire boire une tasse de lait aux enfants. Leur impatience grandissait, ils s'imaginaient à tout moment apercevoir les murs de Genève.

À la porte de Rive, David fit joyeusement enregistrer leur retour. Sa bonne humeur rappelait à Élisabeth le soir de leur arrivée à Constance. David avait-il, aurait-il toujours besoin de changement ? Elle s'était vue en bohémienne, heureuse de passer d'un lieu à l'autre, et découvrait qu'elle s'était singulièrement attachée à la maison de Constance, au lac, au jardin, à cette communauté plutôt que colonie, où l'on vivait si proches les uns des autres, heureux de s'entraider.

On s'installa. Elle comprit les raisons de la nouvelle élégance de David : à Genève, on ne pouvait plus s'habiller de n'importe quelle vieillerie. En dépit de la première, de la deuxième, de la troisième, de l'avant-dernière et de la dernière révolutions, les classes sociales demeuraient bien présentes. Elle dut renouveler sa garde-robe et celle des enfants. Cinq d'entre eux étaient nés en exil. Suzette et Jean-Emmanuel, baptisés à Genève, avaient des manières charmantes. On complimentait David sur sa famille. Il avait retrouvé son cercle. D'Ivernois et Du Roveray, de retour d'Angleterre et de Paris, parlaient de changer une fois encore la constitution. Fatigué par les discussions politiques, David fit savoir qu'il ne reprendrait pas sa place au Conseil des Deux Cents.

Enfin mariés, Isaac et Lise annoncèrent leur visite. Leur court séjour fut une fête pour Élisabeth et les enfants.

Isaac venait de présenter le petit Henri, son filleul, à sa femme.

— Et maintenant, de quoi allez-vous vivre ? demanda David.

— Nous habitons la Cité à Lausanne. Je donne des leçons aux étudiants.

— C'est en donnant des leçons que tu pourras nourrir une famille ?

— Isaac a déjà plusieurs élèves, intervint Lise.

David, paternel, voulut connaître leurs apports : ceux de Lise étaient inexistants. Leurs besoins : ils étaient si modestes, le plaisir d'Isaac étant de se plonger dans les livres, et la bibliothèque de l'Académie se trouvant à deux pas de chez lui.

— J'ai parlé à ta mère l'autre jour, dit David. J'ignore si elle a compris mes conseils. Tant que le Pays de Vaud sera sous la férule bernoise, nous serons traités en valets. Si elle pouvait réaliser un petit capital, elle aurait l'occasion de le placer en assignats.

Élisabeth, habituellement indifférente aux conversations financières, dressa l'oreille. Assignats ? Le mot avait été prononcé à Hauptwil en présence de Hans-Jakob. L'assignat, expliqua David, était un emprunt de l'État français sur ses biens propres, des biens assignés, donnés en garantie comme dans une hypothèque. L'assignat était une valeur sûre, il rapportait un intérêt plus élevé qu'un placement bancaire.

— Nous n'avons pas besoin d'argent, dit Isaac. Lise et moi avons ce qu'il nous faut à Lausanne. Louise est heureuse à Zurich. Fanny est si charmante que son mari sera le plus comblé des hommes même si elle ne lui apporte pas de dot.

— Il faut penser à ta mère, à son avenir. Actuellement, l'une de ses fermes ne lui rapporte rien. Je lui ai conseillé de placer le produit de sa vente en assignats. Avoir un peu d'argent devant toi ne t'empêcherait pas d'être professeur.

— Merveilleux oncle David ! dit Isaac. Vous viendrez nous rendre visite à Lausanne, où nous avons beaucoup d'amis. De nouveaux journaux commencent à y paraître.

Le banquier Fingerlin et sa femme, de retour de Lyon où l'agitation devenait préoccupante, vinrent à leur tour saluer Élisabeth en faisant la connaissance des enfants. Suzette, futée, sentit que le moment était venu de lancer dans la conversation l'assignat, saisi au vol deux jours plus tôt. Le banquier enchaîna sur les malheurs de la France. La situation du Royaume était sans issue, son endettement croissant entraînerait de nouveaux emprunts, les garanties perdraient leur valeur, de même que le petit rectangle de papier portant le nom d'assignat. David changea de sujet. Après le départ des visiteurs, Élisabeth s'inquiéta. David lui

expliqua que Fingerlin n'avait pas la chance de bénéficier de hautes relations comme lui. Mirabeau et Clavière ne pouvaient se tromper. D'ailleurs, la Constituante avait approuvé le principe des assignats. C'est
en assignats qu'il placerait désormais ses avoirs de
Lyon jusqu'alors gérés par Fingerlin.

Élisabeth s'enquérait d'un précepteur pour les
aînés quand David lui parla d'un pensionnat qui
s'ouvrait à Genève pour les enfants de six à douze ans.
— Si jeunes ? s'étonna-t-elle. Monsieur de Félice
n'accueillait que des adolescents.
C'était une école pour les filles aussi bien que pour
les garçons. Les aînés travailleraient plus assidûment
qu'à la maison, où ils étaient distraits par leurs frères et
sœurs. Ils avaient des lacunes à combler du fait du
manque de continuité de leurs études. Élisabeth
s'opposa : les enfants dormiraient sous son toit, elle les
ferait conduire à l'école chaque matin, ils reviendraient
à la maison pour le souper. Suzette n'avait que dix ans,
Jean-Emmanuel huit, Jean-Charles six. Se rappelant
soudain le récit de Sarah – David emmenant son neveu
Isaac à l'âge de cinq ans –, elle déclara qu'une matinée
d'école suffirait ; les devoirs se feraient à la maison. À
son soulagement, David se montra conciliant : on avait
le temps de réfléchir, c'est elle qui déciderait. Il paraissait même se réjouir qu'elle ne fût pas de son avis. Elle
pensa qu'elle le comprenait mal. Manquait-elle de
simplicité ou avait-il réellement changé sans qu'elle
pût préciser en quoi ?
Suzette, Jean-Emmanuel et même Jean-Charles
progressèrent à pas de géant. À la maison, François,
rêveur, souriant, assistait aux jeux d'Henri et de Caroline. Georgina avait un peu le caractère de François.

C'est ainsi que, dans la famille, il y eut les grands qui étudiaient, et les petits. On avait presque perdu de vue le pasteur Gasc dans sa paroisse de Cartigny et l'on voyait trop rarement le docteur Odier, qui habitait un quartier éloigné. Bernard Soret était leur plus proche voisin.

Avant même de se remettre au clavecin qui avait fait un si long voyage – peut-être un jour lui préférerait-elle le piano-forte – Élisabeth écrivit à Hauptwil puis à Constance. Dans son cœur, colons, fabriques et ateliers faisaient partie de sa famille. Elle demanda des nouvelles des enfants, des arbres qu'elle avait fait planter. Le nouveau propriétaire de leur maison prenait-il soin du jardin ? Elle ne parla pas de l'agitation qui régnait de nouveau dans la ville. Avaient-ils quitté Constance trop tôt ? Elle n'osait s'en ouvrir à David. À Genève, les Habitants et les Natifs ne jouissaient pas des mêmes droits que les Bourgeois et les Citoyens. Les auraient-ils jamais ? Les cercles et les campagnes manifestaient leur mécontentement. Les Natifs se réunissaient, protestaient, réclamaient, exigeaient. À la surprise générale, le journaliste Cornuaud, si agressif autrefois envers les Représentants, tentait de rétablir la paix. Personne n'attribua ce changement d'attitude à la bénédiction quotidienne de son ancien ennemi le pasteur Gasc, qui n'en avait dit mot.

XII

La première flèche dirigée contre le bonheur atteignit Hauptwil : le fils puîné d'Antoine et Ursula, quinze ans, qui passait les mois d'hiver en Lombardie, fut tué dans un accident. Antoine partit sur-le-champ.

Élisabeth venait de lire la lettre bouleversée de Dorothea quand David rentra à la maison au milieu de l'après-midi avec de violents maux de tête. Le soir, la fièvre monta, accompagnée de douleurs aux entrailles qui le faisaient crier. Ses indispositions fréquentes duraient peu ; celle-ci se prolongea. Monsieur Develay souffrait d'un épuisement général, disait le médecin. Il lui faudrait plusieurs mois de repos. Élisabeth, enceinte, à son chevet, heureuse des heures passées à le veiller, imaginait le temps de la convalescence qui leur rendrait une douce intimité.

Les aînés firent leurs devoirs à la pension puis, la santé de leur père ne s'améliorant pas, ils y restèrent la nuit.

Un infirmier est à demeure. Bernard Soret passe chaque jour, plusieurs fois par jour s'il le peut. Il s'inquiète. Élisabeth est-elle consciente de l'état alarmant de son mari? Le visage cramoisi, il délire. Il parle de poison, le mal fut si subit. Qui aurait cherché à l'empoisonner? Douleur et tendresse d'Élisabeth. Elle replace les oreillers, le souffle de David est si court. Le faire boire. Essuyer la sueur de son front. Il déteste laisser voir sa faiblesse. Attentive et discrète, elle murmure des souvenirs heureux.

Mi-février. Les aînés sont à la maison pour le dimanche. Suzette joue avec sa petite sœur Georgina. Caroline et les garçons se poursuivent dans le jardin. À cette heure, y a-t-il un service divin au temple de Saint-Pierre? L'appel bien connu de la *Clémence*, la plus ancienne cloche, se prolonge. On sonne le tocsin. Aux portes de la ville, les gardes sont impuissants à contenir la campagne. Une émeute éclate à Cornavin. Le gouvernement fait appel à la milice bourgeoise. Des hommes armés traversent la rue en courant pour atteindre leur poste. David saute à bas de son lit, veut les rejoindre, s'écroule sur le parquet. Durant un jour, deux jours, trois jours, on se claquemure chez soi. Les enfants n'osent sortir de la maison. Enfin, la situation se détend. Les miliciens en armes patrouillent pour maintenir l'ordre. David se lève. La fièvre est tombée, il a faim. Il triomphe, persuadé d'avoir à lui seul maté l'insurrection. Il reçoit l'infirmier, le médecin, les amis, en vassaux venus lui rendre hommage. Que les campagnes lui présentent leurs suppliques! Grand seigneur, garant de la justice, il dédommagera les opprimés.

Pour la première fois depuis plus d'un mois, Élisabeth et David mangent en tête à tête. Il est calme.

Elle n'est pas certaine qu'il la reconnaisse vraiment. Il lui parle de l'abolissement des droits féodaux que revendiquait la campagne. Son discours est à peu près cohérent. C'est donc qu'il a compris le pourquoi de l'émeute. Il va mieux, pense-t-elle, il est presque guéri. Il retrouve ses forces avec une rapidité surprenante, il a un tel appétit.

David se prépare à sa première sortie. Élisabeth voudrait l'accompagner. Il dit que c'est inutile, il connaît la ville, il se sent parfaitement remis ; que pourrait-il lui arriver ? Une demi-heure plus tard, des gardes le ramènent à la maison : il haranguait la foule sur la place voisine, alors que toute manifestation est interdite. Le lendemain, à nouveau grand seigneur, il parcourt l'appartement, demande ses livres, écrit, rature, signe. Bernard Soret mande un autre praticien. Les amis se consultent : la signature de David peut engloutir une fortune. On lui amène les enfants dans l'espoir que leur vue lui rendra la raison. Il leur annonce que le gouvernement l'a chargé d'une mission et leur tend sa main à baiser. Attentifs à ne pas le contredire, médecin et infirmier l'emmènent dans « son palais-forteresse », l'Hôpital de Genève.

Pour le moment, il est préférable qu'Élisabeth ne fasse pas de visite à son mari, mais le médecin désire s'entretenir avec elle, qu'elle vienne le trouver. Le cœur lui manque. Elle est seule à pouvoir expliquer ce qui s'est réellement passé. Dans le bureau du praticien, sans même prendre le temps de s'asseoir, elle assure que David est victime de sa grandeur d'âme. Il n'a pas supporté de ne pouvoir rejoindre son poste dans la milice lors de l'émeute. Il était malade, très affaibli, il a voulu se lever, il s'est écroulé. C'est après les trois jours de l'insurrection, où il n'a pas pu quitter son lit, qu'il a perdu le sens de la réalité. C'est pour cela que, lors de sa première sortie, il s'est adressé à la foule ; il reprenait ses responsabilités. David n'a jamais reculé devant ses responsabilités.

Le médecin lui avance un fauteuil, ouvre un dossier pour lui donner le temps de reprendre son calme.

— Il était très fatigué ces derniers temps, poursuit-elle. Il avait des maux de tête. Il prend tout trop à cœur. Nous avons traversé tant d'événements en quelques années. Il voyageait constamment, il se nourrissait mal.

— Parlez-moi de la famille de votre mari, demande le docteur.

Élisabeth sait peu de chose. Elle n'a pas connu les parents de David ni ses grands-parents, ni même les deux frères dont il parlait souvent. Ses sœurs sont les marraines de ses enfants. Le frère qui lui reste vit d'un petit domaine en Pays de Vaud.

— Quelqu'un de la famille a-t-il eu des troubles nerveux, mentaux ?

David n'y a jamais fait allusion. Elle raconte les semaines de fièvre, l'agitation, l'angoisse qui se sont emparées de lui au moment de l'insurrection.

— La porphyrie, dit le médecin, n'est pas causée par la fatigue, l'angoisse, les soucis. C'est une maladie physique, une maladie du corps, rare mais connue, une maladie héréditaire que l'on porte en soi dès le berceau. Elle se déclare en général plus précocement que chez votre mari. C'est une chance qu'il n'en soit atteint qu'aujourd'hui. Les symptômes sont toujours les mêmes, ceux que vous m'avez décrits : une forte fièvre, des maux de ventre si violents et si subits que le malade se croit empoisonné, une rougeur caractéristique de la peau, une difficulté à respirer et un dérèglement de la pensée au moment où le corps se rétablit.

— Quand sera-t-il guéri ?

Il lui doit la vérité. Sa famille va au-devant d'années pénibles. Qu'elle se souvienne que ni elle, ni son mari, ni personne n'est responsable des difficultés qu'ils auront à affronter.

— Mais que faire ? Que puis-je faire ? murmure-t-elle.

— Écrivez-lui. Il peut y avoir délire de la persécution. Ne le contredisez jamais. Quoi qu'il affirme, témoignez-lui une grande douceur. Nous allons le faire revenir de ses idées de grandeur. Il souffrira en prenant conscience de son état. C'est alors qu'il aura besoin de votre soutien.

Les médecins ne savent pas tout. Élisabeth espère la guérison. Une maladie héréditaire peut atteindre les enfants. Le docteur Odier vient les examiner. Il la rassure : tous sont en parfaite santé. Il est normal que les aînés ramènent des rhumes de l'école et les transmettent aux cadets. Élisabeth écrit de petites lettres tendres chaque jour. Elle parle du pavillon dans les vignes, de Peseux, du lac de Neuchâtel, de Constance. Elle raconte la journée des enfants. Les petits envoient des dessins ; les grands écrivent, plus ou moins longuement selon leur âge, de jolies lettres calligraphiées. Le docteur Odier, Bernard Soret, le pasteur Gasc vont voir David. Il n'est plus un grand seigneur, il est un homme traqué qui a perdu sa liberté, qui s'accuse de fautes qu'il n'a pas commises, qui accuse ses meilleurs amis de vouloir l'empoisonner. Élisabeth obtient la permission de lui rendre visite. Il a beaucoup grossi, s'inquiète de la voir. Il incrimine ses amis sans finir ses phrases, s'indigne de ce que son beau-frère Antoine, le banquier Fingerlin, François Sautter n'aient pas répondu à ses lettres. Il est persuadé que tous en veulent à sa fortune. Il réclame ses livres et s'adoucit quand Élisabeth lui promet de les lui faire parvenir. Les amis de David sont formels : il faut lui imposer un curateur et l'interdire officiellement.

Élisabeth lui annonce qu'elle ira faire ses couches à la campagne, dans une maison des Pâquis. Elle espère qu'il pourra l'y rejoindre. Les trois aînés, qui restent à la pension, viendront chaque dimanche. David se tait. Elle s'enfonce dans le chagrin. Quelques jours plus tard, elle reçoit une lettre affreuse : David prétend que l'enfant qu'elle va mettre au monde n'est pas de lui. Ce soupçon dément l'atteint plus que sa folie des grandeurs et que son imagination au sujet du poison.

Isaac est arrivé aux Pâquis avec Lise, qui s'occupera des enfants quelques jours. Il revient bouleversé d'une visite à l'hôpital : son oncle est méconnaissable. L'homme qui porte son nom n'a pas ses gestes ni sa démarche. Il est tout incohérence, méfiance, médisance, avec des éclairs de ruse dans le regard, alors que David était bon, généreux, clair et précis. Le médecin lui a répété le diagnostic : cette maladie héréditaire transforme le comportement et le caractère. Maladie fatale, manifeste chez les uns, qui se transmet à une lointaine descendance chez les autres. Jamais Isaac, du même sang et de la même famille que David, n'en avait entendu parler. Pourrait-il, après quelques semaines fébriles, être dépouillé de lui-même ? Élisabeth elle aussi est méconnaissable, épuisée, le visage amaigri, avec une telle tristesse dans le regard. Sur l'ordre du médecin, elle s'enquiert d'une nourrice ; pour la première fois, elle n'allaitera pas. Son cinquième fils, né avant l'aube du 13 juin 1791, s'appellera David. Isaac se charge d'écrire la nouvelle à Hauptwil. Ésaïe Gasc va l'annoncer à l'hôpital. De plus en plus ancré dans l'idée du poison, David demeure inébranlable : il ne reconnaîtra pas l'enfant, Élisabeth lui est infidèle. Il est si résolu et si affirmatif, il imagine tant de précisions qu'un étranger en serait ébranlé. Ésaïe, qui a passé les années de Constance quasiment porte à porte avec les Develay, constate, atterré, la méchanceté et les aberrations accumulées par la folie de son ami. Toute tentative de raisonnement tourne court. Un autre s'est-il emparé du corps de David au moment où il allait passer dans l'autre monde, lui volant sa famille, ses amis, son nom, ses livres, son pouvoir de s'exprimer ? Ésaïe Gasc pense à une maison dévalisée, occupée par un intrus. Enigme d'autant plus douloureuse pour le pasteur qu'il connaît la foi de ses amis : David parle de Dieu, de prière, de justice, tandis qu'Élisabeth demande jour et nuit la protection divine pour son mari et ses enfants.

Elle suit scrupuleusement les consignes du médecin, passe outre les accusations de David. Elle s'occupe de son linge, engage les enfants à lui écrire, lui envoie des friandises que − générosité élémentaire ou crainte du poison ? − il partage avec son infirmier. Il guette le moindre manque de spontanéité dans une lettre d'Élisabeth. Elle pèse chaque mot. Comment exprimer, comment lui faire comprendre, comment guider sa pensée, comment le détromper ? La famille, les amis, les connaissances ont reçu, dans une langue châtiée, de longues missives incompréhensibles. Élisabeth supplie qu'on lui réponde en corrigeant ses idées erronées avec bonté tout en lui témoignant la même estime qu'auparavant. Elle envoie de petits modèles de lettres puisqu'elle sait mieux que personne ce qui l'irrite ou ce qui l'apaise.

Enfin un signe d'amélioration : il s'inquiète des premiers mois de sa maladie. Que s'est-il passé réellement ? On n'ose lui parler de folie des grandeurs, de délire de persécution, mais on réunit les lettres qui se sont échangées et qui toutes témoignent d'une affection navrée. Qu'il sache au moins que ce n'est pas sa femme qui l'a fait interdire, que la mesure était nécessaire dans son intérêt.

Il s'attaque aux curateurs, qui lui demandent renseignements et conseils mais ne l'autorisent pas à disposer de ses biens sans leur accord. Le médecin l'engage à s'installer à l'auberge avec un infirmier jusqu'au moment où il pourra s'en passer.

Ses lettres changent de ton : il remercie sa femme de l'avoir soutenu et la complimente sur sa manière d'écrire. Élisabeth avait raison d'espérer, une imagination de mille et une tendresses absorbe ses journées. Elle n'en écrit rien encore à Hauptwil. Elle n'ose croire au bonheur retrouvé. Même sans y croire, la joie l'envahit.

David annonce sa visite aux Pâquis pour le dimanche après-midi. Il a très bonne mine, il est habillé de neuf, il présente l'infirmier comme un de ses amis. Jean-Emmanuel lui prend la main, Georgina l'évite, Caroline l'observe. Élisabeth est si émue qu'elle ne peut parler. David questionne les enfants sur leurs études et sur leurs jeux, assied Henri sur ses genoux. Encore distant avec Élisabeth, il dit se rendre compte de l'embarras, du tourment qu'il lui a causés. Le pire est certainement passé. Il veillera sur sa santé. Maintenant qu'il connaît sa maladie, il en préviendra les rechutes. Les larmes aux yeux, Élisabeth va chercher le petit David, à cette heure tout éveillé dans son berceau. Elle le tient serré contre elle, le lui présente :

— C'est celui de nos enfants qui, dès sa naissance, vous ressemble le plus.

Il ne veut pas lui donner un père encore sous curatelle. Il reconnaîtra l'enfant quand l'interdiction sera levée. Élisabeth s'y emploie, elle écrit au médecin, elle écrit au magistrat, elle écrit aux curateurs. Qu'on examine son mari ! N'est-il pas en mesure de mener ses affaires désormais ? Le médecin la met en garde, ce n'est qu'une rémission. Les deux curateurs désignés – des amis – se borneront pour un temps à un rôle de protecteurs discrets.

Dans ses lettres, David parle de rêves où les enfants lui tendent les bras. Il ne tient à la vie que pour eux et c'est pour eux qu'il cherche à retrouver sa dignité. Dès la mainlevée de l'interdiction, il reconnaîtra le petit David. Le médecin et le magistrat hésitent longuement. Élisabeth insiste. Quand enfin David retrouve ses pleins droits d'homme responsable, il avoue un nouveau scrupule concernant sa santé : il désire consulter le célèbre docteur Tissot de Lausanne, qui aura peut-être un nouveau traitement à lui proposer. Il en profitera pour faire examiner Georgina, Henri, Caroline, François, héréditairement plus menacés, pense-t-il, que les aînés. Il s'est aperçu que, à Genève, un malaise persiste à son égard. Ce sera l'occasion de quitter la ville quelque temps. L'hospitalier d'Yverdon offre de l'accueillir avec les enfants ; Élisabeth l'a rencontré, c'est chez lui qu'Isaac avait logé lors de sa visite à Félice.

Elle accepte, à condition de les accompagner. David explique qu'il a besoin d'être seul avec les enfants quelques jours avant de reprendre la vie commune. Dans ce cas, dit Élisabeth, Jeanne, la gouvernante, ira avec eux. Il est affligé : sa femme, comme ses amis genevois, se méfie-t-elle encore de lui ? Il faut évidemment quelqu'un pour s'occuper des petits ! Il y a pensé et attend d'un jour à l'autre une nièce de l'hospitalier, qui fera le voyage avec eux et ne les quittera pas avant de les avoir ramenés à bon port. Élisabeth pourra lui donner toutes les recommandations nécessaires. De plus en plus gai et affectueux, David passe chaque jour aux Pâquis. Une demoiselle Develey, apparemment vive et compétente, se présente et promet solennellement de ramener les enfants sains et saufs deux semaines plus tard. Élisabeth cède. On célébrera le baptême du petit David le mois prochain.

Le dimanche suivant, Suzette s'inquiète ne pas trouver les cadets. Élisabeth en profite pour lui parler de la maladie de son père. Il est inquiet, malheureux, il doute de lui. Avec beaucoup de douceur et de tendresse, ceux qui l'aiment parviendront peu à peu à le tranquilliser.

Suzette n'est pas convaincue :

— Et toi, Maman, et moi ? Il semble que Papa ne voit jamais notre chagrin.

— C'est justement en cela que consiste sa maladie : il perd de vue la réalité, il souffre sans comprendre que nous souffrons à cause de lui.

La petite fille se serre contre elle :

— Maman, tu ne voulais pas l'avouer, mais j'avais raison : le bonheur n'existe pas !

L'enfant est intimidée par le silence qui suit. Elle joue avec la main de sa mère comme lorsqu'elle était plus petite et que le sermon de Monsieur Gasc à Constance lui paraissait trop long. Élisabeth pose sa joue sur les cheveux soyeux de sa fille. Douceur de l'été, des robes fraîches et des bras nus. Suzette, bouture de vie. Lui dire qu'elle pense à elle toute la semaine, qu'elle l'imagine à la pension avec ses frères, travaillant bien, jouant aussi, qu'elle est fière de ses progrès, heureuse des lettres qu'elles échangent. Sa main enserre tendrement l'épaule de l'enfant :

— Pour moi, le bonheur existe puisque tu es mon bonheur.

Elle lui enverra des nouvelles des cadets sitôt qu'elle en recevra.

Deux lettres de David coup sur coup expriment des reproches grandissants. En revanche, des lignes rassurantes de Mademoiselle Develey affirment que les enfants mangent et dorment bien. Élisabeth compte les jours.

En revenant à Genève, David souhaite visiter le camp de l'armée bernoise à Rolle avec les aînés. Un maître pourrait les y conduire et ils prendraient ensuite tous ensemble le chemin du retour. La maîtresse de pension reçoit la même requête. Elle convient avec Élisabeth que deux maîtres accompagneront Jean-Charles, Jean-Emmanuel et Suzette, enchantés à la perspective de cette longue excursion. Rolle est à six heures de route ; en partant de bonne heure, ils reviendront à Genève avant la nuit.

Dès l'aube, Élisabeth les suit en pensée sur la route qui longe le lac, où elle a tant de souvenirs. À mesure que l'heure s'avance, son impatience grandit. En fin d'après-midi, le ciel se couvre au-dessus du Jura, un orage menace d'éclater. Elle se fait conduire à la porte de Rive pour les accueillir et guette l'arrivée de chaque voiture. Les jeunes maîtres sautent à terre, hagards, seuls : Monsieur Develay les a congédiés en gardant les enfants.

— Comment avez-vous pu lui obéir ? Vous deviez vous défendre, vous battre ! hurle Élisabeth.

Ils s'étaient battus et les coups ne leur avaient pas manqué : ce n'était pas avec les petits que Monsieur Develay les attendait, mais avec deux inconnus à sa solde. Suzette avait voulu entraîner ses frères dans la voiture, qui avait déjà fait demi-tour. Un attroupement s'était formé, la garde était intervenue. David avait pour lui la puissance paternelle et une lettre d'un pasteur d'Yverdon disant que Monsieur Develay regroupait sa famille dans sa ville d'origine, heureuse de l'accueillir.

Élisabeth veut partir sur l'heure chercher ses enfants. Il faut changer de cocher et de chevaux. Les portes de la ville se ferment. Elle emmène les maîtres chez des amis pour qu'ils entendent leur récit. Comment David a-t-il pu mentir à ce point ? Lui prendre ses enfants ? Elle les lui arrachera ! Il est plus rusé que malade. Mais la ruse fait partie de sa maladie, comme le mensonge. Elle avait cru à ses paroles tendres, à sa guérison. Sept, huit mois d'efforts pour le sauver tournés en dérision atroce ! Les Vernet-Charton habitent derrière le Rhône, à dix minutes de là. Ils accueillent Élisabeth avec chaleur et compassion, veillent sur elle toute la nuit, lui remettent au matin une lettre des Anciens de l'église de Constance qui éclaire le Consistoire d'Yverdon sur la maladie de David et la situation de sa femme. Ami Roux, qui est avocat, écrit de son côté à un confrère yverdonnois et persuade Élisabeth d'attendre à Genève la réponse qui lui permettra de reprendre ses enfants en toute légalité et définitivement. Le canton de Berne se montre sourcilleux quand il s'agit de droit, particulièrement si le for du litige est en Pays de Vaud.

La réaction du Consistoire d'Yverdon est immédiate : il déplore que les Anciens de l'église de Constance donnent une image affligeante de leurs dissensions, puisque Monsieur David-Emmanuel Develay, leur caissier, avait officiellement la confiance de tous et qu'il pourvoyait généreusement aux besoins des plus pauvres.

Le confrère yverdonnois d'Ami Roux ne peut agir : la curatelle de Monsieur David-Emmanuel Develay, décrétée à la suite d'une grave maladie, a été levée récemment à la requête de sa femme, qui a produit ou fait produire les certificats médicaux nécessaires. Monsieur Develay n'a jamais été privé de la puissance paternelle. A fortiori, son épouse n'est pas la tutrice de ses enfants. Elle ne peut intervenir que par l'intermédiaire de son plus proche parent de sexe masculin en s'adressant aux autorités ecclésiastiques, qui régissent le droit familial. À ces considérations juridiques, l'avocat joint un rapport accablant : David-Emmanuel Develay demande le divorce en affirmant qu'il n'est pas le père du dernier enfant de sa femme. Il a acheté une maison sur la place d'Yverdon. C'est demoiselle Develey qui élèvera les cadets. Les trois aînés ont été mis en pension dès leur arrivée. À Yverdon, Monsieur Develay paraît dans son bon sens, fort gai, apprécié en société. Sans faire d'extravagance, il comble de bienfaits Develey l'hospitalier.

Il faut agir rapidement. Antoine reçoit par le même courrier deux appels à l'aide qui résument les épisodes de la maladie de David. Le premier vient d'Élisabeth et contient la copie d'une supplique adressée à un conseiller d'Yverdon. Le second est de Bernard Soret ; il insiste sur le changement de caractère dramatique de David, qui renie ses affections les plus chères, et sur la patience néfaste, le désespoir d'Élisabeth. L'établissement de David à Yverdon a été certainement fomenté par ses lointains cousins, qui ont des vues sur sa fortune.

Confiant en son autorité, Antoine s'attend à rétablir Élisabeth dans son bon droit. Ursula se méfie davantage des ruses de son beau-frère. Dès leur lecture, les lettres sont transmises au Speicher, chez Anna. Son fils aîné, Georg Leonhard, parrain de Georgina, rejoint Hauptwil en quelques heures pour accompagner son oncle. À Zurich, ils louent une voiture plus rapide que la leur, traversent la Suisse.

Élisabeth les attend dans l'appartement de la rue des Belles-Filles, dont David vient de dénoncer le bail en réclamant « ses » meubles. Antoine règle les gages des domestiques, qui n'ont pas été payés depuis la mainlevée de la curatelle. En ce moment, les affaires d'argent ne sont pas les plus importantes. Georg Leonhard prend un peu maladroitement le petit David dans ses bras. Il sera baptisé après-demain dimanche, au temple de Saint-Gervais, par le pasteur Gasc. Deux parrains assureront l'avenir de l'enfant : Sigismond Vernet représente Pierre Geymat, des Vallées ; Antoine, son fils aîné.

Dès l'arrivée de son frère, Élisabeth s'est apaisée : « Tout Genève est pour moi, pense-t-elle. Tout Genève témoignera en ma faveur. » Elle n'a aucun tort, on ne peut lui enlever les enfants.

Antoine reçoit une convocation du Consistoire yverdonnois. Frère et sœur se mettent en route pleins d'espoir et descendent à l'hôtel de l'Aigle, où ils avaient séjourné tous deux quinze ans plus tôt. Le temple, à leur gauche, a gardé sa façade d'opéra maçonnique. Son Excellence le Bailli séjourne dans la ville, comme l'atteste le drapeau bernois planté sur le donjon. Élisabeth n'a d'yeux que pour la maison acquise par son mari en face de l'hôtel. Les petits y sont-ils ? Elle voudrait s'y précipiter. Son frère la retient, ils iront les chercher après l'audience.

L'Hôtel de Ville jouxte l'hôtel de l'Aigle. Élisabeth a répété cent fois dans sa tête le récit des événements. Elle promet à son frère de s'exprimer posément. Ils montent le grand escalier. David se trouve déjà dans la salle avec Develey l'hospitalier. Elle voudrait s'approcher, lui parler. Pourquoi ce décorum ? Il suffirait que David laissât enfin tomber ses idées folles et sa personnalité d'emprunt. Il demeure figé ; elle, muette d'émotion. Le pasteur entre avec les conseillers. Seul le plus âgé, dont elle avait demandé le secours, vient les saluer. On ouvre la séance. Le pasteur implore l'aide divine. Un cérémonial inconnu d'Élisabeth se déroule en des termes qu'elle comprend mal. Impuissante, elle entend ce qui paraît être la lecture d'un jugement : attendu qu'elle est une épouse infidèle, adultère ; attendu qu'on ne peut douter du témoignage de David-Emmanuel Develey, Ancien de l'église de Constance ; attendu que demoiselle Develey jure avoir eu connaissance de lettres de dame Develey menaçant d'attenter à la vie de ses enfants...

— Mensonges ! hurle Élisabeth. Comment pouvez-vous ?

Quelle autre raison aurait eue demoiselle Develey d'aider David à protéger les enfants de leur mère ?

Attendu que...

Antoine intervient. Il produit des lettres d'amis genevois influents ; l'une est du pasteur Gasc, l'autre du vénérable Sigismond Vernet. Elles n'ont aucun poids à Yverdon, où les troupes furent mobilisées à maintes reprises pour se prévenir des révolutionnaires genevois. Antoine demande à comparer les lettres des époux ; qu'on lui mette sous les yeux le passage cité par Mademoiselle Develey ! David a détruit au fur et à mesure toutes les lettres d'Élisabeth, il souffrait trop de sa dureté de cœur.

La séparation est prononcée. Les enfants sont confiés à leur père. Le vieux conseiller, navré, obtient qu'une dernière rencontre de conciliation ait lieu à son domicile, où Madame Develay pourra revoir ses enfants. La salle se vide. Pour les Yverdonnois, la nièce de l'hospitalier est une courageuse jeune fille ; Élisabeth, l'inconnue, une femme légère. Elle tremble si fort qu'elle n'entend plus rien.

Antoine rédige sur-le-champ une demande d'audience à l'adresse de Son Excellence le bailli de Sinner ; il pourrait être leur meilleur allié.

Les enfants ! Revoir les enfants, enlever les enfants... préparer l'enlèvement des enfants... Élisabeth passe la nuit à imaginer stratagèmes et tendres retrouvailles. Puisque David est si rusé, pourquoi ne pas se montrer aussi intelligente que lui ? Fuir à l'occasion d'un droit de visite ? Faire inviter les enfants à la Bretonnière puis traverser avec eux le lac de Neuchâtel ? Les ramener d'une traite jusqu'à Hauptwil ?

Son Excellence de Sinner reçoit le seigneur de Gonzenbach le lendemain matin. Il regrette vivement de ne pouvoir intervenir aussitôt : au Pays de Vaud, le droit des familles dépend du seul Conseil des paroisses. Il suggère à Antoine d'écrire une fois de plus à l'Illustre Conseil de la ville d'Yverdon en le priant de transmettre sa requête au Tribunal baillival. C'est alors seulement que lui-même pourra se saisir de cette affaire. De toute façon, le jugement qui attribue la garde des enfants à David ne pourra être cassé avant quelques mois. Monsieur de Sinner demandera à une personne de confiance des rapports fréquents sur la santé des enfants, leur humeur, leur éducation, et les fera suivre à Hauptwil pour que leur mère reçoive des nouvelles régulièrement.

En quittant le château au milieu de la matinée, Antoine frappe au marteau de la maison récemment acquise par son beau-frère. David n'y est pas. Mademoiselle Develey refuse de lui laisser voir ses neveux. Il passe prendre sa sœur à l'hôtel de l'Aigle, donne l'adresse de la pension des grands, qu'il s'est fait remettre après l'audience. Suzette, Jean-Emmanuel et Jean-Charles se jettent dans leurs bras. Ils ne savent encore rien de la décision du Consistoire, s'imaginent qu'ils vont partir au Vieux Château. Pendant qu'Antoine s'entretient avec les maîtres de pension, Élisabeth, soudain extraordinairement calme, expose la situation aux aînés. Jean-Charles, blotti sur ses genoux, ne perçoit que la chaleur et la tendresse du grand corps maternel fugitivement retrouvé. Jean-Emmanuel comprend que son père, malade, a droit malgré tout au respect de ses enfants. Il doit travailler, obéir à ses maîtres, faire honneur à la famille : il est l'aîné des garçons. Suzette, en larmes, veut partir avec eux. En ce moment, il serait possible de s'enfuir en emmenant les grands. Il est vraisemblable que les maîtres de pension ne s'y opposeraient pas moyennant... un appréciable dédommagement matériel. À la place de son mari, Ursula n'hésiterait pas. Antoine est-il trop pondéré ?

— Comme tu es pâle, Maman ! Comme tu parais fatiguée ! murmure Suzette.

Élisabeth se ressaisit :

— Toi, comme tu es belle, ma chérie ! Tu as bonne mine. Courage !

— Je m'ennuie tellement de toi !

Élisabeth resserre son étreinte. Il est inutile d'avouer qu'elle se sent écorchée vive. On lui a volé le cristal du bonheur. David ne guérira pas. Quand ses enfants lui seront rendus – il lui est impossible d'admettre qu'elle pourrait en être séparée longtemps – la plaie ouverte par l'agressivité de David à son égard cicatrisera-t-elle jamais ? Suzette n'a que onze ans, bientôt douze. Pour elle, ce sera un autre bonheur. Il faut l'aider à le construire. Élisabeth pense à sa mère : le pire chagrin n'est-il pas de mourir avant d'avoir élevé ses enfants ? Elle doit rester en vie pour les guider, même de loin. Elle questionne Suzette sur son emploi du temps, de ses leçons préférées. Qu'elle insiste pour qu'on lui enseigne le clavecin ou le piano-forte ; en tout cas, qu'elle apprenne à lire couramment la musique. Les petits viennent-ils parfois jusqu'ici ? Qu'elle passe souvent un après-midi avec eux, qu'elle se sente un peu leur maman, qu'elle leur lise ses propres lettres, de très longues lettres, qui contiendront tout ce qu'elle n'a pas le temps de lui dire aujourd'hui. Isaac viendra leur rendre visite la semaine prochaine. Si Suzette est angoissée, si elle ne reçoit pas de nouvelles ou si elle a l'impression que ses lettres sont interceptées, qu'elle demande à rencontrer Son Excellence Monsieur de Sinner, le bailli, qui habite le grand château sur la place d'Yverdon.

— Le vrai château avec des tours rondes ? demande Jean-Emmanuel, qui a suivi la conversation.

— Je croyais que Papa n'aimait pas les baillis, s'inquiète Suzette.

Élisabeth la rassure :

— Monsieur de Sinner est un ami d'oncle Antoine.

Douceur d'embrasser ses enfants, de leur annoncer qu'ils se reverront l'après-midi.

La pension est un peu en dehors de la ville. Il est presque midi. Antoine dépose sa sœur à l'hôtel puis, déterminé à s'entretenir en tête à tête avec son beau-frère, traverse la place dans l'espoir de le trouver chez lui. Nouvelle absence de David, nouveau refus de permettre à Antoine de voir ses neveux. Il se fait conduire à l'hôpital. David est là, attablé au milieu des autres pensionnaires. Curieux de sa réaction, Antoine s'assied en face de lui. David se lève et crie au poison. Antoine lui prend le bras. L'hospitalier accourt. Antoine déclare qu'il emmène son beau-frère, ils vont voir les petits. L'hospitalier cherche à temporiser. Antoine le menace d'un scandale ; séquestrer un malade en vue de s'approprier ses biens pourrait lui coûter son poste confortable. L'homme cède, les suit.

Les petits sont en train de terminer leur repas. Deux servantes s'en occupent. La tâche de Mademoiselle Develey n'est pas lourde, mais au moins les enfants sont bien soignés. Antoine les questionne. François et Georgina suivent leur oncle des yeux sans mot dire. Henri répond par monosyllabes. Caroline se précipite dans ses bras : pourquoi a-t-il oublié son violon ? Où est Maman ? Feront-ils de la musique ce soir ? Ici, personne ne sait chanter mais on mange d'excellentes croûtes à la confiture. Papa est très riche, le coffre où il entasse ses assignats est bientôt plein. Oncle Antoine désire-t-il le voir ? Mademoiselle Develey proteste que les enfants n'ont pas terminé leur repas, l'hospitalier remarque que David n'a pas commencé le sien et que l'après-midi sera éprouvante.

Antoine traverse la place pour rassurer sa sœur. Il commande une collation. Élisabeth ne peut rien avaler. Ils partent un peu en avance pour voir arriver les enfants et entrer chez Monsieur le Conseiller en même temps qu'eux. Mademoiselle Develey accompagne les petits, les deux maîtres de pension escortent les aînés ; garde de corps ou infirmier, l'hospitalier suit David pas à pas. Le conseiller proteste, il était convenu que seule la famille se réunirait chez lui. L'hospitalier refuse de sortir. Mademoiselle Develey a promis de ne pas quitter les petits. Élisabeth prend Georgina dans ses bras. Qu'elle est menue et légère ! Elle cache son visage dans le cou de sa mère, lève la tête, curieuse de voir ce qui se passe autour d'elle, la laisse retomber sur l'épaule protectrice, sourit de bien-être et de sécurité. Jean-Emmanuel saisit la main de son père et cherche à l'entraîner vers le groupe formé par Élisabeth et les enfants. Antoine remarque que l'hospitalier et Mademoiselle Develey ne quittent pas David des yeux. Son beau-frère est-il devenu une marionnette manœuvrée par ces prétendus oncle et nièce ? Il s'approche. David, inquiet, recule :

— Que venez-vous faire ici ?

— Vous dire que nous avons de l'affection pour vous, David.

— Vous avez cherché à m'empoisonner !

— Pas du tout, vous le savez. Vous avez eu une forte fièvre et vous êtes convalescent. Ne voulez-vous pas confier les plus jeunes de vos enfants à Élisabeth en attendant de revenir à Genève avec les aînés ?

Chaque enfant doit être une source de revenus pour la nièce et son oncle ; les deux comparses s'interposent : le jugement attribue tous les enfants à leur père, l'entretien prévu est terminé, il est temps de prendre congé.

— L'entretien n'a pas commencé, coupe Antoine, David n'a pas encore échangé un seul mot avec sa femme.

Comment leur ménager un tête-à-tête ? Tandis que le conseiller et Antoine cherchent le moyen d'éliminer les fâcheux, Suzette persuade son père de s'asseoir puis, câline, solide petite fille de onze ans, s'installe sur ses genoux. Il ne peut plus bouger. Antoine pousse l'oncle et la nièce dans l'antichambre où se sont retirés les maîtres des grands. Élisabeth joue la dernière carte de la douceur :

— Nous sommes venus vous chercher, David. Revenez à Genève avec nous, tout le monde vous aime et vous attend. Dites à mon frère les effets que vous désirez emporter immédiatement.

David entend-il ? Il prononce des phrases hors de propos d'une absurde banalité : « Portez-vous bien, Madame », « Tout est en ordre ». Antoine se tourne vers le conseiller :

— Je crains que mon beau-frère ne soit pas entièrement rétabli. Permettez-nous d'emmener les enfants.

Mademoiselle Develey est revenue dans la pièce sans y être invitée. Elle ordonne aux petits de la suivre, empoigne Georgina cramponnée au cou de sa mère.

— Sortez ! crie Élisabeth en repoussant violemment la gouvernante.

Puis, tournée vers David :

— Ne voyez-vous pas que vous êtes le jouet de personnes qui n'en veulent qu'à votre fortune ?

David prononce des mots sans suite.

— Madame Develay vous insulte, lui souffle l'hospitalier en l'entraînant vers la porte.

— Voyons, pas devant les enfants! répète, accablé, le vieux conseiller.

— Les enfants connaissent la maladie de leur père, ils sont les premiers à en souffrir, dit Antoine.

— Ils sont plus en sécurité ici que chez leur mère, rétorque Mademoiselle Develey.

— Mes enfants ne me quitteront pas! déclare Élisabeth, les bras en croix devant la porte.

L'hospitalier la bouscule. Les enfants s'accrochent à elle et elle à eux. On ne sait plus qui crie ou qui pleure. La garde municipale monte l'escalier, elle a mission de ramener les sept enfants au domicile de leur père.

À l'hôtel, Antoine s'apprête à reprocher à sa sœur une violence bien inutile, quand on lui remet un billet. C'est, déformée, presque illisible, l'écriture de David : *Madame, Monsieur, rendez-moi le bracelet avec mon portrait.* Depuis leur départ de Genève, ce cadeau de fiançailles n'a pas quitté le poignet d'Élisabeth. Antoine plonge la plume dans l'encrier et répond laconiquement que Madame Develay n'a pas l'intention de s'en séparer, puis, convaincu qu'il est inutile de rester dans la ville plus longtemps, il confie à Monsieur le Conseiller de La Plaine, qu'ils viennent de quitter, les intérêts de sa sœur et de ses neveux. Il ne connaît pas le droit ni les usages en Pays de Vaud et le prie, après lui avoir exprimé sa confusion désolée et sa gratitude, de lui indiquer les démarches à tenter. Surtout, que personne à Yverdon n'interprète leur départ et leur silence temporaire comme l'acceptation des mesures décrétées par l'Illustre Conseil ; leur éloignement a pour but de laisser à son cher beau-frère le temps de s'apaiser et de retrouver la raison.

Antoine de Gonzenbach, seigneur de Hauptwil, n'a que sa plume, sa franchise et sa ténacité thurgoviennes pour convaincre. Comme Élisabeth l'a fait si souvent à Genève, il passe la soirée à écrire. Il faut que Son Excellence le bailli de Sinner, les ministres du saint Évangile, Isaac à Lausanne et Sarah puissent se référer à la version exacte des faits.

Le grand carrosse qu'ils avaient prévu pour ramener les enfants se trouve à la porte de l'hôtel le lendemain matin. Il bruine. Le jour d'automne n'est pas encore levé. Antoine donne l'adresse de la pension des aînés. Ils trouvent Suzette et Jean-Emmanuel en train d'étudier. Jean-Charles est au lit avec de la fièvre, leur dit-on. Élisabeth se décompose : la fièvre fut le premier symptôme de la maladie de David. Mais l'enfant, blotti dans ses bras, se déclare guéri. Sept ans et demi ; en âge de comprendre. Elle lui annonce qu'elle est obligée de le quitter et qu'elle en est aussi triste que lui. En gage de son retour, elle lui donne une montre qu'elle avait emportée pour distraire les enfants pendant le voyage ; une montre qui sonne les heures et les demies pourvu qu'on n'oublie pas d'en tourner le solide remontoir, une montre fabriquée à Constance...

— Te souviens-tu de Constance ? Te souviens-tu de votre chambre ? – celle qu'il partageait avec Jean-Emmanuel et François. De la salle à manger ?

Il ne sait pas s'il se souvient. Il y a si longtemps qu'il n'a pas vu son père et sa mère heureux, face à face à la table familiale.

Élisabeth rejoint son frère. La maladie de Jean-Charles ne leur procure-t-elle pas l'occasion d'emmener les aînés ? David avait prétexté se rendre chez le docteur Tissot avec les cadets ; pourquoi les grands, accompagnés de leur mère, n'iraient-ils pas consulter quelque lointain praticien ? Antoine refuse, inflexible. Son beau-frère lui paraît trop gravement atteint pour gérer ses affaires et garder la puissance paternelle. Ils obtiendront le droit de venir chercher les enfants d'ici un mois ou deux. Suzette chuchote à l'oreille de sa mère qu'elle a commencé à lui écrire.

— Envoie tes lettres à Hauptwil.

— Hauptwil ? Mais alors, tu ne pourras pas revenir ici bientôt ?

Élisabeth la serre dans ses bras, ravale ses larmes, tente de la rassurer : Isaac et Lise passeront souvent à Yverdon, à mi-chemin entre la Bretonnière et Lausanne.

Retour à Genève, silencieux. Antoine ne s'inquiète pas du mutisme de sa sœur. Après l'accident survenu à leur fils, Ursula s'était longtemps absentée de toute conversation. Ce deuil les a encore rapprochés, s'il est possible, après plus de vingt ans de mariage. Une longue lettre de sa femme l'attend à Genève, lettre d'amour, lettre d'affaires, lettre se réjouissant du bonheur de leur fille aînée Sabine, sur le point de se fiancer au fils du bourgmestre de Saint-Gall, lettre d'une infinie compassion et tendresse pour sa malheureuse belle-sœur.

— Ce pli est pour toi, il vient de France, dit Antoine. Attention, tu le déchires ! Je vais te l'ouvrir.

Joséphine Vieusseux s'inquiète. Que se passe-t-il ? David est-il toujours souffrant ? Elle ne quitte plus Suresnes, attendant d'un jour à l'autre la naissance de son cinquième enfant. Son père est retenu à Paris, où l'agitation ne cesse de croître depuis la fuite de la famille royale, son arrestation à Varennes, son retour forcé dans la capitale. *Pierre insiste pour que nous revenions tous à Genève, alors que Papa, très sévère envers la constitution actuelle, condamne le retour prématuré des exilés. La mort subite de Mirabeau l'a vivement affecté. Elle n'a pourtant pas entamé sa confiance ; Papa se sent un peu le sauveur de la France, peut-être aussi celui de Genève telle qu'il l'imagine dans l'avenir...*

La lettre reste sur la table. Élisabeth l'a-t-elle lue ? Toutes ses pensées se dirigent vers les enfants. Il lui reste peu de temps pour faire ses adieux. Antoine l'accompagne chez les Vernet-Charton, consternés, qui désirent connaître les détails de l'audience et de l'entrevue chez le conseiller. Antoine répond, raconte, renseigne ; Élisabeth se tait. Enfin, Sigismond parle de David, de son ami et compagnon David-Emmanuel Develay, tel qu'il l'a connu à son arrivée à Genève. Il dit son enthousiasme, sa foi, leur idéal commun, leurs travaux communs pendant plus de dix ans. Le mari d'Élisabeth, le père de leurs enfants, jouissait d'une estime unanime dont on gardera la mémoire tandis que le cauchemar de sa maladie sombrera dans l'oubli. Élisabeth avait raison d'écrire : *Il n'y a qu'à Genève que l'on rencontre si grandes bienveillance, entraide et bonté de cœur.*

Les Soret, les Gasc, les Sautter passent tour à tour rue des Belles-Filles. Bernard Soret, très ému – il a vécu si proche des Develay à Constance –, confie Élisabeth à Antoine comme s'il s'agissait de sa propre fille.

Les Gasc sont venus en famille avec la petite Élisabeth et sa grand-mère Madame Dominicé. Une prière monte aux lèvres d'Ésaïe : « Par quelle enchaînure de circonstances notre amie se trouve-t-elle dans une situation si cruelle ? Dieu saint et juste, Tes voies ne sont pas nos voies. Nous respectons les ténèbres dont Tu nous environnes.» Une étincelle de vie traverse le cœur d'Élisabeth au souvenir de Suzette assise à côté d'elle, chuchotant: «Maman, qu'est-ce que c'est que les ténèbres?»

François Sautter ira prochainement à Yverdon et exigera de voir son filleul. Avec Georg Leonhard Schlaepfer, qui prolonge son séjour à Genève, il se chargera de la remise de l'appartement et de l'envoi des meubles à Hauptwil ou à Yverdon.

Le petit David, sevré, quitte sa nourrice. Une coloniste profite de faire le voyage avec eux pour rejoindre Constance. En chemin, elle raconte l'installation du moulin à tabac de François Carra. Il y a moins d'affluence qu'autrefois au service divin, mais les catéchumènes sont nombreux. Le nouveau pasteur, Pierre Bourrit, prend une part active à la politique locale. Les enfants qui le désirent sont reçus désormais à l'école de langue allemande.

À partir de Morat, on rencontre de plus en plus de familles françaises fuyant leur pays pendant qu'il en est encore temps. Les unes ont un lieu d'accueil déterminé, les autres ne savent où s'arrêter. La colonie suisse de Constance, qui parle leur langue, pourra les héberger.

Le petit David s'agite, pleure, boit, mange, régurgite, s'endort, sourit. Élisabeth veille sur lui en silence, ignorant si la présence de cet enfant alimente son espoir ou son chagrin.

XIII

Anna était accourue du Speicher pour accueillir celle qui, à trente-six ans, restait pour elle sa petite sœur. Elle pensait depuis longtemps que les Develay auraient toujours une vie mouvementée et qu'Élisabeth n'était pas au bout de ses pérégrinations. Mais la maladie et la démence de David, le retournement complet de son caractère, sa méchanceté, sa ruse à l'égard de sa femme, qui les aurait imaginés ? Ursula en était aussi troublée qu'elle. Et qu'allaient devenir les enfants ? Des larmes brouillèrent leur vue à l'arrivée du carrosse. Élisabeth avait tellement maigri, vieilli, qu'elle paraissait plus âgée qu'Anna maintenant. Elle se laissa embrasser, toujours sans mot dire, et parut même indifférente aux exclamations de tendresse qui accueillirent le petit David, qu'elle ne pouvait plus tenir dans ses bras tellement ses mains tremblaient.

Les premiers jours, elles évitèrent d'interroger Antoine devant elle sur son séjour à Genève et à

Yverdon. Mais bientôt, l'observant, elles comprirent que, si elle était trop épuisée moralement et physiquement pour parler, Élisabeth leur était reconnaissante à tous de prendre une si grande part à son malheur. Il fallait qu'à Hauptwil on connût les démarches d'Antoine et celles des amis genevois tout au long de l'année. Il fallait qu'on admît – et c'était si difficile – que l'horrible enchaînure de circonstances, comme l'auraient dit les pasteurs Gasc et Anspach, n'était pas le fait de la méchanceté de David mais de sa maladie. Il était vain de le juger et de le condamner.

Le restant des forces d'Élisabeth s'était rassemblé à l'intérieur d'elle-même pour soutenir sa volonté de vivre : les enfants qui lui avaient été arrachés avaient plus que jamais besoin de son courage. Les nuits d'insomnie, elle les rejoignait en pensée. Même s'ils ne percevaient pas sa présence, même si déjà son visage et sa voix s'estompaient dans leur mémoire, son amour coulerait dans leurs veines, les persuadant d'avancer bravement dans cette vie à peine entamée, quelle que fût l'image que leur entourage leur présenterait de leurs parents. Elle croyait entendre la respiration un peu rauque de Georgina, toujours enrhumée, à plat ventre dans son petit lit. Comment la rapprocher de Suzette, plus maternelle que Caroline ? François n'était-il pas maintenant en âge d'étudier auprès de Jean-Charles, qui aimait à le protéger ? Elle seule connaissait leur caractère, leurs aptitudes, leurs défauts ou leur fragilité.

À Yverdon, on devait s'être rendu compte enfin de l'état de David. Élisabeth envisageait de s'y installer pour veiller, même de loin si cela lui était imposé, sur son mari et les enfants, quand elle reçut l'avis qu'une caisse contenant son apport d'argenterie, son trousseau, son portrait peint aux premiers temps de leur mariage, quelques livres précieusement reliés, était arrivée à Saint-Gall. Antoine paya le voiturier et la garde de la caisse, qui resterait à la disposition de son cher beau-frère, et persuada sa sœur de différer son départ : les routes étaient mauvaises, le printemps tardait à venir, elle était loin d'avoir recouvré son équilibre et sa santé.

L'annonce de la mort subite de Bernard Soret à Genève la bouleversa. Ce deuil sonnait le glas de l'espoir et des amitiés qui avaient grandi dans les difficultés de leur petite colonie. Elle reçut pourtant la visite de Johanna Sautter, qui séjournait dans sa famille saint-galloise. Son mari avait rendu visite aux enfants, bien traités sans doute. Seule Suzette comprenait à peu près ce qui s'était passé. Madame Sautter était révoltée contre la gent masculine : il n'y avait que des hommes dans l'Illustre Conseil d'Yverdon qui avait rendu un jugement insensé ; que des hommes dans les cercles genevois qui entretenaient une agitation croissante. Spectable Gasc et spectable Anspach, délaissant la prédication de l'Évangile, se changeaient en tribuns politiques. L'avocat Du Roveray, de retour dans la ville, préparait le texte d'une nouvelle constitution, jugée déjà trop modérée. Les réformes pour lesquelles les Représentants avaient été bannis paraissaient rétrogrades aujourd'hui. Au nom de la justice, l'égalité s'établissait au niveau des intérêts les plus terre-à-terre. Johanna Sautter espérait persuader son mari de revenir s'établir à Saint-Gall.

Élisabeth, qui l'avait écoutée distraitement, sortit de sa torpeur :

— François pourrait obtenir la garde de son filleul et l'amener jusqu'ici !

— Oh, certainement! Je vais lui écrire tout de suite! s'écria Johanna, comprenant enfin qu'Élisabeth n'entendait que ce qui pouvait la rapprocher des enfants.

Pleine de confiance et d'admiration, Joséphine écrivait que son père avait été nommé ministre des Finances, ce que sa mère avait prédit. Elle parlait de destin : au moment où famille et amis s'apprêtaient à partir pour les États d'Amérique, les circonstances en avaient décidé autrement. De ces circonstances, prévisibles ou non, impossibles à maîtriser, elle avait parlé récemment avec un ami et associé des Develay, chez qui son père avait logé quelques années plus tôt. Pieter Van den Voogd s'était montré très affligé de la maladie de David ; il espérait gérer au mieux les quelques biens que la famille Develay possédait encore à Amsterdam.

En dépit des objurgations de son frère, Élisabeth se préparait à partir pour Yverdon quand son corps se couvrit de petites cloques qui la faisaient beaucoup souffrir. Elle n'avait pas de fièvre, ce devait être nerveux. Il lui fallait guérir avant d'entreprendre quoi que ce fût. Anna l'emmena au Speicher, où le climat et les herboristes appenzellois la remettraient sur pied. Elle y fêta le premier anniversaire du petit David, sans se douter que, le même jour, Étienne Clavière était déjà destitué. Les nouvelles d'Yverdon lui importaient infiniment plus que celles de Paris. Les lettres de Suzette lui permettaient d'imaginer la vie studieuse des trois aînés. David tenait à ce que ses enfants possédassent le français aussi bien que s'ils étaient nés à Paris, et Suzette ne demandait pas mieux que d'écrire. Elle racontait que des militaires campaient tout alentour. Leur maintien en service se commentait avec aigreur, le travail ne se faisant pas dans les campagnes et les soldats ayant dû curer leur bourse pour parfaire leur équipement.

Cet été-là, cependant, on n'avait d'oreilles que pour les récits dramatiques des réfugiés français. La nouvelle du massacre de la garde suisse au Palais des Tuileries, le 10 août, traversa le pays comme la foudre. Chacun des onze cents mercenaires aurait donné sa vie pour sauver celle du roi. Ce roi leur donna l'ordre de déposer les armes. Ils trouvèrent la mort dans leur obéissance. Le même jour, les souverains furent conduits à la Prison du Temple et Clavière reprit son portefeuille. Espérait-il encore sauver la France et Genève, où d'aucuns le considéraient comme un traître ?

En Autriche, Léopold II, qui avait succédé à son frère Joseph II, n'avait régné que deux ans. Son fils François II entra en guerre avec la France. Battu, ô stupeur ! à Jemmapes, il perdit les Pays-Bas du Sud.

En France, la confiscation des biens de l'Église permit une nouvelle émission d'assignats, dont les contrefaçons ne tardèrent pas à circuler.

Antoine avait une raison de plus de hâter le retour de ses neveux à Hauptwil : la langue des encyclopédistes était devenue celle de la barbarie ; la langue de Luther et de Moses Mendelssohn sauverait la civilisation européenne. Il se réjouit bientôt d'un changement de ton dans les missives de l'Illustre Conseil d'Yverdon : Madame Develay n'avait peut-être pas tous les torts. Si les excentricités de David avaient toujours été gênantes, sa prodigalité n'avait plus la même persuasion. Pendant quelques mois, on s'était empressé de troquer de vrais ou faux assignats contre les authentiques livres, florins et ducats de Monsieur Develay. Maintenant que son coffre ne contenait plus que du papier imprimé dont tous se méfiaient, l'Illustre Conseil de la ville commençait à s'inquiéter des sept enfants qui tomberaient à sa charge.

Pour Élisabeth, les événements se succédaient dans un certain désordre. En regardant les angelots qui décoraient les orgues, le dimanche à la chapelle, il lui semblait qu'ils chantaient tout bas pour échapper aux démons destructeurs.

Louis XVI fut jugé, guillotiné, puis Marie-Antoinette. Les exécutions, de plus en plus sommaires, se succédaient. Les Girondins – ou Brissotins –, dont faisaient partie Clavière et ses amis, furent menacés par les Jacobins qui s'emparaient du pouvoir. On célébrait le culte de la Raison tout en coupant les têtes sans renier les Droits de l'homme et du citoyen où *la liberté consiste à pouvoir faire tout ce qui ne nuit pas à autrui.* Le calendrier grégorien, le seul qu'Élisabeth connût – elle l'imaginait éternel – fut remplacé par le calendrier républicain. L'année commençait le 22 septembre, 1er vendémiaire. Les mois, divisés en décades, avaient changé de nom.

Il y avait longtemps qu'Élisabeth ne recevait plus de lettres de Joséphine. C'est par la colonie suisse que l'on apprit à Hauptwil la garde à vue de Clavière dans sa maison de Suresnes, puis son incarcération à Paris. Deux jours plus tard, Antoine recevait l'avis que Madame Develay se voyait confier Georgina, Henri et Caroline. Pourquoi pas les aînés ? On s'expliquerait sur place. Antoine ne pouvait quitter Hauptwil du jour au lendemain. Les Vernet-Charton avaient abandonné définitivement Genève pour Marseille. Élisabeth donna rendez-vous à Isaac à l'hôtel de l'Aigle et, persuadée qu'ils se retrouveraient au jour dit, partit sans attendre sa réponse.

Révolu, le temps où une femme ne pouvait voyager sans chaperon. Elle n'eut aucune peine à trouver une place dans les chaises de poste, à contre-flux des émigrants qu'elle rencontrait à chaque relais. Un soir, entendant parler de l'arrestation et de la condamnation à mort de Brissot, elle demanda si l'on avait des nouvelles de Clavière. On la regarda avec surprise : la veille de son jugement et de son inévitable condamnation, Clavière s'était suicidé en prison, et sa femme le lendemain dans leur maison de Suresnes.

— Et Joséphine ? faillit s'écrier Élisabeth.

Déjà, les Français énuméraient d'autres drames.

À Yverdon, Isaac l'accueillit le visage sombre. Heureuse d'être arrivée à bon port et de le revoir, elle n'y prêta tout d'abord aucune attention :

— Quand serons-nous reçus par le Conseil ? Pourrons-nous voir les enfants ce soir déjà ? Mais que se passe-t-il, Isaac ? Est-il arrivé un malheur ?

David avait disparu quelques jours plus tôt, emmenant Caroline et Henri pour une destination inconnue.

— Et Georgina ? Et les grands ?

— Une communication du Conseil m'attendait à l'hôtel : aucun changement concernant la garde des enfants ne pourra intervenir en l'absence d'oncle David. Il y a une lettre de Suzette pour toi, je ne l'ai pas ouverte.

Maman chérie,

Je me réjouissais tellement de te revoir et je n'ai pas eu le droit de t'attendre ! Papa ne payait plus notre pension. Je vais aller vivre dans une famille où se trouve une jeune fille de mon âge. Je lui tiendrai compagnie. Nous étudierons ensemble et je rendrai quelques services dans la maison. Voici mon adresse. François, Jean-Charles et Jean-Emmanuel, eux, sont restés à Yverdon, chez un médecin qui surveille leurs études afin qu'ils puissent gagner leur vie rapidement. Jean-Emmanuel fait déjà des travaux de copie et de comptabilité. Il y a quelques jours, Papa est venu m'annoncer qu'il emmenait Henri et Caroline chez « le Pape », comme nous appelions oncle Henri. Il ne reviendra pas à Yverdon avant deux ou trois mois car il voudrait se rendre en France à cause des assignats.

Je dois partir demain matin, je ne puis t'écrire plus longtemps. Je me fais du souci pour Georgina. J'espère que tu pourras l'emmener. J'aurais tellement voulu te revoir, Maman ! Je prie chaque soir comme tu me l'as appris, je demande à Dieu de bénir Papa, chacun de mes frères et sœurs, tous ceux auxquels je pense, et toi plus encore que tous les autres, ma chère Maman. Mais ce soir, j'ai le cœur si lourd. J'ai peur que Dieu ne m'entende pas…

Élisabeth tendit la lettre à son neveu.

— Mais qu'allons-nous faire ? demanda-t-il, atterré.

— J'irai bien entendu voir Suzette. Pendant que je lui écris, fais savoir à l'Illustre Conseil que je désire obtenir une audience et que, de toute façon, j'emmènerai Georgina. Puis informe-toi de la famille d'accueil des garçons ; quand peut-elle nous recevoir ?

Élisabeth relut l'adresse que lui donnait sa fille. Ce devait être un village près de Morges. Isaac et Lise pourraient aller la voir souvent.

Ma Chérie,

Comme je serais inquiète si je n'avais pas trouvé ta lettre en arrivant. Je suis sûre que Dieu t'entend et qu'Il t'exauce, car je me sens si confiante. Je crois que tu te plairas dans cette nouvelle famille. Je lui écris tout de suite que je viendrai te trouver avec Georgina d'ici un ou deux jours. Me reconnaîtras-tu avec mes cheveux tout blancs ? Et toi,

*quatorze ans ! Nous verrons si tu es plus grande que moi ! À
bientôt, ma Chérie. Je demande sans cesse à Dieu de te bénir,
de vous bénir tous, et je sais qu'Il m'entend.*

Élisabeth n'avait pas encore eu le temps de se
rafraîchir qu'Isaac frappait à sa porte :

— Les choses s'arrangent, tante Élisabeth ! On
m'a reçu avec un certain embarras, à l'Hôtel de Ville.
J'ai l'impression que le Conseil est sérieusement
contrarié par la disparition d'oncle David – je ne lui ai
pas dit bien sûr où il était allé. Il m'a signifié que nous
n'avions pas à nous mêler de la gestion de ses biens. La
maison sur la place est louée. On nous refuse une
audience, mais voici une lettre qui nous permettra
d'aller chercher Georgina. Elle se trouve depuis
quelques jours chez des paysans, à un quart d'heure
d'ici.

— Et ses frères ?

— Miracle ! le médecin qui les a recueillis est le
père de mon meilleur élève à Lausanne. Il nous invite
à souper.

* * * *

Un vieil homme un peu perdu, accompagné de
deux enfants qui paraissaient lui servir de guides,
avait déposé une petite liasse d'assignats sur la table
de l'hospice. Les pères du Saint-Bernard munirent la
fillette d'un voile et le garçon d'un chapeau pour les
protéger du soleil. Ayant assis les enfants dans des
paniers suspendus au bât d'un mulet, ils leur firent un
bout de conduite. Le vieil homme préférait marcher,
marmonnant on ne savait trop quoi. Il portait des
habits élégants et fripés, une perruque défraîchie en
guise de couvre-chef.

— Où allez-vous ? leur demandait-on de village en village.

— À La Tour, dans les Vallées.

On s'étonnait, on se méfiait. Qu'allaient-ils faire dans ce bastion d'une religion persécutée depuis six siècles ? Ils parlaient le français ; faisaient-ils partie de ces révolutionnaires qui célébraient le culte de la Raison ou de l'Être suprême ? Caroline comprit vite que leur destination ne leur attirait pas la sympathie.

— Nous allons à la maison du Pape, *alla casa del Papa,* déclara-t-elle en se souvenant du surnom de l'école de théologie.

— Par Turin, précisa Henri avec fierté.

Dégourdie, la fillette ; grave comme le Pape, le garçonnet ; vraiment perdu, le grand-père. D'où venaient-ils ? Il y avait tant de réfugiés et de soldats sur les routes.

Trois semaines plus tard, au crépuscule, tante Charlotte entendit frapper. Tous les hommes étaient à la frontière. On vivait sur le qui-vive, barricadé chez soi. Elle écarta prudemment un volet.

— C'est nous ! C'est moi !

Fourbu, crotté, affamé, enchanté de son voyage et s'étant fait voler le restant des assignats, David souriait, encadré de Caroline et d'Henri.

CHRONOLOGIE

968 (vers) Fondation du couvent de Kreuzlingen.

1414-18 Concile de Constance (qui condamne Jan Hus au bûcher en 1415).

1499 Guerre de Souabe, opposant l'empereur germanique Maximilien Ier et la Ligue souabe aux Suisses.

1536 Conquête du Pays de Vaud par les Bernois.

1537 Fondation de l'Académie de Lausanne.

1618-48 Guerre de Trente Ans.

1685 Révocation de l'Édit de Nantes (18 octobre).

1723 Exécution de Jean-Daniel-Abram Davel.

1736 *Naissance de David-Emmanuel Develay.*

1755 *Naissance d'Élisabeth Antoinette von Gonzenbach.*

1778 Mort de Rousseau et de Voltaire.

1780 Mort de l'impératrice Marie-Thérèse d'Autriche.

L'Angleterre déclare la guerre aux Provinces-Unies.

1781 *Baptême à Genève de Suzanne Antoinette Develay, fille de David (28 février; née 30 décembre 1780).*

L'Anglais Hershel découvre la planète Uranus.

Kant: *Critique de la Raison pure*; Schiller: *Les Brigands.*

1782 *Baptême à Genève de Jean-Emmanuel Develay, fils de David (24 juillet; né 10 juillet).*

Révolution à Genève (10 avril), qui est occupée par les Français, les Sardes et les Bernois (2 juillet); exil des Représentants; Édit de pacification, dit Code Noir (novembre).

Joseph II sécularise les biens du clergé.

Choderlos de Laclos: *Les Liaisons dangereuses.*

Création de l'hebdomadaire *Une Gazette suisse.*

1783   *Mort de Samuel Develay, frère de David (janvier).*
        Naissance de Christina Sophia von Gonzenbach,
        fille d'Antoine (19 février).
        Mort de Hans-Jakob von Gonzenbach, père de Hans-
        Jakob et d'Ursula.
        En Irlande, démission du vice-roi Lord Temple-
        ton ; Robert Henley lui succède.
        Le Traité de Versailles ratifie l'indépendance
        des États-Unis d'Amérique (3 septembre).
        Première ascension en ballon des frères Mont-
        golfier.
        Ouverture du Théâtre de Neuve à Genève (qui
        sera démoli en 1878-1880).
        Pestalozzi : *Lienhard und Gertrud* (2ᵉ partie), *Sur
        la législation et l'infanticide.*

1784   *Baptême à Hauptwil de Jean-Charles Develay, fils
        de David (7 mars).*
        *Naissance d'Ernestine Louise von Gonzenbach, fille
        d'Antoine (11 avril).*
        Pose de la première pierre de New Geneva en
        Irlande (12 juillet).
        Joseph II et Frédéric II entreprennent des
        réformes économiques.
        Traité de paix anglo-hollandais de Versailles.
        Beaumarchais : *Le Mariage de Figaro.*

1785   *Baptême à Hauptwil de François Louis Develay, fils
        de David (1ᵉʳ mai ; né 21 avril).*
        Établissement de la colonie à Constance (charte
        signée fin juin).
        Cagliostro à Paris.
        Révolte des Patriotes hollandais ; le stathouder
        destitué (15 septembre).
        Invention par l'Anglais Cartwright du métier à
        tisser mécanique.
        Expédition scientifique de La Pérouse à l'île de
        Pâques, aux îles Hawaï et au Japon.
        Fragonard : *La Fontaine d'Amour.*

Pestalozzi : *Lienhard und Gertrud* (3e partie).

1786   *Naissance de Barbara Julia von Gonzenbach, fille d'Antoine (4 juin).*

Baptême à Constance de Louise Charlotte Caroline Develay, fille de David (13 août ; née 24 juillet).

Mort de Frédéric II le Grand, roi de Prusse. Son neveu Frédéric-Guillaume II lui succède (17 août).

Première ascension du Mont-Blanc par le Savoyard Jacques Balmat.

Mozart : *Les Noces de Figaro.*

1787   *Baptême à Constance d'Auguste Henri Develay, fils de David (26 août ; né 7 août).*

Baptême à Constance de Guillaume Henri Dufour, fils de Bénédict, futur général (7 octobre ; né 15 septembre).

Naissance d'Augusta Dorothea von Gonzenbach, fille d'Antoine (22 octobre).

Mariage d'Angélique Rose Develay (fille de César et Sarah) et Frédéric Tavel (21 novembre).

Louis XVI accorde aux protestants le droit d'indigénat.

L'armée prussienne envahit les Pays-Bas (septembre) et rétablit le stathouder (octobre).

Adoption de la Constitution fédérale des États-Unis par la Convention de Philadelphie.

Construction en Angleterre du premier bateau en fer.

Mort du comte de Vergennes.

Mort de F. von Damiani, préfet du district de Constance.

Mozart : *Don Juan* ; Goethe : *Egmont* ; Bernardin de Saint-Pierre : *Paul et Virginie* ; Pestalozzi : *Lienhard und Gertrud* (4e partie).

1788   Louis XVI décide la réunion des États Généraux (5 juillet).

En Angleterre, le prince de Galles prend les

rênes du pouvoir vu la démence de son père George III.

Fondation de Sydney en Australie.

Fondation du *Times* à Londres.

Lavoisier: *Traité élémentaire de chimie.*

1789   *Mariage d'Isaac Emmanuel Develay et Jeanne-Élisabeth (dite Lise) de Félice.*

Baptême à Constance de Georgina Élisabeth Develay, fille de David (7 juin; née 31 mai).

Édit genevois autorisant les Genevois bannis en 1782 à rentrer (février).

Mort de Bartolomeo de Félice (13 février).

Suppression de tous les privilèges accordés à la colonie genevoise de Bruxelles (mars).

Réunion des États Généraux français (5 mai).

Prise de la Bastille (14 juillet).

Déclaration des droits de l'homme et du citoyen (26 août).

Révolte générale des Pays-Bas autrichiens (Belgique), où Joseph II est déclaré déchu; les Autrichiens évacuent Bruxelles (18 décembre).

1790   *Mort de Hans-Jakob von Gonzenbach, fils d'Antoine (né en 1775).*

Proclamation de l'indépendance des États belgiques unis (12 janvier).

Institution des 83 départements français (26 février).

Mort de Joseph II, empereur germanique. Son frère Léopold II lui succède et reconquiert les Pays-Bas (décembre).

1791   *Naissance à Genève de Pierre David Léonard Develay (13 juin; baptisé 14 octobre).*

Mort de Mirabeau (2 avril).

Louis XVI et sa famille sont arrêtés à Varennes (20-21 juin).

Le Français Claude Chappe invente le télégraphe optique (aérien).

Goya : *Le Colin-Maillard.*

Mozart : *La Flûte enchantée, le Requiem.* Meurt le 5 décembre.

1792   Mort de l'empereur germanique Léopold II ; son fils François II lui succède (mars).

La France déclare la guerre à l'Autriche (20 avril).

Catherine II de Russie envahit la Pologne (juin).

Louis XVI et sa famille internés au Temple (13 août).

Bataille de Valmy (20 septembre).

Proclamation de la République française (21 septembre).

Bataille de Jemmapes (6 novembre).

1793   Le droit de vote est accordé aux catholiques d'Irlande (janvier).

Exécution de Louis XVI (21 janvier). En février, la Convention déclare la guerre à la Hollande et à l'Angleterre, puis en mars à l'Espagne. Avril : création du Comité de salut public. Septembre : instauration du régime de la Terreur. Octobre : procès et exécution de Marie-Antoinette.

Formation de la première coalition européenne contre la France (mars-septembre).

Partage de la Pologne entre la Russie, l'Autriche et la Prusse.

En France, adoption légale du système métrique (août) ; l'instruction primaire est décrétée gratuite et obligatoire (décembre).

Arrestation, procès et exécution de Jacques Pierre Brissot.

Arrestation et suicide d'Étienne Clavière (8 décembre).

1794   Décret français supprimant l'esclavage dans les colonies (4 février).

La France envahit les Pays-Bas et l'Espagne.
Exécution de Danton (5 avril), de Robespierre
et de Saint-Just (28 juillet). Arrestation et suicide de Condorcet.

Lexique

Académie de Lausanne: Fondée en 1537, au lendemain de la conquête bernoise, est la plus ancienne des académies que la Réforme du XVIe siècle a fait éclore en pays de langue française, créée en vue de former des ministres pour l'Église et des régents pour les collèges du Pays de Vaud.

Achard, Jean-Charles: (1715-1793) Genevois, un des membres les plus actifs du parti des Représentants, membre du Conseil des Deux Cents et de la Commission de sûreté en 1782, se réfugie à Bruxelles en 1787. De retour à Genève après l'amnistie de février 1789, reprend sa place au Conseil des Deux Cents en 1790.

d'Alembert (Jean Le Rond): (1717-1783) Philosophe, écrivain et mathématicien français. Un des auteurs de l'*Encyclopédie* française, dont il rédige le *Discours préliminaire* (1751).

Anspach, Isaac-Salomon: (1746-1825) D'une famille originaire de l'électorat de Mayence, pasteur, bourgeois de Genève en 1779, destitué en 1782, pasteur à Bruxelles dès 1783. De retour à Genève en 1789, y joue un rôle politique de plus en plus important.

Augsbourg: Ville de Souabe, grand centre commercial et bancaire. Importante dans l'histoire de la Réforme en Allemagne.

Bailli: Sous l'Ancien Régime, représentant de la ville ou du canton souverain, au nom duquel il agit et gouverne. A toute l'administration sous ses ordres, exécute les sentences judiciaires et les ordres du souverain. Son titre est Son Excellence.

Bailliage commun: Bailliage (territoire dans lequel le bailli exerce ses fonctions) administré en commun par les cantons souverains qui, à tour de rôle, désignent les baillis.

Bastardella (la) : Agujari Colla, Lucrezia (1743-1783), dite aussi la Bastardina, cantatrice italienne née à Ferrare, fille illégitime d'un riche seigneur, d'où son surnom. Sa voix a l'étendue exceptionnelle de 3 octaves et demie. Chante dans toute l'Italie, à Paris, à Londres. Mozart l'entend en 1770 à Parme.

Bastille : Vaste forteresse rectangulaire construite sous Charles V en 1370, à l'est de Paris (porte Saint-Antoine), pour protéger la résidence royale de l'hôtel Saint-Pol. À l'origine citadelle militaire, devient sous Richelieu prison d'État pouvant contenir 42 prisonniers, en général des gens de condition. Lorsque le peuple s'en empare le 14 juillet 1789, ne renferme que 7 détenus : 4 faussaires, 2 aliénés et un jeune noble trop dépensier. Rasée en 1790.

Belles-Filles (rue des) : Aujourd'hui rue Étienne-Dumont, à Genève.

Berclure (régionalisme vaudois) : Perche à haricots.

Bernoulli : Famille de mathématiciens et physiciens suisses, originaire d'Anvers et réfugiée à Bâle vers la fin du XVIe siècle.

Bidermann, Jacques : (? -1817) Originaire de Winterthour, représentant à Genève de l'industrie textile de Suisse orientale. Établit à Bruxelles la maison Senn, Bidermann & Cie, qui prospère rapidement et ouvre des bureaux à Paris et à Marseille en 1789, suite à l'abolition de tous les privilèges accordés à la colonie genevoise de Bruxelles. Naturalisé français en 1790, nommé administrateur des subsistances de la ville de Paris, banquier du Ministère des affaires étrangères et membre du Directoire des achats. Dès 1793, la société Senn, Bidermann & Cie périclite, nombre des navires affrétés pour les Indes ayant été pris ou coulés par les Anglais. Entraîné dans l'agitation politique par ses amis de l'émigration genevoise, est arrêté en février 1794, sous la Terreur. Meurt ruiné.

Bourrit, Pierre: (1762-1841) D'une famille originaire de St-Étienne dans les Cévennes, émigrée à Genève au début du XVIIIe siècle. Reçu ministre de l'Église en 1788, nommé pasteur à Constance en 1790, puis à Chancy, Genthod, et Lyon jusqu'en 1821.

Bregenz: Ville d'Autriche située à l'extrémité sud-est du lac de Constance. Sous domination habsbourgeoise au XVIIIe siècle.

Brissot, Jacques Pierre, dit *Brissot de Warville*: (1754-1793) Clerc de procureur, devient journaliste et rédige force libelles, notamment anticléricaux. En 1783, fonde à Dublin *Le Philadelphien à Genève*, édité par le Neuchâtelois Osterwald. Attiré par les institutions américaines, crée en 1788 la Société des Amis des Noirs avec Étienne Clavière. En 1789, fonde *Le Patriote français*, qui popularise son nom. Le 14 juillet 1789, c'est à lui qu'on remet les clés de la Bastille. Devenu député de Paris à l'Assemblée législative, membre du comité diplomatique, dirige en fait la politique extérieure française de 1791 à 1793. Proscrit avec les chefs girondins en juin 1793, s'enfuit, est arrêté à Moulins, ramené à Paris, jugé par le Tribunal révolutionnaire et guillotiné.

Brunswick-Wolfenbuttel, Louis (duc de): (1718-1788) Général autrichien, maréchal de camp de l'armée hollandaise dès 1750. De 1759 à 1766, assure la régence pendant la minorité du stathouder Guillaume V, dont il restera le conseiller.

Calonne, Charles-Alexandre de: (1734-1802) Homme politique français appelé au contrôle des Finances en 1783. Doit démissionner en 1787, l'Assemblée des notables s'étant violemment élevée contre ses projets de réformes visant notamment à établir l'égalité fiscale. En novembre 1789, rejoint le comte d'Artois à Turin, devient le véritable chef de l'émigration française, mettant toute sa fortune à sa disposition. Meurt à Paris.

Calvin, Jean : (1509-1564) Réformateur religieux français, adhère à la Réforme en 1533. En 1534, quitte la France pour Bâle puis Genève, où il devient l'auxiliaire du réformateur Guillaume Farel et instaure dès 1541 un régime politico-religieux fondé sur l'autorité de la parole de Dieu et la théocratie de la Bible.

Capellade : Salut avec révérence et grand coup de chapeau.

Castelnau, Jean-Baptiste Gédéon de Malescombe de Curières (baron de) : (1734- ?) Résident de Louis XVI à Genève de mai 1781 à janvier 1791, puis agent des princes émigrés en Suisse de 1792 à 1793, cherche à gagner le pays à la contre-révolution.

Champvent, Henri de : (1235-1266) Fils puîné d'Ébal IV de Grandson, constructeur du château de Champvent.

Chaponnière, Jean-François : (1769-1856) D'une famille genevoise, fait un apprentissage de peintre sur émail à la colonie suisse de Constance. De retour à Genève, prend part à la révolution de 1792. Membre de la Cour de justice criminelle et du Conseil législatif en 1796, membre du Conseil représentatif de 1830 à 1840, président de la Société littéraire et du Conservatoire de musique, membre du Comité du *Journal de Genève* où il écrit de nombreux articles politiques. Auteur de chansons et d'une pièce en vers, *Il fallait ça ou Le Barbier optimiste*.

Chavannes, Alexandre : (1731-1800) D'une famille vaudoise, pasteur à Bâle puis professeur à l'Académie de Lausanne, censeur de l'*Encyclopédie d'Yverdon*.

Clavière, Étienne : (1735-1793) Négociant genevois, épouse en 1758 sa cousine Marthe-Louise Garnier, fille d'un négociant de Marseille. Membre du Conseil des Deux Cents en 1770. Chef des Représentants, est exilé en 1782 et part pour l'Angleterre. Commissaire de New Geneva (Waterford). Après l'échec de cette colonie, se rend à Paris où il se lie avec Mirabeau, rédigeant la partie financière de presque tous ses écrits. Ministre des Finances en 1792, lutte contre la falsification des assignats. Arrêté comme girondin en juin 1793, emprisonné à la Conciergerie en septembre, se donne la mort le 8 décembre en apprenant les noms des juges qui doivent prononcer sa sentence le lendemain. Le 9 décembre, son corps est roué de coups par des furieux qui attendaient sa comparution et en sont frustrés. Le même jour, sa femme se suicide à Suresnes.

Condorcet, Marie Jean Antoine Nicolas de Caritat (marquis de) : (1743-1794) Philosophe, mathématicien et homme politique français, entre à l'Académie des sciences en 1769 et en devient le secrétaire perpétuel. Disciple des physiocrates, ami de Voltaire et d'Alembert, rédige des articles d'économie politique pour l'*Encyclopédie*. Combat la peine de mort et l'esclavage, lutte en faveur de l'égalité des droits. Député à l'Assemblée législative et à la Convention, propose un projet de réforme de l'instruction publique en 1792, convaincu que le progrès intellectuel et moral de l'humanité peut être assuré grâce à une éducation bien orientée. Arrêté comme girondin en 1794, condamné à mort, s'empoisonne pour échapper à l'échafaud.

Conrad, saint (Conrad Ier) : (? - ?) D'une famille guelfe, évêque de Constance de 934 à 975, fonde un xenodochium (hospice pour étrangers) qui deviendra le couvent de Kreuzlingen. Rebâtit le couvent de Bischofszell, inaugure une chapelle à Einsiedeln, protège et dote les couvents de Rheinau et de Saint-Gall. Canonisé le 28 mars 1123.

Cornuaud, Isaac : (1743-1820) Genevois, monteur de boîtes puis maître d'arithmétique et teneur de livres, se voue entièrement à la politique dès 1780 et s'allie aux Constitutionnaires. Directeur des Messageries de France de 1782 à 1787, secrétaire général de la préfecture du Léman en 1800.

Coromandel : Nom donné à la côte sud-est de l'Inde. Dans ses ports s'opère, sous le contrôle de la Compagnie anglaise des Indes orientales, le transfert des laques vers l'Europe.

Courrier de l'Europe: Gazette anglo-française créée entre autres par Brissot, imprimée à Londres et à Boulogne de 1776 à 1792. Un des recueils les plus importants du XVIIIᵉ siècle, résumant les innombrables gazettes de l'Angleterre, donnant les nouvelles politiques de ce pays et des colonies anglaises de l'Amérique, alors en lutte contre la métropole.

Cramer, Philibert: (1727-1779) Trésorier général de Genève en 1770, un des chefs du parti des Négatifs, intime de Voltaire qui le nomme « Le Prince » dans sa correspondance.

Davel, Jean-Daniel-Abram: (1670-1723) Notaire vaudois, fait une carrière militaire à l'étranger jusqu'en 1711. Le 31 mars 1723, mène 600 hommes de troupe sur la place de la Cathédrale à Lausanne, dans le dessein d'occuper le château en l'absence du bailli et de proclamer le Pays de Vaud canton suisse. Livré par les magistrats lausannois aux autorités bernoises, meurt sur l'échafaud à Vidy le 24 avril 1723.

Déclaration des droits de l'homme et du citoyen: Préparée entre autres par Mirabeau, inspirée des doctrines philosophiques du XVIIIᵉ siècle, est votée le 26 août 1789 par l'Assemblée nationale constituante. Comporte un préambule de 17 articles énonçant les « droits naturels et imprescriptibles » de l'homme et de la nation, et sert de base à la Constitution de 1791. Sera remplacée par la Déclaration de 1793.

Delessert, Étienne: (1735-1816) Banquier originaire de Cossonay (Vaud), s'établit à Paris en 1777. Donne le premier l'idée de la grande Caisse d'escompte, devenue plus tard la Banque de France. Participe à Paris à la fondation de la première compagnie d'assurance contre l'incendie et institue deux écoles primaires pour les enfants protestants. Louis XVI lui fait avancer plusieurs millions pour relever le commerce des soies frappé par la guerre d'Amérique. C'est à l'intention de sa femme et de leur fille que Rousseau écrit les *Lettres sur la botanique*.

Dentand, Julien: (1736-1817) Genevois membre du Conseil des Deux Cents en 1770, Représentant, syndic en 1780, de la Commission de sûreté en 1782, banni la même année. Ancien de l'Église de Constance, revient à Genève en 1790 et reprend son activité politique.

Désert (Église du): Nom donné aux réunions qu'après la Révocation de l'Édit de Nantes en 1685, un certain nombre de protestants ont tenues secrètement jusqu'en 1792, dans les bois, les cavernes, les lieux inhabités ou difficiles d'accès, pour continuer à célébrer leur culte.

Diesse (tour de): Bâtie à l'époque burgonde au pied de la colline du château de Neuchâtel.

Diète: Du latin médiéval *dieta* « jour assigné », de *dies* « jour », par extension: assemblée politique. Nom donné avant 1848 aux assemblées des députés des cantons. À Frauenfeld, la Diète, annuelle dès 1712, se tient le premier lundi après Pierre-et-Paul (29 juin). Tous les deux ans, un nouveau bailli est nommé par rotation des huit cantons du bailliage commun. Assermenté à la Diète, il va se présenter à cheval dans les quatorze districts thurgoviens, qui font acte d'allégeance.

D'Ivernois, François: (1757-1842) Imprimeur et libraire genevois, tente d'éviter l'intervention de la France à Genève en 1782. Banni, part avec Clavière pour l'Angleterre. Commissaire de la Nouvelle Genève de Waterford. Se rend ensuite à Paris, où il est collaborateur de Mirabeau. Rédige un *Tableau historique et politique des révolutions de Genève dans le XVIIIe siècle*, dédié à Louis XVI (!). Revient à Genève en 1791 puis retourne en Angleterre, collabore au Mercure britannique et effectue plusieurs missions politiques, notamment en Russie, pour le Gouvernement anglais, qui l'anoblit. À la Restauration, revient à Genève, est membre du Conseil provisoire puis député au Congrès de Vienne et conseiller d'État jusqu'en 1824.

Dominicé: Famille venue d'Aulnier en Lorraine, reçue à la bourgeoisie de Genève en 1655.

Ducrest (Du Crest), Charles-Louis (marquis de): (1747-1824) Économiste français, à l'esprit aventureux, sert comme officier sur terre et sur mer puis quitte la carrière des armes pour la littérature. Exilé en 1793, se retire en Allemagne. Meurt en France. Frère de Mme de Genlis.

Dufour, Bénédict: (? - ?) Horloger genevois, Représentant, s'expatrie à Waterford, y épouse Pernette Valentin en 1784, est un des premiers membres de la colonie suisse de Constance, revient à Genève en 1789. Membre du Comité de sûreté puis de l'Assemblée nationale, juge à la Grande Cour de justice civile en 1794. Père du général Guillaume Henri Dufour (né à Constance en 1787).

DuPeyrou, Pierre-Alexandre: (1729-1794) D'origine française, né à Surinam, protecteur et ami de Rousseau. Après la mort de ce dernier en 1778, entreprend, avec Moultou et Girardin, la première édition complète de ses œuvres. Des manuscrits de Rousseau qu'il possédait sont déposés après sa mort à la bibliothèque de Neuchâtel. L'hôtel qu'il bâtit à Neuchâtel dès 1765 est acquis par l'État en 1813 pour servir de résidence au maréchal Berthier, qui ne viendra jamais dans la principauté que Napoléon lui a donnée en 1806.

Du Roveray, Jacques-Antoine: (1747-1814) Avocat genevois, un des chefs des Représentants, membre du Conseil des Deux Cents en 1775, procureur général en 1779, révoqué en 1780 pour avoir censuré les pratiques des Négatifs. Exilé en 1782, devient un des commissaires de New Geneva, se rend à Neuchâtel, puis à Paris où il travaille avec Mirabeau, Clavière et Brissot. Revient à Genève en 1789, est membre de l'Assemblée nationale en 1793. Condamné à mort par contumace en 1794, se retire à Londres, où il meurt.

Église du Désert: voir Désert.

États Généraux : Dans la France de l'Ancien Régime, assemblée politique composée de députés des trois ordres ou *états* (noblesse, clergé, tiers état), réunie irrégulièrement par la monarchie pour la soutenir dans les moments difficiles. Les premiers États Généraux sont convoqués par Philippe le Bel en 1302. Peu à peu déconsidérés à cause des rivalités entre les trois ordres, ils ne sont plus réunis entre 1614 (Marie de Médicis) et 1789. Louis XVI reçoit les députés au château de Versailles le 2 mai 1789 et ouvre la séance le 5 mai 1789.

de Félice, Fortunatus Bartolomeo : (1723-1789) Traducteur, éditeur et imprimeur né à Rome, ordonné prêtre à 23 ans, professeur de philosophie et de mathématiques à Rome, puis de physique à Naples. En 1757, se réfugie à Berne et se convertit au protestantisme. En 1762, répond à l'appel de la ville d'Yverdon et en devient bourgeois en 1769. Après avoir connu une notoriété européenne, meurt ruiné. Treize enfants de ses trois mariages, dont Catherine et Jeanne-Élisabeth (dans le roman Lise).

Fidéicommis : Fondation de famille destinée à transmettre par voie successorale et selon un règlement l'usufruit de biens communs. Cette institution est fréquente en Thurgovie au XVIIIe siècle. Le Code civil suisse n'autorise plus sa création aujourd'hui mais laisse subsister celles qui sont antérieures à son entrée en vigueur.

Fingerlin : Famille originaire d'Ulm en Allemagne, bourgeoise de Bercher (Vaud) en 1711. Négociants en Thurgovie et à Lyon, amis et banquiers (à Lyon) des Gonzenbach.

Florin : 3,5 g d'or. Un louis, une livre, une guinée valent chacun environ 2 florins.

Fœhn : Vent chaud et sec des Alpes suisses et autrichiennes, fréquent au printemps et en automne.

Fox, Charles James : (1749-1806) Orateur et homme d'État anglais, député à 19 ans. Défenseur des colonies américaines et sympathisant de la Révolution française, participe à la conclusion de la paix avec l'Amérique puis avec la France. Prépare l'abolissement de la traite des Noirs mais meurt avant de mener à bien ce projet.

François II : (1768-1835) Dernier empereur du Saint Empire romain germanique, succède à son père Léopold II en 1792. La France lui déclare la guerre le 20 avril 1792 ; subit de nombreuses défaites et doit céder notamment des territoires d'Italie et des Pays-Bas du Sud. En 1804, prend le titre d'empereur héréditaire d'Autriche. Le 6 août 1806, abdique la couronne du Saint Empire et prend le nom de François Ier. En 1810, pour sceller la paix, donne sa fille Marie-Louise en mariage à Napoléon. En 1813, se joint à la coalition des alliés contre Napoléon. En 1815, devient président de la Confédération germanique.

Frédéric II le Grand : (1712-1786) Roi de Prusse de 1740 à 1786. Épris d'arts et de lettres, formé à l'école des philosophes français et anglais, règne selon sa théorie que le pouvoir n'est plus fondé sur le droit divin mais sur un contrat. Très réaliste dans sa politique de grandeur, bon administrateur, donne la priorité à l'industrie. Sa politique étrangère est dirigée contre l'Autriche. Son rapprochement avec l'Angleterre en 1756 aboutit à la guerre de Sept Ans, désastreuse pour son royaume qu'il saura cependant redresser. Attire dans ses États nombre de savants étrangers, surtout français.

Fribourg-en-Brisgau : Ville du sud de l'Allemagne, au pied de la Forêt-Noire, sous domination habsbourgeoise du XIVe au début du XIXe siècle.

Gasc, Ésaïe : (1748-1813) Originaire du Languedoc, consacré ministre de l'Église en 1772, reçu à la bourgeoisie de Genève en 1774 (année de son mariage avec Étiennette-Louise Dominicé-Prévost). Représentant, est banni pour dix ans en 1782. Commissaire de New

Geneva à Waterford. Revient à Genève en 1790, quitte le pastorat pour la politique en 1793. Devenu secrétaire d'État, signe en 1798 le traité de réunion de Genève à la France. En 1809, nommé professeur de théologie à Montauban.

George III: (1738-1820) Roi de Grande-Bretagne et d'Irlande de 1760 à 1820. Premier roi de la dynastie des Hanovre à recevoir une éducation britannique. Atteint de porphyrie, qui entraîne de profonds troubles mentaux, doit céder la régence à son fils aîné, le futur George IV.

Gluck, Christoph Willibald (le chevalier) : (1714-1787) Compositeur allemand, étudie à Prague, Vienne, Milan, réside également à Londres et à Paris. Dès 1754, chef d'orchestre de l'opéra de la Cour à Vienne. Compose 57 opéras et ballets pantomimes, en particulier *Orfeo ed Euridice* (1762), quelques pièces instrumentales, lieder et pièces de musique sacrée.

Grenus, Jacques : (1751-1817) Avocat genevois, se lance dès 1780 dans la lutte politique, attaquant le gouvernement et la classe patricienne avec violence et esprit. Membre du Conseil d'État en 1782, est exilé. Commissaire de la Nouvelle Genève de Waterford. Se rend à Paris, revient à Genève après l'édit de 1789. À nouveau exilé en 1791, devient député suppléant à l'Assemblée nationale française, commissaire des guerres de l'armée des Alpes et maire du Grand-Saconnex. Travaille, notamment avec Clavière, à l'annexion de Genève à la France, ce qui lui attire une condamnation à mort par contumace. Reprend sa profession d'avocat lors de la réunion de Genève à la France. En 1817, entame une violente polémique contre la Compagnie des pasteurs, qu'il accuse d'arianisme et de socinianisme.

Grétry, André-Ernest-Modeste : (1741-1813) Compositeur français d'origine wallonne, installé à Paris dès 1768. Excellant dans le genre de l'opéra-comique (*Les*

Fausses Apparences ou l'Amant jaloux, 1778), il est le musicien le plus à la mode de la France prérévolutionnaire.

Guillaume V (prince d'Orange et de Nassau) : (1748-1806) Dernier stathouder de Hollande, succède à son père Guillaume IV en 1751, la régence jusqu'à sa majorité étant assurée par sa mère Anna de Hanovre puis par le duc de Brunswick-Wolfenbuttel. En 1785, est destitué par l'insurrection des Patriotes. Rétabli en octobre 1787 grâce à l'intervention de son beau-frère le roi de Prusse Frédéric-Guillaume, est définitivement destitué à fin 1794 suite à l'invasion française en Hollande et s'exile en Angleterre en janvier 1795.

Gunzo : Ruisseau du Toggenbourg, qui a donné son nom à la ferme de Gunzenbach, berceau de la famille von Gonzenbach.

de Haller, Albert : (1708-1777) Savant et écrivain suisse né à Berne, nommé en 1736 professeur d'anatomie, de médecine, de chirurgie et de botanique à la nouvelle université de Göttingen, fondée par George II d'Angleterre, qui l'anoblit. En 1753, rentre à Berne et devient membre du Conseil des Deux Cents. En conflit politique avec ses concitoyens, est envoyé à Aigle en 1758 comme directeur des salines de Bex jusqu'en 1764. De retour à Berne, se fait écrivain politique, moraliste et philosophe de la religion. Sa mort est déplorée par toute l'Europe.

Hanau : Ville du grand-duché de Hesse-Cassel, à l'est de Francfort.

Hauptwil : Village thurgovien du district de Bischofszell, proche de la frontière saint-galloise. Les Gonzenbach s'y établissent en 1664.

Ho(s)pitalier : Directeur, administrateur d'un ho(s)pital. Jusqu'à la fin du XVIIIe siècle, chaque grande ville compte un ou plusieurs ho(s)pitaux, non seulement chargés des questions d'assistance (secours des indigents, maisons pour malades, orphelinats, auberges pour étrangers) mais également maisons d'éducation pour les enfants secourus, à qui l'on apprend un métier.

Hus, Jan : (vers 1369-1415) Réformateur tchèque, ordonné prêtre en 1400, recteur de l'Université de Prague en 1402, auteur de nombreux traités de théologie et défenseur de la langue tchèque (son nom signifie « oie » et lui-même se nomme « auca » dans ses écrits latins). Influencé par les idées de Wycliffe, prononce des sermons contre les erreurs du catholicisme et est excommunié en 1411 et 1412. Cité au Concile de Constance en 1414, s'y rend avec un sauf-conduit de l'empereur Sigismond, mais à peine arrivé est arrêté, condamné par le concile et brûlé vif.

Illuminés : Disciples des philosophes suédois Swedenborg (1688-1772) et français Saint-Martin (1743-1803), sont présents surtout en Angleterre et aux États-Unis. La doctrine d'Emmanuel Swedenborg oppose à la connaissance scientifique une connaissance illuminative de réalités suprasensibles. Ses visions auront une influence déterminante sur Balzac, Nerval et Baudelaire.

Indienne : Étoffe de coton peinte, qui ne se fabrique d'abord qu'en Inde. Les anciennes indiennes sont peintes à la main (pinceautage par les peinceleuses), puis sont introduites les impressions à la cire, au gabarit ou à la planche.

Jemmapes (act. *Jemappes*), *bataille de* : En Belgique, victoire du général français Dumouriez sur l'armée autrichienne du duc Albert de Saxe-Teschen, gouverneur des Pays-Bas, le 6 novembre 1792. Cette victoire aboutit à l'annexion de la Belgique à la France jusqu'à la bataille de Neerwinden en mars 1793.

Jérôme de Prague : (vers 1371-1416) Réformateur tchèque, disciple du théologien Wycliffe. En 1415, après le supplice de son ami et compatriote Jan Hus, qu'il a assisté dans sa lutte contre l'Église romaine, s'enfuit, est arrêté à Constance. Se rétracte, puis oppose à l'acte d'accusation une réponse éloquente se terminant par un panégyrique de Jan Hus. Condamné comme hérétique et relaps, est brûlé le 30 mai 1416.

Joseph II : (1741-1790). Fils aîné de l'impératrice Marie-Thérèse et frère de Marie-Antoinette de France, empereur germanique de 1765 à 1790, entreprend de faire de ses possessions un État moderne et centralisé. Abolit le servage, mène une politique anticléricale, sécularisant la moité des couvents et fonctionnarisant le clergé, tout en promulguant un édit de tolérance religieuse en 1781. Établit le mariage civil en 1783. Supprime les barrières douanières pour favoriser l'économie. Doit revenir sur nombre de ces mesures, qui heurtent les privilèges, les particularismes locaux et le sentiment religieux. Meurt des fatigues de sa campagne de 1788 contre les Turcs. Son frère Léopold II lui succède.

Jura : Longue chaîne de montagnes calcaires qui s'étend du Pays de Gex (France) à Regensberg (Zurich), formant un rempart naturel.

Kreuzlingen, couvent de : Hospice fondé vers 968 au sud-est de Constance par saint Conrad, évêque de Constance. En 1084, les nonnes sont séparées des moines et transférées à Münsterlingen. Vers 1127, l'hospice est transformé en un couvent de chanoines augustins, élevé au rang d'abbaye. Incendié en 1499, reconstruit, à nouveau incendié lors de la guerre de Trente Ans, il est reconstruit à 1 km au sud-est, à proximité du lac de Constance, et placé sous la protection des cantons suisses. Des écoles y sont ouvertes en 1806. L'abbaye est supprimée en 1848.

La Fayette, Marie Joseph Paul Yves Roch Gilbert Motier (marquis de) : (1757-1834) Général et homme politique français, contribue à décider le gouvernement à aider officiellement la guerre d'Indépendance américaine.

Travaille à la réconciliation du roi et de la Révolution, puis au maintien d'une monarchie libérale.

La Rochefoucauld-Liancourt, François (duc de): (1747-1827) Philanthrope français, fonde une ferme modèle et l'école des enfants de la Patrie (plus tard école des arts et métiers de Châlons). Député de la noblesse aux États Généraux de 1789, présente des rapports sur les hôpitaux publics et la mendicité. Émigre en Angleterre puis aux États-Unis de 1792 à 1799, est député en 1815 pendant les Cent-Jours de Napoléon et pair de France sous la Restauration. Membre de l'Académie des sciences, écrit *L'état des pauvres en Angleterre, Le bonheur du peuple* et un *Almanach à l'usage de tout le monde.*

Lavater, Johann Kaspar: (1741-1801) Écrivain, penseur et théologien zuricois, croit en la révélation biblique et à la confirmation de la foi par les miracles. Auteur d'ouvrages religieux et d'un *Essai sur la physiognomonie* (art de découvrir le caractère en déchiffrant les traits du visage), exerce une grande influence sur son temps. En 1799, lance de courageuses réclamations contre le terrorisme du Directoire, qui lui valent d'être emprisonné. Meurt des suites d'une blessure par balle infligée par un soldat français.

Léopold II: (1747-1792) Fils de l'impératrice Marie-Thérèse, frère de Marie-Antoinette de France et de Joseph II, auquel il succède à la tête de l'Empire germanique le 20 février 1790. Ses troupes réoccupent les Pays-Bas en décembre 1790. Sommé par les révolutionnaires français d'intervenir contre les émigrés, rejette leur ultimatum le 25 janvier 1792, conclut un accord avec la Prusse le 7 février et meurt le 1er mars 1792, à la veille de la guerre. Son fils François II lui succède.

Lorient: Ville de Bretagne, créée en 1666 sur la ria formée par les estuaires du Scorff et du Blavet (océan Atlantique), sur des terrains cédés à la Compagnie des Indes orientales pour l'établissement d'un port de commerce.

Macaire, Jacques-Louis : (1740- ?) Directeur de la Manufacture impériale d'indiennes et cotons à Constance. Épouse en 1773 Marguerite Delor, dont il aura cinq enfants.

Mahon (Lord) : voir *Stanhope, Charles*.

Marie-Thérèse : (1717-1780) Impératrice d'Autriche de 1740-1780, reine de Bohême et de Hongrie. Pour conserver ses États contre les revendications de certains princes allemands, dont le roi de Prusse Frédéric II, elle mène la guerre de Succession d'Autriche (1740-1748). Durant la guerre de Sept Ans (1756-1763), tente en vain de reconquérir la Silésie, annexée par la Prusse. Travaille avec souplesse à l'unité de ses États. Imposant le catholicisme comme religion d'État, lutte cependant contre les pouvoirs de l'Église (dissout la Compagnie de Jésus en 1773). Souveraine très populaire, mère de 16 enfants dont Joseph II (qui lui succède), Léopold II et Marie-Antoinette de France.

Melly, Ami : (1741-1804) Maître horloger genevois, épouse en 1766 Magdelaine Serre dont il aura 7 enfants. Du Conseil des Deux Cents en 1775, banni pour avoir favorisé l'émigration des Genevois en Irlande, commissaire de New Geneva, revient à Genève, y est arrêté, détenu, condamné en 1783. S'évade, se rend en Angleterre puis à Constance et rentre à Genève en 1789.

Mendelssohn, Moses : (1729-1786) Philosophe juif né à Dessau, mort à Berlin. Écrit en 1763 des *Considérations sur les sources et les rapports des beaux-arts et de la littérature*. Traduit le Pentateuque et les Psaumes en allemand. Adversaire du panthéisme et de l'athéisme, ami et défenseur de Lessing, il contribue à réformer le judaïsme et exprime ses convictions avec chaleur, clarté et simplicité de langage. Grand-père du compositeur Félix Mendelssohn-Bartholdy.

Meuricoffre (Moerikofer) : Famille de Frauenfeld, dont le nom vient certainement du hameau de Mörikon en

Thurgovie. A compté un nombre important de pasteurs, orfèvres et marchands.

Minorites : Nom parfois donné aux frères mineurs.

Mirabeau, Honoré Gabriel Riqueti (comte de) : (1749-1791) Orateur et homme politique français, violent, passionné, intelligent, ambitieux. Dénonce dès 1780 l'absolutisme royal, les privilèges et les abus. Partisan d'une monarchie constitutionnelle, membre d'une loge maçonnique, de l'Assemblée nationale constituante, joue un rôle décisif dans les débuts de la Révolution, contribue à instaurer la liberté de la presse en mai 1789 et participe à la rédaction de la *Déclaration des droits de l'homme et du citoyen*. Dès fin 1789, commence à défendre les prérogatives royales et devient en 1790 conseiller secret du roi, sans cesser toutefois de défendre à l'occasion les principes révolutionnaires. Meurt brusquement, à peine nommé président de l'Assemblée.

Moluques (îles) : Archipel d'Indonésie, entre les Philippines au nord et l'Australie au sud.

Moraves : Église protestante issue des doctrines de Jan Hus (vers 1369-1415) en Bohême. Les Frères moraves s'organisent en communautés autonomes apportant la bonne nouvelle de l'amour de Dieu et refusant la violence. Persécutés dès l'origine, s'exilent dès le XVIIᵉ siècle. Leur ordre, restauré par le comte Nicolas-Louis de Zinzendorf (1700-1760), retrouve une place prépondérante en Tchécoslovaquie dès 1918 et multiplie, par son activité missionnaire, ses communautés en Europe centrale, en Angleterre, aux États-Unis.

Mozart, Johann Chrysostomus Wolfgang Gottlieb, dit *Wolfgang Amadeus* : (1756-1791) Compositeur autrichien. *Bastien et Bastienne,* « Singspiel » en un acte, est créé à Vienne le 1ᵉʳ octobre 1768 dans les jardins du Dʳ Franz Anton Mesmer, puis ne sera plus représenté avant 1890.

Münsterlingen (couvent) : Couvent de bénédictines fondé vers 966 et placé sous la surveillance de l'évêché de

Constance. Occupé par des augustines au XIIIᵉ siècle, paraît adopter certaines règles dominicaines au XIVᵉ siècle. À la Réforme, de nombreuses religieuses se marient. En 1549, les cantons catholiques font revenir des bénédictines. En 1616, l'abbesse fait construire dans la commune voisine une église pour les protestants, la chapelle du couvent restant dévolue au seul culte romain. Pendant la guerre de Trente Ans, Münsterlingen devient le refuge de nombreux conventuels d'Allemagne. Dès 1836, est un hôpital administré par l'État.

Necker, Jacques: (1732-1804) Financier et homme d'État né à Genève, s'installe comme banquier à Paris en 1763, devient directeur des Finances en 1777, pratiquant une politique d'économie et d'emprunt. Remplacé par Calonne en 1783, rappelé en 1788, destitué en 1789, se retire des affaire publiques en 1790 pour s'installer à Coppet avec sa fille Mᵐᵉ de Staël.

Neuchâtel, principauté de: Dès 1707, sous domination – librement choisie par les Neuchâtelois – du roi de Prusse. En 1806, est donnée par Napoléon au maréchal Berthier, puis retourne à la Prusse de 1814 à 1848.

Odier, Louis: (1748-1817) Médecin genevois, lutte contre la variole et devient l'un des propagateurs de la vaccine, inoculation immunisante remplacée plus tard par le vaccin.

Oneille (Oneglia): Ville et port de commerce sur le golfe de Gênes. Fait partie aujourd'hui de la ville d'Imperia.

Osterwald, Frédéric Samuel: (1713-1795) Banneret et imprimeur à Neuchâtel. Édite des brochures d'extraits du futur *Philadelphien à Genève* de Jacques Pierre Brissot, ainsi que le *Tableau historique et politique des révolutions de Genève dans le XVIIIᵉ siècle* de François D'Ivernois, l'*Histoire philosophique et politique des établissements et du commerce des Européens dans les deux Indes* de l'abbé Raynal.

Overijssel (Oversticht) : Province du nord-est des Pays-Bas, limitée à l'ouest par le Zuyderzee et à l'est par le Hanovre et la Prusse.

Pâquis, les : Faubourg situé au nord de la ville, le long de la rive droite du Léman, donné à Genève par le duc de Savoie en 1508.

Peschier : Familles originaires de Nîmes et de Vallon en Vivarais, bourgeoises de Genève respectivement en 1717 et 1725.

Pestalozzi, Johann Heinrich : (1746-1827) Pédagogue suisse né à Zurich. Promoteur de l'éducation populaire, fonde et dirige des écoles pour enfants pauvres en milieu rural, notamment celle du Neuhof en Argovie, où il s'installe. Fait faillite en 1780. Expose ses conceptions pédagogiques et son idéal humanitaire dans plusieurs ouvrages, dont *Lienhard und Gertrud* (1781-1787). De 1800 à 1803, dirige une école au château de Berthoud et, de 1806 à 1825, un institut, célèbre, à Yverdon.

Peyrot : Famille originaire de Saint-Jean, val de Luzerne dans le Piémont, reçue à la bourgeoisie de Genève en 1790.

Piano-forte : Piano à marteaux inventé à Florence en 1698 par Bartolomeo Cristofori (1655-1731) de Padoue, défini comme « Gravicembalo col pian'e forte ». Parvient à la Cour de Prusse, où Jean-Sébastien Bach peut l'entendre. Provoque les invectives de Voltaire : « C'est une invention de chaudronnerie en comparaison du clavecin. » Dès 1780, commence à remplacer le clavecin dans les orchestres symphoniques.

Picot : Famille originaire de Noyon en France, réfugiée pour cause de religion à Genève, dont elle reçoit la bourgeoisie en 1547.

Pictet, Isaac : (1746-1823) Genevois correspondant du roi de Sardaigne dès 1767, chargé d'affaires du roi d'Angleterre à Genève dès 1772, conseiller en 1790, syndic en 1792, condamné au bannissement perpétuel par le Tribunal révolutionnaire en 1794, plusieurs fois syndic entre 1814 et 1823.

Piétisme: Mouvement religieux né au XVIIᵉ siècle, revivifiant la piété protestante et retrouvant la simplicité des premières assemblées chrétiennes. Ses deux grands représentants sont le pasteur alsacien Philipp Spener (1635-1705) et le comte Nicolas-Louis de Zinzendorf (1700-1760). A influencé Bach, Lessing, Kant, Schiller, Goethe, Hölderlin, Rousseau.

Raynal, Guillaume (abbé): (1713-1796) Historien et philosophe français, abandonne le sacerdoce pour la philosophie. Son *Histoire philosophique et politique des établissements et du commerce des Européens dans les deux Indes*, anticolonialiste et anticléricale, publiée clandestinement en 1770, le contraint à l'exil auprès de Frédéric II puis de Catherine II de Russie.

Reichenau (île de): Île située dans la partie du lac de Constance appelée «Untersee». Abbaye de bénédictins en 724. L'empereur Charles le Gros y est enterré en 888.

Ringler, Guillaume: (1727-1809) Horloger genevois, du Conseil des Deux Cents en 1775, de la Commission de sûreté en 1782, banni jusqu'en 1789, commissaire de New Geneva, président du Comité provisoire de sûreté en décembre 1792, hospitalier et membre de l'Assemblée nationale en 1793, du Conseil législatif en 1795. Personnalité très populaire.

Rousseau, Jean-Jacques: (1712-1778) Écrivain et philosophe né à Genève. *Du Contrat social,* paru en 1762, est condamné pour ses idées religieuses et brûlé à Genève.

Roux: Famille originaire de Saint-Paul-Trois-Châteaux (Dauphiné), reçue à la bourgeoisie de Genève en 1770.

Saladin, Charles, dit *Saladin-Egerton*: (1757-1814) Homme politique genevois, chargé en 1783 de combattre la défiance que le ministre anglais Fox témoigne à la Constitution de 1782. Après l'insurrection de décembre

1792, quitte Genève et est condamné à mort. S'établit à Londres en 1794, communique au cabinet Pitt ce qu'il apprend des affaires de l'Europe, publie en 1800 un *Coup d'œil politique sur le Continent,* qui paraît la même année à Paris et prévoit la nécessité d'une paix prochaine avec la France.

Salines de Bex : Situées sur la route du Simplon, dans la vallée du Rhône. Mentionnées dès le XVIᵉ siècle et toujours exploitées à l'heure actuelle.

Schabziger : Fromage aux herbes de Suisse orientale, très relevé.

Scherer : Famille originaire de Saint-Gall, occupe jusqu'en 1793 une place importante à Lyon dans le change et le commerce des tissus.

Schlaepfer : Famille établie au Speicher (Rhodes-Extérieures d'Appenzell), négociants en toiles, indigo, coton brut, fleur de safran, vin, huile, sucre et objets en soie, à Gênes, Lyon et Genève.

Servet (Servede), Michel : (1511-1553). Théologien, philosophe et médecin espagnol, passionné par le conflit opposant catholiques et protestants, adversaire du dogme de la Trinité. Pressent la circulation sanguine pulmonaire. Les thèses qu'il soutient dans ses ouvrages lui valent d'être, à l'instigation de Calvin, arrêté, condamné et brûlé vif à Genève.

de (von) Sinner, Vinzenz : (1736-1833) D'une famille patricienne bernoise qui joue un grand rôle au XVIIIᵉ siècle, est bailli d'Yverdon dès 1789.

Sol : Ancienne forme du mot « sou ».

Soret, Bernard : (? -1791) D'une famille originaire de Blois (France) reçue à la bourgeoisie de Genève en 1668, seul Genevois à accepter d'emblée de faire partie de la Commission de sûreté. Quitte ensuite la ville par désapprobation pour sa politique, s'établit à la colonie de Constance, revient à Genève après 1789.

Souabe (guerre de) : En 1499, l'empereur germanique Maximilien Iᵉʳ cherche à mettre la main sur des territoires situés en périphérie de la Confédération et veut obliger les Suisses, sujets immédiats de l'Empire, à reconnaître les tribunaux impériaux et à payer les impôts d'Empire. Les Confédérés s'y opposant résolument, les troupes de la Ligue souabe (fondée quelques années auparavant par les princes et les ville du sud de l'Allemagne) occupent la vallée de Münster en janvier 1499. La guerre se déroule autour de Bâle et le long du Rhin, en Thurgovie et dans le Vorarlberg. Vaincu dans tous les combats, Maximilien signe la paix de Bâle le 22 septembre 1499, par laquelle il renonce aux obligations des Confédérés vis-à-vis de l'Empire et leur cède la juridiction sur la Thurgovie. Cette paix assied l'indépendance de la Suisse et entraîne l'entrée de Bâle et de Schaffhouse dans la Confédération en 1501.

Spectable (adj.) : Digne de considération. Usité à Genève pour désigner les pasteurs.

Speicher : Village d'Appenzell Rhodes-Extérieures. En 1403, les Appenzellois, avec l'aide des Confédérés, y remportent pour leur indépendance une victoire contre l'abbé de Stoffeln et ses alliés souabes. Lieu d'origine et habitat de la famille Schlaepfer.

Stanhope, Charles (comte) (Lord Mahon) : (1753-1816) Homme politique anglais, s'occupe de mathématiques et d'économie politique, invente des machines à calculer et une presse typographique, puis entre en 1780 à la Chambre des communes où il s'oppose à la guerre d'Amérique. Épouse la sœur de Pitt le Jeune, ministre de George III. Admirateur des principes de la Révolution française, se brouille avec Pitt et voit sa maison incendiée par les Londoniens en 1795.

Stathouder : Titre porté du XVIe au XVIIIe siècle, dans les Provinces-Unies, par les chefs de l'exécutif, notamment les princes d'Orange-Nassau. Supprimé et rétabli deux fois entre 1650 et 1746, le stathoudérat, combattu par le parti libéral des Patriotes, disparaît définitivement en 1795 pendant la conquête des Pays-Bas par les armées de la Convention.

Suresnes: Commune à 3 km à l'ouest de l'enceinte de Paris, sur la Seine, au pied du mont Valérien.

Talleyrand-Périgord, Charles Maurice de: (1754-1838) Homme politique français d'abord destiné à la carrière ecclésiastique, agent général du clergé de France en 1780, évêque d'Autun en 1788, député de son ordre aux États Généraux de 1789. Devenu chef du clergé constitutionnel, est condamné comme schismatique par le pape et se sépare de l'Église pour la carrière diplomatique qui fera sa célébrité.

Tavel, Frédéric Béat David: (1751-1822) Pasteur vaudois, épouse en 1787 Angélique Rose, fille de César et de Sarah Develay-Chuard. Par ce mariage, le domaine de la Bretonnière passe à la famille Tavel, qui en est toujours propriétaire.

Temple Neuf: Temple genevois protestant (plus tard *temple de la Fusterie*), construit de 1713 à 1715.

Texel (île de): Île hollandaise de la mer du Nord, au nord-ouest des Pays-Bas.

Thur: Rivière qui prend naissance dans le Haut-Toggenbourg. Affluent du Rhin.

Tissot, Samuel-Auguste: (1728-1797) Médecin vaudois de réputation mondiale, pratiquant à Lausanne. Le roi de Pologne et l'électeur de Hanovre, notamment, le veulent pour médecin. Nommé professeur à l'Académie de Lausanne en 1766, refuse tout autre poste, à l'exception de celui de professeur à l'Université de Pavie de 1781 à 1783. Ses œuvres, parmi lesquelles *L'Inoculation justifiée, Avis au peuple sur la santé, Traité des nerfs et de leur maladie, Observations de médecine pratique*, sont réunies en 13 volumes en 1784.

Toggenbourg: Contrée formée par le bassin supérieur de la Thur. Presque entièrement compris dans les Préalpes, il couvre le quart du canton de Saint-Gall.

Tour (la): Actuelle Torre Pellice, village situé à l'ouest de

Turin, capitale des Vaudois du Piémont. École de théologie.

Trente Ans (guerre de): (1618-1648) Conflit politique et religieux né de l'antagonisme entre les princes allemands protestants et l'autorité impériale catholique. Débute par l'incident religieux de la Défenestration de Prague en 1617, prend une ampleur européenne et s'achève par le Traité de Westphalie en 1648, qui consacre l'affaiblissement du pouvoir impérial allemand et son morcellement, et, entre autres, reconnaît officiellement l'indépendance de la Suisse.

Valdo, Pierre: (vers 1140-v.1217) Prédicateur lyonnais contemporain de saint François d'Assise, exhorte à la pauvreté et au retour à l'Évangile. Excommunié et banni de Lyon vers 1182-1183.

Ses disciples, les Vaudois (à ne pas confondre avec les habitants du Pays de Vaud), déclarés hérétiques au Concile de Latran à Rome en 1215, persécutés et contraints à la clandestinité, sillonnent les routes d'Europe sous l'apparence de marchands ambulants en propageant l'Évangile. Se joignent à la Réforme au XVIe siècle.

Valmy, bataille de: Bataille remportée le 20 septembre 1792 dans la Marne par les Français, commandés par le général Dumouriez et le lieutenant général Kellermann, sur l'armée prussienne du duc de Brunswick, qui marchait sur Paris. Première victoire de la République.

Van der Capellen, Robert dit *Derk*: (1743-1798) D'une famille noble d'Overijssel, homme politique néerlandais qui manifeste une vive opposition au stathouder. Son *Appel au peuple des Pays-Bas* du 26 septembre 1781 marque la date inaugurale du mouvement républicain des Patriotes, aspirant à une réforme de l'État. Condamné en 1788 à la peine capitale comme coupable de rébellion et de lèse-majesté, se réfugie en France et meurt près de Paris. Surnommé le Mirabeau néerlandais.

Vergennes, Charles Gravier (comte de) : (1717-1787) Diplomate et homme d'État français, secrétaire d'État des Affaires étrangères de 1774 à sa mort. Pendant son ministère, se mêle activement de la politique intérieure genevoise dans le but d'assurer un gouvernement à sa dévotion, intervenant en particulier dans les événements de 1779 à 1783 pour soutenir les Négatifs (Constitutionnaires).

Vernes, Jacob : (1728-1791) Pasteur genevois, ami de Rousseau dont il publie les *Lettres sur le Christianisme*, et de Voltaire, qui lui fait lire ses ouvrages en primeur. Destitué en 1782 pour ses opinions politiques, suit les exilés et revient à Genève après l'amnistie de 1790.

Vernet-Charton, Sigismond : (1725- ?) D'une famille originaire de Dieulefit (France) réfugiée à Berne après la Révocation de l'Édit de Nantes, fils d'un pasteur ayant acquis la bourgeoisie de Prilly (Vaud), se fixe à Genève où il épouse une demoiselle Charton, d'une famille de négociants originaires de Lyon et bourgeois de Genève depuis 1581. Conciliateur des loges à Genève, quitte la ville en 1793 pour s'installer à Marseille.

Vieusseux, Jacques : (1721-1792) Marchand drapier genevois, commissaire des Représentants en 1766, procureur, chef de la Commission de sûreté. Banni en 1782, se retire à Oneille sur le golfe de Gênes.

Vieusseux, Jean-Pierre : (1726-1794) Frère de Jacques, membre de la Commission de sûreté en 1782, membre de la colonie de Constance. De retour à Genève, fait partie du gouvernement provisoire en mars 1794.

Vieusseux, Pierre : (1755- ?) Neveu des précédents, agent de change, épouse en 1780 Joséphine Clavière, fille d'Étienne.

Waser, Félix : (1732-1799) Diacre de Bischofszell en 1749, pasteur en 1750, auteur du *Waserbüchlein*, petit livre de méditations pour l'école et la maison très usité jusqu'en 1840.

Waterford : Ville fondée par les Vikings, au sud-est de l'Irlande, sur l'estuaire de la Suir.

*Wycliffe (*ou *Wyclif), John* : (vers 1320-1384) Théologien anglais, traducteur de la Bible, « source de la foi ». Ses écrits sont condamnés comme hérétiques et ses disciples, les *lollards*, persécutés. Sa doctrine contribue à la formation de la pensée de Jan Hus.

Zinzendorf, Nicolas-Louis (comte de) : (1700-1760) Chef religieux allemand élevé dans la pratique du piétisme, voyage en Hollande et en France, devient conseiller juridique à la cour de Dresde et chef spirituel de la communauté de Herrnhut (Saxe), qui restaure l'ordre des Frères moraves dans un esprit de tolérance. Exilé par le gouvernement de Saxe en 1736, voyage en Europe et en Amérique, propageant ses idées religieuses. Auteur de cantiques encore en usage à ce jour (*Ô Jésus, tu nous appelles…*).

BIBLIOGRAPHIE

Archives familiales Appia-Develay, Cuendet-Develay, Ferrière-Develay et Scholder-Develay.

Archives von Gonzenbach à Bischofszell.

Archives d'État des cantons d'Appenzell Rhodes-Extérieures, Genève, Neuchâtel, Thurgovie et Vaud.

Archives de la Ville de Constance et de la Paroisse protestante de Constance.

Archives nationales d'Irlande à Dublin.

Dictionnaire géographique de la Suisse. Neuchâtel : Éd. Attinger Frères, 1902-1910.

Dictionnaire historique et biographique de la Suisse. Neuchâtel : Éd. Attinger Frères, 1921-1933.

Histoire de Genève. Société d'histoire et d'archéologie de Genève, Éd. Julien, 1930.

L'économie genevoise de la Réforme à la fin de l'Ancien Régime, XVIᵉ-XVIIIᵉ siècles. dir. publ. Piuz, Anne-Marie et Mottu-Weber, Liliane, Éd. Georg et Société d'histoire et d'archéologie de Genève, 1990.

Babel, Antony : *La Fabrique genevoise.* Éd. V. Attinger, 1938.

Beyreuther, Erich : *Nicolas-Louis de Zinzendorf.* Genève : Éd. Labor et Fides, 1967.

Bovet, Félix : *Le comte de Zinzendorf.* Paris : Librairie française et étrangère, 1865.

Candaux, Jean-Daniel : *La révolution genevoise de 1782 : Un état de la question.* in : *Études sur le XVIIIᵉ siècle* ; vol. VII : *L'Europe et les révolutions (1770-1800),* Éd. de l'Université de Bruxelles, 1980.

Chapuisat, Édouard : *Figures et choses d'autrefois - 1ʳᵉ partie : Etienne Clavière, Représentant et Girondin.* Paris : Éd. G. Crès & Cⁱᵉ et Genève : Éd. Georg & Cⁱᵉ, 1920.

Dardier, Charles : *Ésaïe Gasc, citoyen de Genève - Sa politique et sa théologie.* Paris : Sandoz & Fischbacher éditeurs, 1876.

Dufour-Vernes, Louis : *L'ancienne Genève, 1535-1798.* Genève : Librairie Kundig, 1909.

Fazy, Henry : *Genève de 1788 à 1792, la fin d'un régime.* Genève : Librairie Kundig, 1917.

Feldmann, Josef : *Die Genfer Emigranten von 1782/83.* Zurich : Éd. Dr J. Weiss, Affoltern a.A., 1952.

Guyot, Charly : *Un ami et défenseur de Rousseau : Pierre-Alexandre DuPeyrou.* Neuchâtel : Éd. Ides et Calandes, 1958.

Hanimann, Thomas : *Zürcher Nonkonformisten in 18. Jahrhundert, eine Untersuchung zur Geschichte der freien christlichen Gemeinde im Ancien Régime.* Zurich : Theologischer Verlag, 1990.

Karmin, Otto : *Sir Francis D'Ivernois - Sa vie, son œuvre et son temps.* Genève : Revue historique de la Révolution française et de l'Empire, 1920.

Kempter, Lothar : *Hölderlin in Hauptwil.* Tübingen : J.C.B. Mohr, 1975.

Langendorf, Jean-Jacques : *Guillaume Henri Dufour.* Lucerne-Lausanne : Éd. René Coeckelberghs, 1987.

De La Borde, Jean-Benjamin : *Lettres sur la Suisse, tomes 1 et 2.* Genève et Paris : Éd. Jombert Jeune, 1783.

Lüthy, Herbert : *La Banque protestante en France, de la Révocation de l'Édit de Nantes à la Révolution - tome II : De la banque aux finances (1730-1794).* Paris : S.E.V.P.E.N, 1961.

Manceron, Claude : *Les hommes de la liberté. Tome 3 : Le Bon Plaisir – Les derniers temps de l'aristocratie 1782-1785. Tome 4 : La Révolution qui lève – De l'affaire du collier à l'appel aux notables 1785-1787.* Paris : Éd. Robert Laffont, 1976 et 1979.

Mono, J.-F. : *Evangelische Kirche in Konstanz.* Evangelischen Kirchengemeinde Konstanz, 1970.

Mottaz, Eugène : *Lettres d'un seigneur vaudois sur les événements des années 1789 à 1793.* In : Revue historique vaudoise, vol. 13, 1905.

Neuenschwander, Marc: *Les troubles de 1782 à Genève et le temps de l'émigration.* in: Bulletin de la Société d'histoire et d'archéologie de Genève, tome 19, 1989.

Paquier, Richard: *Histoire d'un village vaudois: Bercher.* Lausanne: Éd. 24 Heures, 1972.

Perret, Jean-Pierre: *Les imprimeurs d'Yverdon aux XVIIe et XVIIIe siècles.* Lausanne: Librairie de droit, F. Roth & Cie, 1945.

Richard, Michel: *Les Orange-Nassau.* Lausanne: Éd. Rencontre, 1968.

Rivier-Rose, Théodore: *La famille Rivier (1595 à nos jours).* Genève: Slatkine, 1987.

Scheffer, Arnold: *Résumé de l'histoire de la Hollande.* Paris: Lecointe et Durey libraires, 1824.

Schoop, Albert, u.a.: *Geschichte des Kantons Thurgau.* Frauenfeld: Éd. Huber, 1994.

Seeholzer, Ernst: *Die Genfer Kolonie in Konstanz.* in *Schriften des Vereins für Geschichte des Bodensees,* 53 (1924).

Vernes, Jacob: *Catéchisme à l'usage des jeunes gens qui s'instruisent pour participer à la Sainte-Cène.* Genève: J.-L. Pellet, 1779.

De Voogd, Christophe: *Histoire des Pays-Bas.* Paris: Éd. Hatier, 1992.

REMERCIEMENTS

Je ne saurais dire à quel moment la réalité m'est apparue plus intéressante que la fiction, ni pourquoi j'ai entrepris des recherches minutieuses sur mes ancêtres et sur cette fin du XVIIIᵉ siècle en Europe, où régnait un Ancien Régime si décrié par les manuels d'histoire. L'inconnu est-il toujours plus séduisant que ce que nous avons sous les yeux ? Ma vue ne me permettant pas de découvrir ou vérifier par moi-même, amis, chercheurs, historiens, traducteurs, famille m'ont prêté leur concours.

Mes remerciements chaleureux vont à Mesdames et Messieurs les Archivistes aux : Archives nationales d'Irlande à Dublin, Archives de la Ville de Constance, Archives de la Paroisse protestante de Constance, Archives d'État de la République et Canton de Genève, Archives d'État de la République et Canton de Neuchâtel, Archives cantonales vaudoises, Archives d'État du Canton de Thurgovie, Archives d'État du Canton d'Appenzell Rhodes-Extérieures.

J'ai pu imaginer la manière de vivre des familles Develay et Gonzenbach grâce aux renseignements et documents familiaux, pieusement conservés, qui m'ont été transmis par M. Claude Ferrière, descendant de Suzette Develay, née à Genève ; Mᵐᵉ Florence Poncet, M. Jean-François Cuendet, † M. Charles Scholder, M. Pierre Scholder, descendants de Jean-Charles Develay, né à Hauptwil ; M. Henri Appia, descendant de Caroline Develay, née à Constance ; M. Charles Tavel, descendant de César Develay.

Ma reconnaissance va tout particulièrement à M. Marc Neuenschwander, historien à Genève, qui connaît mieux que personne les bannis de 1782 et m'a fait bénéficier de ses recherches ; à M. Gérard Buchet, à Neuchâtel, qui m'a évité quelques erreurs dans le paysage historique et géographique de sa ville ; ainsi qu'à M. Claude Bridel, Mme Isabelle Chabanel, Mme Andrée Collaud-Bader, M. et Mme Christian Cuendet, M. Christian de Félice, Mme Sonia Ferrière, Mme Renée Genton, Mme Marie-Claude Jéquier, Mme Marianne Keller, M. Raymond Meylan, M. Gabriel Mützenberg, Mme Sophie Paschoud, Mme Élisabeth Piguet, M. Jean-François Piguet, Mme Martine Piguet, Mme Christiane Schneider, M. Alex Thalmann, Mme Lucia Van der Brüggen-Rüeger.

ŒUVRES DE SUZANNE DERIEX

Romans

Corinne. Préface de Georges Haldas, Éd. Rencontre, 1961, épuisé. Réédition Éd. de L'Aire et France-Loisirs, 1989.
San Domenico. Éd. La Baconnière, 1964, Prix du Jubilé du Lycéum de Suisse Éd. Plaisir de Lire.
L'Enfant et la Mort. Éd. Rencontre, 1968, épuisé. Prix Charles-Veillon 1969. Réédition Plaisir de Lire, 1988.
Pour dormir sans rêves. Éd. de L'Aire, 1980.
L'Homme n'est jamais seul. Éd. de L'Aire, 1983.
Les Sept Vies de Louise Croisier née Moraz. Éd. de L'Aire, 1986. Rééditions L'Aire, 1987 et 1989. Prix Alpes-Jura et Prix Murailles 1988. Prix du Livre vaudois 1990. Réédition Livre de Poche Suisse en 2 volumes, 1991. Éditions Univers, Bucarest, 1993.
Un Arbre de Vie, I. Bernard Campiche Éditeur, 1995.

Nouvelles, contes et récits, parus dans la presse suisse et française, ainsi qu'au Centre de création littéraire de Grenoble.

Pièces radiophoniques

Le Retour. Court métrage. Studio de Genève.
Il Ritorno. Traduction de Giovanni Bonalumi, Suisse italienne.
Le Collège de Bellevue. Moyen métrage. Studio de Genève.
Les Infirmières. Long métrage. Studio de Lausanne, 1971.
Les Gardiens. Long métrage. Studio de Lausanne, 1973.
Le Choix. Court métrage. Studio de Lausanne, 1980.
Die Entscheidung. Traduction de Charles Clerc. Studio de Zurich, 1981.
Le Petit Carrousel. Monologue. Studio de Lausanne, 1982. Prix de la Fondation Pro Helvetia.

VON GONZENBACH
Situation en 1794

Branche aînée

Hans-Jakob VON GONZENBACH
(1719-1783)
∞
Sabine ZOLLIKOFER
(née en 1726)

Ursula (née en 1751)
∞
Antoine VON GONZENBACH (né en 1748)

Hans-Jakob (né en 1754)
∞
Dorothea ZOLLIKOFER (née en 1757)

Daniel (né en 1768)
∞
Wilhelmine VON IMHOFF-HOHENSTEIN
(née en 1775)

Branche cadette

Georg Leonhard VON GONZENBACH
(1713-1780)
∞
Elisabeth STRAUB
(1719-1763)

Anna Barbara (née en 1742)
∞
Johannes SCHLAEPFER (né en 1725)

4 enfants

Antoine (né en 1748)
∞
Ursula VON GONZENBACH (née en 1751)

12 enfants,
dont
Sabine
(née en 1774)
Caspar
(né en 1780)

Élisabeth Antoinette (née en 1755)
∞
David-Emmanuel DEVELAY (né en 1736)

Isaac-Emmanuel (né en 1764)

∞

Jeanne, dite Lise, DE FÉLICE (née en 1764)

Angélique Rose (née en 1766)

Frédéric TAVEL (né en 1751)

Louise (née en 1768)

Suzanne, dite Fanny (née en 1773)

Suzanne, dite Suzette (née en 1780)
Jean-Emmanuel (né en 1782)
Jean-Charles (né en 1784)
François (né en 1785)
Caroline (née en 1786)
Henri (né en 1787)
Georgina (née en 1789)
David (né en 1791)

Charlotte (née en ?)

∞

Henri PEYROT (né en ?)

Louise (née en 1724)

Jean-Daniel (né en 1726)

Samuel (1728-1783)

César (1730-1774)

∞

Sarah CHUARD (née en 1736)

Suzanne (née en ?)

∞

Daniel PEYROT (né en ?)

David-Emmanuel (né en 1736)

∞

Élisabeth Antoinette VON GONZENBACH (née en 1755)

François-Louis DEVELAY (1688-1744)

∞

Judith HACHARD (1698-1765)

TABLE

CET OUVRAGE,
QUI CONSTITUE L'ÉDITION ORIGINALE DE
« EXILS »,
A ÉTÉ ACHEVÉ D'IMPRIMER
EN OCTOBRE 1997
SUR LES PRESSES
DE L'IMPRIMERIE CLAUSEN & BOSSE,
À LECK